世界の望む静謐

倉知　淳



あなたのことは、最初から疑っていました——大人気漫画家を殺してしまった週刊漫画誌の担当編集者、悪徳芸能プロモーターを手にかけた歌謡界の“元”スター、裏切った腹心の部下に鉄槌を下した人気タレント文化人、過去を掘り返そうとする同僚の口を封じた美大予備校の講師……。彼らは果たして、いつ、何を間違えてしまったのか。罪を犯した者たちを、死神めいた風貌の乙姫警部がじわりじわりと追い詰めていく。〈猫丸先輩〉シリーズや『星降り山荘の殺人』の倉知淳が挑む、〈刑事コロンボ〉の衣鉢を継ぐ大人気倒叙ミステリシリーズ最新作！

# 世界の望む静謐

倉知　淳

創元推理文庫

# THE SERENITY THE WORLD DESIRES

by

Jun Kurachi

2022

目次

# 世界の望む静謐

# 愚者の選択

駅前の商店街から徒歩七分。住宅地のただ中にそのマンションは建っていた。

桑島輝貴《くわしまてるき》は見慣れた建物を何気なく見上げた。十階建てのマンションが夜の闇の中に屹立《きつりつ》している。

午後十時前。夏のまっ盛りとあってこの時間になっても熱気は収まらない。不快指数は恐らくうなぎ登りだろう。七分ほど歩いただけですっかり汗だくである。桑島は首筋の汗をハンカチで拭《ぬぐ》ってから、スマートフォンを取り出した。

電話をかけると、相手は2コールで出た。こちらからの連絡を待ち構えていたのだ。

「お疲れさまです、桑島です。今、下に着きました」

「はいはい、適当に上がってきてください」

相手は弛緩《しかん》しきった口調で答えた。

「了解です。では、すぐに伺います」

通話を切ると桑島は、ネクタイの結び目を締め直した。そして腕に引っかけていたスーツの上着を着る。毎週の恒例行事ではあるが、服装を正すのは怠《おこた》らない。そして、肩に掛けたバッグを担ぎ直す。B4判の原稿がすっぽり入るサイズの、大型で黒い鞄だ。漫画雑誌編集者の必需品である。

ポケットからキーホルダーを取り出す。会社のロッカーの鍵、自宅の鍵、編集部のキャビネットの鍵。その中からこのマンションのキーを選《よ》り出す。キーは桑島が特別に預かっているものだ。そしてそれを誇りに思っている。信頼されている証なのだ。

エントランスのオートロックを鍵で開き、中へ入った。たちまちひんやりとしたエアコンの冷気が身を包み、桑島は思わずほっとため息をついた。超がつくほどの高級マンションなので、ロビーにも空調が効いている。大理石をふんだんに張り巡らせた壁の、美術館を連想させる広大なロビーだ。床には靴が埋まるほど毛足の長い絨毯《じゅうたん》。ロビーは無人で、森閑と静まり返っている。そこを突っ切って、桑島はエレベーターホールへ向かった。

七階へ上がると、そこもホテルかと見紛うばかりの豪奢《ごうしゃ》な廊下が左右に延びている。落ち着いた間接照明にカーペット敷きの床。壁で外部からは隔絶された密閉式の内廊下で、静寂に包まれた空間になっている。エアコンの空気音だけがかすかに響く。

廊下の片側にはドアが並んでいる。長い廊下ではあるが、扉は三つしかない。大きな建物でも、ワンフロアに三戸しか入っていないのだ。一戸一戸の専有面積がいかに広大かを示している。

桑島はそんな廊下を右奥へと向かった。

７０３号室。

勝手知ったる担当漫画家の仕事場である。鍵を使ってドアを開いた。キーは下のオートロックのものと兼用なので、一つの鍵で中まで入ることができる。

広い玄関に板張りの廊下。玄関に靴は一つだけ。ここもエアコンがよく効いており、桑島は再度、ネクタイの結び目を締め直した。

スリッパに履き替えて廊下に上がる。左側手前の部屋が目的地である。ノックをして、扉を開いた。

「お疲れさまです、失礼します」

部屋の中は広い。この3LDKで最も面積のある一室だ。ここを仕事部屋として使っているのである。

フローリングの床のまん中に机が七台。一台を除き、三台ずつが向かい合わせになって二列に並んでいる。この六台がアシスタント用の仕事机だ。そして奥の、いわゆる〝お誕生日席〟にひときわ大きな作業机が鎮座している。部屋の主の席だった。

その席の椅子に、椙田保彦《すぎたやすひこ》が座っている。

椙田は椅子の背もたれをリクライニングにして、半ば寝そべるような姿勢でリラックスしていた。黒いTシャツとオレンジ色のハーフパンツという、ラフな仕事着姿だった。

入り口脇に大きな肩掛けバッグを置くと、桑島は足早に椙田の近くへ寄った。

「お疲れさまでした」

立ったまま、深々と頭を下げる。

それに対して身を起こした椙田は、鷹揚《おうよう》な口調で、

「すみませんね、今週もお待たせしちゃって」

「いえいえ、まだリミット前ですので」

「でも、滑り込みセーフって感じですよね。今回は特に手間がかかった。後半にアクションシーンが多かったから。時間をかけてしまって申し訳ないです」

「いえ、原稿の完成度が最優先ですよ」

桑島はそう云うと、スーツの上着を脱ぎ、手近な椅子の背もたれに掛ける。それを見ていた椙田は、

「外は暑かったでしょう。冷たい物でもどうぞ。冷蔵庫にあるから適当に出してください」

「いえ、お構いなく。それよりお原稿を拝見します」

「はいはい、出来てますよ」

と、椙田は座ったまま、自分のデスクの上から玉紐つきの大判クラフト封筒を取り上げた。

「では、これ、今週分」

片手で差し出された封筒を、桑島は恭《うやうや》しく両手で受け取る。

「では早速、拝見いたします」

一番近くのデスクに、桑島は座った。チーフアシスタントの市ケ谷《いちがや》の席である。机の上には様々な太さのペン、マーカー、鉛筆、インクの壺、雲形定規、小さな羽根箒《はねぼうき》などが散乱している。先ほどまでの奮戦の痕跡だ。

桑島はグレーの封筒の玉紐を解《ほど》き、中から紙の束を取り出した。十九ページの完成原稿。できたての原稿からは、インクの香りが漂ってくる。

文華堂出版《ぶんかどうしゅっぱん》の手がける《週刊少年ダッシュ》に大好評連載中の『探偵少女アガサ』。中学生の少女、栗栖《くりす》アガサが大人顔負けの洞察力と名推理で、難事件怪事件をバッタバッタと解決するミステリ漫画である。今や国民的とまで称されるほどの人気を誇り、文華堂出版のドル箱だ。

桑島はその生原稿をチェックする。一枚一枚丁寧に、スクリーントーンが剝がれたりしないよう、慎重な手つきでめくる。『闇夜叉神宮殺人事件《やみやしやじんぐう》』の解決編パートである。少女探偵アガサが得意の推理で犯人を指摘する場面が展開されている。内容はすべて頭に入っている。ネーム段階でみっちり打ち合わせをしたからだ。従って主に確認するのは作画に関してである。ベタの塗り忘れ、ホワイトのはみ出し、背景のパース、登場人物の動きと表情。目を皿のようにしてチェックする。

今週も見事な出来だった。躍動感のある線描で少女探偵の活躍が活写されている。最終ページまで確認して、桑島は満足の吐息を洩《も》らした。

立ち上がった桑島は、

「大変すばらしいお原稿でした、今週もありがとうございました」

深々と一礼する。ネクタイが首元からだらりと垂直に垂れる。

この受け渡しに際しての最敬礼は、毎週行われる儀式のようなものだった。作家さんとはなあなあの関係にはならない、いつも節度と敬意を持って接する。これが桑島のやり方である。

最近はデジタルで作画する作家も多い。原稿は紙に描くものではなく、パソコン内部にデータとして入力するのが常識になりつつある。入稿もネット上で済ませる。そんな時代でも、椙田保彦は未だに手描き原稿を好み、連載開始以来『アガサ』はずっとケント紙の原稿に描き続けられている。椙田の長年の方針だ。

「よかった、リテイクが出たらどうしようかと思った」

と、椙田は笑った。桑島も笑顔を返して、

「私もほっとしていますよ。ヘタしたら印刷に間に合わなくなります」

座り直して桑島は、原稿の紙束を丁寧に揃えてクラフト封筒にしまう。玉紐をかけながら、

「アシさんたちはまた皆さんで一杯やりに行ったんですか」

「うん、夏目《なつめ》くんの音頭取りでね」

と、椙田は再びリクライニングに身を沈めつつ、

「仲井《なかい》くんだけは即帰宅だね。お子さんの顔が恋しいんだろう」

「三歳でしたっけ、かわいい盛りでしょうからね」

「市ヶ谷くんはつらそうだったよ、彼もあれでもう四十過ぎだしね、修羅場明けの酒はキツいんだろう」

「若手三人組のペースに合わせるのは、さすがに体が保ちませんか」

「僕もキツいよ、もういい年だし」

「何をおっしゃいますか、椙田さんもまだ四十代半ばじゃないですか。充分若いでしょう」

「まあ、諸先輩がたに較べたらまだまだ若輩だろうけどね。でも、どうしたって年は感じるよ。桑島さんだって僕より三つくらい下なだけだし、週刊の仕事は体力的にしんどいんじゃないの」

「いえ、私は平気です。何と云っても『アガサ』を支えているという自負がありますから」

「そう云ってもらえるのは嬉しいけどさ」

「全国何百万のファンが待ってくれているんですからね。椙田さんも弱音吐いている場合じゃありませんよ」

そう云って桑島は、ズボンのポケットからキーホルダーを取り出した。この部屋の鍵を選り出す。そろそろ行かなければならない。

「これから印刷所？」

椙田の問いに、桑島はうなずく、

「はい、直行します」

「その前にちょっと、いいですか」

椙田の改まった口調に、桑島は上げかけた腰を降ろす。何やら話があるらしい。デスクに置いたクラフト封筒の上に、鍵を引き出したままのキーホルダーをのせる。

椙田も居ずまいを正し、さっきまでの雑談口調を真剣なものにして口を開く。

「実は桑島さんにご相談があるんです。いや、もう決めたことだから相談じゃないな、お願いと云ったほうが正確かもしれない」

「何でしょう」

「『アガサ』も連載を続けてもう二十二年になる」

「はい、一昨年、二十周年記念をやりましたね」

「そろそろ潮時だと思う」

「え――」

「終わりです。連載を終わらせようと思っています」

椙田の言葉は青天《せいてん》の霹靂《へきれき》だった。心臓が一瞬、喉元まで跳ね上がったみたいな気がする。脳が理解するのを拒否して、飲み込むまで数秒のタイムラグがあった。呼吸が苦しくなり、掌《てのひら》にじんわりと汗をかき始める。

椙田は物静かな口調で続ける。

「もちろん今すぐにという話じゃない。あと半年は続ける予定です。二ヶ月はいつもより大きな事件を扱って、最終エピソードにふさわしい大掛かりな舞台でアガサの名推理を盛り上げます。残り四ヶ月で物語すべてを締めます。組織Xとの最終決着編ですね。連載当初からの最大の敵との対決ですから、これをたっぷり見せます。アガサの活躍で謎のボスの正体が明かされ、これまで出てきた幹部も全員逮捕。組織は壊滅して大団円を迎えるという筋書きです。悪は滅び、アガサに世界中から賞賛の声が送られて終幕。これを十六週かけてみっちりとやるつもりです。そこで全部が終了。『アガサ』は最終回です」

「ちょっ、ちょっと待ってください、急に最終回だなんて、どうして」

「もう充分やりました。二十二年も長期連載すれば、やるべきことは全部できたはずだと思う。

体力面を考えれば、僕が週刊連載をできるのもあと十年、長くても十五年が限度といったところでしょう。だからもう一本、長い連載をやりたいんですよ。構想もあります。今度は少年を主人公にした王道の冒険物です。好奇心と探究心旺盛な主人公が、世界の秘宝の謎に挑む一大アドベンチャー巨編にするつもりです。『アガサ』を畳んで、休養がてら一年ばかりあちこちの国を取材して回って、満を持して連載を始めたい。もちろん《少年ダッシュ》さんでやらせてもらいますよ。『アガサ』を勝手に終わらせるせめてもの償《つぐな》いです。他誌に移籍したりはしない。仁義は守ります。当然、引き続き桑島さんに担当していただきたい。お願いというのはそういうことです」

「いや、待ってください。ことが重大すぎます。私の一存でお答えできる話ではありません。編集長にも相談しないと」

焦って云い募る桑島の舌がもつれる。しかし椙田は冷静に首を横に振って、

「上の人が出てくると話が拗《こじ》れる。慰留されるに決まってますからね。そうなるとやめるにやめられない。だから判ってください、桑島さん、もう決めたことなんですよ。次回作をやりたい。僕も『アガサ』のヒット一発で終わるのはご免だ。新作に挑戦したいんです。このままずるずると『アガサ』だけを描いていたら、それで漫画家人生が終わってしまう。それだけは嫌なんです。お願いです、理解してください」

「いけません、『アガサ』は終わらせるわけにはいかない。それは無責任です。『アガサ』をたくさんの読者が待っている。もう椙田さんの意志ひとつでどうこうできる作品ではないんです。

いくら作者でも、それを決める権利はないはずです」

と、桑島は立ち上がり、その場で土下座した。額を床に擦《こす》りつけながら、

「お願いします、考え直してください。『アガサ』は終わらせてはいけない作品です。国民的作品だと自覚を持ってください。この通りです、終わらせるなんて云わないでください」

「困ったなあ、頭を上げてください。桑島さんにそんなことをされては僕もどうしたらいいかわからない」

相田が椅子から立って、こちらに近づいて来るのが気配で判った。それでも桑島は這《は》いつくばったまま、

「だったらどうか、私に免じて」

「いや、本当に勘弁してくださいよ。土下座もよしてくださいよ。桑島さんなら判ってもらえると思って、まだ誰にも相談していないんですよ。スタッフにだって一言も云っていないんですから。これから編集長やもっと上のお偉いさん達を説得しなくちゃならないんです。桑島さんには味方になってもらわないと。こちらも頼みます、お願いです、やめるのに力を貸してください」

「いいえ、無理です、そんなことはできるはずがありません、私にはできない」

異様な興奮状態で頭がぐらぐらしてきた。目眩《めまい》がする。耳鳴りもする。まるで悪夢の中にいるかのようだ。全身が熱を持って、ふわふわと不思議な感覚になっている。

「そう云われても、もう決めたことです。そうだ、退路を断とう。今からＳＮＳで発信します。

僕のアカウントで『アガサ』終了を宣言する。ネットで告知してしまえばいい。そうすればもう、誰にも止められない」

桑島が頭を上げると、椙田はデスクの上からスマホを取り上げるところだった。

本気だ、椙田さんは本当にこれからネットに発表するつもりなんだ――。

よろめきながら、桑島は立ち上がった。頭の中がまっ白になっていた。

「ダメだ、いけません、そんなことしてはいけない」

止めなくては、止めなくては、止めなくては――。その思いだけが、まっ白な頭の中でぐるぐると渦巻いていた。椙田さんの行動を止めなくては。

無我夢中で、デスクの上のハサミを引っ摑んでいた。

一歩大きく踏み出し、それを突き出した。

止めなくては、という一心のみで体が動いていた。

ほとんど手応えのないまま、凶器は相手の胸部に吸い込まれていった。

椙田は目を見開き、口を半ば開けた。両手がだらりと下がり、そのままの姿勢でしばし動きを止める。そしてゆっくりと後ろへと倒れ込んでいく。椙田は仰向けになり、ぴくりとも動かなくなった。

桑島はしばらくの間、呆然としていた。

何が起きたのか、自分でもよく判らなかった。

ただぽかんと、椙田の体を見下ろしていた。

椙田は自分のデスクの横に倒れている。両足を伸ばし、両の腕も左右に開いた姿勢だ。左手にはスマホを握ったままだった。

驚いたような表情で顔面が硬直し、目は天井を見上げて瞬《まばた》きもしない。そして左胸にはハサミの柄《え》が突き立っている。Tシャツが黒いので血が流れているのかどうかよく見えない。床に少しだけ血の粒が飛び散っているだけで、出血は少ないようだった。

嘘だ、何だこれは、何てことをしてしまったんだ――。

自失状態から少しずつ立ち直りつつ、桑島は慌て始めた。

大変なことになった、救急車を呼ばなくては――。

桑島は携帯電話を取り出そうとした。ズボンのポケットには入っていなかった。そう、上着だ、上着のポケットだ。上着は椅子の背もたれに掛けてある。そちらに向かおうとしたが、いやその前に確認だ、と思い直した。

倒れている椙田の体の横に、しゃがみ込んだ。震える両手を伸ばし、半ばのしかかるような姿勢で、相手の体を検《あらた》める。手首を摑む。首筋に手を当てる。瞳を覗き込む。ダメだ。脈がない。瞳孔も開きっぱなしだ。

死んでいる。もう間に合わない。取り返しがつかない。

殺してしまった。

両手の震えは、今や全身に伝播《でんぱ》していた。顎が滑稽なほど、ガタガタと音を立てて鳴った。

大変なことをしでかした、警察に通報しないと――。

そう思ったが、いやそれは違う、と桑島は思いとどまった。今は捕まるわけにはいかない。そう、逃げよう、今のところは逃げ切らなくてはならない。

決心してからの行動は早かった。

立ち上がり、自分の両手を見た。右手の指にわずかな血痕が付着している。デスクの上の箱から何枚かティッシュを取り、血を拭った。汚れたティッシュは丸めてズボンのポケットにねじ込んだ。

そして桑島はアシスタント用のデスクの引き出しを爪の先だけを使って慎重に開き、手袋を取り出した。漫画の現場では原稿を汚さないように、白い綿の手袋を嵌《は》めて作業することがよくある。それを両手につけた。

アシスタントの机から、今度はハンドタオルを取るともう一度しゃがみ込む。そして椙田の胸部に突き立ったハサミの柄を丁寧に拭った。凶器の指紋を残しておくなどもっての外《ほか》だ。

タオルを元の場所に戻すと、少し考えた後、キッチンスペースに歩いて行った。コンビニのものらしきビニール袋を探し出し、死体を残して部屋を出る。フローリングの廊下を歩き、そのまま仕事部屋の隣、奥の部屋へと向かう。椙田専用の仮眠室である。徹夜でペン入れ作業の際、椙田はここで仮眠を取る。

部屋の左の壁際に大きなベッド。正面はベランダへ通じるガラス窓。今はカーテンが閉まっている。そして右手に小さな書棚と文机《ふづくえ》が一前《いちぜん》。

ベッドや書棚に用はない。まっすぐに文机へと近づいた。脚の右側に袖引き出しのあるタイプで、引き出しは三段ある。

その前に立った桑島はしゃがみ込む手間を惜しんで上体を屈め、手袋を嵌めた手で引き出しの一番上の段を引いて開いた。思った通りの物が入っている。

持ってきたレジ袋を開き、引き出しの中の物を移す。財布、カード入れ、腕時計、そしてキーホルダー。全部まとめてビニール袋に放り込み、袋の口を縛った。

引き出しは開けっ放しにして右を向くと、備え付けのクローゼットの扉を半開きにした。中にサマージャケットと薄茶色のスラックスが几帳面に吊り下げられている。椙田の外出着だ。椙田は着替えもこの仮眠室でする習慣である。中の物には手をつけず、クローゼットの扉を半開きのまま放置した。少しでも泥棒が漁《あさ》ったように見せたい。

仮眠室のドアも開けっ放しにして、仕事部屋に戻った。死体は依然として主のデスクの脇に倒れている。

それを見ないように努めながら、桑島は入り口の横に置いてあった自分の肩掛けバッグを取り上げて、アシスタントのデスクに向かった。

デスクの上で大判のバッグを開き、さっきの盗品を詰めたレジ袋を突っ込む。そして原稿が入ったクラフト封筒に手を伸ばした時、それに気づいた。犯行の前、椙田から改まった話があると聞いて、鍵を収納しないままキーホルダーを封筒の上に置いた。そのくすんだ銀色のキーのすぐ横、灰色のクラフト封筒の上に一点、赤い物が見える。

血痕だ。

ごま粒ほどの大きさだったが、確かにそれは血の跡だった。椙田を刺した時、一滴だけここに飛んだのだろう。

危ない、見落としそうになった。

このまま印刷所に持って行ったりしたら、血痕が付着した封筒を渡してしまうところだった。後でもし警察が封筒を調べるようなことがあった場合、誰が血痕の付いた封筒を運んだのか、一発でバレてしまう。

大きく息をつき桑島は、封筒の上のキーホルダーを手に取り、ズボンのポケットにしまった。そしてクラフト封筒の玉紐を解き、封筒から原稿の束を慎重に取り出す。血痕が付いた封筒は小さく折り畳んでバッグの中に突っ込んだ。レジ袋の中の盗品と一緒に、この封筒も後で処分しなくてはならない。もちろん今着ている服もすべて処分だ。どんな痕跡が残っているか知れたものではない。

壁際に立ち並ぶキャビネットから新しい封筒を取り出してくると、原稿をその中へ納めた。丁寧に封筒の中へと入れて玉紐を掛け、バッグに収納した。

もう一度大きく息をつくと、桑島はざっと周囲を見渡した。もう見落としはないか、よく確認する。

そして再度、死体に向き直った。椙田は相変わらず天井を見上げて仰向けに倒れている。合掌《がっしょう》し、大きく一礼した。

スーツの上着を椅子の背もたれから取り、袖を通すとネクタイの結び目を締め直した。

バッグを肩に掛け、仕事部屋を出る。その際、ドアノブの内と外、両方を手袋でよく拭うのは忘れなかった。どちらのドアノブも、一番上についているのは桑島自身の指紋である。最後の来客が桑島だと判明するのは避けるべき事態だった。

少し考えたが、電灯は消さないでおく。泥棒はそんなことは気にしないだろう。

廊下に出て、玄関へ向かう。

スリッパで血痕を踏んでいないかよく確かめてから、他のスリッパの群の中に履いていた物を紛れ込ませる。靴を履き、玄関の扉を少し開いて外の様子を窺《うかが》った。マンションの内廊下は静かだった。他の二つのドアから人が出てくる気配はない。

桑島は素早く外へ出た。無論、ここのドアレバーも内と外、いずれも手袋をした手でよく拭う。

ちょっと逡巡《しゅんじゅん》したが、結局玄関のドアには鍵を掛けた。キーホルダーをポケットにしまった時にふと思い立ち、バッグから文具入れを取り出した。中からカッターナイフを探り出すと、ドアの前にしゃがみ込む。ここのドアノブは棒状のレバー型で、鍵穴はその五センチほど上についている。小さなプリンのような円筒形の金属の台座がドア板に貼り付いていて、その中央に鍵穴が開いているスタイルだ。しゃがみ込んだ桑島は、カッターの刃は出さずに先端の金属部分を使い、台座のまん中に開いている鍵穴の周囲を、二度三度と引っかいた。微小な引っかき傷が鍵穴の周りにできた。何者かが侵入を試みた跡に見えてくれれば上出来だ。

カッターナイフをしまい、バッグを肩にかけ直す。そのまま桑島は、マンションの廊下を進んだ。歩きながら手袋を外し、これもバッグの中へ突っ込んだ。

これからエレベーターに乗って一階へ降りる。エレベーターと一階エントランスには防犯カメラが設置されている。できるだけ自然に振る舞わねばならない。

＊

殺人現場はごった返していた。広い部屋の中に何十人もの人間が蠢《うごめ》いている。すべて警察関係者だった。

現場は上石神井《かみしやくじい》駅から徒歩七分ほどのマンション、いや、これは俗にいう億ションというやつだろうか、造りも広さも尋常一様でなく豪華だ。

鈴木《すずき》刑事は事件現場の部屋の隅に立ち、その贅沢さに感心していた。3LDKの、普通ならばリビングルームとして使う部屋なのだろう。しかしこの現場では仕事部屋仕様になっている。中央には七台のデスクが置いてあり、机の上はいずれも多量の文具と紙類で取り散らかっている。七台もデスクが入っているのに、部屋は狭いという印象がない。デスクと壁の間、またはデスクと窓の間にはまだまだ余裕がある。このリビングだけで一体何平米あるのだろうか。あまりの広さに驚嘆するばかりだ。壁際には大型のキャビネットといくつかの本棚。本棚に詰まっているのは主に写真集らしく、ざっと見た感じだと風景と建築物のものがほとんどだった。仕事の資料だと思われる。

漫画家の仕事部屋が現場と聞いた時には少し驚いた。若い鈴木刑事だけではなく、部屋のあちこちに散らばっている百戦錬磨のベテラン達にとっても珍しい現場なのではあるまいか。

鑑識班はほぼ仕事を終え、撤収準備に入っているようだ。刑事達は部屋のそこここを調べ回っている。中でも一番刑事が集まっているのは、やはり死体の側《そば》だった。

最も大振りなデスクの脇、窓との間もたっぷり空間を取っている。死者はそこに仰臥《ぎょうが》していた。黒いTシャツにオレンジ色のハーフパンツ。七、八人の刑事が死体を取り囲み、その中心にいるのが検視官の藤島《ふじしま》だった。太った初老の検視官は、トレードマークのぼさぼさな白髪頭を振り乱しながら熱弁を揮《ふる》っている。

「諸君、見たまえ、凶器はきれいに心臓に達しておる。一分の狂いもなくまっすぐにだ。こいつはめったにお目にかかれる刺傷ではないぞ。普通は肋骨にぶつかって軌道がずれるか、刃が角度を変えるか、場合によっては凶器が折れてしまう。刃の進行方向が乱れて傷口はもっとぐちゃぐちゃになるわけだ」

刑事達は熱心に耳を傾けている。

「ところがこれはどうだ。肋骨の隙間をきれいにすり抜けておる。狙ったようにどんぴしゃに、まるで肋骨のほうからよけてくれたみたいに、だ。これまで刺殺死体はうんざりするほど拝んできたが、こうまで見事に一撃で心臓を貫いたケースはわしも初めて見る。いやはや長生きはするものだの、こんな珍しい刺傷にお目にかかれるとは」

藤島検視官は薄手のゴム手袋を嵌めた手で、死体に刺さったハサミの柄を指さす。

「恐らく右房室弁か大動脈弁をピンポイントで刺しておるな。血流が一瞬で止まったことによるショック死の可能性が高い。詳しいことは解剖後だが、即死だったのは間違いなかろう。それに手を見てみろ。片手には携帯電話を握っておって、もう片方の手にも防御創が一つもついておらん。きれいなものだ。争った様子もないから、このホトケさんは自分が刺されたことにも気づかんうちに意識がなくなったかもしれん」

「抵抗の様子がないということは、顔見知りの犯行でしょうか」

刑事の一人が質問すると、藤島検視官はしかめっ面で手袋をした片手を振って、

「それはお前さんらが判断することだ。わしの職掌《しょくしょうがい》外だて。わしに云えるのは、抵抗する間もなく刺されただろう、というところまでだな」

「藤島先生が見たこともないほどきれいに急所を一撃しているのならば、殺しに慣れた者の仕《し》業《わざ》と考えられますか」

別の刑事の質問に、検視官は首を傾《かし》げて、

「さて、どうだろうな。こいつは公式見解ではなくただのわしの勘だが、多分、偶然だな。こうまで見事に肋骨の隙間をすり抜けるなど、殺人訓練をみっちり受けた旧ソ連の特殊部隊の工作員でも連れて来んと難しかろう。狙ってやったと考えるより、奇跡的な確率でピンポイントに刺さってしまったと考えたほうがはるかに自然だろうて。犯人にとっては運のいいことに、いや、この場合悪いことになのか、どっちかは判らんが、凶器を突き出したら偶然うまいこと急所に入ってしまった、というところじゃあるまいか。ああ、何度も云うがこれは公式な所見

ではないぞ、あくまでわしの個人的な勘だ、検案書にも書かんからな」

「出血がほとんど見られませんが、ピンポイントで急所を貫いたのと関係はあるんでしょうか」

「もちろんだ、傷口にえぐれたような箇所がまったくないだろう。溶けかけたバターに刃が入るように、さっくりと刺さっておる。これだと凶器そのもので傷口を塞《ふさ》ぐ形になるんで出血が極めて少なくなる。もっとも犯人の奴が焦って凶器を引き抜いておったら、今頃ここは辺り一面血の海になって、もっと凄惨な現場になっていたことだろうて。犯人がこいつを抜かなかったのに感謝せんとな」

「死亡推定時刻はどんなものでしょう」

先輩刑事達の熱のこもった質問はまだ終わりそうにない。

鈴木刑事はその場をそっと離れ、辺りをきょろきょろと見回した。相棒でもある上司の姿がさっきから見えないのだ。

どこに行ってしまったんだ、あの人は。

肝心な時にすぐにいなくなるのが、上司の悪癖である。

こういう場合、無関係なところをほっつき歩いていることを、鈴木刑事は経験から学んでいる。鈴木刑事は先輩達や鑑識係員の間をすり抜けて部屋を出た。

廊下にも、刑事と鑑識係の姿があった。こちらはまだ仕事ちゅうらしく、紺色の制服があちこちにうずくまって作業を続けている。

二人の刑事が廊下で立ち話をしている。

「第一発見者の、その、何て名前だったかな、彼の話はまだ聞けんのか」

「名前なら、チーフアシスタントの市ヶ谷修輔《しゅうすけ》さん、ですよ。まだ気分がすぐれないようで、あっちの部屋で臥《ふ》せっています。なんでもスタッフ専用の仮眠室があるそうで」

「そろそろ聴取したいんだがなあ」

「様子を見てきますか」

そんな二人組の横をすり抜けて、鈴木刑事は奥の部屋へと向かった。

ドアが開け放してあり、見当をつけて覗くと案の定、上司はそこにいた。部屋の入って右手辺りに、ぼんやりと突っ立っている。

漫画家先生、すなわち被害者の仮眠室だと聞いている。なるほど、大きなベッドが左の壁につけてある。部屋の正面はカーテンの閉まったガラス窓。そして右側に小さな書棚と文机が並んでいる。

上司は、その文机の前に背中を丸めて立っていた。痩身《そうしん》で背が高く、黒っぽいスーツに身を包んだ、全体的に何となく陰気なムードを漂わせた独特の姿で佇《たたず》んでいる。

鈴木刑事は、その横顔に声をかけた。

「乙姫《おとひめ》警部」

しかし相手は何も反応しなかった。

「警部、向こうで藤島先生のレクチャーが始まっていますよ」

再度声をかけても、凝然と佇んだまま乙姫警部は、じっと文机の上を見つめている。まるで、机の上で人間には見えない小型の妖怪か何かが踊っているのを見守ってでもいるかのように、陰鬱《いんうつ》な雰囲気を漂わせて乙姫警部は猫背を丸め、突っ立っている。

「何を見ているんですか」

気になった鈴木刑事が近づくと、ようやく反応があった。上司はゆるゆると動き、腕を少しだけ上げて文机を指さした。

「鈴木くん、これは何でしょうね」

陰々滅々《いんいんめつめつ》とした低い声で云う。

文机は袖引き出しが右側にある、ごく一般的なタイプのものだった。引き出しは三段あるが、その一番上が引き出されている。

鈴木刑事は身をかがめて、開いている引き出しを覗き込んだ。

「何もありませんね」

引き出しは空っぽだった。

「それではありません」

と、上司は抑揚のない声で云う。その指先は、どうやら文机の上を示しているらしい。そこには小振りのスケッチブックが一冊、放り出すようにして置いてある。他には鉛筆が三本ほどと、消しゴムが一つ。特に珍しい物があるわけではない。警部は何を気にしているのだろうか。

鈴木刑事は首を捻《ひね》った。いつものことながらこの上司は読めない。

戸惑うこちらに苛立《いらだ》った様子もなく、乙姫警部はなおも机の一点を示して、

「ほら、そこです。ほんの少し汚れているでしょう」

云われてよく見る。とっくりと観察してようやく、なるほどこれかと合点がいった。袖引き出しの上の辺り、天板に少しだけ擦ったような汚れがある。よくよく目を凝らさないと見逃してしまいそうな、ごくうっすらとしたものだ。幅六センチほど、長さが七センチくらいだろうか。木目模様の天板に、かすかな汚れが付着している。

「これは、血痕でしょうか」

「鈴木くんにもそう見えますか」

「血を拭ったんでしょうかね」

「いいえ、血のついた何かでさっと擦ったように見えませんか、布か何かで」

云われてみればなるほどそう見える。血液がついた布で撫《な》でたみたいだ。気になるのは判るが、今は遺体の検分のほうが優先事項なのではあるまいか。早くしないと藤島先生が帰ってしまうのに、と鈴木刑事は気を揉《も》む。

「鑑識さんにお願いして写真とサンプルを取ってもらいました」

淡々と、静かな口調で乙姫警部は云う。

「それはいいですけど、現場へ戻りましょう。もう鑑識さんも引き上げるようです。こんなところで脱線していたらまた課長のお小言を喰らいますよ」

鈴木刑事が促しても、上司はまだじっと文机の天板を見つめていた。そこに犯人の名前でも書いてあるかのように、執拗《しつよう》にいつまでも見つめ続けていた。

＊

桑島は昼過ぎに出社した。

漫画誌編集者は勤務時間に縛られることがほとんどない。融通は大いに利《き》くが、その反面どうしても全体的に遅くなりがちだ。出社がゆっくりな分、帰りは深夜になる。

文華堂出版本社ビルは神保町《じんぼうちょう》駅のすぐ近く、白山通《はくさんどお》り沿いに建っている。国内五指に数えられる大手総合出版社だ。伝統もあり社屋も巨大。二十年ほど前、桑島の入社直前に建て替えられたという大きなビルである。

今日も暑い。

桑島は日差しを避け、急ぎ足で社内に駆け込んだ。

エレベーターで十六階の《週刊少年ダッシュ》編集部に到着する。ちょうど編集長が出て行こうとするところだった。三戸部《みとべ》編集長は、五十絡みのがっしりした体格の男だ。不精髭が今日も目立つ。

「おお、来たか、桑島、いいタイミングだ。警察が来ている。下のラウンジ、一緒に来てくれ」

「またですか」

桑島は思わず眉をひそめた。警察の訪問は昨日も受けた。刑事に椙田保彦死亡の報を初めて、知らされ、事情聴取された。

「別口だとさ、昨日とは違う刑事らしい」

編集長は不精髭の顎を撫でながら云い、エレベーターホールへと向かう。桑島はトンボ返りする羽目になった。

エレベーターの中では編集長が大きくため息をついた。

「椙田さんはあんなことになるし、連日刑事がやって来るし、まったく頭が痛いよ」

普段はバイタリティ溢《あふ》れる編集長も、心痛でげっそりして見える。昨夜は眠れなかったのだろう。それは桑島も同様だ。きっと人が見たら憔悴して見えることだろう。担当する人気作家を失って心を痛める編集者のように。

本社ビルの一階には大きなラウンジが入っている。来客との打ち合わせのためのスペースだ。白山通りに臨むガラスの大窓が拡がり、喫茶店のようにソファとテーブルが並んでいる。適度な間隔で観葉植物の鉢も点在し、ゆったりとくつろげる空間が演出されている。

テーブルの一つに、二人組の男の後ろ姿があった。

「あの人達かな」

編集長がつぶやき、二人でそちらへ近づく。桑島はいささか緊張して、ネクタイの結び目を締め直した。

こちらが近寄る気配を察したようで、男達は立ち上がる。振り返った背の高いほうを見て、桑島は息を呑んでしまった。

死神だ。

死神が来た——。

その人物は地獄からの使いそのものに感じられた。削ぎ取ったように痩《や》せた頬、刃物で切り落としたごときシャープな顎、悪魔を思わせる鉤鼻《かぎばな》、尖《とが》った大きな耳。そして何より、その目が印象的だった。暗く深く、まるで虚無の深淵を覗き込んでしまったかのように、陰気で表情の感じられない瞳である。

死神が断罪に来たのだ——。

と一瞬、超常的な存在が実体化したのかと錯覚してしまう。

しかしよく見れば、そんな存在がこの世にいるはずもない。落ち着いて観察すれば、相手が人間であることは明らかだった。

背が高く痩せ型の中年の男。西洋絵画などで見る死神のイメージにぴったりだった。その外観。その立ち姿。その雰囲気。全身から死を思わせる暗黒のオーラが立ちのぼっているみたいに感じられる。この暑いのにダークブラックのスーツを着て、黒っぽいネクタイをしている。

〝死神〟はバッヂ付きの身分証を出して、警視庁捜査一課の乙姫警部だと名乗った。その声も、地獄の底から湧く瘴気《しょうき》のごとく陰気で暗い声質だった。どうでもいいが見た目と名前のギャップが大きい。まるでタチの悪い冗談のようだ。

もう一方の若い刑事も、刑事らしからぬ外見だった。モデルのようなすらりとした二枚目で、こちらは鈴木刑事という至って平凡な名前だった。どうにもちぐはぐな印象のコンビである。

昨日面談した刑事はいかにも捜査員らしい鋭い目つきの男性二人組で、この異色コンビとはまるで違う。桑島は戸惑いを感じたが、何とか平静を装って挨拶をした。

四人で向かい合わせに座る。

〝死神〟がじっとこちらを見てくる。さながら暗黒のブラックホールのように、光も表情も感じられない陰鬱な瞳。それに見つめられ、桑島は落ち着かないことこの上ない。刑事コンビは黙りこくって、何も言葉を発しようとしなかった。

「あの、今日はどういったご用向きで」

痺《しび》れを切らしたらしく、三戸部編集長が切り出した。乙姫警部は問いかけた編集長ではなく、まっすぐに桑島を見つめたまま、

「桑島さんは亡くなった椙田保彦氏の担当をなさっていたそうですね」

冥府《めいふ》から吹きすさぶカラっ風のような、陰々滅々とした声で聞いてくる。

「そうです」

桑島は、うなずいて答えた。

「昨日お訪ねした刑事がお伝えしたように、椙田氏は一昨日の夜、ご自身の仕事場で刺されて亡くなりました。事故や自殺とは見られない状況なので、我々は故殺、つまり殺人事件として捜査をしております」

「ええ、それは昨日も聞きました」

桑島が云うと、乙姫は表情の読み取れない暗黒物質みたいな目で無機質に見つめてきて、

「一昨日、事件のあった夜、桑島さんは現場に行ったそうですね」

「上石神井の仕事場ですね、行きました」

「アシスタントの皆さんが帰った直後だったそうですね」

「はい、原稿上がりの日ですから、出来上がった原稿を受け取りに」

「その後、被害者に会ったという人物は今のところ現れていません。つまり桑島さんは被害者に会った最後のお一人ということになります。もちろん犯人を除いて、ですが」

「そうなりますか」

「その時、椙田さんに何か変わった様子はありませんでしたか」

「いえ、特に感じませんでしたね」

「後で誰かが訪ねて来る、というようなことは話していませんでしたか」

「それもありません。昨日の刑事さんにも云いましたが」

「では、公式にはやはり最後に会ったのは桑島さんということになりますね」

何を云いたいんだ、この刑事は。

乙姫警部はやけに回りくどい喋り方をする。

桑島は急に怖くなってきた。

もうすべてを知っているのではないか、この刑事は。

桑島はそんな疑心暗鬼に囚われた。

ぞくりと恐怖感が、背筋を這い上る。

そんな桑島の内心とは無関係に、乙姫は淡々とした口調で云う。

「失礼ですが、順番にお一人ずつお話を伺いたいと思います。まずは編集長の三戸部さんから。申し訳ありませんが桑島さんは外していただけますか、また後ほどお願いします」

「構いませんよ」

むしろ安心できる。桑島はほっとして席を立った。息苦しいこの場を離れられるのがありがたい。与えられた時間で気持ちを整え、臨戦態勢を立て直そう。

見透かされていると感じるのは単なる取り越し苦労だ。相手は超常的な存在などではない。ただの人間の刑事だ。恐れることはない。

そう心の中で己を鼓舞するが、桑島はスーツの下でじっとりと汗をかいていた。エアコンは充分に効いているのに。

桑島はラウンジを後にした。

〝死神〟がじっと、こちらの背中を見ている気がしてならなかった。

*

三戸部正臣《まさおみ》は去って行く部下の背中を一瞥してから、改めて二人組の刑事に向き直った。

それにしても特徴的な刑事である。

若いほうは売り出しちゅうの新人俳優のようにハンサムで、年嵩《としかさ》のほうは怪奇映画の特殊メイクでも施したみたいに不気味な風貌《ふうぼう》をしている。

その怪奇映画の特殊メイクみたいな刑事が、無表情に聞いてきた。

「突然のことで驚かれたでしょう」

「そりゃもう、まさか椙田さんがあんな事件に巻き込まれるなんて」

思いもよらない、という気持ちを表現して三戸部は首を大きく横に振った。

「その椙田さんについて詳しくお聞かせ願えますか。彼はどんな人柄だったのでしょうか」

怪奇映画の刑事の質問に、三戸部は不精髭の顎を撫でながら、

「仕事熱心なかたでしたよ。まあ私は、個人的な接点がそれほどあったわけじゃありませんから、表層的な一面しか知りませんけど。イベントの時や、節目節目に慰労会と称して食事をご一緒したり、云ってみれば接待ですな、そういう時に会うくらいで。それでも人から恨まれるようなタイプではないことくらい判りましたね。いつもにこにこして、穏やかなお人柄で。そんな椙田さんが命を狙われるとは思えません。だから昨日の刑事さんにも云ったんです、これはきっと強盗か何かの仕業に違いないって」

三戸部は二十数年前に記憶を遡《さかのぼ》らせて、

「椙田さんが新人賞の佳作を獲ったのが十六か十七か、確かそれくらいでしたね。その後こちらが紹介した作家さんの元でアシスタントをしながら修業して、それから読み切りで本誌デビュー。二十代前半で連載を二本ほど立ち上げましたけど、これはあまり長くは続かなかったなあ。しかし実力をつけて満を持して連載開始した『アガサ』が大ヒットです。ご存じでしょう『探偵少女アガサ』。我が《週刊少年ダッシュ》の屋台骨を支える大人気連載作品です。《ダッ

シュ》の部数は今や『アガサ』で保っているようなものですよ。単行本の初版が一〇〇万部、これがどれほど凄い数字かお判りになりますか。どんな人気漫画でもせいぜい三〇万スタートですよ。七十巻近く出ている既刊も増刷に増刷を重ねて、累計は国内だけでも二億超え。この単行本の売り上げだけで弊社の全社員のボーナスを賄っていると噂《うわさ》されるほどです。本だけではなくメディアミックスも展開していましてね。テレビアニメは二十年続く長寿番組、視聴率は常に10%超え。その他、ゲームはコンシューマーとソシャゲの両方で大人気、コラボカフェにグッズストア、旅行会社と提携したアガサの名を冠したミステリーツアー、ホテルの謎解きイベントにアニメ主題歌コンサート、アガサをモチーフにしたリアル脱出ゲーム等々、様々なイベントに関わっています。中でも大きいのは毎年夏に公開される新作長編アニメ映画ですね。これも多くのファンが楽しみに待ってくれています。興行収入は毎回五十億を超える大ヒット。邦画の興収記録を塗り替え続けています。これももう十年以上続いている」

「もちろん存じ上げていますよ。『ブルーサファイアの涙』に『エメラルドの惨劇』『アレキサンドライトの悪夢』。今公開中の作品は『ダイヤモンドの殺人』でしたね。今年の新作も良く出来ていました」

怪奇映画の刑事は何気ない口調で云う。

おや、刑事もアニメ映画を見るのか、と三戸部は少し意外に思った。しかしあれだけの大ヒット作だ、誰が見ていてもおかしくはないか。とはいえこの風貌で映画館の席に座っていたら、周りの子供達が泣き出しやしないだろうか、などと余計な心配をしつつも三戸部は、

「『探偵少女アガサ』はそれほどの一大コンテンツだったんです。いや、もはや一つの産業と云ってもいい。数百億を稼ぎ出すコンテンツなんですから。何百、いや何千という人間が『アガサ』にぶら下がって生計を立てている。それなのに、ああそれなのに」

三戸部はがっくりとうなだれて頭を抱えた。

「作者の椙田さんがあんなことになってしまって、これは大変な損失です。毎年何百億を叩き出すコンテンツの大元が失われてしまったんですよ。ああ、頭が痛い」

本当に頭痛のするほど大事件である。三戸部は昨日から対応に追われててんてこ舞いだ。編集部のデスクに置きっ放しにしてきた携帯電話には、今も着信が続々と積み重なっているはずだ。こうして刑事相手に愚痴《ぐち》をこぼしているのは、三戸部にとって謂わば現実逃避だった。

そんなこちらの気も知らず、怪奇映画の刑事は淡々と質問を重ねてくる。

「編集長さんは普段あまり椙田さんとの接点はないとのことですが、頻繁に行き来するのはやはり担当の桑島さんでしょうか」

「そう〝アガサ番〟ですから」

「アガサ番？」

「ええ『アガサ』の担当のことをそう云うんですよ」

と、三戸部は不精髭の顎を撫でながら、

「『アガサ』の担当編集は他の作家さんは兼任しないことになっているんです。何せ忙しいですから。桑島くんで三代目、かな。〝アガサ番〟になって彼は確か十二年。初代は『アガサ』

を立ち上げた功績ですぐに編集長になって、出世の階段を駆け上がって今や重役の椅子に腰を据えていますよ」

「なるほど、桑島さんは椙田氏だけを担当しているわけですか」

と、怪奇映画の刑事は陰気な口調で云う。三戸部はそれを聞き咎《とが》め、

「ちょっと待ってください、刑事さん、まさか桑島を疑ってなどいないでしょうね。椙田さんを刺したのがうちの桑島だと？　いやいや、刑事さん、それはない、それだけは絶対にありません」

「いいえ、特に疑っているということではないのです。ただ、被害者と接点が多い人物という意味では、念のため容疑者候補の一人としてカウントしないわけにはいかないでしょう」

「理屈は判りますけど、それは的外れですよ、刑事さん。桑島くんは犯人なんかになれません」

と、三戸部は思わず苦笑してしまい、

「これから彼と話すんでしょう。だったら人柄を見てください。〝アガサ番〟として十二年、粉骨砕身仕事に打ち込んできた男です。椙田さんをフォローして、ストーリー作りの相談に乗り、ネームにアドバイスをして『アガサ』に尽くし続けてきたんです。編集者としての適性は、業界歴三十年のこの私が保証しますよ。謹厳実直、真面目一徹、漫画誌の編集はついだらしない格好になりがちですが、彼はいつでもスーツです。身の回りを整え、身を粉にして『アガサ』にすべてを捧げている。責任感も人一倍強く、椙田さんとも信頼関係を築いてきた。桑島はそういう人間ですよ」

と、三戸部はそこでちょっと思いついたことがあり、それを口にしてみる。

「そうそう、イソップの童話でしたっけ、金の卵を産むガチョウの話がありましたな。ある男が飼っているガチョウが、突然金の卵を産んだ。男が驚いていると、次の日もガチョウは金の卵を産む。男は卵を売り、大いに儲《もう》けることができた。ガチョウは明くる日も明くる日も金の卵を産み続け、男に富をもたらした。蕩尽《とうじん》に明け暮れたある日、男は考えた。これだけ毎日金の卵を産むのならガチョウの腹の中には卵よりももっと大きな金塊があるに違いないぞ、と。欲に駆られた男はガチョウの腹を裂《さ》き、それを殺してしまった。腹の中には金塊などなく、彼は金の卵を産んでくれるガチョウを失い、絶望のどん底に落ち込むしかなかった。とまあ、こんなお話でしたか。つまり私が何を云いたいかというと、椙田さんに手を掛けるのはガチョウを殺すも同然ということです。いや、作家さんをガチョウになぞらえるのは失礼かもしれませんな。しかしこれは、喩《たと》え話としては秀逸《しゅういつ》だとは思いませんか、刑事さん」

と、三戸部は顎の不精髭を撫でながら身を乗り出す。

「金の卵を産むガチョウの腹を裂いてしまった寓話の男は愚かでした。だが桑島くんはそんな愚かな男とは違います。万一、椙田さんとの間に確執や軋轢《あつれき》が生じたとしても、私に相談して〝アガサ番〟を降りればいいだけの話です。もちろん出世街道からは外れてしまうでしょうけど、人に迷惑をかけるくらいなら自分が冷や飯食いの境遇に甘んじることを選びますよ、桑島くんならば。だからね、刑事さん、彼を疑《うたぐ》るのは時間の無駄だと思いますよ。もし何らかの間違いで彼が人を殺すとしたのなら、それはきっと『アガサ』の存続を妨害する相手だけでしょうね」

桑島は編集長と入れ違いにラウンジに入った。すれ違いざま、編集長はぽんと軽く肩を叩いてきた。まあ気楽に相手をしてやれよ、と編集長の目は語っていた。

*

少し硬くなりながらも、刑事コンビの待つ席に向かった。桑島はネクタイの結び目を締め直した。

「お待たせして申し訳ありません、どうぞおかけください」

と、死神のような年長の刑事が云う。見れば見るほど死神然としている。喪服じみた黒いスーツ、落ち窪《くぼ》んだ眼窩《がんか》に生気の感じられない目。まったくもって陰気だ。

一方、若いほうの鈴木刑事は打って変わって爽やかなイケメンだ。清涼飲料水のＣＭモデルが務まりそうである。

桑島は、そんなちぐはぐな刑事コンビと向かい合って座った。

「さて、桑島さんのお仕事は〝アガサ番〟というのだそうですね」

乙姫警部が云った。その声質も、地獄の獄卒が読経するみたいな陰々滅々としたものだった。

「編集長から聞きましたか。そうです、椙田さんの担当です」

桑島が答えると、乙姫はさらに陰気な口調で、

「具体的にはどういったお仕事なのでしょうか、漫画雑誌の編集のお仕事というのは」

どうやら雑談から始めるつもりらしい。桑島は腹をくくって話し始める。

「まあ、簡単に云ってみれば、週一で原稿を受け取ることでしょうかね」

「やはり漫画家の先生を追いかけるのでしょうか。原稿早くしてくださいメ切りです、と催促して。何となくそういうイメージがあるのですが」

「随分ステレオタイプなイメージですけど、そういう人もいるのかもしれませんね。ただ、私の場合は少し違います、椙田さんがプロ意識の高い人ですから。ギリギリでもちゃんとデッドライン前には仕上げてくれます。だから原稿取りに苦労したことはありません」

「では、他に大変なのはどういったことがありますか」

「ネームを切る前に打ち合わせをしたりしますね。今回はこんな話にしようと思う、とか、そろそろこういう新キャラを投入しよう、とか相談に乗ることもあります。そういうクリエイティブな側面もありますけど、多くは秘書的な仕事です。サイン会、講演会、トークイベントの出演依頼、文化人との雑誌での対談、テレビやラジオから出演の声がかかったり、漫画やアニメ系の大規模イベントに呼ばれることもあります」

「そういった方面のスケジュール管理をするわけですね」

「とんでもない。断るんです、全部」

「全部、ですか」

乙姫はわずかに首を傾げる。そういう仕草をしても、まったくの無表情なので真意がまるで読めない。桑島は少し不気味に思いながらも、

「そうです、断るのが私の仕事です。週刊連載はそうでなくても時間がありません。一週間なんてすぐに経ってしまいますからね。進行はいつも押せ押せです。他のことをやっている時間は作家さんにはありませんよ。椙田さんほどの人気作家ともなれば、サイン会だけでも週に数十件の依頼が舞い込みます。イベントが立て込む夏休み期間などは、ほぼ毎日何らかのオファーが来る。それをいちいち引き受けていたら、原稿を描く時間なんてなくなってしまいます。だから私のところですべてシャットアウトするんです、できるだけ角の立たない形で。作家さんの耳に雑音を入れないで執筆に集中できる環境を作る。それが〝アガサ番〟の仕事なんです」

「なるほど、それは気苦労の多いお仕事ですね」

本気で感心したのかどうか表情の読み取れない乙姫は、二度三度とうなずいてから、

「ところで、被害者に最後に会ったのが桑島さんだという話なのですけれど」

話が本題に入った。桑島は少し身構える。

「一昨日、夜に原稿を受け取りに行った、ということですね」

「はい、毎週そうしています、水曜日に」

「昨日お話を伺った同僚によると、仕事場に行ったのが午後十時前だったそうですね。もっと早く行って待機していなかったのはなぜでしょうか」

「それは椙田さんが嫌うんですよ、編集者が目の前で待っているのは落ち着かない、と云って。

それで私は駅前のファミレスで待つことにしています。原稿が完成したら連絡が入る。そうしたら仕事場に向かう。という段取りです」

桑島が説明すると乙姫の隣でメモを取っていたイケメンの鈴木刑事が手帳をめくって、

「相田氏のスマホの履歴によると、九時三十三分に桑島さん宛に電話をしています」

「ああ、それが原稿完成の知らせですね。それで私はファミレスを出て、あのマンションに向かいました」

「その後、九時四十六分に今度は着信が入っています。〝ダッシュ・桑島氏〟と登録されている番号からでした」

「マンションの下に着いたと報告したんです。今から上がって行きます、と」

「なるほど、よく判りました」

鈴木刑事は納得した様子で、手帳に何やら書き込んでいる。乙姫が質問を引き継いで、

「桑島さんが行くまで、相田さんは仕事場で何をしていたのでしょうか。もう原稿は完成しているのだったら、することなどないはずですが」

「それもいつもの習慣です。アシさん達は大概皆で呑みに行ったりしているようですけど、これは原稿明けで気持ちが高揚して、帰っても寝られないからなんですね。よくあるでしょう、体はくたくたに疲れていても頭だけが冴えてしまって眠れない、ということが。原稿が上がった直後は、どの作家さんもそういう状態になるそうですよ、もちろんアシさん達も。だから一杯やりに行く。家庭のある人はすぐ帰ることもあるようですけれど、昂《たか》ぶった神経を鎮めるの

にはアルコールで発散するのが一番効果的らしい」

と、桑島は説明して、

「ただ、椙田さんは酒は一滴も受け付けない体質なんですね。だから自宅に帰る前に仕事場でクールダウンする。さっきまで戦場のようだった仕事場が、アシさん達が帰ると急に静まり返る、その落差が好きだとおっしゃって。静かになった部屋で過熱した脳を休めるのに、一人ぼうっと座っている。そんな時間が気に入っている、と椙田さんは云っていました」

「なるほど、そこへ桑島さんが原稿を取りに行く、と」

乙姫の半ば問いかけるような口調に、桑島はうなずいて、

「静かな時間を邪魔するのは本意ではないのですが、こちらも仕事ですので」

「ただ、原稿を渡しただけにしては時間がかかっていますね」

「時間、ですか?」

桑島はぎくりとする。鈴木刑事が再び手帳のページをめくって、

「あの仕事場のマンションには、エントランスとエレベーター内に防犯カメラが設置されています。二十四時間態勢で作動していますので、すべての人の出入りをチェックできる仕組みです。我々はこれを確認しました。九時三十二分、アシスタントの皆さんがマンションを退出しました。六人揃って出て行くところが映像に残っています。そして九時四十七分、桑島さんが一人で入って来る姿が写っています。桑島さんは七階でエレベーターを降りているのも確認できました」

鈴木刑事が読み上げると、乙姫は表情のない夜のような目でこちらを見てきて、

「ここまではいいですね」

「はい、覚えています」

少々緊張しつつ、桑島はうなずく。鈴木刑事が続けて、

「その後、桑島さんがカメラに写るのが十時二十八分です。七階でエレベーターに乗り、一階で降りています。そのままロビーを突っ切ってマンションから退出するまでが映像に残っています」

鈴木刑事が手帳から視線を上げると、乙姫は冥界から響き渡る念仏みたいな陰気な声で、

「この画像から、桑島さんは仕事場に四十分間滞在していたことが判ります。原稿を受け渡しただけにしては時間がかかりすぎているのではないか、という声が捜査会議で出ておりまして」

「何だ、そんなことですか」

と、桑島は無理に笑って見せると、

「受け渡しと一言にいってもそんな簡単なものではありませんよ。原稿を一枚一枚チェックする必要があります。それに今後の打ち合わせもしました。カラーページや表紙イラストの進行確認、単行本のオビの文言をどうするか、そういった実務的なやり取りがありました。それから椙田さんのクールダウンに付き合います。無駄話をするのがいい気晴らしになるそうで、その相手をするんです。これも〝アガサ番〟のお役目ですから。そんなことをしていたら三十分や四十分くらいすぐに過ぎますよ」

「なるほど、よく判りました。それなら疑問を持った捜査員も納得するでしょう。ちなみに雑談はどういった内容で？」

「巷《ちまた》で流行しているネットゲームや音楽、あそこの店の出前は味が変わった、それに若いアシさんとのジェネレーションギャップだとか、今の若い人はビデオテープの現物を見たことがないらしい、あの有名なホラー映画のビデオをダビングするというストーリーが成り立たなくなるぞ、というようなどうということもない話ばかりでしたよ、雑談ですので」

と、桑島は、前の週の話題を出して誤魔化す。乙姫はそれに興味を持ったのかどうか、相変わらず表情の読めない陰気な目でこちらを見ると、

「ところで、先ほど編集長の三戸部さんから含蓄のあるお話を伺いました。金の卵を産むガチョウの話です」

「はい——？」

突然飛んだ話の意味が判らず、思わず聞き返す。乙姫はまた、ほんの少し首を横に傾げると、

「いえ、ただの喩え話です。ご存じでしょう、イソップ童話。金の卵を産むガチョウの腹を裂いて殺してしまった欲深な男の話です」

「知っていますが、それが何か」

「編集長の三戸部さんの云うには、桑島さんはこの寓話の主人公の欲張り男とは違う、とのことでした。主人公と違って愚かではない、と。人気作家の先生を金の卵を産むガチョウになぞらえて、桑島さんはそのガチョウの腹を裂くようなことは決してしない。そう編集長はおっし

ようやく話が呑み込めた。編集長は桑島を庇《かば》ってくれたらしい。乙姫は無表情のまま続けて、

「私も同感です。担当編集者は売れっ子漫画家を殺したりはしないでしょう。一時の激情に駆られたのならともかく、理性的であればそんな選択はしないと思われます。社会的損失や会社にかける迷惑と不利益、それが少しでも頭によぎれば、思いとどまるはずです。桑島さん、あなたはガチョウの腹を裂くような愚か者ではありませんね」

「ええ、もちろん」

「ならばあなたは犯人ではない、椙田さんを殺してなどいない。編集長の主張はそうでした。充分に納得できるご意見だと思います。私も桑島さんを信用しましょう」

「それはどうも」

乙姫が本気で云っているのかどうか判断がつきかね、桑島は何とも落ち着かない心持ちになっていた。

「で、信用できる桑島さんのご意見をひとつ伺いたいのです。被害者の身近にいた担当編集者ならではの視点もあることでしょう。率直に云って、犯人の心当たりはおありですか」

「そう云われましても」

ストレートな乙姫の質問に、桑島はつい言葉に詰まってしまう。

「誰か、被害者を恨んでいたような人物はいなかったでしょうか」

「うーん、椙田さんは穏やかで物静かな人でしたからね、温厚で人と争うようなタイプではない。恨まれていたなんて、考えられませんよ」

「怨恨《えんこん》の可能性は薄いようですか。では、仕事上の人間関係はどうでしょうか、例えば一緒にいることの多いアシスタントさん達、確か六人いますね」

乙姫が陰鬱な声で云うと、すかさず隣の鈴木刑事が手帳のページをめくり、

「チーフアシスタントの市ヶ谷修輔さん、以下年齢順に仲井守《まもる》さん、夏目悠人《ゆうと》さん、野呂《のろ》勇気《ゆうき》さん、桜田大樹《さくらだだいき》さん、葉山玲旺《はやまれお》さん、この六人ですね」

「いやいや、アシさん達とはうまくやっていましたよ、感情的な縺《もつ》れなんて聞いたこともない。いつも和気藹々《わきあいあい》としていいチームでしたから。アシさんの誰かが犯人なんてとんでもないことです」

桑島が手を振って否定すると、乙姫は言葉を続けて、

「そうですか。身近にいる人の中には犯人はいそうにない、と？」

「いないと思います。椙田さんのプライベートまで知り尽くしているとは云いませんが、少なくとも私の知る範囲、特にあそこのスタッフに殺意を持った人物がいるとは思えません」

桑島の主張に乙姫は、感情をまったく表さない死人のような目を向けてきて、

「とすると、物盗りという線が濃厚になってきますね。被害者はスマートフォンを手に持っていましたが、しかし財布などは現場のどこからも発見できませんでした」

「ああ、泥棒ですか。それはありそうな話ですね。盗みに入ったところを椙田さんに見つかっ

て、つい刺してしまった、とか」

「なるほど、強盗の居直りはよくあるケースです。スマートフォンを持っていたのも、侵入者を発見して警察に通報しようとした途中だったとも考えられますね。桑島さんは強盗の仕業だとお考えですか」

「それが一番可能性が高いと思います。椙田さんは恨みを買う人柄じゃないですから」

「なるほど、よく判りました」

と云うと、乙姫はいきなり立ち上がった。予備動作をまったく伴わない、いかにも唐突な行動だった。

あまりに急だったので、桑島は面喰らった。

「大変参考になりました。それでは、今日はこれで失礼します。またご意見を伺いに来るかもしれませんが構いませんでしょうか」

まだ少し驚いている桑島を見下ろしながら乙姫は云う。冥府の最底辺から悪鬼が語りかけてくるみたいな陰気な口調だった。

「もちろんです、構いませんよ」

答えながらも桑島は、動悸《どうき》が抑えられないでいた。

*

「そう、財布なんかの貴重品の類《たぐい》は全部、この引き出しにしまう習慣でしたね」

目をしていた。

市ヶ谷修輔は答えた。他の刑事にも同じことを伝えたが、今日来た刑事はやけに独特な見た目をしていた。

市ヶ谷と刑事コンビがいるのは、仕事場マンションの一室。椙田先生の仮眠室である。三人は今、文机の前に立っていた。三段ある抽引き出しの一番上の段が、中途半端に開けっ放しになっている。それを示しながら市ヶ谷は説明していた。

「先生は自宅が駅の反対側にあって、そこからここへ通っているんです。独り暮らしで、結婚していたことはありますけど、十年ほど前に離婚しましてね。確か娘さんが一人いたはずだけど、親権は元の奥さんが持って行きましたから」

他の刑事にも何度も繰り返し説明しているせいで、話す内容は市ヶ谷の頭の中で整理されている。

「独り暮らしだからこそ見苦しい格好はしたくない、というのが先生のポリシーでしてね。スタイリッシュでしたよ、先生は。こんな服で駅前の人混みの中を通ってくるのは殊《こと》の外嫌がっていました」

と、市ヶ谷は、自分のTシャツの裾をつまんで見せ、こんな服を強調する。今日着ているのはハードロックカフェのインパクトのある柄のものである。

「いつもお洒落な服装をしていましたよ。といっても勤め人でもないからジャケットくらいですけど」

開けっ放しのクローゼットを市ヶ谷は指さして云う。中にはサマージャケットとスラックスが吊されている。

「出勤してきたら先生はまず、ここで着替えます。仕事がしやすい楽な服装に」

市ヶ谷の説明の途中で、鈴木と名乗ったイケメン刑事が口を挟んで、

「発見時は黒いTシャツにハーフパンツでしたね」

「そうそう、仕事場ではだいたいそんな格好でしたね。むさ苦しい野郎ばっかりの職場だし、気取ってみても意味ないですから。で、着替える時にポケットの貴重品をここに入れるってわけです」

と、市ヶ谷は、半ば引き出された一番上の段の引き出しを示した。

「財布、カード入れ、キーホルダー、腕時計、といったところですかね。全部まとめて、ここへ保管する習慣でした」

すると、死神みたいな恐ろしげな風貌をした刑事が、やけに表情に乏しい不気味な顔をこちらに向けてきて、

「しかし今は開けっぱなしですね。これは椙田さんが？」

「まさか。先生は几帳面ですからちゃんと閉めますよ。開けっ放しなのは犯人が中身をごっそり盗って行ったからでしょう。ほら、あっちも多分、物色した跡ですよ」

と、半開きになっているクローゼットの扉に視線を送りながら市ヶ谷は云った。

「この文机は普段から椙田さんがよく使っているものですか」

死神じみた刑事の質問に、市ヶ谷は首を横に振った。

「いえ、あんまり使っている様子はありませんでしたね。仮眠中、ちょっと思いついたことがあるとメモをする、そんな程度だったはずです。そのために置いてあるだけで、どちらかというと物入れとしての役目がメインだったと思いますよ」

「ここに財布などが入っているのを市ヶ谷さんはご存じだったんですね」

何やら含みを持たせたように死神刑事は聞いてくる。市ヶ谷はうんざりした。こっちはまだ先生の死のショックと悲しみからまったく立ち直れていないのに、無神経な物言いをされるとイラッとくる。いい大人だからどうにかこうして堪《こら》えているけれど、本当は今でも悲しくて膝から崩れ落ちそうなのに。そこを社会人としての責任感から表に出さず、連日の警察の事情聴取にも付き合っているのだ。しかし刑事はそれを斟酌《しんしゃく》してくれない。だから市ヶ谷は少し険しい口調になって、

「そんなことくらいで私を疑ったりしないでくださいよ。スタッフは皆、知っていましたから。先生は色々な面で几帳面で、仕事も丁寧で手を抜かない人でした。作画に妥協を許さなくて、原稿の仕上げにはいつも気を配っていましたよ。ただ、小さいお金の管理に関してだけは変にずぼらな一面もありましたね。何せ大金持ちで『アガサ』の印税が天文学的金額になって振り込まれる立場でしたから。孫の代まで豪遊して暮らせるほどの莫大な資産がありました。その反動からか、財布の中の五万や十万の現金に関しては適当でしたね。作画作業が佳境に入ると、私達は全員こもりきりになるわけですよ、この仕事場に。必然的に食事は全部デリバリーです。もちろん経費で。そんな出前の代金を払う時は、我々アシスタントの誰か手の空いている者が

ここへ来て、引き出しから自由に財布を持って行って支払うのが常でした。先生がコーヒーを飲みたくなった時なんかも、若手のアシに『駅前まで行って人数分買ってきてよ』と頼むんです。そうすると、ここから勝手に財布と鍵を持ち出して買いに行く、そういうシステムでやっていました」

「鍵も持って行くのですね」

死神の刑事はどうでもいいところに引っかかっている。市ケ谷はまたうんざりしながらもうなずいて、

「ええ、鍵がないと戻って来られませんから。下のエントランスはオートロックだし」

「鍵もこの引き出しに入っていたとおっしゃいましたね」

「はい、キーホルダーごと」

「ということは、鍵はキーホルダーと一緒に犯人が持ち去ったのですね」

「でしょうね。困るんですよね、替えの利かない鍵だから」

「替えの利かない？」

「ええ、ここの鍵は特別製なんです。なんといっても高級マンションですからね、コピーをそう簡単に作られたんじゃ管理会社も困るようで。なんでも鍵の刻みが複雑で、その辺の街の鍵屋ではコピーを作れない仕組みだとかで。一世帯に四本しかないと聞いていますよ。一本でもなくなると困るんです」

「四本。鍵はそれだけしかないのですね」

どういうわけか死神の刑事は、突然ぐいと表情に乏しい怖い顔をこちらに近づけてきて、

「その予備の鍵はどこにあるのでしょうか」

「信頼されているスタッフだけが預かっていますよ」

たじろぎながらも市ヶ谷が答えると、死神刑事は洞穴《ほらあな》みたいにぽっかりと開いた感情の起伏を見せない目で見つめてきて、

「どなたでしょうか、四本それぞれ持っているのは」

「四本のうち一本はもちろん先生ご自身のものです。この引き出しに入っていた、多分犯人が盗んで行ったやつですね。そして一本が私。これでもチーフアシですから、アシの取りまとめ役を仰《おお》せつかっているんです。もう一本は作画班でないスタッフの海老名《えびな》さん。私と同世代で、先生の信頼も厚い人です。最後の一本は担当編集の桑島さん、文華堂出版の担当さんです」

「桑島さんならばお目にかかりました」

「ああ、だったら判るでしょう。彼はとてもきちっとしている人ですからね。『アガサ』の担当ももう十年以上になるし、先生の信用もある人ですから」

「そうですね、とても真面目な会社員という印象を受けました。あのかたならば先生からも頼りにされていたことでしょう」

そう云うと、死神刑事はいきなり黙り込む。じっと何かを考えているその様子は、まるで大量虐殺した人類の数を頭の中でカウントしている悪魔のごとくである。そしてまた出し抜けにこちらに向き直ると、死神刑事は、

「市ヶ谷さん、今、鍵はお持ちですか。参考までに拝見したいのですが」

「はあ、別に構いませんけど」

市ヶ谷はうなずき、ポケットからキーホルダーを取り出した。他の鍵から一本を選り分けて、キーホルダーごと手渡す。

それを手にした死神刑事は、表情のない目でじっとりと見つめている。そういえばしげしげと観察したことなどなかったな。と思い、市ヶ谷も刑事の手の中の鍵を見てみる。

ディンプルキーと呼ばれる種類の鍵だ。平らな鍵の表面に小さな円形の窪みがいくつも彫ってある。円の大きさはまちまちで、並び方も不規則。複雑な文様を描いている。

死神刑事があまりにも無言で長々と眺めているので、市ヶ谷はつい口を挟んで、

「それ一本で下のオートロックとこの仕事場の玄関、両方を解錠できます。逆に云うと、鍵がなければこのマンション自体に入れないし、この部屋にも入れないってことです」

死神刑事が何の反応も返さないから、余計なことを云ったかなと市ヶ谷が思っていると突然、鍵を突き出してきて刑事は、

「ありがとうございます。大変参考になりました」

と、返してくる。いささか面喰らいながらそれをポケットにしまっていると、死神刑事が今度は唐突に歩きだした。何の予備動作もなく、まったく突然の行動だった。市ヶ谷は何事かと唖然《あぜん》としたが、イケメンの鈴木刑事は慣れているのか驚いたふうでもなく、ついて行くように促してきた。

部屋を出た死神刑事は、今度は廊下を挟んで正面の扉に興味を持ったらしい。立ち止まり、それをじっと見つめながら、地獄の底に吹きすさぶ暗黒の風みたいな陰気な口調で、

「こちらの部屋は何でしょうか」

「我々アシスタントの仮眠室です」

問われて市ヶ谷が返答すると、死神刑事はドアノブに手を伸ばして、

「開けても構いませんか」

「どうぞ」

自分達の寝床を見られるのには何となく抵抗があるものの、刑事のリクエストならば仕方ない。市ヶ谷は片手を出して、自らドアを開いた。

死神刑事が中を覗き込む。

室内は殺風景そのものだ。三方の壁に二段ベッドがそれぞれ一台ずつ。それだけでいっぱいである。

ドア口に立った死神刑事は、無表情に内部を眺めながら、

「ベッドが六人分。ちょうどアシスタントさんの人数と同じですね。ここで皆さんお休みになるのですね」

「そうですけど、別に全員一斉に寝るわけじゃありませんよ。タイミングはバラバラです。うちは作画に週のうち四日をかけます。その時に交代で仮眠を取るんです」

「四日間、泊まり込みをするのですか」

死神刑事は淡々と聞いてくる。こんなことを説明して捜査の足しになるのかよ、といささか疑問に感じないでもないが、そこはまっとうな大人としての義務感で市ヶ谷は、

「週刊連載というのは一週間で通常十九ページの原稿を仕上げるんです。週の内三日は先生がネームを切って、下書きコマ割りに使う。後の四日は作画アシが全員入って原稿にペン入れするわけです。四日間ずっと机にへばりついて、いわゆる修羅場ってやつですね。先生の指示でページバラバラに全員に原稿用紙が撒かれて、描き込める箇所からひたすら描く。止まらない過酷なデスマーチですよ。とにかく描く、塗る、トーンを削る。腕ももげそうな凄絶な四日間になるわけです。しかしさすがに不眠不休は無理ですからね、手の空いた者から二、三時間ずつ仮眠を取る。手の空くタイミングはそれぞれですから、それで休息もまちまちなんです。ただ、いくら同じ釜の飯を食う仲間でも、ベッドを誰かと共有するのはさすがに抵抗があります。同じ布団を使い回して、さっきまで誰かが寝ていた温もりを感じながら寝るのは、ちょっとね。だから一人一台、専用のベッドがあるんです。その辺うちはちゃんとしている、先生が几帳面なのもあって。福利厚生っていうのも大げさですけど、一応ここは会社だから。〝椙田プロダクション〟って株式会社なんですよ。といっても、ほぼ先生の個人事務所って感じですけど、まあ、ぶっちゃけてしまえば税金対策ですね。会社組織にしておいたほうが税制上なにかと有利で。そのおこぼれで私も社員ですよ。こう見えて私、立派な会社員なんです。年中こんな格好しかしていませんが」

「なるほど、判りやすいご説明、痛み入ります」

死神刑事はうっそりと一礼して、扉を閉める。そして今度は仮眠室との並びのドアをゆるゆると指で示した。

「あちらは何の部屋なのでしょうか」

色々なことに興味を示す面倒な刑事である。死神刑事は勝手にそこまで行ってドアを開いている。ため息をつきながらも市ヶ谷はその後について行き、

「さっきも云った作画に参加しないスタッフの部屋ですよ。断りもなく開けるのは困るんですがね」

不平を云っても死神刑事はまったく動じず、陰気な目つきでじっと中を覗き込んでいる。部屋の中央にはデスクが三台。壁は三方すべてが背の高い書棚で埋まっている。別に珍しい光景でもないだろう。

「スタッフの海老名さんと笹野《さ さ の》くんの仕事部屋ですよ」

市ヶ谷が投げやりに云うと、死神刑事は、

「海老名さんという鍵を預かっている一人ですね。作画に参加しないというと、具体的にはどんなお仕事をされているのでしょうか」

「それは本人にでも聞いてください、そのほうが早い」

市ヶ谷は、そろそろ本気で面倒になってきた。うんざりして説明を放棄したのだが、死神刑事は市ヶ谷を解放してくれる気はないらしく、今度は廊下の反対側にある仕事部屋に入って行く。市ヶ谷にとって馴染《な じ》み深いが、今や殺人現場となった部屋である。

「ところで、第一発見者は市ヶ谷さんということでしたが」

死神刑事は仕事部屋にのっそりと踏み込んで行くと、並んだデスクの前でこちらを振り向くでもなく質問を投げかけてくる。

「ええ、そうですよ」

市ヶ谷もぞんざいに答えた。

「椙田先生の刺殺死体を発見した、そうでしたね」

「はい」

「その時のことを詳しくお聞かせ願えますか」

「またですか」

市ヶ谷は心底うんざりしてしまう。

「もう何度も他の刑事さんに話しましたが」

「私はまだ伺っていません」

死神刑事はいきなり振り返ると、不気味な顔つきでにじり寄ってくる。その迫力に圧倒され、ため息をつきながらも市ヶ谷は渋々と口を開く。

「原稿上がりの翌日、ここに忘れ物をしたのを思い出したんです。それを取りに来て発見したんですよ」

「忘れ物とは何でしょう」

死神刑事はまたぞろどうでもいいところに引っかかってくる。

「イヤホンです、スマホの。徹夜明けの眠い目を擦りながら取りに来たんです」

「時間は、何時頃でしたか」

「昼過ぎです、二時前くらいだったかな」

「この建物へ入ったのはご自分の持っている鍵を使ったのですね」

「そりゃそうです、誰もいないと思っていましたから。でも、ここへ来たら誰かが床に倒れている。すぐに先生だと判ったんですが様子がおかしい。Tシャツの胸に何か刺さっているのを見つけた時は、それはもうびっくりして」

と、半ばうんざりしながらも、もう何度くり返したか判らない証言を、市ヶ谷は続けた。

＊

桑島が出社すると、すぐに呼び出しがかかった。内線電話だ。一階のラウンジから、来客だという。まるで、桑島が来るのを見張ってでもいたかのようなタイミングだった。

悪い予感がする。

桑島はネクタイの結び目を締め直し、エレベーターで一階まで降りた。

ラウンジに入ると、思った通り刑事コンビが待っていた。死神の乙姫警部とイケメンの鈴木刑事。乙姫は前回と同じ黒ずくめの服装で、一族郎党全員が打ち首獄門に遭った直後みたいな辛気くさい顔つきをしている。陰気で薄暗い不気味な空気感がゆらゆらと、その全身から立ちのぼっているように感じられた。

桑島は挨拶すると、二人の刑事と向かい合わせに座った。

乙姫が早速、冥界の頭蓋骨数え唄のごとく陰鬱な口調で話し始める。

「先日、ご意見を伺いに来ても構わないとおっしゃってくださったので、お言葉に甘えて参上いたしました。お忙しいところお手間を取らせて申し訳ありません」

「いえ、私でお役に立てるのなら、いつでも構いませんよ」

桑島は緊張しながら答えた。

死神は、煉獄《れんごく》の井戸の底みたいに陰気で暗い目を向けてきて、出し抜けに、

「鍵です」

と、云った。意表を突かれて桑島は、

「は？」

間の抜けた返答をしてしまう。乙姫はそれに構わず、

「〝椙田プロダクション〟の鍵。桑島さんも預かっているそうですね。原稿を受け取りに行ったあの事件の夜、あの時もその鍵でマンションに入ったのですか」

「ええ、もちろん、そのために預かっているんですから」

「問題になるのはですね、桑島さんの鍵ではなく椙田さんの鍵のほうです。鍵がなくなっていました、財布やカード入れと一緒に」

「そうなんですか、いや、それは知りませんでした」

「犯人が持ち去ったのだと思われます」

「そうでしょうね、なくなっているのなら」

「第一発見者、チーフアシスタントの市ヶ谷さんによると、発見時には仕事場の鍵はかかっていたそうです」

と乙姫は云う。それはそうだろう、と桑島は内心でうなずいた。あの夜、桑島自身がその鍵をかけたのだ。

「市ヶ谷さんに何度も念を押したところ、間違いなくかかっていたとの回答でした」

「それが何か」

「あそこの玄関の鍵は扉を閉めたからといって自動でロックがかかる機構にはなっていません。よくあるドアと同じように、鍵を使って外側から施錠しないとロックはかからない。要は、犯行後に何者かが鍵を閉めたということです。現場はマンションの七階です。窓の鍵もすべて内側から閉めてありました。犯人は玄関から逃走するしかない状況です。つまり、鍵をかけた何者かとは犯人に他ならないことになります」

「そうでしょうね」

桑島は、戸惑いつつもうなずく。乙姫は当たり前のことをやけに回りくどく云う。

「さて、犯人はどの鍵を使って施錠したのでしょうか。桑島さん、判りますか」

「相田さんの鍵でしょうね。犯人は財布などと一緒に相田さんの鍵を持ち去った。さっき警部さんはそう云いました。だとすると当然、その鍵を使ったんでしょう」

「はい、そこまではいいのです、自然な流れです。使ったのは椙田さんの鍵。しかし問題なのは、何のために鍵をかけたのか、そこにあります」

「何のために？」

「そうです、そこが引っかかります」

と、乙姫はビードロ玉みたいに生気を感じさせない無表情な目でこちらを見てきて、

「桑島さんは先日、犯人は居直り強盗ではないかとおっしゃいました。コソ泥が椙田さんに見つかって、慌てて刺してしまったのではないかと。そんな盗っ人が犯人だとしましょう。ではどうして犯人は、現場の玄関の鍵を閉めたのでしょうか。そんな必要があるのでしょうか。鍵などかけずに一刻も早く逃げたほうがいいと思いませんか。どうして一手間かけて、わざわざ鍵などかけたのでしょう。そこに説明がつかないのです」

乙姫の疑問に、桑島は咄嗟《とっさ》には答えられなかった。痛いところを突いてくる。どうやら乙姫は油断ならない相手のようだ。

あの時、桑島は鍵をかけるかどうか大いに迷った。鍵などかけずに逃げたほうが自然だとは判っていた。だが、どうしても放置できなかった。〝アガサ番〟としての本能がそれを許さなかったのだ。〝椙田プロ〟の仕事場はある意味、宝物庫である。宝の山がうなっている。それを鍵をかけずに無防備な状態にすることは、桑島にはどうしてもできなかった。

桑島は、少し考える振りをして、

「それは多分、発覚を遅らせたかったんじゃないでしょうか」

「殺人の発覚を、ですか」

乙姫が聞いてくる。いつもの無表情は崩さないままだ。

「そうです、開けっ放しではいつ誰が来て遺体を発見するか判りません。犯人はそれを避けたかったんではないでしょうか。私もこれで『アガサ』の担当を十二年やっています、少年誌の漫画といっても『アガサ』は本格的なミステリのネタが大人の読者にも受けています。ですから門前の小僧で私も多少なりとも法医学の知識が頭に入っています。そんな乏しい私の知識でも、殺人現場では時間が経過するごとに証拠が劣化することは判ります。いや、警部さんを前にしたら釈迦《しゃか》に説法でお恥ずかしい限りですが、指紋、血痕、DNA、足跡、唾液、そうした犯行の痕跡は、時間が経てば経つほど、どんどん不鮮明になっていくものだと聞いています。それに遺体も死後の時間が経過するほど、そこから得られる情報が曖昧《あいまい》なものになっていくとも。だから犯人はそれを踏まえて行動したんじゃないでしょうか。発覚を遅らせて、犯行現場の痕跡の鮮度が落ちるのを目論んだわけです。鍵をかけておけば、不測の事態で遺体が発見されるのを防げる。万一、管理人さんや廊下の清掃係が、ドアに鍵がかかっていないのを不審に思って部屋に立ち入ったりしたら、発見が早まってしまいます。犯人はそれを避けたかった。これが鍵をかけた理由ではないでしょうか」

「なるほど、鍵をかければ、鍵を所持している人が来るまで発覚を遅らせることができますね。そうすれば証拠の鮮度が落ちて鑑識さんや検視官の仕事の足を引っぱることができる。いや、興味深い着眼点です、参考になります」

乙姫は云うが、表情が動かない上に声のトーンも普段通りの陰気で沈んだものなので、本気の言葉なのかどうか判断がつかない。そんな乙姫は続けて、

「では、犯人が椙田さんの仮眠室の文机を漁ったのは、鍵を盗るためだったのかもしれませんね。財布やカード入れを盗んだのは偽装で。となると、居直り強盗説は怪しくなります。金目の物を盗んだのが偽装だとすると、やはりメインの目的は椙田さんの殺害そのものにあったということになります」

「いえ、そうとは限らないんじゃないですか」

と、桑島は首を横に振って、

「メインの目的はあくまでも財布やカードだとも考えられます。鍵はたまたま一緒にあったのを見つけたから、それを利用して発覚を遅らせることを思いついたのかもしれません。椙田さんの口座には途方もない桁の金額が詰まっていますからね。カードがターゲットというのは充分に可能性が高いと思いますよ」

すると、乙姫の隣でメモを取っていたイケメンの鈴木刑事が顔を上げ、

「カードはクレジットもATMも、今のところ使用された形跡はありません。犯人はまだ預金には手をつけていないようです。もしカードを使おうとすれば、即刻最寄りの交番から警官が急行するよう、関係各所に手配済みです」

その情報に、桑島はうなずき、

「だったら案外早く犯人は捕まるかもしれませんね。罠が張られているとは知らずに現金を引

き出そうとして」

乙姫も感情を表さない陰気な口調で、

「それだとこちらも助かるのですが。犯人が尻尾を出すのを、桑島さんもどうか祈っていてください。では、今日はこれで失礼します。お忙しいところお邪魔しました。参考になるご意見をいただき、ありがとうございました」

立ち上がり、葬儀の参列者みたいな陰鬱な一礼をすると、乙姫は踵《きびす》を返して歩きだす。相棒の鈴木刑事も、爽やかにお辞儀をしてそれに倣《なら》った。

面談は終わりか。

桑島は、ほうと大きなため息をつく。

緊張感から解放された。

と、そこで唐突に乙姫は立ち止まって振り返り、

「それにしても、犯人はどうしてあの文机の中に財布やカード入れがあることを知っていたのでしょうね。まるで狙い澄ましたかのようにあそこから持ち出しています」

桑島はしばし絶句してしまう。再び緊張して、思わず全身に力が入る。

どうにか気を取り直して、かすれた声で主張した。

「それは、あちこち漁って、運良く見つけたんじゃないでしょうか」

「それは可能性が低いと思います」

しかし乙姫はうっそりと首を振り、

「仕事場のデスクもアシスタントさんの仮眠室も、まったく荒らされた様子がありませんでした。あの文机だけが一点突破で狙われているのです。まるで最初からあそこに貴重品類がしまってあるのを知っていたかのように。ここから考えると、案外犯人は被害者の身近にいるのかもしれませんね。少なくとも榻田さんの習慣を熟知している程度には身近に、です。では、失礼します」

云い残し、乙姫はラウンジを出て行く。

その死神じみた後ろ姿を目で追いながら、桑島は緊張感からいつまでも体を硬くしていた。

＊

「待遇は良かったですよ、破格と云ってもいいぐらい。やっぱり『アガサ』くらいの大ヒット作の現場だと、アシの扱いも違うんでしょうね」

と、野呂勇気は云った。

「他にも何件かアシ先は入った経験がありますけど、ひどい現場もありましたからねえ」

石神井公園近くの喫茶店。〝榻田プロダクション〟のマンションからも、野呂の自宅アパートからもほど近い店である。エアコンの冷気が心地いい。

刑事の訪問を受け、野呂は喫茶店で話すことを提案した。独り暮らしのアパートは手狭で、二人の来客を迎え入れるキャパシティがない。その上、オンボロエアコンの調子が悪くて蒸し暑い。

それにしても、と野呂は思う。これまで事情聴取を受けた刑事達と違い、今日の刑事コンビは異様に独特な風貌をしている。一人はまっ黒なスーツにハロウィンのお面でもつけているみたいに不気味なご面相で、全体的に陰気なムードを醸《かも》し出しているので葬式帰りのように見える。片や若いほうは恋愛映画のポスターから抜け出してきたみたいな、びっくりするほどのイケメンだった。これほど整った容姿を絵に描ける自信が、野呂にはない。

「野呂さんは、椙田さんのところのアシスタントは長いのですか」

ハロウィンのマスクの刑事が聞いてくる。声質も、地獄の底で悪魔の祭壇に祈りを捧げるごとく陰鬱なものだった。

野呂は幾分腰が引け気味に、

「まだ三年くらいですね。でも、居心地のいい職場ですよ。先生は優しいし、意地の悪い先輩もいないし。金持ち喧嘩せずの精神なんでしょうかね、色々な面で余裕がありますよ。前行ったことあるアシ先はあんまり売れてない先生のところで、すごく荒れててギスギスしてて、ひどいもんでしたから。細かいことばっかりあげつらってねちねち嫌味云ったり、急にキレて怒鳴りつけてきたり、こっちの人格を全否定するほどの罵詈雑言を投げつけてきたり、性格破綻者かと思いましたよ。やっぱ売れてないと精神的に荒廃するんですね、きっと。その点〝椙田プロ〟は天国みたいな職場ですよ、先生が人格者で」

椙田先生の悲劇的な事件のことを思うと、また鼻の奥がつんとくる。下っぱの野呂にも優しくしてくれたあんないい人が惨《むご》い最期を遂げたなんて、今でも信じられない。油断すると涙腺が決壊しそうだったけれど、刑事の前で泣き出すわけにはいかない。ぐっと涙を堪えて野呂は、

「会社組織になっているから大人の職場って感じなんでしょうね。あ、刑事さん、知ってました？　チーフ達先輩はれっきとした会社員なんですよ、漫画家のアシなのに。まあ、もう年も年だし、そのほうが落ち着いていいんでしょうね。えーと、確かチーフが四十過ぎたところだったかな」

野呂の記憶が曖昧になると、すかさずイケメンの若手刑事が手帳をめくって、

「年齢は、チーフアシスタントの市ヶ谷さんが四十一歳、次の仲井さんが三十八歳、夏目さんが三十七歳。そして野呂さんは二十五歳ですね。その下の桜田さんが二十四歳、葉山さんが二十二歳です」

淀《よど》みなく読み上げた。野呂はうなずき、

「そうそう、仲井さんと夏目さんは一個差でしたっけ。その年長三人はプロのアシスタントで社員なんですよ、プロアシっていって。で、僕ら下の三人はバイトで、今はデビュー目指して修業ちゅうなんです」

「先生のアシスタントについて修業する形になるのですね」

ハロウィンマスクの刑事が、不気味な無表情の顔で聞いてくる。

「そうです、先生の下で絵のテクニックやストーリー作りのコツを学んで、ですね。ただ、相田先生のところはアナログなんですよね。だからあまり技術の修練にはならないかな。消しゴ

ムかけ、カケアミ、効果線、トーンなんかを全部手作業でやる現場は今時珍しいんですよ。大抵はパソコン上で一発でできますからね。僕はGペンやカブラペンよりタブレットに慣れたいんですけどねえ。今はアシもネット経由のリモートワークが多いですから」

「時代によって仕事も様変わりするものなのですね。では椙田さんのところのアナログな仕事に、野呂さんはご不満があった、と？」

ハロウィン刑事が聞いてくる。他意はないようだったが、野呂は慌てて否定して、

「とんでもない、不満なんかあるもんですか。さっきも云いましたよね、今の職場は快適そのものです。まあ、ワク線描かせてもらえるまで半年は雑用ばっかりだったのには閉口しましたけど。今は満足しています。人間関係は円満だし、何より『アガサ』のブランド力は強いですからね。国民的ヒット作の現場はやっぱりテンション上がりますよ。アシ仲間にも自慢できるし、女の子にも受けがいいですから」

「そうしてアシスタントをしながら野呂さんはプロを目指しているのですね」

「ええ、仕事の合間に読み切りのネーム切ったりしていますよ。それを担当編集者に見てもらって、よかったら《別冊少年ダッシュ》に載せてもらって、次に本誌での連載を目指す形ですね。最終目標が《ダッシュ》での連載です。そうなれば一本立ちして今度は僕が先生ですからね。でも、狭き門だってのも判ってますよ、連載を勝ち取れるのなんてほんの一握りの人間なんですから。もしうまいこと連載作家になれたとしても、人気が出なかったら打ち切られておしまい。単行本も出してもらえないことだってザラですもん。知ってました？　市ヶ谷さんや

仲井さん達も、若い頃はそうやって独り立ちを目指してたんですって。夏目さんなんか実際《ダッシュ》で連載持ってたほどですから。でも結局長くは保たなくて、今はプロアシになって生計立ててるんですね。僕もデビューできなかったらプロアシになる道もあるかなって、最近思うんです。今の職場みたいなところなら生活していけますし。会社としてきちんとしてるんで、社会保険や厚生年金にも入れますからね。その辺は普通の会社員と同じ待遇ですよ、ボーナスだって出るし。何といっても自分の技術を活かせる仕事ってのがいいですよね。今の努力が無駄にならない。仲井さんは背景描かせたら業界でもピカイチだし、夏目さんは何十人ものモブを下書きほとんど無しで一発描きできる超絶テクの持ち主で。チーフの市ヶ谷さんなんてメインキャラのペン入れまで任されているくらいですからね。先生の手が回らない時はアガサや保阿路《ぼあろ》警部なんかも描くんですよ。しかも先生のタッチそっくりに描けるんだから凄い技術でしょう。プロアシもあそこまで極めればもう職人ですね。そりゃいい給料もらえるはずです」

「そういうところで修業できるのは、野呂さんにとってもいい勉強になるのでしょうね」

長々と喋った野呂を止めることなくハロウィン刑事は、ゆったりとした口調で云う。

「そりゃもう。さすが国民的人気作の現場ですよ」

野呂がうなずくと、ハロウィン刑事は聞く者の魂を地の底に引きずり込むみたいな陰鬱な口調で、

「そんな会社がなくなるのは困るでしょう」

「え」

「代表の椙田さんが亡くなったのです。〝椙田プロダクション〟はもうやっていけないでしょう。野呂さんも先行《さきゆ》き不安なのではないですか。次のアシスタント先を探さないといけない」

「あ、ええ、まあ、そうですね」

　野呂はつい、言葉を濁してしまった。咄嗟にうまい切り返しができない。どうする、何と答えればいい？　あの計画のことはまだ内密にと釘を刺されている。相手が刑事ならば喋ってしまっていいのだろうか。いや、ダメだ、まだ云ってはいけないと厳命されている。だから野呂は頭を掻いて、

「いや、何とかなるでしょう、ははは」

　乾いた笑い声を上げて誤魔化すしかなかった。意味もなくTシャツから剝き出しになった両腕をさすってみたりする。

「それより刑事さん、ちょっと思いついたことがあるんですけど。捜査に協力するのは善良な市民の義務だっていいますから、僕のアイディア、聞いてもらえますか」

「何でしょうか」

　ハロウィン刑事は特段関心を持ったふうでもなく、今までと同じ暗いトーンで尋ねてくる。

「僕も『アガサ』のアシについて三年経ちますからね、ミステリのキモが判ってきました。要は意外性でしょう。思ってもいなかった理由が事件の核心に隠されている。これは現実の事件も同じだと思うんですよ」

「とおっしゃると、今回の事件にも予想外な真実が隠されているということでしょうか。興味深いお話のようですね」

ハロウィン刑事に促されて、野呂は鼻をうごめかせて、

「刑事さん達は先生の人柄や交友関係について何度も聞いてきますよね。それは先生の人間関係に動機がないか探ってるんでしょう。僕の見立てだとそれはピント外れです。犯人の狙いはそんなところにないんですよ。先生は巻き込まれただけ。犯人には目的の物が別にあった」

「それは何でしょうか」

「時計ですよ、腕時計。先生のはパテック フィリップの限定モデルです。シリアルナンバー付きの超レア物。中古でも一千万はくだらない高級腕時計ですよ。それがなくなってたって聞きました。財布やカード入れと一緒に」

「犯人の目的はその時計を盗むことにあったとおっしゃるのですね」

「そうです、マニア垂涎《すいぜん》のコレクターズアイテムですから。その辺のショップでは絶対に手に入らない逸品です。僕も将来、連載でドカンと当てて大金持ちになったら、ああいうのが欲しいなあと思って見てたからよく知ってるんです。最高級の時計ですよ。あれがどうしても欲しかった犯人は、先生の命を奪ってまで手に入れたかった。これが事件の真相です」

「財布やカード入れは行きがけの駄賃として盗って行ったというのですね」

「というよりカムフラージュでしょう。財布なんかを残しておいたら、時計が目的だと一発でバレる、時計収集マニアが犯人だって。だから刑事さん、その線を手繰ればいいんです。先生

が時計を購入した代理店、そこの顧客情報を閲覧して先生が限定モデルを買ったのを知ることのできる立場にいる者、その中に必ず犯人は潜んでいますよ」

自信満々に、野呂はそう云い切った。

＊

「時計、ですか。いやそれはないでしょう。ナンセンスです」

と、桑島は云った。

「ナンセンスですか」

乙姫が聞き返してくる。

「そうでしょう。それなら盗むだけでいい。なにも殺人までやる必要はないんですから」

桑島が喋っているのは前回と同様、文華堂出版一階ラウンジ。前と同じく〝死神〟とイケメンコンビが訪ねてきたのである。そしていきなり、犯人の目的が椙田の腕時計にあったという珍説を披露したのだ。

「それに、確か椙田さんは他にも高級腕時計を持っていたはずです。あと五本か六本はあったかな、それこそ一千万クラスのを」

と、桑島はネクタイの結び目を締め直しながら云う。

「それは自宅に置いてあると思います。犯人は鍵をキーホルダーごと盗んで行ったんでしたよね。だったらそこに自宅の鍵もあるはずです。もし時計収集家とやらが犯人なのだとしたら、自宅に保管してある別の時計も見逃すはずがありません。現場にあったのがコレクターズアイテムだと知っていたのなら、他の五、六本の情報も摑んでいてもおかしくないでしょう。それなら自宅の鍵を使って忍び込んで、他の時計もごっそり持ち去っているはずです。自宅は荒らされていましたか」

「いいえ、そういう形跡はありませんでした。ただ、今は制服警官が見張りに立っているので、犯人も迂闊《うかつ》に近づけないでいるのかもしれません」

乙姫が云うので、桑島は首を横に振って、

「だったら事件の発覚する前、それこそ犯行の日の深夜にでも盗みに入ったはずです。しかしそんな痕跡はなかったんでしょう。これで犯人の狙いが腕時計などではないことは明白です」

「ははあ、アシスタント探偵野呂さんの名推理はあえなく撃沈ですね」

「野呂くんはおっちょこちょいなところがありますからね、先走ってしまったんでしょう。警部さんだって信じていなかったんでしょう、野呂くんの戯《ざ》れ言なんか」

「いえ、あながち期待していなかったわけでもありません」

と、乙姫はとぼけた。もっとも表情が陰気なまま動かないから、本当にとぼけたのかどうかは判らなかったが。

「時計は笑い話だとして、実際あの仕事場には貴重な物がふんだんにあるんです」

桑島はそう切り出した。〝椙田プロ〟の仕事部屋はある意味、宝物庫なのだ。

担当編集者としてこれを云っておかないのはかえって不自然ではないか、と桑島はそう判断した。犯行後に玄関を施錠した理由を悟られる危険はあるが、ヘタに黙っていて不自然だと思われてもいけない。

「仕事部屋の大型キャビネット、あそこにはこれまでの『アガサ』の生原稿が詰まっています。判りますか、椙田先生の直筆の原稿ですよ。印刷所から戻ってきた原稿は、著者の元へ返却する決まりになっている。だから生原稿はあそこに保管されているんです。他にも門外不出のキャラ設定画や単行本に使ったカバー絵、読者プレゼント用の複製カラー色紙の原画、単行本おまけページのイラスト、そういった直筆の絵がごまんとあります。『アガサ』の熱狂的ファン、それこそマニアにしてみれば憧れのお宝です。多少のリスクを背負っても手に入れたいと思ってもおかしくありません。あれだけのメガヒット作ともなるとファンも多いですからね。もちろんほとんどは良識のあるマナーを守れるちゃんとした人達です。しかし中には頭のネジが緩んだ連中がどうしても紛れ込んでしまうんです。なにせ分母が大きいですから」

と、桑島は顔をしかめて見せて、

「そうでなかったら転売屋ですね。人気作家の生原稿ともなれば、マニアの間で信じられないほどの高値がつくでしょう。悪徳転売屋がそれを狙って盗みに入ったとも考えられます」

「なるほど、それは気がつきませんでした、確かに直筆の生原稿などを欲しがるマニアの心理も納得できます」

と、乙姫はうっそりとうなずいて、

「しかし、それが先生を殺す動機とどう繋がるのでしょうか。盗みに入ったマニアや転売屋が作者本人を殺す必要があるとも思えません」

　桑島はその疑問に答えて、

「さあ、そこまではどうにも。ただ、てっきり無人だと思って忍び込んだところを相田さんに見つかって、つい反射的に刺してしまった、ということなのかもしれません。もしくは、これはとても不快な想像なのですが、生原稿や色紙の希少価値を上げようとしたのかもしれません」

「希少価値、ですか。それはどういうことでしょう」

「つまりですね、生原稿は相田さんが生きている限りこれからも生産され続けるわけです。そこでその供給源を断ってしまえば、原稿や色紙は今後描かれることがなくなります。そうすると必然的に、今ある原稿の希少価値は上がることになるでしょう」

「なるほど、実に興味深い視点です、それは思いつきませんでした。新規の供給をストップして現存する物の価値を上げる。相場の高騰を生原稿で引き起こそうという狙いですか。そのために供給元の作者を殺す。いや、大変興味深い。これまでにそういう意見は出ませんでした。早速持ち帰って捜査会議で検討させていただきます」

「警部さん達のお役に立てるのなら幸いです」

　桑島は、できる限り殊勝な顔を作って云う。あの夜、施錠していない部屋に宝の山を放置することにどうしても抵抗があり、不審に思われるのを承知の上でつい鍵をかけてしまった。その負い目がある桑島にとっては、捜査陣の関心が少しでも他へ逸《そ》れてくれればありがたい。

そんなことを考えていると、乙姫はいきなり話を変えてきて、

「ところで、これは桑島さんを信用して云うのですが、他の皆さんには内密に願いますよ、捜査上の秘密ですので」

「はい、何でしょう」

怪訝に思いながらも桑島は尋ねる。

「〝椙田プロ〟の玄関のドア、そこの鍵穴の周囲に、かすかにですが引っかいたような傷がついていました。三本ほどの筋が」

乙姫が云う。あの夜桑島が、カッターナイフの先端でつけた傷だ。

「あの引っかき傷からすると、どうやら何者かがピッキングを試みたようです」

「ほほう」

桑島は、初耳だという態度でうなずいて、

「となると、やはり泥棒でしょうか。狙いが生原稿かどうかは判断がつかないにしても、盗み目的なのは間違いなさそうですね、ピッキングの跡があるのなら」

ところが乙姫は陰鬱な目つきでじっとりとこちらを見てきて、

「ただ、問題なのはこの引っかき傷がよそのお宅の鍵穴にはついていなかったことなのです」

「え――」

一瞬、乙姫の言葉の意味を掴みそこねた。内心で焦る桑島に構わず、乙姫は抑揚はないがよく響く深い声質のまま、

「あのマンションの全住戸の玄関を調べました。十階まで、全部です。そうしたところ、他では引っかき傷など発見できなかったのです。どれもきれいなものでした。傷があったのは703号室〝椙田プロ〟の鍵穴だけ。どうですか、犯人は〝椙田プロ〟のみを狙って侵入したのが判るでしょう。ちゃんと知っていたのでしょうね、あそこに宝の山があることを」

乙姫は淡々と云ったが、桑島は背中に冷や汗をかいていた。他の住戸のことなど考えてもいなかった。そうか、どうせならカムフラージュに、七階の他の二戸にも傷をつけておけばよかったのか。そう気づいても後の祭りである。それにしてもそこまで気を回して調査するとは、やはり乙姫は油断ならない。桑島は内心の焦りを表に出さないよう注意深く、

「だとしたら、なおさらマニアの仕業かもしれませんね。熱狂的なファンはたまに情熱が嵩じた挙げ句、常軌を逸した行動に走ることがあります。編集部にもたまにおかしなメールや電話がきますよ。椙田先生の大ファンだから一度会わせろ、とか、『アガサ』のアニメの脚本を自分に書かせろそうしたらもっと面白くしてやる、とか、今週の『アガサ』のネタは自分が長年あたためてきたアイディアだ俺の頭の中を怪電波で覗き見てパクっただろう、とか。中には女性で、椙田先生の婚約者だが今すぐ出版社で結婚式の準備をしてくれ、なんてのもあります。そんな人達が犯人ならば、どんな突拍子もない行動に出ても不思議ではありません」

「なるほど、よく判ります。行きすぎたファンというのはどこの世界にでもいるものでしょう。ただ、生原稿が狙いだとは限らないのかもしれません。原稿が紛失しているという訴えは今のところ〝椙田プロ〟のスタッフの皆さんからは出ておりません」

「それは多分、椙田さんを刺してしまったんで動転してしまい、盗む余裕がなくなって逃げ出したんでしょうね」

桑島が云うと、乙姫は無表情の顔でほんの少し首を傾げ、

「おや、先ほどの話と矛盾しますね、作者を殺してしまうことでお宝の希少価値を上げるのが目的なのではなかったのですか」

「あ、いや、計画と実際は違うでしょう。いざ刺してしまうと、そのあまりの生々しさに怖くなってしまった、ということもあるんじゃないでしょうか」

「なるほど、そうですね、どんなことでも計画と現実には齟齬《そご》が生じるものです。今回もそのケースだったのかもしれません」

しつこく食い下がるでもなく、思いの外あっさりと乙姫は引き下がった。そしてのっそりと立ち上がり、通夜振る舞いに招待された弔問客みたいな陰気な一礼をすると、

「今回も大変参考になるお話を伺えました、ありがとうございます。またお話を聞きに参ってもよろしいでしょうか」

「え、ええ、構いませんとも」

「それではこれで、失礼します」

と、不景気な猫背の後ろ姿で、ラウンジの出口の方角へと向かう。鈴木刑事も後ろからついて行く。

と、去り際に乙姫はいきなり振り返って、

「ああ、そうそう、捜査官の中にこんな声があります。死体に争った形跡がまったくない、だからこれは顔見知りの犯行なのではないか。桑島さんの主張する盗っ人説とは大きく食い違いますね」

「そうですか、いや、私のは主張というほどのものではありません。ただの思いつきです」

「もし顔見知りの犯行ならば、鍵穴の引っかき傷も犯人の偽装ということになります」

云い置いて乙姫は、こちらの返答を待たずに、悄然《しょうぜん》とした足取りでラウンジを出て行く。その後ろ姿はまるでこれからビルの屋上から飛び降りを図ろうとする人物のように陰惨に見えた。その不気味な後ろ姿を、桑島は呆然と見送った。

＊

「ここの鍵を持っている俺は、さだめし容疑圏内の中心人物ってことになっているんだろうね。道理で刑事さんが入れ替わり立ち替わり何度も来る」

海老名武《たけし》はそう云って笑った。口調が皮肉っぽくなっているのは自覚している。よく人に指摘されるのだ、喋り方が皮肉っぽいと。癖だから今さら直らないが。

「いえ、型通りの訪問です。皆さん同じように何度もご協力いただいています」

刑事が無表情に云った。今日来た刑事コンビは飛び切り変わっていて、海老名の興趣をそそった。一人は地獄の使者みたいな陰鬱な容貌《ようぼう》で、もう片方は驚くほど顔立ちの整った若い男だった。見るからにアンバランスなコンビである。呈示《ていじ》された身分証によると、恐ろしげな中年は乙姫警部、若いハンサムは鈴木刑事というらしい。名前までどこかちぐはぐだ。

海老名がちぐはぐな刑事コンビと話しているのは、後輩の笹野と二人で使っている通称〝スタッフルーム〟である。〝椙田プロ〟の一番狭い部屋だ。それでも世間の常識から考えると充分なスペースがあり、机を中央に三台置いても多少は余裕がある。壁は三面すべてが背の高い書棚で埋めつくされて、そこに資料や書籍がぎっしり詰まっている。海老名は自分専用の席で椅子に深々と腰かけ、中年刑事が椙田先生のデスクに、若い刑事が笹野の席に座っていた。

「突然の椙田さんの死、さぞかし驚かれたでしょうね」

地獄の使者のような刑事は、見た目通りの冥界の鬼神が奏でる葬送曲みたいな陰気な口調で云う。海老名は肩をすくめて、

「そりゃもう、ボスはいい人でしたからね。世の中理不尽ですよ、善人ばかり損な役回りを押しつけられる。悪者はのうのうと肥え太ってこの世の春を謳歌《おうか》しているのに。ボスは俺より二つばかり年上で、もう充分おじさんと呼ばれる年だったけど、この世とおさらばするには早すぎですね」

皮肉っぽく云った。本心ではボスの死を悼《いた》んで、大声で嘆き悲しみたいほどショックを受けている。しかしそれを表面に出せるような素直な性格ではないのも、海老名は自覚している。つい斜に構えたポーズを取ってしまうのも悪い癖だ。

「ところで、海老名さんは〝椙田プロ〟のスタッフなのですよね」

地獄の使者めいた刑事が尋ねてくる。

「ええ、一応これでもね」

海老名は皮肉っぽく答える。

「しかし、作画、ペン入れというのでしたか、あれには参加されない」

「絵心なんぞ母親の胎内に忘れてきちまったタイプなんでね」

「チーフアシスタントの市ヶ谷さんも、作画には加わらないスタッフがいるとおっしゃっていました。ただ、具体的にどんなお仕事に携《たずさ》わっているのか、それは教えてくれませんでした」

「まあ、表向きには秘密ですからね、俺達のことは。説明しようとするとどうしても煩雑になる。彼の立場じゃ云いにくいだろうし」

と、海老名は再び肩をすくめて、

「とはいえ、刑事さん相手に隠し立てして変に疑われてもつまらない。ただし、この話はオフレコに願いますよ、外部には洩れないように」

「捜査上知り得た秘密は口外しません、守秘義務がありますので」

と、地獄の使者は表情のまったく読み取れない暗い洞窟《どうくつ》みたいな目で云う。

「だったらいいか、まあ別に知られて困ることでもないんだけど、マスコミが拡大解釈して面白おかしく書き立てると不愉快なんでね、一応は内緒ってことで」

と、海老名は念を押してから、

「俺と笹野くんの二人、俺らはこの事務所では〝ネタ出し班〟と呼ばれている」

「ネタ出し、ですか」

地獄の使者は意外そうでも不思議そうでもなく、感情を見せない不気味な顔つきのままで云った。海老名はうなずく。

「要は『アガサ』のストーリーの核になるミステリ部分のネタ、密室トリックやアリバイ工作や犯人の仕掛ける物理トリック、そういったアイディアを考案するためのスタッフなんですよ。考えてもみてください、刑事さん、『アガサ』はもう二十二年も連載を続けている。毎週毎週、読者を唸らせるクオリティのトリックを一人の人間の頭で創案できると思いますか。もちろん一つのエピソードが週を跨《また》いで三回、四回と続くこともあります。それでも年間、十や二十のトリックを案出しなくちゃならない。しかも先生はペン入れもするんですからね。週の内四日はペン入れに集中する過酷なスケジュールだ。そんな中で毎号読者をあっと驚かせる斬新なアイディアを生み出すなんて、それは土台無理な話なんです。いくら先生が才能溢れる創作者だからって、時間には勝てない。超人じゃあるまいし、そんな芸当は普通できっこないですよ」

と、無表情にじっと耳を傾けている刑事を相手に、海老名は説明を続ける。

「そこで俺達の出番です。〝ネタ出し班〟はそのために存在する。作画チームがあっちの作業部屋でペンとインクの修羅場に突入している時、俺と相棒の笹野くんもこの部屋で脳を絞って七転八倒している。ネタ、アイディア、新鮮なトリック、面白い演出、それを必死で考えてるってわけです。それでいくつかアイディア候補を出しておいて、先生の作画が終わった次の日から、今度は三人でネタ考案会議です。俺達の提出したアイディアを叩き台にして先生が大元となるネタを考える。それが決まったら、メインのネタをあれこれいじり回すストーリー展開の打ち合わせに突入するって寸法でしてね。メインネタを土台にして話をどう転がすか、その頃には担当編集の桑島さんも加わって四人がかりです。みんなで知恵を絞って展開を考え、同時に先生がネームを切っていく。この段階になるともう、俺と笹野くんはお役御免。後は先生一人でネームとコマ割りの個人作業に入る。それと並行して、俺ら〝ネタ出し班〟は次の回のアイディアを新たに考え始める。という具合にですね、そういうサイクルで一週間が過ぎるって按配《あんばい》なんです」

海老名は椅子の背もたれに上体を預けて云う。

「つまり我々〝ネタ出し班〟は、ペン入れ前のストーリー作りのアシスタントってわけですね。縁の下の力持ち。決して表立って賞賛されることのない地味な仕事ですよ」

と、海老名は皮肉っぽく片頰だけで笑った。身動《みじろ》ぎ一つせずに聞いていた地獄の使者は、そこでやっと口を開いて、

「珍しいお仕事ですね。そういう職種があることは、不勉強にも存じ上げませんでした」

その寸評に、海老名は肩をすくめて、

「まあね、珍しいっていえばそうかも。他の漫画家の現場には、俺達みたいなのはいないだろうし。『アガサ』が特殊なんです。ミステリものだからアイディアが命で、どうしたってそっちの比重が重くなる」

「なるほど、それで海老名さんはこのお仕事は長いのでしょうか」

問われて海老名は、腕組みをして記憶を辿《たど》る。アロハを着ているため剝き出しになっている腕が少し、エアコンの冷気で冷えてきた。

「そうですねえ、もう十五年以上かな。相棒の笹野くんも十年くらい。俺一人じゃ限界があるから、もう一人入れてもらったんです」

「どういう経緯でこのお仕事に？　ハローワークで紹介してはいないでしょう」

お、地獄の使者が冗談を云ったぞ、こんな辛気くさい顔なのに、と海老名はちょっと面白く感じたのだが、若いほうのイケメン刑事は何の反応も示さなかった。さっきから黙々とメモを取っている。聞こえなかったはずはないのに、無反応なのはどうしてだ。この地獄の使者がよく冗談を云うので慣れているのか。いや、このご面相でそうそう洒落たことは云わないだろう。などと訝《いぶか》しく思いながらも海老名は、

「俺は元々ミステリ作家志望でね」

と、語り始める。

「若い頃はアルバイトで食いつなぎながら、せっせと新人賞に投稿していたものですよ。でも結果はいつまでも落選続き、良くて最終選考止まりです。作家としては世に出られなかった。ただ、何度も最終選考に残っていると出版社のほうとも繋がりができてきましてね、それが文華堂出版の書籍編集部の人だったんです。彼の云うことには、俺の小説はアイディアは斬新、構成力もある、読者を驚かすキモもわきまえている。ただ決定的な点が足りてないそうでしてね。何が足りなかったと思います？　聞いてびっくり、文章力、だそうです。とんだお笑い種《ぐさ》

でしょう。小説家志望なのに文章力がないって。プロの編集者がそう断言するんじゃもうお先まっ暗ですね。さすがに見切りをつけて諦めようとした矢先に紹介されたのがここでね。ミステリのアイディアを捻り出すのは得意なんだから『アガサ』の役に立つだろうって。椙田先生がちょうどそういう人材を探しているとかで。『アガサ』のアニメも軌道に乗って、最初の映画が爆発的にヒットして、先生も忙しくなってきた頃でね。ネタを考えている時間が足りなくなって困ってたそうなんです。そこにすっぽりハマったのがアイディアの考案はできるけど文章力のない男、つまり俺ってわけ」

海老名は皮肉っぽく笑って云った。

「それでここへ入って、かれこれもう十五年。〝椙田プロ〟の社員にもなった。相棒の笹野くんは大学のミステリ研の出身でね、古今東西のミステリに精通している。それで文華堂出版の編集者とも顔見知りで、俺とも面識があって。頭も柔軟でいいネタ思いつくからさ、ここに誘ったってわけ。今じゃ大事な相棒に成長してくれましたよ」

「なるほど、いいチームのようですね」

と、地獄の使者は陰気な顔でうなずいてから、

「しかし、困るのではないですか」

「え?」

急に何を云いだしたのか判らず、海老名は首を傾げる。

「いいえ、先生があんなことになって『アガサ』も連載は中止でしょう。会社もなくなって、先

行きさぞ不安なのではないかとお察しいたします。こんなことを申し上げては差し出がましいかもしれませんが、ネタ出しという珍しいお仕事だと次の勤め先を見つけるのもなかなか大変なのではないでしょうか」

「ああ、それはまあそうだけど、いや、ぼちぼちと、何とかするつもりですよ」

海老名はもにゃもにゃと口を濁して誤魔化した。水面下で動いているあの計画については固く口止めされている。刑事が相手でも軽々《けいけい》に喋ってはいけないだろう。発表のタイミングはあの人が考えてくれるだろうし、そもそも殺人事件の捜査に関係あることとも思えない。あの件に関しては口を噤《つぐ》んでいればいいか。

そう考えながら海老名は、

「で、後は何を聞きたいんですか。今なら何でもお答えしますよ、どうせ失業して暇な体なんでね」

自虐的な台詞《せりふ》を、皮肉っぽい口調で云った。

＊

「何度も申し訳ありません。桑島さんはいつも新しい視点を示してくださるので、つい甘えてしまいまして」

特に申し訳なさそうでもなく、乙姫は云った。

桑島は例によって乙姫と鈴木刑事のコンビと向かい合って座っていた。会社の一階のラウンジでのことである。桑島はネクタイの結び目を締め直して、何度目かの面談の席についた。

死神めいた乙姫は云う。

「本日は、防犯カメラの話をしに参りました。また桑島さんが何か新しい切り口で示唆《しさ》を与えてくださると期待して」

読経のごとく抑揚のない喋り方なので、お世辞なのか皮肉なのかどうにも読み取れない。

「〝椙田プロ〟の入っているあのマンションには、一階の出入り口とエレベーター内部に防犯カメラが設置してあります。と、これは以前にもお伝えしましたね。事件当日、もちろん何人もの人達が出入りして、エレベーターを使い、その姿をカメラは捉えています。宅配便の配達員、郵便局の係員、ガス会社の検針、飲食店のデリバリーサービス、そしてもちろんマンションの住人の方々。一棟のマンションには実に多くの人が出入りするものですね。我々はその出入りした人の顔をすべて照会しました。一人一人を洗い出したのです。犯人があらかじめマンション内に潜んでいた可能性を考慮して、被害者の死亡推定時刻の四十八時間前まで遡って調べ上げてみました。その結果、全員の所属が判明したのです。配達員も検針係も居住者も、映像に写っていた人はもれなく身元が確定しました。もちろんその中には椙田先生自身とアシスタントの六人、そして原稿を受け取りに来た桑島さんも含まれています」

と、乙姫は淡々とした口調で説明する。

「つまり映像には、どこの誰とも知れぬ正体不明の人物は一人も写っていなかったのです。高級マンションだけあってセキュリティレベルは高いですし、内廊下なので外からの出入りはできません。カメラに写らないで建物に侵入するのはほぼ不可能と云っていいでしょう。まして現場は七階です。まさか壁を伝って登ったわけでもあるまいし、犯人が入って来るルートがないのです」

「マンションの住人は出入りしているんですよね」

念のため、桑島は聞いてみる。

「はい」

乙姫はうなずく。

「だったら案外、マンションの住人の誰かが犯人という線もあるかもしれませんね。安易な考えですけど」

「その可能性は極めて低いと思われます」

あまり本気で云ったわけでもない桑島の言葉を乙姫は律儀に否定して、

「全戸の聞き込みは当然しました。高級マンションだからか、皆さん身元のしっかりしたかたばかりでした。そして都会のマンションらしく横の繋がりは希薄です。互いに、他の入居者には関心を持たないのですね。703号室が〝椙田プロ〟の仕事場だと認識している住人は一人としていませんでした。あの『アガサ』があそこで描かれていたと知ると、皆さん一様に驚いていたようです。聞き込みに回った捜査員達の心証では、住人達はシロのようです。本当に何も知らない様子だったらしい。もっとも、ベテラン刑事の目を名演技で騙《だま》した千両役者がいたのなら別ですが」

「いえ、ベテラン刑事さんの勘なら信用してもいいでしょう」

と、桑島は片手を振ってそう云うと、

「とすると、犯人はオートロックの入り口からは入っていないことになりますね。防犯カメラに写っていないんですから、正規の入り口は使っていない。だったら考えられるルートは一つしかありません。非常階段です。確かあれは外へも繋がっていたと思いますが」

「はい、非常階段とそれに繋がる裏口はありました」

と乙姫が認めたので、桑島は勢いに乗って、

「そこから入ればエントランスのカメラには写りません。階段を上がって七階まで行けば、エレベーターのカメラも避けられます」

「ええ、ただしあの非常階段も廊下と同じ内階段です。構造上、建物の内側なので外とはアクセスしにくいのです。外からちょっと柵を乗り越えて階段室に入る、といったセキュリティの甘いマンションのようにはいきません」

「では裏口のドアから入ったと考えるしかないですね」

桑島が主張すると、乙姫は表情筋をまったく動かすことなく淡々と、

「一階のドア、階段室へと通じる裏口のドアですが、これは内側からしか開きません。自動ロックなので、外からはどうやっても開くことのできない造りになっています。外側には鍵穴もありません。元々外から人が入ることを想定していないドアなのですね。緊急時に住人が避難

するためだけの階段ですので、内から開けば用は足りるのです。そういう階段ですから、外から不審人物が単独で忍び込んだと考えるのは妥当とは思えません」

「とすると、中にいた誰かが犯人を招き入れた、ということになりますね、内側からドアを開いて」

「はい、そう考えるのが最も自然だと思います」

「それは何者だと警部さんはお考えですか」

「先ほども申し上げたように、他の部屋の住人だとは考えにくいでしょう。彼らは何も知らない様子だったのですから、犯人の手引きをしたとも思えません」

「ということは――」

「そう、被害者自身、椙田さんと考える他はないでしょう」

と乙姫は云う。桑島はうなずいて、

「なるほど、椙田さんが犯人を招き入れた。だとすると密会の約束でもあったのでしょうか。エントランスから入ってくるのを誰にも知られたくないような」

「密会、もしくは極秘の会合、ということになりますね。確か原稿受け渡しの時、これから誰かが訪ねて来る予定があるという発言は、椙田さんの口からは出ていなかったのでしたね」

乙姫の確認に、桑島はまたうなずき、

「何もおっしゃっていませんでした」

「そうなると、やはり誰にも知られたくない人物を引き入れた可能性が高くなります」

「しかし、逢い引き、という線はなさそうですね。それならば仕事場なんかじゃなくて自宅のほうへ招待すればいいんですから。椙田さんは独身ですし、こっそり訪れるような女性がいたら人目のない自宅に招くでしょう」

「でしたら仕事関係の人でしょうか」

「うーん、そういう相手だったら人知れず招き入れるなんてことをするかなあ。仕事の話なら堂々と入り口から入ってもらえばいいわけで」

と、桑島は少し考えてから、

「もしかしたら、こっそり訪問するのを提案したのは犯人のほうだったのかもしれませんね。殺意を持って訪れるから、防犯カメラには写りたくなかった。それで何か口実を作って椙田さんを言いくるめ、極秘の会合の機会を設けたんじゃないでしょうか」

しかし、乙姫はほんのわずかに首を傾げて、

「それはどうでしょう。犯人が殺意を持って訪問したとは思えません」

「なぜです？」

「凶器の問題があるからです。いいですか、桑島さん、凶器はハサミでした。チーフアシスタントの市ヶ谷さんのデスクに置いてあったものらしい」

「それがどうしましたか」

「犯人は凶器を現地調達しているのです。しかも殺人の凶器としてはいささか心許ないハサミを、です。刃物といっても所詮は文房具です、殺傷能力は決して高いとはいえません。そんな

凶器を使うのは不自然でしょう」

「不自然、ですか？」

内心の動揺を押し隠して、桑島は聞いた。乙姫の推論があの夜の自分の行動を見透かしているような気がして、少し恐怖感を覚えてきたのだ。しかし乙姫は、こちらの気も知らず相も変わらず淡々と、

「不自然です。もし殺意があっての訪問ならば、当然犯人は凶器を準備してきたはずです。ハサミのような脆弱《ぜいじゃく》な凶器ではなく、もっと堅実なナイフなどを。そして殺すつもりならばその凶器を使ったことでしょう。殺害に失敗する恐れのある頼りないハサミなどではなく、準備してきた頑丈な凶器を。しかし実際に使われていたのはハサミでした。現場にあったハサミを使ったのですから、計画性があっての凶行という可能性は極めて低いものと推定されます」

乙姫の話はやはり正しいルートを辿っている。緊張しながら桑島は、

「つまり、警部さんは殺人が突発的なものだったと考えているんですね」

「そう判断するのが最も自然だとは思っています。ただ、そうするとおかしな点が出てきてしまう」

「おかしな点というのは何です？」

「突発的な犯行なのだとしたら、訪問当初は殺意がなかったことになります。だったらカメラの目を気にする必要など、どこにもなかったはずだとは思いませんか。訪問時に殺意がなかったのならば、堂々とマンションの入り口から入ってくればよかったのです。なぜ裏口からこそ

こそ入ってこなくてはならなかったのか、その理由が判りません」

乙姫が抑揚のない口調で云う内容を、桑島は頭の中で慎重に吟味《ぎんみ》しながら、

「だとすると、さっき云った極秘の会合という説に信憑性《しんぴょうせい》が出てきますね。秘密の会談、会っていることを他人に知られたくない密談。それが決裂して、結果として刺してしまった、と考えるのが一番ありそうだとは思いませんか。裏口からこっそり招き入れたのは、誰にも見られたくない相手だったからじゃないでしょうか。エントランスでばったり、私やアシさんなんかと鉢合わせするのを避けるために、極秘の会合にしたわけですよ。私かアシさんの誰かが、忘れ物を取りに戻ってくる可能性だって皆無じゃないんですから」

「なるほど、すると犯人は桑島さんやアシスタントさんの知っている顔ということになりますね。もしエントランスで鉢合わせしたとしても、顔見知りでなかったのなら、他の部屋の住人のような態度で、何食わぬ顔をしてすれ違えばいいだけですから」

乙姫は特に舌鋒《ぜっぽう》鋭いわけではなく、むしろいつも通り陰気で静かな口調だった。しかし桑島はややたじろぎ気味になりながら、

「ええ、まあ、そういうことになりますね」

「犯人は桑島さんやスタッフと顔見知りの可能性が出てきました。その上、原稿明けの夜に相田さんと秘密の会合を持とうとした。この条件から随分限定されてくるとは思いませんか。どうでしょう、桑島さん、そんな人物に心当たりはありませんか」

「そうですね——いや、急に云われてもちょっと、なかなか思い当たるような人はいないです

ねえ」

言葉を濁しながら返事をし、桑島は内心で冷や汗をかいていた。誰か適当な名前を挙げれば追及を躱《かわ》すことはできるだろうが、そんな都合のいいスケープゴートがいるはずもない。もしやこの死神刑事、何もかも飲み込んだ上で揺さぶりをかけてきているのではないだろうな。とつい、そう勘ぐりたくなる。桑島は、陰鬱な空気感を全身からゆらゆらと立ちのぼらせている対話の相手に、ますます恐怖感を募らせていた。

*

「あんまり変に気を遣ったりしないでくださいな、こっちはもうご遺族って気分じゃ全然ありませんから」

坂町依久実《さかまちいくみ》は冷たい麦茶のグラスをテーブルに並べながらそう云った。

「これはどうも、恐縮です、奥さん」

ひどく辛気くさく頭を下げる相手に、依久実は笑って、

「だから奥さんじゃありませんってば、私はただのシングルマザー」

昼過ぎに刑事二人組の訪問を受けた。依久実は最初、新手の詐欺《さぎ》かと勘違いした。しかし向こうはちゃんとバッヂ付きの身分証を見せてきた。幽霊みたいに陰気で怖い顔の乙姫警部と、やけにいい男でカッコいい鈴木刑事。その二人の刑事と、自宅マンションのリビングルームで

向かい合わせに依久実は座った。いつもは娘が寝っ転がってスマホをいじっているソファに、刑事が二人並んでいるのはなかなか奇妙な光景に感じる。

「相田とはもう十年前に別れましたからね、正確には十二年かな、娘が二歳の時だったから。それからは会ってないんです、一度も。だから殺人事件に巻き込まれたなんて聞いても、特別な感慨も無し。ふうん、って感想しかありませんよ。一時は夫婦だったのに、我ながら薄情だとは思うけど」

あっけらかんと、依久実は云う。実際、十二年の歳月は長かった。過去を忘れるには充分だった。娘を育てるのに手一杯だったのだ。元夫のことを思い出す暇などなかった。

「正直なところ、今さらあの人のことを聞きたいって云われても何と答えたらいいものやらって、ちょっと困惑してるんですけどね」

「何でも構いません。最近のことを知らないのなら、お人柄などのお話を」

幽霊みたいに生気の感じられない刑事が云う。低くよく通る声質だったが、無機質で感情のこもっていない口調だった。

「人柄っていっても十二年情報更新がされていないわけですから。それくらい昔の話ですよ」

「もちろん構いません」

「型通りに答えるなら、殺されるようなタイプじゃなかったってことですね。穏やかで気が優しくて、争いなんか好まない人だったから」

「皆さんそうおっしゃいます。アシスタントの方々も担当編集者も」

「ああ、編集者って桑島さんですね、そう答えるでしょうねえ、仕事上の付き合いの相手ならなおさら。どこでも人当たりがいい人だったから。ただ、喧嘩別れしたわけじゃないから、私も悪くは云いたくないけど、優しいのは小心の表れだったかもしれない。争いが苦手なのも、気が小さいからトラブルを避けたがってただけかも。でも悪いことじゃないですよね、短気で暴力的な癇癪《かんしゃく》持ちの亭主なんかより、はるかにマシでしょうし」

と、依久実は笑った。

「憎み合ってドロドロの愁嘆場《しゅうたんば》を演じた末に別れたんじゃないですから、今さら恨み言も云いませんけど。原因はよくあるすれ違い。娘が生まれたばかりの頃ね、あの人の仕事の忙しさにターボがかかったの。そうでなくても『アガサ』の大ヒットで家庭を顧みる暇なんかなくなってたし。映画が毎夏公開されるようになって、本もぐんぐん売り上げが伸びて、仕事場に泊まり込むことも増える一方で。後はよくある話ですよ。仕事と家庭とどっちが大事なのってパターン。あ、別に私がそんな昔の安っぽいドラマみたいな台詞を口走ったわけじゃありませんよ。ただ、一緒にいる時間がどんどんなくなって、会話もなくなって、娘の育児も完全にワンオペになってね、ある日ふと気づいたんです。これじゃ母子家庭と一緒だなあって。それで、さあっと醒《さ》めちゃった。そうなるともうダメね、夫婦って。元々他人だったから気持ちが萎《な》えちゃうと一緒にいる意味を見失っちゃって――あの、こんなありがちな話、聞いても仕方ないんじゃないですか」

相手が相槌《あいづち》も打たないので、いささか不安になった依久実が尋ねると、幽霊みたいな刑事は

精気のない怖い顔のまま、

「いえ、大変興味深く伺っております。お話の続きをお聞かせください」

不気味な低音の声で促されて、依久実は再び語り出す。

「それで離婚を切り出すと、あっちも薄々判ってたんでしょうね、ごねることなくハンコ捺《お》してくれましたよ。慰謝料たんまり、養育費もたっぷり。ほら、あの人『アガサ』のお陰でお金はふんだんにあったから。実はこのマンションも慰謝料の一部として買ってもらっちゃったんです、娘を育てる環境のいいところにって。今考えると物凄く厚かましかったですね、私」

依久実はぺろりと舌を出した。

椙田はお互いの生活圏が重ならないように、自分の住む街とは離れたこの青戸《あおと》の地にマンションを買ってくれた。都内で便利な立地だから、依久実にも不満はなかった。慰謝料があるので娘と二人ささやかに暮らすには困らなかったけれど、日がな一日ぼんやり過ごしていたら人としてダメになりそうな気がして、依久実はきちんと働きに出ている。

「そういうわけで、別れて十二年。椙田のことは昔話しか出てきません。このところの動静はまったく知りませんから。刑事さんのお仕事の手助けにはならなくて申し訳ないんですけど」

わざわざ訪ねて来たのにすまなく思い、依久実はぺこりと頭を下げた。

「いえ、謝っていただく必要はありません。情報がないことを確認するのも我々の仕事のうちですので」

幽霊みたいな顔の刑事は低い声で云った。まったく気負った様子もなく、淡々とした態度だった。

「へえ、そういうものですか」

依久実が云うと、刑事はかすかにうなずいて、

「はい、ですから本日は大変参考になりました。ありがとうございます。お邪魔して失礼いたしました」

「いえ、何のおもてなしもできませんで」

刑事が帰るムードになった時、リビングの扉が開いた。

見ると、沙織《さおり》が立っていた。突然の娘の帰宅に、依久実はちょっと動揺した。

「あら、あなた部活は終わったの」

沙織は制服を着ている。夏休みの部活動の時でも、登校する際は制服着用のこと、という決まりがあるのだ。娘は今、中学二年。バレー部の練習に行っているから刑事を家に上げたのに、生々しい殺人事件の話など、あまり娘に聞かせたくはない。

「こちら、刑事さん。ほら、あの事件のことで」

仕方なく、依久実は説明する。どのみちもう引き上げてくれるのだ。沙織の耳に事件の話が入ることはない。

しかし沙織の様子が少しおかしかった。思いつめたような目で、じっと刑事を見つめている。

「もうお帰りだから」

そう云う依久実を遮《さえぎ》るように、手にしたスポーツバッグを床に置くと、沙織は切り口上に、

「刑事さん、お父さんの事件、調べているんですよね」

「そうです」

幽霊みたいな刑事は表情一つ動かさずにうなずく。

そんな相手に向かって、硬い口調で沙織は、

「刑事さん、私を疑っているんですか」

「沙織、あなた何おかしなこと云ってるの」

依久実は呆れたが、娘は至って真剣で思いつめたような顔つきになっている。

しかし幽霊みたいな刑事は、まったく動じたふうでもなく物静かに、

「どうしてそう思ったのですか。お嬢さんを我々が疑っていると」

「お父さんの仕事のこと、誰にも云っていません。ただ一人だけ一番仲のいい友達に打ち明けてるだけで」

沙織の云うように、依久実は別れた亭主があの『アガサ』の作者であることは敢えて周囲に伏せている。元旦那が億万長者だと知れたら、ご近所付き合いで面倒ごとが増えるに決まっているからだ。沈黙は金。黙っているのが一番である。それは沙織にもよく言い含めてある。それでも親友の真妃《まき》ちゃんだけには洩らしているらしいけれど。

「その友達が心配してくれました。私が疑われるかもって」

沙織が大真面目に云うと、幽霊みたいな刑事はひたすら陰気な口調で、

「そのお友達はなぜそう思ったのでしょうか」

「遺産です」

と、沙織はまっすぐに刑事を見て、まだ緊張した態度で云う。

「お父さんの血縁者は私だけです。お父さんがあんな事件に巻き込まれて、凄くたくさんの遺産を相続する権利があるのが私だけになっちゃったんですよね。友達はそれが心配だって云ってました。警察は事件が起きると、一番得をする人をきっと疑うはずだって。だとしたらまっ先に疑われるのは私です。やってもいない容疑で捕まるかもしれないって、友達が凄く心配して」

幽霊みたいな刑事は足音も立てずに、云い募る沙織の前まで歩いて行った。まるで足のない霊魂が音もなく平行移動したような足取りだった。沙織の前に猫背を丸めて立った刑事は口を開き、

「我々はあなたを疑ったりなどしていません。あなたの容疑を問う声は捜査本部でもまったく出ませんでした」

子供を諭す口調ではなく、さっきまでとまるで変わらない静かな喋り方だった。

「私が子供だから、そんな口先だけで誤魔化そうとしているんですか」

「いいえ、そうではありません。あなたが犯人ではないことは科学的に立証されているからです」

沙織の視線の高さに合わせてかがむでもなく、うっそりと立ったままで刑事は答えた。相手を子供扱いしない態度には好感が持てる。

「いいですか、お嬢さん。あなたのお父さんは正面から刺されていました。凶器も体とほぼ垂直に突き立っていた。これは被害者と加害者の身長差があまりなかった事実を示しています。もしあなたが犯人ならば、凶器の刺さる角度が違ってくるはずです。お嬢さんの身長は、見たところ百五十五センチくらいでしょうか。被害者とは十五センチ以上の違いがある。あなたが刺したのだとすると、下から突き上げるように刺さるはずなのです。普通に刺せば斜めに角度がつくのですよ。垂直に刺すには、被害者が跪《ひざまず》くかしゃがむかしているところを狙わないといけません。しかし発見された遺体はそういう姿勢ではなかった。膝は両足ともまっすぐに伸びていました。これは直立しているところを刺されて、そのまま後ろに倒れたことを示唆しています。決して跪いたりしゃがみ込んだりはしていない。また現場にはあなたの乗るような台になるものはありませんでした。椅子はキャスターがついて動きやすいので足場には適しませんし、デスクの上に立ったりしたら今度はあなたの位置が高すぎることになってしまいます。ということでお嬢さん、身長差のあるあなたは犯人に成り得ないのです。我々は正規の手順を踏んで順法精神に則《のっと》って捜査に当たっています。冤罪などないように、細心の注意を払っておりますのでご信頼いただければ幸いです」

「ちょっと刑事さん、そんな話はそれくらいで」

依久実はさすがに止めに入った。無闇に子供扱いしないのは大人として立派な態度だけれど、なにもそこまで生々しい話をしてくれなくてもいい。あまり血腥《ちなまぐさ》い話は中学生の耳に入れたくはない。

しかし沙織は安心したように、ようやくいつもの天真爛漫《てんしんらんまん》な笑顔を取り戻し、

「よかった。私、そのうち捕まるかと思って、怖くて」

「安心してください。捕まえはしませんので」

幽霊みたいな刑事は、やはり感情のこもらない口調で淡々と話す。

「だったら刑事さん、お父さんをひどい目に遭わせた犯人を捕まえてください。私、お父さんとは話した記憶もないけど、それでも父親だってことは変わらないと思うから、犯人は必ず見つけてほしいんです」

「もちろん見つけます、お約束しますよ」

幽霊みたいな刑事は、特に熱意が伝わらない調子で、

「それが仕事ですから」

やはり淡々とそう云った。

＊

いつものごとく桑島は、乙姫とイケメンのコンビと向かい合って座っていた。

場所も、もうお馴染みになった社屋一階のラウンジ。エアコンの効いた快適な空間に、座り心地のいいソファ。これで何度目の面談だろうか、と桑島はデジャブめいた感覚に囚われ、妙な気分になっていた。

そんなこちらの気持ちに関係なく、

「毎度お手間を取らせて申し訳ありません。桑島さんもお忙しいでしょうに」

と乙姫は、いつも通りの感情の起伏が感じ取れない抑揚のない口調で云う。

「単刀直入に参ります。桑島さん、我々に隠し事をしていますね」

びくん、と鼓動が高鳴った。脈拍が速まる。ついに露見したのか。桑島は焦ったが、平静を装ってネクタイの結び目を締め直した。

「一体何のお話でしょう、警部さん」

「もうとぼけるのはやめましょう、桑島さんが水面下で暗躍している件ですよ。あなたは『アガサ』の連載を継続させるためにこっそり動いているでしょう」

そっちの話か、と少しほっとする。しかし動揺は明らかに顔に出ているだろう。それを自覚した上で桑島は、

「誰かが洩らしましたか」

「いいえ、誰も喋ってはいません。桑島さんが箝口令《かんこうれい》を敷いたのですか。だったらそれは完全に守られているようです」

「ではどうして、警部さんにバレてしまったのでしょうか」

桑島が恐れ入った振りを交えて尋ねると、乙姫は相変わらずの陰鬱な目つきで、

「皆さんの態度から察したまでのことです。違和感があったのは〝相田プロ〟のスタッフの方の様子でした。スタッフの皆さんには一通り話を聞いて回りましたが、彼らは一様に先生の

死を悼《いた》み、悲しさを気丈に堪えている様子でした。ただ、将来に対する危機意識だけはまったく伝わってきませんでした。先生が亡くなって『アガサ』の連載が中断してしまえば、彼らは職を失うはずです。会社もなくなり、再就職先を探すのも難しい仕事のはずなのに、そうした先行きへの不安感を見せる人は一人としていませんでした。この先どうするのかと尋ねても、口を濁して明言を避けようとする。それで私は、裏で密約のようなものが動いているのではないかという印象を受けたのです。次の仕事の保証が約束されていて、危機感がないのではないかという」

乙姫は陰気な口調で云う。

「その上スタッフの皆さんは、今の仕事場を引き払わなくてはならないという慌ただしさをまったく感じさせませんでした。チーフアシスタントの市ヶ谷さんは我々に仕事場を案内する際、あたかも今後もそこを使い続けていけるかのようにごく自然な態度でした。〝ネタ出し班〟の海老名さんも、ご自身の仕事部屋に大量にある書籍や資料類を片付け始める様子もなく、部屋の主然として悠然と振る舞っていました。彼らの言動は切迫感に乏しく、まるで『アガサ』の連載がこれからも続くのを知っているかのように、私の目には映りました。そこでふと気がついたのです。そのための人材はちゃんと揃っているということに」

桑島は、乙姫の言葉を黙って聞いていた。一つ一つが的を射ている。これでは箝口令も意味がなかったか、と反省する。

「アイディア出しやプロット立てには〝ネタ出し班〟のお二人がいます。海老名さんと笹野さんですね。ミステリ漫画はある程度テンプレートに則ったストーリー展開をします。海老名さんや笹野さんがいれば、トリックやプロットを組み立てるのも難しくはないでしょう。作画も凄腕のスタッフが揃っています。背景のプロの仲井さんに、早描きで超絶テクの夏目さん。そしてチーフの市ヶ谷さんに至っては、先生そっくりに主要登場人物まで描ける技量を持っているそうですね。そこに優秀な編集者の桑島さんが加わるのですから、『アガサ』の連載継続もそれほど困難ではないはずです」

乙姫は言葉に熱を込めるわけでもなく、淡々と物静かな調子で続ける。

「そして昨日、我々は椙田先生の元の奥様に会いに行きました。別れたきりもう十二年も会っていないからとおっしゃって、実にサバサバした様子でした。ただ、編集者という単語を私が出したら、ああ桑島さんですね、とすかさずあなたのお名前が出てきました。十二年前といえば桑島さんが〝アガサ番〟になったかどうかの頃です。離婚と入れ替わる頃合いに担当になった人、別れた夫の仕事上の取り引きのあるだけの人の名前。これは十二年もの間、果たして覚えていられるものなのでしょうか。不自然ですね。あたかもつい最近連絡があって名前を覚えたかのようです。では、桑島さんが元奥さんに用事があるとしたのなら、どんなケースがあるのか、これを考えてみました。遺産絡みの話でしょうか。しかし担当編集者が故人の財産にまで口を出すのはあまりにも不躾《ぶしつけ》です。お金の話とは思われない。では何でしょうか。直接の被相続人は娘さんですが、しかしお嬢さんはまだ中学生です。後見人として財産管理は当然その母親の役目になるはずです。その母親に担当編集者が接触したとなれば、最も可能性の高いのは著作権に関してでしょう。普通に考えればそれしかあり得ません。そして今回の場合は〝榾田プロ〟の運営権もです。桑島さんが後見人の元奥さんに連絡をしたのなら、そうした権利関係の話についてではないのか、と私は推察しました」

乙姫は、夜を凝縮して煮詰めたみたいな漆黒の瞳をこちらに向けてくる。

「それらを総合すると『アガサ』の連載継続計画が秘密裏に進行しているのではないかという推論に至りました。そして主にそれを動かしているのは桑島さん、あなたが適任だと思いました。実際、元奥さんに直接連絡した様子が感じられましたので。どうでしょう、当たっていますか」

特に詰め寄るわけでもなく、淡々と乙姫は云う。しかし桑島は、相手が確信を持っているだろうことが察せられた。

ため息をついて、わざと苦笑いの表情を作ると桑島は、

「やれやれ、参ったな。露見してしまいましたか。本職の刑事さんに隠し事をするのが間違っていましたね。すみません、黙っていたことは謝罪します。申し訳ありませんでした。皆さんに口止めしたのもお察しの通りです。これも謝ります。責任はすべて私にありますので、スタッフの皆さんを責めないでくださると助かります。ただ、ご理解いただきたいのは、これは弊社の中だけの問題ではないということです。『アガサ』が中断されるのか継続できるのか、年間数十億規模の収益を稼ぎ出す一大コンテンツになった今、様々なところに多大な影響を及ぼすことが予測されるので、正式発表まで伏せておきたかったんです」

頭を下げて桑島は云う。そしてさらに、

「楫田さんが亡くなった事後処理の話ですから、事件の捜査にはあまり関係ないものと判断してしまいました。それで黙っていたんです。今、ようやく根回しが終わって編集長に具申《ぐしん》できる段階まで漕ぎ着けました。虫のいいお願いで申し訳ないのですが、公式発表までこの件は口外無用に願えませんでしょうか」

桑島の頼みに、乙姫はやはり表情をまったく変えることなく陰鬱な顔つきのまま、

「判りました、秘密保持にはご協力しましょう。しかし、そういう計画が動いているのなら、それはそれで伝えていただきたかった。捜査に関連するのかどうかはこちらで判断することです」

「申し訳ない、軽率でした」

平身低頭の桑島に、乙姫は暗い目を向けてきて、

「それにしても、作者亡き後も漫画の連載を続けようとは、なかなか大胆なアイディアですね。一体いつ思いついたのでしょうか」

質問してくるので、桑島は額の汗を手で拭いながら、

「事件の翌々日くらいでしょうか。このままでは『アガサ』が終わってしまう。弊誌の発行部数は半分以上『アガサ』の人気に支えられているんです。それを終わらせるのは困る、非常に困ります。そこで打開策を徹夜で考え続けて、この方法に思い至りました」

これは本当のことだった。まさかそんなことで奔走《ほんそう》する日々が来るなどと、あの事件の夜以

前には想像だにしていなかった。そう正直に告げると、

「つまり、愚か者ではなかった、ということですね」

いきなり意味不明なことを云い出す。思わず聞き咎めて桑島は、

「何ですって?」

「いや、編集長さんの喩え話です。金の卵を産むガチョウとその飼い主の寓話。あの話では飼い主の男は欲張った結果、ガチョウの腹を裂いて何もかも失ってしまいました。しかしその点、現実を生きる桑島さん達は逞《たくま》しい」

と、乙姫は、一切表情を動かさない悪魔の仮面のごとき真顔で、

「童話に続きを作るのなら、ガチョウの亡骸《なきがら》を剝製に仕立てて見世物にする、という展開でしょうか。ガチョウは腹を裂いて殺してしまったけれど、転んでもタダでは起きない。今度はガチョウを剝製にして、世にも珍しい金の卵を産むガチョウの姿をさあ御覧あれ、と見物料を取って客に見せる。そういう興行を始めていつまでも稼ぎ続けることができましたとさ、というオチになりますね。男は愚か者などではなく、したたかな商売人だったわけですね」

「ははあ、うまい喩えですね。しかしガチョウの腹を裂いた男になぞらえられるのは、あまりぞっとしませんね。なんだか私か〝椙田プロ〟の誰かが椙田さんを殺したみたいに聞こえる」

「なるほど、そういえばそうでした。これは失礼しました、失言でしたね」

と云ったかと思うと乙姫は突然立ち上がった。あまりにも唐突な動作なので、桑島はびっくりする。心臓に悪い。立ったままの乙姫は、いつも通りの陰気な顔つきで、

「連載継続計画の件、確認できたのは収穫でした。見当をつけていた通りだったので大いに得心がいきました。ありがとうございます。今日はこれで失礼します」

うっそりと一礼すると、ソファから離れて立ち去ろうとする。まだ心臓をバクバクさせて桑島が、その姿を目で追っていると相手はやにわに振り返り、

「ああ、そうそう、一つ云い忘れていました。『アガサ』継続計画があるのなら、動機の問題に関しては白紙になってしまいますね」

「何のお話ですか」

桑島が問い返すと、乙姫は悄然と突っ立ったまま、

「いえ、桑島さんは金の卵を産むガチョウを殺すような愚か者ではない、だから犯人ではあり得ない。そう編集長さんはおっしゃっていました。動機の面から断言できると。充分説得力のあるご意見でした。しかし桑島さんにはガチョウを剝製に仕立てて見世物にする計画がある。これでは動機がないという免罪符も無効ということになってしまいます。桑島さんには残念でしょうが」

云い置いて乙姫は踵を返す。そして足音を立てぬ幽鬼のごとく精気のない足取りでラウンジを出て行く。猫背を丸めて、いつにも増して不気味な後ろ姿だった。

鈴木刑事も足早に去り、桑島だけが一人取り残された。額にびっしりと汗が噴き出していた。

＊

警視庁科学捜査研究所、通称〝科捜研〟は霞ヶ関《かすみがせき》の警視庁敷地内にある。ただし捜査一課のある本庁とは別棟なので、鈴木刑事は建物の外周をぐるりと半周してそこに辿り着かねばならなかった。

科捜研に来たのは鈴木刑事の意志ではない。上司の乙姫警部にくっついて来ただけだ。例によって用件に関しては一言も話さず、科捜研に行きます、とだけ云って乙姫警部は行動を開始した。意図が判らず、面喰らうばかりだ。

今、二人は入り口近くのロビーで待機しているところだった。

ソファに腰かけ待つことしばし、奥から早足の足音が近づいてくる。足音は鈴木刑事達の座るソファの前で、ぴたりと止まった。

「来客というから誰かと思ったら、乙姫警部、君か。こんな朝から何の用かな、君だと判っていたら急いで出てくる必要もなかったのに」

二人の前に立ち止まったその人物は白衣を纏《まと》っていた。丁寧に撫でつけたオールバックの黒髪とメタルフレームの眼鏡。長身で、多分身長は乙姫警部と同じくらいあるだろう。そして年齢も近いようだ。ただし見た目の印象は大きく違っており、白衣の人物のほうはスマートでエリート然としていた。

「これは市ノ瀬《いちのせ》主査、お呼び立てしてしまい申し訳ありません」

うっそりと乙姫警部が立ち上がって挨拶する。鈴木刑事も慌ててそれに倣った。

白衣の市ノ瀬主査は片方の眉だけを神経質そうに上げて、

「申し訳ないと思うのなら呼び出さないでもらいたかった。で、何の用だね、忙しい私にわざわざ面会を求めるとはよほどの緊急事案と見えるが」

「いえ、そう急ぐわけではありません。例の検査結果を早く伺いたくて、それでお邪魔しました」

陰気に低い声で云う乙姫警部に対して、相手は冷然とした口調で、

「君ね、結果は判明次第、報告書に認《したた》めて提出するといつも云っているだろう。わざわざ顔を出してもらっても検査は早まったりはしない。ただでさえDNA検査は時間がかかるのだから。あまり私の手を煩《わずら》わせないでくれたまえ」

乙姫警部は何も答えなかった。すると市ノ瀬主査は、きりっと鋭い視線をこっちに向けてきて、

「鈴木刑事、君もだよ、何だねその靴は、随分くすんでいるではないか。磨く手間を惜しんでいるのだろう。いかんね。警察官たるものまず身だしなみをきちんとしないと。公務に携わる身として訪問先に恥ずかしくない服装を保つこと、これは常識だろう。顔立ちばかり整っていても身だしなみがだらしないんでは台無しだよ、君」

「はあ、すみません」

鈴木刑事はかしこまりながら相手を見る。ぴかぴかに磨き上げられた革靴、皺《しわ》も染みもまったく付いていないぱりっとした白衣、きちんとプレスされたズボン、櫛《くし》の目が読み取れそうなほど丁寧に撫でつけられた髪、曇り一つないメタルフレームの眼鏡。市ノ瀬主査は一分の隙もない紳士ぶりである。

その完璧さに鈴木刑事が辟易《へきえき》していると、そこへ奥から若い技師が急ぎ足でやって来た。こちらは主査と違って小太りで、白衣の腹回りがぱんぱんになっている。

「あ、市ノ瀬主査、こちらにいらしたんですか、探しましたよ」

「何か用かね」

と、冷淡な声で市ノ瀬主査は聞く。若い技師は息を整えながら、

「面会のお客様がいらしているそうです、ロビーでお待ちだとか」

「誰が？」

「一課の乙姫警部です」

すると市ノ瀬主査はきりきりと片眉を上げて、

「あのね、田代《たしろ》くん、君は今の私の状況を見て口を開いているのかね。ここにいるのは誰だ、乙姫警部だろう。私と乙姫警部は現時点ですでに対面を果たしている。そこへ今の報告が何の役に立つというのだね」

不機嫌そうに云う。田代技師は額に手を当てて、

「あ、それもそうですね、こりゃ僕としたことが。いえ、それよりもう一つご報告があります」

「今度は何だね」

「例の検査、DNA解析が終わりました。それをお報《しら》せしようと」

「例の、というと乙姫警部の案件か」

「はい」

「そういう大事なことは先に云いたまえ。何だね君は、いつも順番が違う。優先順位の順序立てくらいはできないものかね」

「はあ、すみません」

田代技師がしょぼんと肩を落とす。市ノ瀬主査はこちらに向き直って、

「聞いての通りだ、乙姫警部、DNA検査が終わった。結果を見るかね」

「それはもちろん」

特別嬉しそうでもなく、しんみりと乙姫警部はうなずく。

「では来たまえ」

きびきびと歩きだす市ノ瀬主査。その後ろを乙姫警部がのっそりとついて行く。それを追いながら、いつも何も云わずにマイペースで行動する乙姫警部には若干の不満を抱いていないでもないけれど、神経質で口喧《やかま》しい市ノ瀬主査と較べたら上司としてはマシな部類なのかもしれないな、などとどうでもいいことを考える鈴木刑事であった。

＊

桑島はマンションのエレベーターを七階で降りた。

時刻は昼過ぎ。

マンション内はしんと静まり返り、静寂の中で午睡《ごすい》を楽しんでいるかのようだった。

ネクタイの結び目を締め直すと桑島は、カーペット敷きの廊下を右へ進む。

奥の部屋、703号室が〝椙田プロ〟の仕事場だ。

ドアには鍵がかかっていなかった。玄関に入ると、二足の男物の革靴が目に入った。片方だけがどういうわけかヤケクソみたいにぴかぴかに磨き上げられている。どちらが誰の物かまでは判別できないが、先に来ている二人組が誰かは桑島も知っていた。靴を脱ぎ、スリッパに履き替えると先へ進む。見当をつけていた左側のドアを開いた。仕事部屋の入り口だ。見慣れた、七つのデスクの並ぶ雑然とした光景。

桑島を呼び出した相手は、デスク群から離れた窓の側に立っていた。窓ガラスの向こうに広がる真夏の清々《すがすが》しく青い空の色と、立っている人物のじめじめした陰鬱な空気感はまるで似合っていなかった。

「お呼び立てしてしまい申し訳ありません、わざわざお越しいただき恐縮です」

と、乙姫警部はうっそりと一礼して云った。斜め後方に控えているイケメンの鈴木刑事も頭を下げる。

「私でお手伝いできるならば、どこへなりとも来ますよ。しかし殺人の現場へ呼び出されるのは、さすがにちょっと落ち着きませんね」

桑島は周囲を見渡しながらそう云った。あの夜以来、ここへは初めて入った。変わった様子はない。椙田の死体の倒れていた床には、警察物のテレビドラマで見るようにテープで人の形を描いているわけでもなかった。もちろん死体が転がっているはずもなく、何の痕跡も見当たらない。桑島はその床から無理やり視線を引《ひ》っ剝《ぺ》がして、

「で、今日はどんなご用件でしょうか」

尋ねると、乙姫は悄然とした立ち姿で、

「桑島さんにはこれまで色々とご相談に乗っていただきました。しかし多分、これで最後になると思います。長くなるかもしれませんのでおかけください」

と、アシスタントのデスクの椅子を示した。乙姫と鈴木刑事は窓際に立ち、座る様子はない。それで桑島もデスクの横に移動しただけで座らず、結局三人とも立ったまま話すことになった。

死神めいた刑事は口火を切る。

「さて、桑島さん、以前私がお伝えしたことを覚えていらっしゃいますね。この〝椙田プロ〟の玄関、そのドアの外側に引っかき傷があったとお話ししました。鍵穴の周囲に三本ほど、微細な傷が発見されたと」

「ええ、もちろん覚えています」

「何者かが侵入しようとした痕跡を演出したかったのでしょうが、あれは悪手でした。私はどうにも余計なことが気にかかるタチでして、あの引っかき傷にどうしても拘泥《こうでい》したくなってしまったのです」

と乙姫は、地獄の底から響き渡る亡者の呻《うめ》き声のごとく陰鬱な口調で云う。

「そこで鑑識さんに無理を云って、あの鍵穴とその台座を徹底的に調べてもらうことにしました。ドア板から鍵穴の機構を丸ごと外して、内部を隅から隅まで、舐めるように調べてもらったのです。あれは面白いもので鍵の台座を外すと、ドアレバーを含めて丸ごと全部取り外すことになるのですね。もちろん通常の捜査ではそこまではやりません。ドアノブ周りは指紋を検出するなど慎重に調べますが、まさかドアノブを鍵の機構ごと取り外して部品をバラしてまで精査することはしないものです。明らかにやりすぎです。ただ、今回はそのやりすぎに挑戦してもらいました」

乙姫はこちらを凝視するでもなく、ブラックホールみたいに光の感じられない陰々滅々とした瞳を、どこへともなく向けて語る。

「あの鍵穴の内部というのは大変興味深い構造をしています。ディンプルシリンダーという筒状の部品があって、その中に何十本もの小さなピンが立っている。金属製のピンが、バネで内側に飛び出しているのですね。ピンは途中に切れ目が入っていて、上をドライバーピン、下をタンブラーピンと呼ぶのだそうです。鍵を鍵穴に差し込むことでこのピンがシアラインに揃って、内筒を回転させることができる仕組みだそうです。ああ、細かい機構のことはどうでもいいですね、失礼、脱線しました。とにかく丁寧に検査してもらった結果、興味深い点が二点ほど見つかりました」

と乙姫は、ここで桑島のほうに向き直り、緩慢な仕草で、指を二本立てて見せた。

「一点は、機構内にピッキングによる引っかき傷が一つもなかったことです。普通ピッキングの被害に遭った場合、金属の細い棒を鍵穴へ差し込んで内部をいじり回すものですから、細かい引っかき傷ができるものだそうです。しかし今回はそうした跡はまったく見つからなかった。だからここの玄関の鍵穴、あれはピッキングなどされていないのですね。まあこれは予想の範囲内ですので、特に驚くには値しません。問題はもう一つの新発見のほうです。何だと思いますか、桑島さん」

乙姫は二本立てた指を引っ込めると、禍々しい瘴気でも噴出しそうな陰気な目を向けてきた。

桑島が何の返答もできずにいると、乙姫は話を進めて、

「予想外にも血液が検出されたのです。ほんの少しの量ですが、タンブラーピンの一本に血痕が付着していた。意外でしょう。どうして鍵穴の中に血液などが入り込んだのでしょうか。しかもドアの廊下側に。微量だったので鑑定は困難な作業だったようですが、今日の午前中にやっと結果が出ました。被害者の椙田さんのDNA型とぴたり一致しましたよ」

乙姫は無表情のままで、

「さて、ここからがさらに興味深い話になってきます。鍵穴の中、そんなところに血痕が残ったのはどうしてでしょう。これも犯人の偽装なのでしょうか？　いいえ、そうではないと私は考

えました。偽装ならばほんの微量しか残しておかないのは不自然だからです。見落とされてしまう可能性が高い。もし犯人が何らかの理由があって血液を付着させる偽装をするのなら、もっと多くの血液をつけておくでしょう。鍵穴から滴《したた》り落ちるほどではないにしても、ちょっと覗き込めば発見できる程度の量は残しておいてしかるべきです。現に、私が鑑識さんを拝み倒してドアレバーと鍵穴をバラしてもらわなかったら、この血痕は今もって見つかっていなかったでしょう。ですから犯人の偽装ならば、こんな微量で済ませていたはずはありません。つまり、この血痕は犯人も意図していなかった何らかのアクシデントで付着したものと云えるわけです」

そう語りながら乙姫は、両手を腰の後ろに組み、ゆっくりゆっくり歩き始める。

「では、どうやってこの血液が付着したのか？　答えは簡単です。穴の中の血痕なのですから、血液が付いた物が入り、そこからなすりつけられたと考える他はありません。玄関ドアの外側からついたのですから、犯行時の返り血が飛び込んだケースは即座に除外できますので。では鍵穴に入った物とは何か？　これも簡単ですね。鍵穴に差し入れる物といったら一つしかありません。そう、鍵です。ピッキングの可能性はもう否定されていますので、そういった器具ではないことは確かです。となると、鍵に血液が付着していてそれを鍵穴に差し入れた時、血液が内部になすりつけられた。そう考える他はないのです」

ゆっくりと静かに乙姫は歩く。

「では、いつそれが起きたのか？　被害者の血液が付着していたのですから、犯行の後と考えるのが妥当でしょう。被害者の体には致命傷となった刺傷以外に傷跡などは見つかっていません。では、犯行後に鍵を鍵穴に差し入れたのは誰か。もちろん犯人に決まっていますね。犯行後、犯人が逃走する際に施錠した、その時に血液がなすりつけられた。このケース以外には考えられない。ここの鍵はディンプルキーと呼ばれる型のものです。鍵の表面に円形の窪みがいくつも彫り込んであるタイプです。恐らく、キーの窪みに返り血か何かが一滴飛び込んで、それが鍵に残っていたのでしょうね。一滴の血液が窪みに入り込んだ鍵を、犯人は施錠する時に使ってしまったわけです」

足を止めることなく、乙姫は続ける。

「さて、ここで我々は大きな勘違いをしていたことが判ります。この勘違いが事件の核心でもあると私は考えます。これまで我々は、犯人が使ったのは榾田さんの鍵だと思っていました。犯人は榾田さんを殺害した後、この奥の仮眠室の文机から財布やカード入れなどの貴重品を盗みました。この時、キーホルダーも一緒に持ち去られています。ですから私達はてっきり、その文机の引き出しから持ち出した鍵を使って、玄関ドアをロックしたのだと思い込んでしまいました。ところが、犯人が最後に使ったのは血の付いたキーだった」

乙姫は、その陰鬱な瞳をまっすぐに桑島へ向けてきて、

「いいですか、榾田さんの日常を思い出してください。榾田さんは出勤してくるとまず仮眠室に行って着替えをする習慣だったそうです。スタイリッシュだった榾田さんは、外を出歩く時と仕事場にいる時は服装を変える。そして着替えと同時に、ポケットの中の財布やカード入れ

などを文机の引き出しにしまうのが常だった。もちろんキーホルダーも引き出しに入れます。そうするのがいつもの行動だったそうです。ですから帰る時にはその逆になるはずなのです。仕事場から仮眠室へ行って着替えをし、その際に文机の引き出しから財布やキーホルダーを取り出す。そしてその鍵を使って戸締まりをして帰宅の途に就く。と、こういう流れになるはずです」

こちらを見たまま乙姫は云う。

「しかし殺害された時、椙田さんは仕事用の服装でした。Tシャツにハーフパンツの動きやすいスタイルだった。上着とスラックスはまだ仮眠室のクローゼットの中にありました。着替えの前ですからそこにあるのは当然ですね。以前、桑島さんは証言してくださいました。椙田さんは原稿明けには頭をクールダウンさせるためにこの仕事場でしばしのんびりするのだと。そして、犯行はその時に起きているはずです。まだ帰宅準備の行動に入っておらず、着替える前に刺されているのですから、クールダウンの最中に殺害されたことは明白ですね。従って犯行時、椙田さんが刺された時には、彼の鍵はまだ仮眠室の文机の引き出しで眠っていたはずなのです」

桑島から視線を外し、それでもゆっくりゆっくりデスク群の周りを歩いて、乙姫は言葉を紡《つむ》ぐ。

「椙田さんの鍵は殺害現場にはなかった。だからそこに血液が付着することもあり得ない。鍵に血液が付いたのは、恐らく返り血でしょう。今回の事件では刺殺の割に出血量が少なかった。

急所を狙い澄ましたように刺していたと、検視官の先生も感心していたほどでした。それでも心臓をひと突きです。多少の血液の飛沫《ひまつ》は飛び散ったことでしょう。多分、犯人の使った鍵は現場のどこか、このデスクの上辺りに剝き出しで置いてあって、そこへ返り血が飛んだのでしょうね。その一滴がちょうど、キーの窪みの一つに落ちた」

いや、一滴ではない、二滴だ。鍵の近くに飛んだ返り血は二滴だった。桑島はあの夜のことを思い出していた。デスクの上に置いた原稿入りのクラフト封筒。犯行後、封筒の上にごま粒ほどの血の飛沫が落ちているのを発見した。慌てて封筒を取り替えて、証拠を隠滅したのだった。あの時、封筒の上に鍵を出しっぱなしにしていたのだ。もう帰る頃合いだからと鍵を取り出し、封筒の上に置いた。そこへ返り血が飛んだのだ。二滴。一滴は封筒の上に落ちたから見つけることができた。目立ったからだ。しかし鍵の刻みの中に落ちた一滴は見逃してしまったに違いない。黒っぽい銀色の鍵の窪みに落ちた血の飛沫。赤黒いそれを見逃すのは無理からぬことだった。

そんな桑島の思考とは無関係に、うっそりと歩きながら乙姫は続ける。

「その後、犯人は仮眠室を荒らしたり文机の中から貴重品を抜き出したりしていますが、この時に犯人の手に付着していた血液が梠田さんの鍵についたとも考えられないのです。なぜならば、文机の引き出しの取っ手部分には犯人の指紋が残っていなかったからです。指紋が見つかっていないことから、犯人は手袋をしていたと推察されます。一方、凶器のハサミの柄には布か何かで拭った痕跡がありました。拭ったということは、当然、指紋が残るのを危惧したのですね。つまり犯人は犯行時には手袋などしていなかったのです。このことから犯行はやはり突発的なものであったことが推測できるのですが、今はそのことは置いておきましょう。とにかく犯行の瞬間、犯人は素手だったわけです。もし犯行時にその素手が血で汚れてしまったのなら、手袋を嵌める時にはその血を洗い流すか拭き取るかするはずです。汚れた手のまま手袋を嵌める人間は、まずいないでしょうから。従って、犯人の手は犯行の後、洗うか拭うかされてきれいになっていたはずなのです。ですから犯人の手に付いた血液が椙田さんの鍵に移ったとは考えられないことになります」

無表情のまま、乙姫は云う。

「犯行時、現場になかった椙田さんの鍵に血液が付着するはずがありません。かといって犯行後、犯人の手に付いた血液が鍵に移動した可能性もない。ところが玄関ドアの鍵穴には、血の付着した鍵で施錠した痕跡が残っていました。これらのことから我々の勘違いがはっきりしました。犯人が鍵をかけるのに使った鍵は椙田さんのものではない。文机の引き出しにしまってあった鍵を、犯人は使っていない。そういう結論になるのです。では、犯人の使った鍵はどの鍵か」

歩きながら乙姫は、再び視線を桑島のほうへ向けてきて、

「ところで桑島さん、ルミノール試験をご存じですね。〝アガサ番〟の桑島さんならばよく知っていることと思います。ミステリ漫画にもよく出てくるでしょうから。これは血痕の識別に使われる試薬です。血液があればルミノール液が反応して、青く光って視認できます。血液の

汚れというのはあれで案外しつこいものでしてね、キーホルダーの中で他の鍵と擦り合わされたくらいではすべて取れてしまうことはないのです。まして今回は鍵の窪みの中に血液が付着していたと推定されますから、こびりついた血液はそう簡単には剝がれないと思われます」

と乙姫は、唐突に足を止めた。デスクの周囲を一周回って、ちょうど窓際に立つ鈴木刑事の横へ来たタイミングだった。乙姫は、後ろで組んだ手を外してから云う。

「この〝椙田プロ〟の鍵は四本しかないとのことですね。複製できないタイプなので、この世に四本だけということになる。この四本のうち、犯人が使ったのはどれでしょうか。椙田さんのものは先ほど除外されました。すると残りは三本です。チーフアシスタントの市ヶ谷さんが持っているもの、そして〝ネタ出し班〟の元小説家志望の海老名さんの持っているもの。鈴木くん、お願いしますよ」

乙姫が合図を送ると、打ち合わせをしてあったのだろう、鈴木刑事はスーツのポケットから証拠保全用らしきビニールの小袋を取り出した。ジッパー付きの透明なもので、鈴木刑事は両手で一つずつ持っている。そのビニール袋を目の高さに掲げたので、中身はすぐに判った。鍵だ。二枚のビニール袋に鍵が一本ずつ入っている。

まっすぐに桑島を見て、乙姫は云った。

「市ヶ谷さんと海老名さんに任意提出していただきました。ルミノール試験も終わっています。どちらからも血液の反応はまったく出ませんでした」

乙姫はじっと見つめてくる。

「さあ、残りは一本、桑島さんの持っている鍵です。犯行の日からその鍵は一度も使われていないはずですから、何かの痕跡があったらさぞかしはっきり反応が出ることでしょうね。ぜひルミノール試験をしてみたい。渡していただけますね」

鈴木刑事がすかさず、空のビニール袋を差し出してくる。

桑島はため息をついた。体じゅうの緊張感が吐き出されるような、すべての力が抜けていくような、それほど大きなため息になった。

緩慢な動きでポケットからキーホルダーを取り出した桑島は、鈴木刑事が構えているビニール袋にそれを滑り落とした。鈴木刑事がすかさず袋のジッパーを閉じる。

そのまま脱力して、桑島は椅子に腰を降ろす。へたり込むようにして座った。奇《く》しくもあの夜、原稿をチェックするのに使ったチーフアシの市ヶ谷の席だった。

これ以上なく無駄な力が抜け、いっそ気分がいいほどだった。敗北感はなかった。むしろ桑島は安心していた。そしてもう一度ため息をつくと、桑島はのろのろと口を開く。

「本当を云うとね、警部さん、苦しくて仕方がなかったんです。殺してしまった重圧に耐えきれなかった。良心の呵責というんですかね、心が押し潰されそうになって、満足に寝られませんでした。もうずっとまともに寝ていないんですよ。一刻も早く警部さんの前で何もかもぶちまけてしまいたい、そんな衝動に何度も駆られました。心臓と胃がきりきりと痛みましてね。心身共に限界でした。弾みとはいえ相田さんを殺《あや》めてしまった。本当に恐ろしいことをしてしまいました。誰にも打ち明けられないのも苦しかった。だから今はほっとしているんです。強がっているんじゃないですよ。本当に、こんなに気持ちが軽いのは久しぶりです。すっきりしました。すべてが露見するのは、これほど安堵《あんど》できるものなんですね」

桑島の内心の吐露に乙姫は返事をしなかった。普段通りの表情の読み取れない顔つきで、じっと陰気に立っているだけだった。構わず、桑島は続けた。

「『アガサ』も、もう大丈夫でしょう。〝椙田プロ〟のスタッフには私が根回し済みですので、話はトントン拍子に進むでしょう。うちの会社の法務部が、すぐに椙田さんの元奥さんから著作権の許諾をもらえるように動き出します。後は新しい担当編集がついて、連載は続けることができる。ここまで動き出せば、私一人くらいいなくてもどうとでもなるでしょう」

桑島が穏やかな心持ちで云うと、乙姫はようやく反応を返してきて、

「編集長さんもさぞ喜んでいらしたでしょうね」

「それはもう、躍り上がっていましたよ」

と、編集長の欣喜雀躍《きんきじゃくやく》ぶりを思い出して、桑島は少し笑った。

「ところで警部さん、私はどうも最初から疑われていたような気がしてならなかったんです。単なる疑心暗鬼とも思えない。教えてもらえますか、一体私はいつから疑われていたのでしょうか」

桑島の問いかけに、乙姫はこともなげに答える。

「実は、最初から疑っていました」

「最初から、というと初めてお目にかかった時ですか」

「はい」

「あの時は特に踏み込んだ話などはしませんでしたよ、それなのに？」

「ええ、一目見た時から」

「え、それだけで、ですか」

桑島はさすがにちょっと仰天した。一目見ただけで疑われるようなことなどした記憶はない。

乙姫は相変わらず淡々とした口調で、

「例の仮眠室の文机、あれの天板に汚れがありました。血痕でした。幅六センチほどで、布か何かでさっと拭ったような、ごく薄い跡です。あれが気になりました。どうしてこんなところに血痕があるのか、しかもとてもうっすらと、中途半端に拭ったような形で。そうした疑問が引っかかって仕方がありませんでした。どうも細かいところが気になるのが私の悪癖のようです」

乙姫は静かな声で云う。その口調にほんの少し、自嘲《じちょう》するみたいな感情が入っていたような気がしたのは桑島の思いすごしだろうか。人間味をまったく感じさせない死神刑事にしては珍しいことである。

「とっくりと観察しなければ見落としそうになる程度の薄い痕跡です。何か不慮の事態で偶然残った跡だとしたら、犯人も知らず知らずにうっかり残してしまった血痕だとしたら、そう考えているうちに、どうしたらこんな形の跡が残るのだろうか、と思うようになりました。布か何かでさっと擦ったような帯状の跡。それが偶然残るとしたら、犯人の衣類のどこかに返り血が付着していて、それを擦ってしまったというケースは充分にありそうなことだと思いました。では、衣類のどの部分が擦ったのでしょうか。鈴木くん」

と、鈴木刑事に呼びかけると、これもあらかじめ打ち合わせ済みだったのだろう、鈴木刑事がきびきびと動き始めた。鈴木刑事は椙田の椅子を引き出してきた。リクライニング機能つきの、先生ご自慢の立派な椅子である。

乙姫は片方の掌でそれを示した。

「この座面を文机の天板だと思ってください。そして犯人は袖引き出しの一番上の段を開き、財布などを取り出しました」

乙姫の解説に合わせて、鈴木刑事が実演を開始する。腰を曲げて、椅子の座面の下に手を伸ばす。座面の下に引き出しがあると想定して、そこを探る動作だ。あの夜、桑島もした動きである。

鈴木刑事は架空の引き出しの中を漁るため、さらに腰を曲げる。ネクタイが首元からだらりと垂れる。そのネクタイの先端が椅子の座面を軽く撫でた。

「どうですか、ご覧の通りです」

と、乙姫が静かに云う。

「もしネクタイの先っぽに返り血が付着していたら、ちょうど天板に擦ったような帯状の跡がつくのです」

桑島は気づいていなかったが、恐らく刺した直後だ。椙田の死体の脈を取り、首筋に手を当て、瞳孔を覗き込んだ。椙田の体に覆い被さったあの時、ネクタイの先端が死体の刺し傷に触れ、血液が染み込んだのだろう。

「天板の上を擦る着衣の一部といえば、私にはネクタイしか思い浮かびませんでした。しかし漫画の現場のスタッフがスーツを着ている、というイメージはあまりありません。実際にお目にかかったアシスタントさん達もほぼ全員がTシャツ姿でしたし〝ネタ出し班〟の海老名さんに至ってはアロハを着ていました。この季節なのでもちろん皆さん半袖です。だから袖口が文机の天板に触れることはないだろうし、裾もそこまでは長くはないので天板には届きません」

乙姫は続ける。

「被害者の周囲にいる人は皆さんラフな服装をしておられる、そんな印象がありました。そこへ桑島さん、あなたが現れたのです。編集長さんの人物評通り、あなたはきちっとした人です。この猛暑の中でもいつもスーツを着用している。被害者の身近にいる人の中で常時ネクタイにスーツ姿なのは、担当編集者だろうと見当をつけていました。その予想通り初めてお目にかかった時、桑島さんはネクタイを締めていました。結び目を直す動作が癖になっているようですね。それほどあなたはその服装に馴染んでいます」

「本当に初対面の時から疑われていたわけですね」

驚くより呆れ返ってしまい、桑島は思わず苦笑をもらした。そもそも最初から勝負にもなっていなかったのだ。油断ならないどころか、相手は筋金入りのプロだった。桑島に太刀打ちできようはずもない。

それでますます気分がすっきりした。安堵感からつい、全身の体重を椅子の背もたれに預けてしまう。そして桑島はネクタイの結び目を緩めた。首回りも楽になった。

「完敗ですね。私を相手取ることなんて、警部さんにとっては赤子の手を捻るようなものだったでしょう」

また、ため息混じりに桑島は云う。

「どのみち『アガサ』の連載継続計画が軌道に乗ったら、出頭してすべてをお話しするつもりだったんです。根回しをする時間だけ稼げればそれでよかった」

清々しい気分で、桑島は椅子から立ち上がった。

「さあ、行きましょうか」

乙姫を促して、そう云った。

「はい、参りましょう」

乙姫も、死神めいた仕草で、うっそりと陰気にうなずく。

ゆっくりと歩きだした乙姫の、その背中を追って、桑島も足を踏み出す。

ドアから出る前に、部屋の中をちょっと振り返ってみた。

ようやく肩の荷が下りた安心感で、気は晴れ晴れとしていた。あの事件の夜以来、感じたことのない軽やかな気分だった。

ただ、あの時ハサミを摑んでしまった行動が愚かな選択だったのかどうか、それだけは未だに判らなかった。

# 一等星かく輝けり

古いアパートの建つ角を曲がって路地に入った。

住宅街の狭い小径《こみち》である。

新堂直也《しんどうなおや》は路地への入り口で、一人の老婦人とぶつかりそうになった。咄嗟《とっさ》に身を引きそれを躱《かわ》す。かけていたサングラスが危うく落ちそうになった。

老婦人は箒《ほうき》を手にして路地を掃除中らしかったが、それではっとしたように顔を上げた。年齢は八十に手が届くくらいだろうか、新堂より十ほど上のように見える。その老婦人がこちらの顔を見た途端、あっという驚いた表情になる。そしてたちまち相好を崩すと、これはついている良いものを見た、といいたげな顔つきになった。親近感と野次馬根性が渾然一体《こんぜんいったい》となった感じの、微妙な表情である。

そういう反応には慣れている。新堂は老婦人に構うことなく、そのまままっすぐ路地の奥へと向かった。

京王線《けいおう》初台駅《はつだい》から五分少々。路地の突き当たりに目指す建物があった。年月を経てくたびれきった三階建ての雑居ビル。十月の麗《うら》らかな青空の下だと、その古ぼけ具合がより強調されて見える。管理も行き届いていないらしく、入り口の脇に前輪の外れた自転車や骨だけになった傘の束や半ば腐って原形を保っていない段ボール箱など、ガラクタが放置されている。

玄関の上の壁に〝イモトビル〟と銘板《めいばん》が嵌《は》め込まれたその建物の入り口を、新堂はくぐった。

エレベーターがないから階段で二階まで上がる。息ひとつ切らさずに一気に登り切った。職業柄、心肺機能は衰えていない。

二階の廊下を中ほどまで進む。204号室。錆びた鉄骨の手摺《てす》りが剝き出しの、じめじめした廊下だ。新堂はそこで立ち止まった。煤《すす》けたスチールの扉に、プラスチックの小さなプレートが貼りつけてある。プレートには〝九木田《くきた》音楽事務所〟とゴチック体で記してあった。

腕時計を確認すると、間もなく十六時になろうとしている。

新堂はドアチャイムのボタンを押す。どこか調子のズレたチャイムの音が、中から洩《も》れ聞こえた。

「はいはい、今出ますよ」

男の声が、ドア越しに聞こえる。

構わず新堂はドアノブを摑み、扉を開いた。

貧相な小男がこちらへ向かってくるところだった。先ほどの掃除の老婦人と同年配だが、昨今は八十代でも若々しい者は多い。小男も元気そうで、こちらへ近づいてくる足取りは軽快だった。

「や、どうも、新堂さん、時間通りですね」

この事務所の主、九木田憲次《けんじ》は、にやにやとお追従笑《ついしょう》いを顔に浮かべて云った。猿の生首を干したみたいな皺《しわ》の多い顔面に、目つきだけが狡猾《こうかつ》そうな輝きを湛《たた》えている。頭部は寄る年波に抗《あらが》えず、年齢相応に薄くなっていた。

「どうぞどうぞ、お入りください。相も変わらず狭いところですが」

九木田に招き入れられ、新堂は室内に足を踏み入れた。土足のままで入れる仕様である。そこで新堂はサングラスを外し胸ポケットにしまう。

内部は事務所らしい造りになっていた。九木田が謙遜《けんそん》していたように決して広くはない。全体的に横長の構造だった。入り口の正面に大きな窓。磨《す》りガラスが閉まっている。右側から使い古した応接セット、事務机、その背後には大型のキャビネット。それらが横一列に並んで見える。

「さて、急ぎましょうか、あたしもこれで忙しい身でしてね、夕方から柊二郎《ひいらぎじろう》さんのコンサートの打ち合わせが入っているものでして、六本木《ろっぽんぎ》で」

九木田が愛想笑いを浮かべた顔で云った。

嘘だ。新堂は即座にそう思った。この男は虎の威を借るのが大好きなので有名だ。売れっ子の名前を出して多忙な振りをする。いくら虚勢を張っても、下卑《げび》たにやにや笑いの下に実際の内面の空虚さと矮小《わいしょう》な人間性が垣間見える。

ソファセットのひとつに、新堂は勝手に座った。ローテーブルの上には大きなクリスタルの灰皿が置いてある。一体いつの時代のセンスか。部屋の主の美感のなさにうんざりするばかりだ。

もうひとつ、センスの悪いものがある。新堂の座ったソファの向こう。事務机の後ろに背の高いキャビネットが立っている。

このキャビネットは上半分がガラス戸で、素通しになっていた。中は上下三段に仕切ってあり、一番下の段にはファイルが並んでいる。クリーム色の背表紙が三十冊ほど揃っているのが見える。一番上の段には、写真が五枚ほど飾られていた。六切サイズくらいの大判に引き伸ばされ、額に入れて仰々しく並べてある。大門五郎《だいもんごろう》、都沢《みやこざわ》みどり、富士《ふじ》慎太郎《しんたろう》といった有名人が、この部屋の主と二人で並んでいる写真だ。写真の中の九木田は今よりずっと若く、かしこまった顔つきをしている。頭髪も、現在と較べてはるかに豊富だった。

芸能界で大御所と呼ばれる大物歌手と並んでいるからといって、九木田自身が特段偉いというわけでもない。業界人ならば二人で写真を撮る機会くらい、どうにかして作ることはできるだろう。恐らく持ち前の図々しさを発揮して、無理に撮ってもらったものと思われる。

まん中の段にはサイン色紙が十枚くらい、こちらに向けて立てかけてある。麗々しく並んでいるのは、いずれも負けず劣らずの有名歌手の手跡《しゅせき》で、残念ながら新堂とは格が違う知名度の人達ばかりだ。

客がソファに腰かけると、向かいに座る主の頭越しに、そのキャビネットの内容物が見える位置関係になる。

要は、見せびらかしたいのだ。

せっかくの大物歌手達の姿も、俗物のこけ威《おど》しの道具に成り下がってしまっては色褪《あ》せて見えるばかりだ。芸能プロモーターという仕事には多少のヤマっ気も必要だろうが、これはあまりにも俗っぽい。

新堂がそんなことを考えていると、九木田が向かい合わせのソファに座ってきた。

「さて、新堂さん、今日は一体何のご用でしたっけ」

にやにやと下品に笑いながら、九木田が云った。新堂は殊更《ことさら》ぶっきらぼうに答えて、

「とぼけるな。プロモーションの話に決まっているだろう。どうなっているんだ、何も進んでいる様子がないじゃないか」

「いえいえ、ちゃんとやってますって。少しずつ進行していますから、安心してくださいよ」

「安心などできるものか。テレビの仕事もステージの仕事も、ひとつたりとも入ってこない。あんたが何もやっていない証拠だろう」

新堂が語調を荒くして糾弾《きゅうだん》すると、九木田はへらへらと笑ったままで、

「嫌だなあ、そう決めつけられちゃ。水面下で動いているから、まだ進んでいないように見えるだけですよ。ソロコンのスポンサーだって集めているし、集客の望める大物ゲストのスケジュール調整だってしてもらっているところなんですから」

「だったら具体的に云ってみろ。コンサートの会場はどこを押さえた？　スポンサーの名前は、ゲストとは誰だ」

「そりゃまだ云えません。プロモーターには秘匿事項が多いものですよ。何事も本決まりにな

ってから報告するのが筋ですから」

と、九木田は懐柔するような愛想笑いで、

「新堂さんだってよくご存じでしょう、この業界は水物です、土壇場でひっくり返ることだってザラだ。焦っちゃいけませんよ、こういうのは来たるべき時がくれば一斉に動き出すものですから。仮決定のことをお伝えして、それが糠喜《ぬかよろこ》びになったら申し訳ないでしょう。だから現段階じゃまだ何も報告できないだけです」

「しかし契約してからもう六ヶ月だぞ。半年も経つのに何も形になっていない。これはおかしいだろう」

「いやいや、ですから動いてますって。結果はこれから出ますんで、もうちょっと待ってくださいよ、本当ですから」

こいつの「本当」は信用ならない。この半年で、それは痛いほど理解した。新堂は冷たい口調で突き放し、

「いい加減待ちくたびれた、もう契約は解除する。今日はそれを云いに来た。金も返してもらうぞ、四百万、耳を揃えてきっちりと」

四百万円は新堂が九木田に預けた金だった。プロモーションに必要だからと、言葉巧みに引き出させられた。「いいですか、新堂さん、この計画には金が要《い》ります。テレビ局のプロデューサークラスを押さえるには実弾をバラ撒かなくちゃなりません。呑ませる喰わせる抱かせるの接待漬けは不可欠です。新堂直也再浮上プロジェクトを成功させるには三百、いや四百万は

どうしてもかかる。この世界、最後にものを云うのは結局、金です。金次第で何でも動く。なあに、プロジェクトが軌道に乗れば何十倍にもなって返ってきますって。テレビにバンバン出れば営業のギャラだってうなぎ登り、CDの売り上げもぐっと上向きでリターンは大きい。金はすぐに取り返せます。そのための元手に四百万、どうしても必要なんです」そう懇願されて、虎の子の預金を預けたのだ。人間性が下劣なのは昔からだったが、仕事だけはきっちりとやる男だった。汚い手も使うがそれだけの結果は出して見せる。そう思ったからこそ信用して金を渡したのに。

「あんたが働かないのはこの際目をつぶってやる。だが金だけは返せ、全額、今すぐ」

命令口調で新堂が云うと、九木田は哀願するように愛想笑いの顔のまま、

「そりゃ殺生ですよ、今すぐには無理です。返すのはしばらく待ってください」

「どうしてだ、あんたはまだ何も動いていない。金は活動資金として渡したはずだ、だったら手つかずで残っているだろう」

「いやいや、本当に動いていますって。金も少しずつ、しかるべき人達の袖の下に滑り込ませているんで」

「どこの誰に？　いくらだ」

「そりゃ、まだ秘匿事項でして」

「ほら、やっぱり云えないんじゃないか。そうやってずるずると引き延ばす気だろうが、そうはいかん。そっちがそういう態度なら出るところへ出るぞ、裁判だ。こっちは金を返してくれ

さえすればそれでいい。大ごとにしたくなかったらさっさと金を返すんだな」

「おやおや、そこまで云いますか、だったらこれを見てもらわないといけませんなあ」

わざとらしく顔をしかめて、九木田は立ち上がった。そして歩いて行って事務机の横を通り、壁際のキャビネットの前に進んだ。

そして上半分のガラス戸をスライドさせて開くと、最下段のファイルに手を伸ばす。

そこには三十冊ほどのファイルがずらりと並んでいる。揃った背表紙がこちらからも見える。そこには一冊につき一人ずつ、歌手の名前が書き込んであった。ほとんどが新堂と同世代の同業者の名前だ。葵一郎《あおいいちろう》から始まって渡《わたり》み子《こ》まで五十音順にきれいに並んでいる。手書きの丁寧な文字で、この辺りは九木田はやたらと几帳面でマメだった。まん中辺りには、神宮寺要《じんぐうじかなめ》、新堂直也、瀬田秀輝《せたひでき》、と新堂自身の名前も含まれている。

そのファイルの並びから一冊を抜き取ると、九木田はこちらに戻ってきた。

ソファにゆっくりと腰を降ろして、ローテーブルの上のクリスタルの灰皿をズラすと、持ってきたファイルをそこに置いた。クリーム色の、紙製のファイルだ。表紙にも『新堂直也』と丁寧な手書きの文字で書き込んである。

九木田はその表紙を開くと、中央にある金具を押して外し、書類をファイルから抜き取った。書類は全部で六枚ある。それを順々にテーブルに並べながら九木田は、胸ポケットから老眼鏡を引っぱり出して顔にかけた。

「さて、新堂さん、こいつを見ていただけますか、これね、三枚目の、ほらここ、資金寄託に関する条項、第一項、甲は乙に対し活動資金として金四百萬円を寄託するものとする。ね、甲は新堂さん、乙はあたし、ほら、サインもありますね、判子も。こいつは正式な契約書ですよ」

九木田は大真面目な顔で云った。

確かに署名捺印《なついん》はした。これもしつこく「なあに、ごく形式的なものです。念のために書いてもらうものですから、大した意味はありません。正式にお仕事をご一緒させていただくんですから、やっぱり形式も一応きっちりしておいたほうがいいでしょう。あたし達の間の覚え書きみたいなものですよ」などと調子よく誘導されてサインしたのだ。「ほら、本郷尊《ほんごうたける》さんも、霧島伸一《きりしましんいち》さんも、平井翔《ひらいかける》さんも、皆さんサインしているでしょう」と、他の歌手の契約書のファイルを何冊も見せられ、そういうものかと思い込まされた。間違いなく他の三十人ほどの歌手も、同じ書類にサインしていた。

だが、今となってはもうこんな契約書などどうでもいい。いい加減痺《しび》れを切らせて新堂は、

「これがどうした。いいから金を返せ。あんただって訴訟沙汰になって評判にキズがつくのは嫌だろう。ぐずぐず云わずにすぐに金を返してくれ」

「やれやれ、仕方ないですねえ」

と、九木田は卑屈なにやにや笑いは引っ込めて、老眼鏡越しに狡猾そうな目つきでこちらを睨《ね》めつけてくると、

「こいつを見てくださいな、これです、この六枚目、不可抗力免責事項に関する条項。第三条、但し以下の不測の事態に於《お》いては寄託した費用の返却は免責されるものとする。その四項、プ

ロモーション活動が不能になった場合。例えば、災害、火災、疫病、政変、戦争、テロ、内乱、その他予期できない異常な困難及び乙の死亡もしくは体調の著しい不調時に於ける活動不能状態。ね、金を返さなくてもいい条件がいくつか明記されているでしょう」

と、九木田は、老眼鏡を引っぱり出したのと同じ胸ポケットから畳んだ書類を一枚抜き出した。それを広げ、契約書の上にのせてこちらに向けてきて、

「ほら、こいつは診断書です、あたしの名前があるでしょう。高血圧でしてね、できるだけ安静に生活するようにって医師の指導を受けているんです。へへ、正真正銘のドクターストップですよ。こいつは免責事項第四項にある、乙の体調の著しい不調時に於ける活動不能状態ってやつに当たるんじゃないでしょうか。訴訟を起こすって云ってましたけど、地裁はこの条項を無視できますかね。この哀れな病人を虐《しいた》げるような判断を調停員がするかどうか」

これも嘘だ。高血圧がどの程度のものなのか知らないが、活動不能は大げさだ。現にこうしてぴんしゃんしているではないか。思わずかっとして新堂は、

「貴様、最初から騙《だま》す気だったんだな、これじゃ詐欺《さぎ》だ」

「人聞きの悪いことを云わないでくださいよ、体調不良は予期できないでしょう。さすがのあたしも年には勝てませんでね、へへへ」

「どうあっても金を返さないつもりだな、俺の金を」

「一度受け取ったからにはあたしの金です」

「許さんぞ、この詐欺師め、何がプロモーターだ、ここまで落ちぶれたか。今のお前はただの

犯罪者じゃないか、がめつい守銭奴《しゅせんど》め、人としての最低限の誇りすら忘れたのか、この薄汚いクズめが。絶対に思い知らせてやるからな」

新堂は我知らず、怒鳴りつけていた。この男は人間性は卑しいが仕事だけはきちんとやり遂げるタイプだったはずだ。しかし今や、金に汚いだけのろくでなしに成り果てているとは。ここまで変節してしまっているとは予想外だった。

その金に汚い変節漢は、開き直ったように目を見開いて、

「そこまで云うんならこっちも云わせてもらいますけどね、このプロモーション計画、土台無茶な話だったんですよ。再浮上なんて、最初から無理なんです。新堂さん、あなたご自分の立場を自覚しているんですかね。確かに若い頃のあなたはスターでしたよ、人気もあって売れっ子だった。でもね、今のあなたはもう違う。尾羽《おは》打ち枯らした元スターでしかないんだ。若い頃の栄光にしがみついて自分がスターだと勘違いしている惨《みじ》めな落伍者《らくごしゃ》でしかない。ここまで落ちぶれて今さら再浮上だなんてちゃんちゃらおかしい。思い知らせてやるなんて威勢のいい啖呵《たんか》切ったところで、どうするつもりなんです。法律はこっちの味方ですよ、契約書だってあるんだ。今のあなたにゃあたしをどうこうする力なんかありゃしない。もう一度云いますよ、現実を直視するんですね。あんたはもう終わった人だ。全盛期なんてとっくに過ぎた過去の人になっている。芸能界の片隅の地の果てにしか居場所のない、ただの売れなくなった元スターなんだよ。歌手、新堂直也はもう死んだも同然だ」

九木田はせせら笑った。

新堂は、一気に頭に血が上るのを感じていた。怒りで血が煮えたぎり、体が震える。目の前がまっ赤になった。その勢いでローテーブルの上のクリスタルの灰皿を摑むと、バックスイングで横薙《な》ぎに九木田の頭を打ち払った。相手のこめかみにヒットし、灰皿に確かな手応えが感じられた。老眼鏡が部屋の隅に飛んで行く。

「ぐうっ」

と、唸り声をひとつ上げると、九木田はソファから転がり落ちた。ソファの横に腹這《はらば》いになる小柄な後ろ姿。それでも新堂の怒りは収まらなかった。立ち上がり、九木田の背中を跨《また》ぐと、事務机の上にコードがあったので、それを手に取った。俯《うつぶ》せに倒れている相手の背中に馬乗りになる。コードがずるずると伸びてきた。手にしたコードを二度、九木田の首に巻く。そのまま締め上げる。渾身の力で絞める。

「うぐぐぐぐ」

と、九木田の口から低い呻《うめ》きが洩れる。構わず力一杯絞め続ける。

そうしてどれほど経ったか。

息が上がってきたので、新堂は腕の力を抜いた。コードはきつく締まり、九木田の首から緩まない。コードから手を放して、相手の顔を覗き込む。猿に似た顔は醜《みにく》く歪《ゆが》んでいる。充血した目を見開き、完全に絶命していた。

死んだ、殺した——。

新堂の体から、怒りの激情がすとんと抜け落ちていった。しばし呆然と、脱力する。

息を整えながら、馬乗りになった死体の背中から降りた。その横に立ち、新堂は考えを巡らせる。

どうする。警察を呼ぶか？　いや、冗談じゃない、こんな下衆《げす》のせいで捕まるなどご免こうむる。

逃げよう、それしかない。

新堂は決意した。

すべてを隠蔽する。俺がやったとバレなければいいんだ。

そう決めてからの行動は早かった。

まずは死体から離れ、事務机へと向かった。指紋がつかないように注意しながら引き出しを開ける。一番下の段。各種の雑貨が几帳面に整頓されて詰まっていた。お誂《あつら》え向きに軍手が一組、紛れ込んでいる。早速それを両手に嵌めた。

そして部屋の奥の小さなキッチンスペースから、布巾を一枚取ってくる。

まずは凶器からだ。

テーブルの下に落ちたクリスタルの灰皿を拾い上げ、布巾で丁寧に拭うとテーブルに戻した。

次にコードだ。

犯行の時は無我夢中で考えもしなかったがこれは何のコードだ？　コードの先を辿《たど》ってみると、それはマイクだった。レトロ調といってもいいくらいの昔のデザインのマイク。今時、コード一体型のマイクというのも珍しい。ほとんど骨董品だ。大方、何かの記念品として九木田が取っておいているのだろう。

灰色のコードは九木田の首に食い込んで外れない。仕方なく、そのままの形で指紋だけを拭き取った。

そしてソファ。革に見せかけたビニールの素材はいかにも指紋が残りそうだ。自分の座った周りを、拭き忘れのないよう慎重に拭った。

入り口へ向かい、スチールのドアのドアノブも拭いた。そっと扉を開き、顔だけを突き出して廊下の様子を窺《うかが》う。大丈夫、誰もいない。その隙を狙って、手早く外側のドアノブを拭う。ドアチャイムのボタンも拭く。調子外れのチャイムの音が響いた。

ドアを閉じて、他にも触ったものはないか、と新堂は室内を見渡した。応接セットのテーブルには触れていない。その上にのった契約書にも、とそちらを見て血の気が引いた。

契約書の紙が一枚、床に落ちている。それはいい。問題はその一枚にべったりと靴跡がついていることだった。新堂の履いているデザートブーツの靴底の模様。それが書類の上にくっきりと残っている。

六枚ある契約書の一枚目だった。

一番上の行に『プロモーション活動契約書』と印刷されている。その下に『新堂直也（以下、甲とする）九木田憲次（以下、乙とする）二名の間に以下のように契約を取り交わすものとする』とあり、名前の部分はそれぞれ手書きの文字で書き込んであった。その一枚に大きく、靴跡の汚れがスタンプされている。

多分、さっきの荒事の最中に落ちたところを踏んでしまったのだろう。

新堂は軍手を嵌めた手で、それを拾い上げた。靴の汚れはどうやっても落ちそうにない。

これはマズい、このまま残してはいけない。新堂は考えた。この一枚目だけを持ち去るか。いや、それは不自然だ。他に三十冊ほど同じ契約書のファイルがある。サインをする際に、他の歌手の分を九木田に見せられた。確か全員、同じ書式の契約書だったのを覚えている。他のファイルの書類も六枚ずつあるはずだ。新堂のファイルだけ一枚目が欠けて五枚しかないのは、誰が見ても不審に思うだろう。

すべてを持ち去ろう、ファイルごと六枚全部。いや、待て、それもどうだろう。

新堂は考え直す。

ひょっとして九木田は、新堂の契約書も誰かに見せたかもしれない。契約書にサインしてから半年、これはずっとあのキャビネットに並んでいた。その間に、例によって虚栄心が強く見栄っぱりの九木田が「ほら、見てください、今、新堂直也さんとも仕事をしてるんですよ、ね、これがその契約書」と、第三者に見せびらかした可能性がある。その契約書が殺人現場から消えていて、その第三者が証言したとしたら。『おかしいですね、確かに新堂直也さんのファイルをここで見ましたよ』

それはダメだ。新堂が怪しまれる。

その時、閃《ひらめ》いた。

そうだ、逆転の発想だ。

木の葉を隠すには森の中、という。では木の葉の存在そのものをないことにするにはどうすればいいのか？　そう、森全体を燃やし尽くしてしまえばいい。森を丸ごとなかったことにするのだ。

新堂はローテーブルの脇にしゃがみ込むと、六枚の書類をすべてファイルに挟んだ。ついでにあの忌々《いまいま》しい病院の診断書とやらもファイルに挟み込む。

それを持ったまま、事務机の後ろのキャビネットまで歩く。上半分のガラス戸をスライドさせ、開いた。

新堂は、下段に並んだファイルをすべて抜き出して、デスクの上に積み上げた。森全体を燃やし尽くす、つまりファイルを全部持ち去り、最初からなかったことにする。靴跡で汚れた一枚を隠すにはこれがベストだ。他の歌手達も、余計な疑いをかけられなくて助かるに違いない。こんな形で人助けをするとは思わなかった。妙な功徳《くどく》を積んだものである。そう苦笑しながら、新堂はファイルを全部キャビネットから取り出した。

キャビネットの横にあるロッカーを漁《あさ》り、スポーツバッグを発見した。衣類が丁寧に畳まれて入っていたので、それをそっと取り出して形が崩れないようにロッカーの他の荷物に紛れ込ませた。

空《から》になったスポーツバッグに三十冊ほどのファイルをすべて詰め込む。ジッパーを締めて、新堂はほっとひと息ついた。

さて、あとは、と部屋を見回す。

出入り口の横の壁に、大きなホワイトボードが吊されている。そのボード全体が一ヶ月の予定表になっていた。マーカーで、十月のスケジュールがびっしりと書き込んである。

十月六日　久慈真先《くじまさき》　コンサート打ち合わせ
十月十日　唐津《からつ》ひとみ　ディナーショー衣装合わせ
十月十六日　原島洋行《はらしまひろゆき》　レコーディング立ち会い

等々、有名歌手の名前がずらりと並んでいる。

これもまた嘘だ。新堂は一目で見抜いた。

九木田は自分を大きく見せるためなら平気でつまらない嘘をつく。このホワイトボードの予定表もその類《たぐい》に違いない。事務所を訪れる来客にはったりを利《き》かせるために、著名な歌手の名前を勝手に使っているのだ。それら有名歌手のスケジュールは青のマーカーで書かれている。

そして十月十二日、今日のところに注目して見ると、

16：00　新堂直也

と、几帳面な文字で書いてあった。たまには本当のことも書いてあるから始末に悪い。こちらは赤のマーカーで記されている。どうやら、虚飾と見栄のための嘘は青のマーカー、本当の

スケジュールは赤のマーカーと使い分けているらしい。赤の文字が悲しいほど少ない。新堂はホワイトボードに近寄ると、黒板消しで丁寧に『16：00　新堂直也』の部分だけを消した。

さて、これでやり残したことはないはずだ、と室内を視線で点検する。

ソファの横には九木田の屍骸《しがい》。俯せなのでここからは顔までは見えない。ずっと同じ姿勢で横たわっている。それを見ても、もう何の感情も湧いてこなかった。

新堂はもう一度ロッカーと事務机の引き出しを漁って、必要なものを何点か発掘した。逃走用の小道具だ。

茶色いハンチング帽と使い捨てマスク。それから秋物のベージュのコート。

帽子を被り、マスクをつけ、自分のサングラスをかけた。これで人相は判らなくなった。コートを着て、前を閉める。上背のある新堂には小柄な九木田のコートは小さすぎてつんつるてんになってしまったが、背に腹は代えられない。

キャビネットのガラス戸に自分の姿を映してみた。コートに帽子、そしてサングラスにマスク。あからさまに怪しい人物がそこに立っていた。しかしこれは致し方ない。新堂の特徴を目撃されるわけにはいかないのだ。

準備は完了、早く撤退しよう。

ファイルの束が詰まったスポーツバッグを抱え、軍手をしたままの手でドアノブを摑んだ。耳をそばだてて外の様子を探り、ドアを開けて廊下に出る。

よし、逃げよう。

しかしタイミングの悪いことに、階段のある廊下の隅から人がひょっこりと出てきた。

若い男だ。

対応できずに、新堂は棒立ちになる。

だが、こちらの特徴は判らなくしてある。慌てる必要はない。

落ち着いて、ドアを閉じた。

若い男は新堂の出《い》で立ちに鼻白《はなじろ》んだようで、一瞬ぎくりとした反応を見せた。

新堂は何事もなかったように装い、廊下を階段のほうへと進んだ。

大きなレジ袋をぶら下げた若い男とは、廊下の途中ですれ違った。

この姿を見られたのは仕方がない。そのための変装だから構わないのだ。新堂はそう開き直って、そのまま歩いた。

階段の前まで着くと、さりげなく若い男の様子を窺う。向こうは新堂への関心をなくしたらしく、こちらに視線を向けもせずに一番奥の部屋に入って行くところだった。

それを確かめた後、新堂は急ぎ足で階段を下りた。

＊

殺人現場は大勢の刑事達で混雑していた。

狭い事務所内は、立錐《りっすい》の余地もないという表現が大げさではないほど、警察関係者でいっぱいだった。

警察の仕事に土日は関係ない。だから今日もこうして、鈴木《すずき》刑事は土曜日の昼前に現場に駆けつけていた。

鈴木刑事がやってきたのは初台の雑居ビルで〝イモトビル〟という名の建物である。鉄筋コンクリート造りの三階建て。そこの204号室が殺人現場だった。入ってくる時、ドアに〝九木田音楽事務所〟と記されたプレートを見た。

鈴木刑事が立っている横を、紺色の制服の鑑識係員達が引っ切りなしに通り抜けて行く。出口の脇に立っているので、そこを通って退出して行くのだ。どうやら鑑識班は引き上げにかかっているらしい。何人かの私服刑事が、顔馴染《なじ》みの鑑識係員を呼び止めて、現場の状況について質問をしている。

死体は、部屋の中央にある応接セットのソファの横に倒れていた。伏臥《ふくが》しているのは七十代後半くらいと思われる小柄な男性だった。

検視官の藤島《ふじしま》が、死者の傍《かたわ》らにしゃがみ込んでいる。藤島検視官は太った体に白衣を纏《まと》った初老の男だ。白髪頭がぼさぼさで、老いたライオンのたてがみのように見える。その周囲を何人かの刑事が取り囲んでいた。

「典型的な絞頸《こうけい》だな、ほら、見てみたまえ、紫色の死斑、うっ血して腫《は》れた顔面、見た通りこのコードで絞め殺されておる。ふむ、この額の横の傷は何だろうな、何かで殴られたか」

と、藤島検視官は、手袋を嵌めた手で死体のこめかみ辺りに触れながら説明している。藤島検視官愛用の手袋は透明なゴム製で、外科手術にも用いる薄いものだと、鈴木刑事は聞いた覚えがあった。

「先生、死亡推定時刻はどうですか」

取り巻いている刑事の一人が質問し、藤島検視官は死体の手足を指で押しながら、

「うむ、そうさなあ、大体死後四十から四十六時間といったところじゃな、見てみい、この辺りの死後硬直が解けかけておる。まあ詳しくは解剖の後だ。検案書で確認してくれ」

その言葉に、鈴木刑事は頭の中で素早く計算する。四十から四十六時間というと、十二日の木曜の午後ということになる。鈴木刑事はそれを頭の中にメモして刻み込んだ。

「ほれ、ホトケさんの喉を見てみろ、吉川線《よしかわせん》がこんなに深く幾筋もついておるじゃろう。気の毒にのう、よほど苦しんだとみえるわい」

嘆息する藤島検視官に、刑事の一人が、

「部屋の隅に眼鏡が落ちているのが発見されています。これはそのこめかみの傷と関係あるのでしょうか。殴られた弾みで眼鏡が吹き飛んだ、というふうに」

「それを調べるのは鑑識さんの領域じゃよ。わしの仕事はホトケさんの体から情報を引き出すことだけだ。後のことはお前さんらの領分だろう」

鈴木刑事は藤島検視官から視線を外して、相棒でもある上司の姿を探した。あの人はよく現場をうろうろして姿を消してしまうことがある。だが今日の現場は狭い。幸いにも上司はすぐ

に見つかった。

事務机と椅子、その後ろの壁際に大型のキャビネットが立っている。天井に届きそうに背の高いものだ。そのキャビネットの前に、上司の特徴的な後ろ姿があった。不景気な猫背の姿勢で、何だか肩を落としてしょんぼりしているふうにも見えるが、この上司はそれが常態なのだ。大概、がっくりと気落ちしているように見える。

密集する先輩刑事達を掻き分けて、鈴木刑事はそちらに向かった。

乙姫《おとひめ》警部はキャビネットの前で、今にも首でも縊《くく》りそうな様子でうっそりと佇《たたず》んでいた。長身で痩《や》せ型、いつも無表情な上司である。

「警部、何か気になることでもありましたか」

鈴木刑事が近寄りながら尋ねても、相手は返事をしなかった。陰気に押し黙ったまま、じっとキャビネットを見つめている。

上司の視線を追って、鈴木刑事もキャビネットを観察してみた。スチール製の大きなキャビネットだ。下半分はグレーの板が扉になっていて、何が入っているのか判らない。上半分がガラス戸で、こちらはガラスの向こうがよく見通せる。中は三段に仕切られていた。

その一番上の段には写真が、中段にはサイン色紙が飾られている。写真に写っているのは、大晦日《おおみそか》の歌合戦で何度もトリを務めた国民的演歌歌手など、いずれ劣らぬ有名人ばかり。高齢の著名人がほとんどであるが、まだ三十前の鈴木刑事でさえ顔を見知った大物揃いだ。そんな写真や色紙が、誇示するように並んでいる。そしてキャビネットの下の段。ここだけはどうしてだか何も入っていなかった。すっぽりと一段、丸々抜けている。

「警部、ここに何もないのが気になるんですね」

鈴木刑事はもう一度、上司に聞いてみた。すると今度は上司もゆるゆるとうなずいて、

「そう、さっきから気になっていました」

と、こちらを向かずに答えた。目はキャビネットの下段の空間を見すえたままだった。低いが、よく通る声で上司は云う。

「最初から何も入っていなかったとは思えません。見てください、鈴木くん、上の色紙は少し窮屈《きゅうくつ》です。これならば中段に五枚、下段に五枚配置したほうがバランスがいいはずです。しかしそうなっていないということは、これは何かが置いてあったのをごっそりと抜き取ったと見るのが自然です」

「当然、マルヒの仕業《しわざ》ですね」

「ええ、殺人現場に不自然な痕跡。事件と無関係とは考えにくいですね」

「何が入っていたんでしょうか」

鈴木刑事が問うと、乙姫警部はゆっくりと首を振って、

「さて、それが判らないから困っているのです」

そうか、警部は困っていたのか。表情がないのでそうとは判らなかった。

鈴木刑事も、上司を困らせているキャビネットの空間を凝視した。何が入っていたか判断できる手掛かりはないようだった。なるほど、判らないのは困るな、と鈴木刑事は妙に納得した。

その時、ドアが慌ただしく開く音がした。

振り向くと刑事が一人、急ぎ足で入って来る。先輩のベテラン刑事だ。

先輩は、藤島検視官の背後に立つ現場指揮官のところへ向かった。

「主任、興味深い目撃者が出ました」

と、先輩刑事は報告を始める。

「この先の部屋、206号室の事務所に勤務する青年が、今日はたまたま休日出勤しておりまして話を聞けました。なんでも十二日の木曜、怪しい人物がこの現場から出てくるのを目撃したとか」

「どんな人物だ？」

主任の問いに、ベテラン刑事は、

「ハンチング帽にサングラス、マスクで顔を隠していたそうです。何か荷物のような物を抱えていたとも」

「明らかに怪しい風体《ふうてい》だな」

「それでぎょっとしたからよく覚えているそうです。廊下ですれ違って、階段へ向かって行ったとのことです」

「男か女か、年は」

「多分、男。年齢は不詳。コートを着ていたから全体の雰囲気もよく判らなかった、と証言しています。ただ、身長は高かった気がする、と」

「時間は」

「午後四時半くらい、としか。はっきりした時刻は記憶していません」

「死亡推定時間の範囲内だな。よし、捜索班に連絡。帽子にマスク、サングラスの男の目撃者を探せ。周辺一帯、満遍なく」

「了解」

先輩刑事はうなずいて、部屋を飛び出して行く。

鈴木刑事はその様子を見やりながら、

「警部、有力な目撃証言が出ましたね。恐らくマルヒでしょう」

「そうですか」

上の空で生返事をして乙姫警部は、まだキャビネットの空いた段を凝視していた。陰気この上ない様子なので、まるでその空間から魑魅《ちみ》魍魎《もうりょう》の類でも飛び出してくるのを待っているかのようだと、鈴木刑事には感じられた。

＊

新堂直也はＪＲの御茶《おちゃ》ノ水《みず》駅で電車を降りた。

そこに新堂の所属する芸能事務所〝ライジング〟があるのだ。名前だけは威勢がいいが、ぱっとしない三流どころの弱小タレント事務所である。

御茶ノ水駅から東京医科歯科大学病院の裏手まで歩いた。医大病院の陰になる立地で、都市のごちゃごちゃした街並みの一角だった。その中の低層ビル群に〝ライジング〟の入っている建物もある。もちろん持ちビルなどではなくテナントだ。五階のワンフロアを〝ライジング〟が借りている。

今日、新堂が事務所に立ち寄ったのは、呼び出しを受けたからだった。警察が話を聞きたいとか。何の話なのか、新堂は少なからず緊張していた。

表向きは、九木田とは無関係ということになっている。再浮上プロジェクトもあくまで新堂が個人で依頼しただけで、事務所は関与していない。小さな事務所ではタレント自身が個人的に売り込み活動をするのは珍しいことではない。だから、マネージャーにも伝えていなかった。ひょっとしたら何者かが、プロモーション計画のことを小耳に挟んで、それを警察に告げたのかもしれない。いずれにせよ、用件が判らないのは不安になる。

事務所に顔を出し、デスクの社員に、

「おはよう、俺に何の用だって？」

尋ねると、若い女性デスクは、

「あ、新堂さん、おはようございます。何だか知りませんけど、警察の人です」

「もう来てるの」

「はい、応接室でお待ちです」

「何だろうな、俺に用事って」

「さあ、新堂さん、駐車違反か何かしましたか」

「そんなことでわざわざ押しかけられたんじゃ堪《たま》らないな」

軽い口調で云って新堂は、デスクの女性社員に手を振り事務室を出た。そのまま廊下を挟んで向かいの応接室に向かう。ノックをしてドアを開けると、それに反応したらしくソファに座っていた男が二人、立ち上がった。

そのうち一人の姿を目にして、新堂は思わず息を呑んだ。

死神だ。

死神が来た――。

そこには〝死神〟が立っていたのだ。

全身がどす黒いオーラに包まれているのが第一印象だった。死神は黒い装束を身に纏い、うっそりと陰鬱《いんうつ》にそこに佇んでいた。その顔は西洋絵画などで見る死神そのものだった。げっそりと削げた頬、尖《とが》った耳、魔女のような鉤鼻《かぎばな》、薄く酷薄そうな唇。そして何より印象的なのはその目だった。すべての希望と光を吸い尽くす絶望の穴のように、はたまた地獄へと続く底なし穴の入り口みたいに、黒く、暗く、無表情な瞳である。そんな恐ろしい目をした冥府《めいふ》からの使者が、不気味なオーラを全身からゆらゆらと立ちのぼらせて、そこに立っている。

新堂は戦慄《せんりつ》を覚えたが、一瞬後にはそれが錯覚だと理解した。死神のように見えたのは気のせい。その人物があまりにも人間離れした容姿をしていたので、瞬間そう見間違えただけのことだ。

死神の黒装束に見えたのは黒いスーツだった。ネクタイも黒っぽく、髪も靴も黒い。痩せて猫背で長身の、精気が感じられない陰気な立ち姿は、本当に死神を連想させる。

その〝死神〟はバッヂ付きの身分証を取り出し、警視庁捜査一課の刑事だと名乗った。名乗りを上げたその声も、冥界の底から響いてくる死者の呻き声みたいに、不気味で重苦しい声音《こわね》だった。

〝死神〟は乙姫警部という名だった。

もう一人の若い刑事は鈴木刑事という。こちらも特徴的な容貌《ようぼう》で、ちょっとびっくりするほど端整な顔立ちの若者だ。

名前と見た目が、どうにもアンバランスな二人組である。

ちぐはぐな印象の二人の刑事と向き合って、新堂はソファに座った。

「新堂直也さんでいらっしゃいますね、歌手の」

乙姫と名乗った警部は低く陰気だが、よく響く明瞭な発声で云う。

「お目にかかれて光栄です。テレビで拝見する有名人と、こうして直《じか》にお目にかかる機会はなかなかありませんので」

「それはどうも」

新堂は素っ気なく答えながらも、地獄からの使者もお世辞を使ったりするんだな、と内心で少し感心していた。ここしばらく、テレビの仕事などしていない。

乙姫は暗く黒い冥界への入り口みたいな無表情な目でこちらを見てきて、

「さて、新堂さん、本日伺ったのはある事件に関してお話を聞きたいからです。プロモーターの九木田憲次さんの事件はもうお耳に入っていますか」

「ああ、ニュースで見た。殺人だってね、恐ろしい話だ」

新堂が答えると、乙姫は一度大きくうなずいてから、

「事件は先週の木曜日、十月十二日に起こりました。初台の九木田さんの事務所がその現場です。死因は絞殺。右のこめかみに打撲痕がありまして、現場の応接セットに置いてあったクリスタルの灰皿から血液反応が検出されています。検視官と鑑識係の意見を総合しますと、どうやら灰皿で殴打され意識が混濁しているところを背後から絞められたようです。遺体はソファの横で発見されていますので、恐らくソファで何者かと対峙《たいじ》している時に事件に発展したものと思われます。死亡推定時刻は十二日の午後三時から六時の間。ちなみに灰皿は拭ってあって指紋は発見できませんでした」

人の死を報告するのに相応《ふさわ》しい陰気な口調で乙姫は云う。

「発見されたのは二日後の土曜、十四日の午前です。発見者は宅配便の配達員でした。荷物を届けに来て、チャイムを鳴らしても反応がない。留守かなと何気なくドアノブを捻《ひね》ると鍵がかかっていません。中に誰かいるのかとドアを開き、床に倒れている被害者を発見した、というわけです。事務所には荒らされた痕跡はなく、どうやら物盗りの仕業ではなさそうです。ソファで対面している時に灰皿で殴打されているところを見ると、顔見知りの犯行である可能性が高いと思われます」

乙姫がそこまで云ったところで、新堂は両の掌《てのひら》を突き出して相手の陰気な報告を止めた。

「ちょっと待ってくれ、刑事さん、そんなことを長々と教えてもらっても困る。俺にそんな話をして何になる？　そもそも、その事件と俺に何の関係があるんだ」

「失礼しました、つい長くなりまして。新堂さんは九木田さんと面識は？」

と、今度は突然、乙姫は質問を放ってきた。少々面喰らいながらも新堂は、

「そりゃあります。業界歴が長いからね。俺ももう、芸歴だけはベテランだ。向こうも年季の入ったプロモーターだし。昔からの顔馴染みではあるさ」

「顔馴染み、ですか。それだけでしょうか」

「それだけだが」

「実は、手帳が見つかっているのです。亡くなった九木田さんの手帳です」

乙姫は声のトーンを上げるでもなく、表情のまったく変わらない陰気な顔で、淡々と云う。

「手帳、ですか？」

　聞き返しながらも、新堂は悪い予感に囚われていた。

「そう、手帳です。事務机の引き出しの中から発見されました。問題はその手帳の予定欄です。そこを開くと、事件のその日『16：00　新堂直也』と書き込まれていました。筆跡は被害者自身のものと思われます。これはもちろんあなたのことですね。被害者の業界で新堂直也といえばあなたしかいない。同姓同名の別人ということもないでしょう。判りますね、新堂さん、被害者は出かける支度をしていた様子がありませんでした。ですから当日、十六時にあなたが事

務所を訪れる予定になっていたのではありませんか」

乙姫は静かな口調で云う。

くそっ、そんな物が残っていたのか、と新堂は胸の内で歯嚙みした。ホワイトボードの予定表だけでなく、手帳もあったとは。九木田の奴、変に几帳面だったから、本物の予定とこけ威しの嘘の予定がこんがらがらないよう、手帳までつけていやがったんだ。それでこうして死神とハンサム刑事のコンビがやって来たというわけか。

それでも事情が呑み込めて、新堂は少し安心した。手帳を見逃したのは致命的なミスではない。新堂と九木田を繫げるのはその手帳の予定表だけなのだ。大丈夫。これならいくらでも言い抜けができる。

「ああ、その予定の話ね」

と、新堂は殊更、快活に云った。

「だったら刑事さんの手を煩《わずら》わせることもない。確かに十二日の十六時に約束がありました。でも、結局行かなかったんだ」

「行かなかった?」

乙姫は無表情のままでくり返す。新堂はうなずいて、

「そう、ドタキャンってやつさ。この業界じゃよくある話でね」

「どうして行かなかったのでしょう」

「特に理由はないな。何となく気分が乗らなくなっただけ。元々その程度の軽い約束だからね。

ほら、よくあるだろ、行けたら行くってやつ、あれだよ」

「それを当日、九木田さん側に連絡しましたか。行けない、と」

乙姫の物静かな問いかけに、新堂は肩をすくめて、

「俺がいちいち連絡を？　まさか」

わざと尊大に聞こえるように答えた。スターの俺が三流プロモーターなんぞを相手に気を遣うわけがないだろう、と言外に含ませる。

それを感じ取ったのかどうか乙姫はあくまでも淡々と、

「行かないで、どうしましたか」

「特にどうということもないね、ちょっと呑みたい気分だっただけで。そうだ、俺のアリバイが気になるんなら聞いてみればいい。中目黒《なかめぐろ》の〝ダブルブル〟ってダーツバー。昔の歌手仲間がやってる店でね、そこのマスターも若い頃は歌手だったんだけど、見切りをつけて引退したんだ。それで飲食店経営に転身した。よくある話だろう。中目黒にダーツバーを開いてね、今じゃ老舗《しにせ》のダーツバーとして知られている。俺も昔の誼《よしみ》で通っている店だ。あの日もそこに呑みに行った」

そこで、黙々とメモを取っていた若い鈴木刑事が顔を上げ、

「失礼、そのお店の所在地は？」

質問してきたので、新堂は事細かに店の場所を教えた。鈴木刑事は神妙な顔でそれをメモしている。新堂は、俯く整った顔立ちの刑事に声をかけて、

「あなた、若い刑事さん、きみ、名前は」

「鈴木です」

ハンサムな刑事は少し視線を上げて答える。

「それは聞いたよ。下の名前だ」

「太陽《たいよう》です」

若干照れくさそうに云う若い刑事に、新堂は、

「きみ、いいお面してるね。どうだい、モデルにならないか、それとも役者か。事務所を紹介するよ。警察にいるより一桁多く稼げる。いや、きみなら二桁もいけるかもしれない」

「いえ、興味ありませんから」

鈴木刑事は、新堂の誘いをつまらなそうな顔で断った。冗談半分にしても、もったいないと思う。これだけハンサムならば、芸能界で充分やっていけるだろうに。

「そっちの刑事さんはどう？　役者になれそうな風貌《ふうぼう》だと思うよ、役者もインパクトが大切だからね。個性派俳優として売り出せるんじゃないかな」

こちらは全面的に冗談で、新堂は云った。軽口を叩く余裕が出てきた。

しかし乙姫はそれに取り合わず、無表情のまま話を戻して、

「目撃者がいます。九木田さんの事務所のさらに奥の部屋、206号室は特許申請書類の代筆や手続きを代行する会社なのですが、そこの若い社員です。事件当日、午後四時半くらい。コンビニに飲み物と軽食を買い出しに行き、その帰りに、怪しい人物が九木田さんの事務所から

出てくるのを目撃しています」

ああ、あの若者か。新堂はあの時廊下ですれ違った青年を思い出す。

「彼の証言では、怪しい人物はハンチング帽にサングラス、マスクで顔が見えないようにしていた、とのことです」

「なるほど、怪しいね」

乙姫の報告に、新堂は何食わぬ顔でうなずく。

「コートを着た、背の高い男だったそうです。まだコートには早い季節です。体型を隠そうという意図があったと思われます。そういえば新堂さんも背がお高いようですが」

「まあね。刑事さんも、ついでにそっちの太陽くんも背は高い。そんな男、世の中にはごまんといるでしょう、刑事さん」

「おっしゃる通りです。我々は現在その怪しい男の足取りを追跡中です」

と、乙姫は、表情をまったく動かさずに陰々滅々《いんいんめつめつ》とした口調で云う。

「それにしても残念です。当日新堂さんが約束通り被害者に会っていたのならば、本人の口から何らかの予定の話が出ていたかもしれない、と期待していたのですが。これから誰かが訪ねてくる、とかそういう話が。そうすれば、サングラスの男の正体が判明したのですがね。今日伺ったのはそれをお聞きしたかったのです」

「そうでしたか、いや申し訳ないな、お役に立てずに」

新堂が殊勝な顔を作って云うと、乙姫は無表情のまま、

「いえ、無駄足も刑事の仕事のうちです。お気になさらずに」

それでは失礼、とばかりに立ち上がった。どうやら話は終わりらしい。

「有名な歌手のかたとお目にかかれて嬉しかったです。署に戻ったら自慢しますよ」

「そりゃよかった。なんならサインでもしましょうか」

「そこまで厚かましい申し出はいたしません」

と、死神じみた乙姫警部は、ゆるゆると一礼し、若いハンサムな刑事を促してドアのほうへと歩きだす。これから葬儀へでも向かうかのような、悄然《しょうぜん》とした足取りだった。

なんだ、簡単じゃないか、これで終わりか。新堂は幾分、拍子抜けする気分だった。

と、ドアの前まで移動した乙姫は、そこでいきなり振り返って、

「そうそう、目撃者といえば、もう一人いたのでした。例の怪しいサングラスの男です。この怪人物は別の場所でも見られています」

「ほう」

無関心を装いながらも、新堂の胸にさざ波が立つ。

「現場のイモトビルから少し離れたところに小規模な商店街がありましてね。駅前の商店街ほど栄えていない、小体《こてい》な店が十数軒、通りの両側に軒を並べたささやかな商店街です。そこのお茶屋、日本茶の店ですね、その店の若旦那が商店街を歩く怪しい人物を見ています。聞き込み班の奮闘でその証言が得られました。ハンチング帽にサングラス、マスクで顔の判らない男が急ぎ足で歩いていた、との証言です。日付も十二日、時刻も四時半過ぎ。近くの茶道教室に

抹茶を納入した直後なので、記憶に間違いはないそうです。扱う商品が商品ですので、ひっきりなしに客がやってくる職種というわけでもありません。ですから暇に飽かせて外の道の人通りを眺めるのが若旦那の習慣だということです。当日も店番がてらそうしていて、怪人物を目撃したらしい。夕方の買い物時ですから、歩いているのはご近所の人ばかりです。近所の皆さんがラフな服装をしている中で、季節外れのコートが目立っていたからよく覚えている、とも云っていました。インフルエンザ予防にもまだ早いですから、今時のマスクは不自然ですしね。日差しの強い時期も過ぎているので、サングラスもおかしい。間違いなく204号室の前で目撃された人物と同一と思われます」

「そうだろうね、そんな風体の男がそう何人もいるとは思えないから。逃げている途中だったんだろう。でも、それが何か？」

新堂の問いに乙姫は、表情の乏しい陰気な目を向けてきて、

「問題は、駅とは逆方向だったことです。サングラスの人物は山手《やまて》通《どお》りのほうへ向かっていました。イモトビルから逃走するのならば、反対側の初台駅に向かうはずなのに、なぜか逆方向へ急いでいたということです」

「ふうん」

「今、その足取りを追って聞き込みを継続中です」

「何か判るといいですね」

そう云いながら、新堂は内心でほくそ笑んでいた。胸のさざ波は消え去っていた。丁寧に聞

き込みをすれば、その人物が山手通りでタクシーを拾ったところまでは辿り着けるだろう。渋《しぶ》谷《や》ヒカリエの前で降車したことも。だが、そこまでだ。新堂はあの日、渋谷の人混みを歩きながら帽子を脱ぎ、サングラスを外し、マスクも取った。怪しいサングラスの男はそこで消失したのだ。足取りはそこで途切れていることだろう。警察がいくら執拗《しつよう》に追っても、行方を突き止めることは不可能である。

二人の刑事がドアから出て行くのを確認して、新堂はにやりと笑った。

面白いキャラクターのコンビだったが、もう会うこともないだろう。

＊

「なるほど、それで九木田さんについて話を聞きにいらしたのですね」

東山勇一《ひがしやまゆういち》はそう云って、何度もうなずいた。

南青山《みなみあおやま》にある〝アクア・プロモーション〟の社長室でのことである。

社長室は東山の城だ。

広く機能的で、適度に豪華。成金社長のようにケバケバしく飾り立てたりはしないけれど、見る人が見ればすべての調度をシックな一級品で揃えていることを判ってもらえるだろう。

東山は今、イタリア製のソファセットに刑事二人と向かい合って座っている。

刑事はどちらも一目見たら忘れられない風貌をしていた。

若いほうの刑事は、ちょっと場違いなほど顔立ちの整った美青年だった。芸能界でもここまでのレベルはそうはお目にかかれない。ただし名前は平凡で、鈴木刑事と名乗った。

もう一人の乙姫警部という壮年の男がまた、強烈な印象を与える外観だった。不景気な猫背の姿勢で、陰気な顔立ちは表情筋を失ってしまったかのように、無機質で動かない。全身から負のオーラがゆらゆらと立ちのぼっているように感じられ、まるで地獄からの使者みたいな雰囲気を持っている。

　東山はその刑事に話しかける。

「といっても、彼と一緒に仕事をしていたのは随分昔のことですからねえ。同じプロモーターといっても、今は規模からして全然違いますし」

　まさか九木田の同類と思われているのではなかろうか、と東山はそれが心配だった。あんな男と同列に扱われるのは心外である。何しろこちらは業界でも最大手のひとつに数えられる〝アクア・プロモーション〟なのだ。工藤《くどう》伊織《いおり》や三浦《みうら》蒼真《そうま》、LALA《ララ》といった一流アーティストのコンサート運営やプロモーションを一手に担っているのである。

　社員だって百数十人。

　今現在も、人気バンド〝邦風《ほうふう》ベルベット〟の全国五大ドームツアーや、ロックスター宮崎蓮《みやざきれん》のアジア四都市弾丸ツアーを手がけているまっ最中だ。〝アクア・プロモーション〟はそれだけ大きな会社であり、東山はそこの代表取締役だ。

「なにしろあっちは個人経営の一人事務所で、私は多くの部下を率いています」

と、あまり嫌らしく聞こえないように、東山は彼我《ひが》の格の違いを強調しながら、

「ですので、九木田さんとは今はもう付き合いがないんですよ」

するると、刑事は、まったく表情の読めない無感情な顔で、

「構いません、何でもお聞かせください。九木田さんに関わることでしたら、何でも」

冥府の底から悪鬼でも召喚しそうな陰気な口調で云う。東山はうなずき返してから、

「そうですか、いや、一言で云えば優秀なプロモーターでしたよ、彼は。私どもとは違って個人での活動ですから規模はまあ、私に云わせればささやかなものでしたけれど、堅実に営業していたようです。アーティスト個人のプロデュースなどにも手を広げてね。そういう意味では有能な人物だったと云えるんじゃないでしょうか」

その言葉に、刑事は相槌《あいづち》を打ちもせずに、じっと黙って見つめてくる。黒い冴え冴えとしたビー玉のごとく暖かみの感じられないその瞳に見すえられて、東山は居心地が悪くなってきた。無言のプレッシャーを強く感じる。反応がないのは、どうやらこんな優等生的な証言では満足しないという意思表示であるらしい。東山は大きくため息をついてからかぶりを振って、

「と、どうやら通り一遍の言葉などは求められていない雰囲気のようですね。故人のことだからといって云い繕《つくろ》っても仕方ありませんか。事件の捜査なのだから遠慮のない、ありのままの被害者の姿を知りたいんでしょうね」

すると、相手は無表情のまま、それでも大きくひとつうなずいて、

「忌憚《きたん》のないご意見をいただければ助かります。そうしたお話を伺いたくてお邪魔したのです

から」

「やれやれ、故人の悪い噂《うわさ》を喋るのは気が重いんですがね。しかし、私も現状の話は人伝《ひとづて》に聞いた評判くらいしか知りませんよ。今はもう付き合いも絶えて久しいのですから」

と、東山はそう前置きをしておいて語りだす。

「正直に云って、近頃の九木田さんに関しては芳《かんば》しくない評判が少し聞こえてきていました。若い頃はそれでも仕事だけはきちんとしていた。まあその頃からちょっとばかり小狡いところがあって人間性には難がありましたけど、しかし仕事は丁寧で熱心にやっていましたよ。あの人は割と几帳面でマメでしたからね。しかし今はまともな仕事をしないであくどい小銭稼ぎに精を出しているとか、そんな話を二、三、風の便りに聞いていますよ」

「具体的にはどういったことでしょうか。どんな評判が流れていますか」

地獄からの使者に促され、東山は話を続ける。

「具体的、ですか。例えば、そう、あの人は昔からこの世界にいる人ですからね、古株の歌手にも知り合いが大勢います。中にはもう引退している人もいましてね、女性で結婚を機に現役を離れたりして。そういう歌手の古くからのファンを見つけてくるんですよ、九木田さんは。小金を持っているご高齢の人ですね。それで、食事の席をセッティングするわけです。落ち着いた料亭の個室か何か借り切って。もちろん費用はすべて小金持ちのタニマチ持ちですよ。憧れの歌手と差し向かいで一献《いっこん》、というわけです。それで元歌手はご祝儀をたんまりもらってほくほく、ファンも長年の憧憬の的だった歌手と宴席を囲めて幸せ。九木田さんも仲介手数料の名目でタニマチからたっぷり礼金をせしめる」

「それは、三方得していい話なのではないでしょうか。誰も損はしていませんし」

地獄からの使者みたいな刑事が表情のない顔でそう云うので、東山は片手を大きく振って、

「とんでもない、まともなプロモーターの仕事じゃありませんよ、そんなものは。我々はコンサートやイベントの企画運営をするからプロモーターなんです。歌手を利用して小遣い稼ぎなんて、もっての外《ほか》ですよ」

まるで業界ゴロみたいじゃないですか、というのは言葉がきつすぎるので飲み込んでおいて、東山は、

「ああいうカモをどこからどうやって見つけてくるのやら、九木田さんは昔からそういう変な嗅覚だけはあって、妙な人でしたよ」

「しかし、違法行為とまでは云えませんね」

「まあそうですけど。ああ、違法といえば、明らかに何かの法に触れるようなこともやっていたと聞いたことがありますよ」

「それはどんなお話でしょうか」

地獄からの使者が関心を持ったようなので、東山はその噂を思い出しながら、

「なんでも、有名な歌手と二人で写っている写真をカモに見せびらかすそうです」

「ああ、写真ですか、それならば事務所にも飾ってありました。引き伸ばして額に入れたものが」

「ありましたか。いや、あの人、昔からそういうのが好きでしたからね、有名人の威光に寄りかかるのが。機会があればそんな写真を撮りたがってましたよ。大物の歌手は大らかで気さくな人が多いですから、頼めば結構簡単に、並んで写真に収まってくれます。業界のパーティーなんかに紛れ込んで、人を介して頼むんですよ。九木田さんはあれで顔だけはやけに広いから、大物の取り巻きに頼むツテもあったんでしょう。そんなふうにして撮った写真を利用するらしい。俺は大物と親しいんだぞ、その証拠にほら、写真も撮ってる、とさも自分も大物プロモーターみたいな顔をして写真を見せびらかす。そうやってファンの素人《しろうと》さんの興味を引くわけです。サインをもらってきてやろうか、と持ちかければ、ファンは当然欲しがりますよね。それで、後日サイン色紙を渡す。為書《ためが》き付きの立派なやつをね。もちろん手数料と称して礼金をせしめてから、ですよ。手口はもう見当がつくでしょう。そう、自分で書くんです。あの人、変にマメで手先も器用ですからね、サインの真似をする練習には骨を惜しまないんです。無論、本物と並べて比較すれば見分けがつくでしょうけれど、ただのファンは本物なんか直に見る機会はないですからね。素人さんはそれでコロッと騙される。偽物の色紙をもらって大喜び、礼金も躊躇《ちゅうちょ》せずに差し出すといった具合です。九木田さんはそんなことをしては、ちまちまと小遣い稼ぎに精を出していたそうです」

東山が云うと、若い刑事が憤《いきどお》ったように、

「その手口は詐欺として立件できます」

「ですよね。評判が芳しくないと云ったのも、これでお判りでしょう。明らかに犯罪の領域にまで踏み込んでいるのですから。とっくに疎遠になった私の耳にもこれだけの噂話が届くんですよ。他にもどんな悪事に手を染めているか知れたものじゃありません。まあ、悪事といってもあの人のことだから、寸借詐欺《すんしやく》とかセコいマネをしているだけでしょうけど。基本的に小心者ですから、あの人は」

「なるほど、阿漕《あこぎ》な小銭稼ぎに熱中していた、と。それは充分に判りました」

無気味な刑事は、陰気な顔つきのままでうなずいた。東山もため息をつきながら、

「昔はそこまでひどくはなかったんですけどねえ、九木田さんも。地方へ行くと土地の悪い連中とつるんであくどいこともしていたみたいですけど、それでもプロモーターとしての仕事には手を抜きませんでしたから。ただ、今は仕事も減っているようでしたし。貧《ひん》すれば鈍《どん》するといいますか、年を取ってからはそんな詐欺じみたことに手を出すようになったんでしょう。この業界、これで狭いですからね、噂は嫌でも耳にしますよ。本人が亡くなってもう遠慮する必要もないですから、悪評はこれからもっと流布《るふ》していくことでしょうね」

そう云いながら、東山は心配していた。刑事に、九木田のような男と同類と思われていないだろうか、それだけが気がかりだった。自分は九木田のような奴とは格が違う。

この刑事二人は、それを理解してくれているだろうか、東山はそれが気になって仕方がなかった。

＊

新堂直也はスポットライトの中に立っていた。

正面から放たれる一筋の光が眩《まぶ》しい。

ステージの上は存外、埃《ほこり》が多い。もちろん観客席からは見えない微細な埃だ。浮遊する埃もライトに照らされて、きらきらと輝いている。あたかも、華やいだ歌手を引き立たせるスパンコールの煌《きら》めきのように。

二曲目を歌い終えて、新堂は大きく一礼した。

わっと客席から拍手が湧いた。それが押し寄せる怒濤《どとう》のように、新堂には聞こえる。

今夜、この〝川口《かわぐち》ふれあいホール〟で催されているショーは超満員の大入りである。

ステージ上から見ても、薄闇の中に観客がぎっしり入っているのが判る。熱気の波動がひしひしと感じられ、その視線が期待に満ちているのも皮膚感覚で伝わってくる。

観客の多くのお目当ては、トリを務めるグループサウンズの〝ザ・パンサーズ〟だろう。四十年ぶりの再結成が話題になっている。ショーのタイトルも『懐かしの歌謡曲の夕べ　ザ・パンサーズとともに』だ。今夜は六組の歌手が出演している。新堂の出演順は二番目で、割と浅い出番だった。はっきりいってしまえば、前座扱いだ。それでも大入りの観客は、新堂の歌を楽しんでくれている。スポットライトが眩《まばゆ》いステージ上と違って、客席は闇の中に溶け込んでいるが、それでも大いに盛り上がっているのはよく判る。薄い闇を見渡すと、観客の年齢層が高いことも判別できる。若い客の姿がほとんどないのは、演目を考えれば当然だろう。下手《しもて》中段辺りに、新堂のファンの一団がひと塊《かたまり》になっているのが見えた。いつものようにファンは赤い法被《はっぴ》で揃えて、まっ赤な団扇《うちわ》を片手に新堂に声援を送ってくれている。

新堂はマイクを口元に近づけた。

「ありがとうございました。『恋する夏空』、聞いていただきました。もう秋なのに夏の歌だなんて、新堂のやつ、ボケが始まったんではないかとご心配になったお客様もいらっしゃるかもしれません。しかし大丈夫です。新堂直也、まだまだ元気です。歌詞も間違えなかったでしょう。耄碌《もうろく》すると歌手は歌詞を間違えますから。先日も、一緒に出ていた先輩が少しボケているんでしょうかね。二番になっても三番になっても、一番と同じ歌詞を歌っていました」

軽い冗談に、会場はどっと笑い声で沸く。観客が乗っていると、何を云っても受ける。反応がいいと、こちらも嬉しい。

「さて、お名残《なごり》惜しいですが、持ち時間が少なくなってまいりました。次が、私からの最後の曲になります」

えーっ、とお定まりの声が返ってくる。下手中段の赤い法被の一団からの声が、ひときわ大きかった。

「ありがとうございます。皆さんお目当ての歌手は次々と出てまいります。ザ・パンサーズの登場まで、今しばらく懐かしい曲の数々、お楽しみください」

にこやかに一礼すると、イントロのメロディが流れてきた。持ち歌の中で一番のヒット曲『スターダスト メロディー』だ。イントロだけで客席がどよめいた。ヒット曲は一生の宝だ。どこで歌っても喜んでもらえる。

ステージ上の照明が一斉に、すべて煌々《こうこう》と灯った。

新堂は歌った。

星の閃くこんな夜は
きみと夜通し踊りたい
恋の甘いかおりに誘われて
花もはじらうきみのかんばせ
二人のステップ響かせる
街の古いネオンに照らされて

うつむいてばかりじゃ時は進まない
くびき外してさあぼくと

スターダスト　スターダスト

今夜は
スターダスト　スターダスト
踊ろう

ためらってばかりじゃ道は開けない
夜が明けるまでさあきみと

スターダスト　スターダスト
今夜は
スターダスト　スターダスト
踊ろう

ステージ上はライトで暑くなっている。
観客席からの熱気も伝わってくる。
額に汗が滴《したた》る。
スポットライトが煌めく。
広いステージに一人きり、大勢の観客の視線を独占する心地よさ。
汗を拭いもせず、新堂はフルコーラス歌いきった。

アウトロと共に大きく一礼。客席から拍手が湧き起こる。

「どうもありがとうございました、新堂直也でした」

最後の挨拶をすると、拍手の波音はさらに高まった。歓声と拍手を背に、新堂は下手にハケる。

舞台袖にひっこむと、音響スタッフの青年がすかさず、

「お疲れさまでした」

と、マイクを受け取りに来た。腰をかがめている青年に、新堂はマイクを渡すと、

「お疲れさま」

音響スタッフに声をかけ、袖に待機している他のスタッフ達にも「お疲れさん」と挨拶をする。

高揚感に包まれていた。

やはりステージはいい。気持ちが昂《たか》ぶり、神経が研ぎ澄まされ、集中力がアップする。背筋もしゃんと伸びる。高らかに熱唱すればお客さんが喜んでくれて、万雷の拍手で応えてくれる。歌手生活五十余年。新堂はいつでも新鮮、かつ真摯《しんし》な気持ちでステージに上がることができる。それが嬉しい。この瞬間に勝る至福の時は、他では味わえない。

マネージャーの高橋《たかはし》がすっ飛んで来て、タオルを渡してくれる。

「お疲れさまです。新堂さん、よかったですよ」

「ありがとう」

新堂は笑って答え、タオルで顔の汗を拭った。

高橋マネージャーは四十絡みの腰の低い男で、新堂を含めて十数人の歌手を並行して担当している。だから忙しくて、現場に顔を出せないことも多い。しかし今日は久しぶりの大きな仕事なので、ついてくれていた。

満足感に浸りながら、新堂は舞台袖から楽屋に向かった。

自分の楽屋に戻り、衣装を脱ぐ。大きなホールなので一人部屋である。今日の衣装はまっ赤なシャツにバラ色のジャケット。赤は新堂のシンボルカラーだ。ズボンは純白で皺ひとつない。

丁寧に脱いだステージ衣装をハンガーで吊し、全身の汗を拭く。

天井の一角に据え付けられたモニターには、現在のステージの様子が映し出されている。三番手の北園子《きたそのこ》が、往年のヒット曲『雨に濡れた桟橋』を歌い始めていた。

新堂は赤いガウンを羽織り、化粧前に座った。

高揚感はまだ続いている。鼻歌で北園子とハモりながらメイクを落とした。いい気分だった。

顔を洗っていると、高橋マネージャーが楽屋のドアを開けて入ってきた。マネージャーは、何だか困惑したような顔をしている。

「あの、新堂さん、お客さんがお見えです」

「誰？」

「それが、警察のかただとかで、お話を聞きたいそうでして」

不審そうにマネージャーは云う。新堂も首を傾《かし》げながら、

「なんだろうな。まあいい、入ってもらってくれ」

「判りました」

高橋マネージャーが再びドアを開いて出て行くと、入れ替わりに死神の乙姫警部とそのコンビのハンサムな鈴木刑事が入室してきた。

不信感が高まるのを覚えながらも、洗った顔をタオルで拭いて新堂は、

「おや、いつぞやの刑事さんでしたか、今日はどうしました」

何気ないふうを装って尋ねた。乙姫は相変わらず不景気な猫背の姿勢で、陰気なムードを全身から立ちのぼらせながら、

「こんなところまで押しかけてしまい申し訳ありません。ステージ、拝見しました。制作のかたにお願いして後ろの通路にそっと入れてもらいまして、いや、素晴らしかったです。大変パワフルな歌声で圧倒されました」

「お褒めにあずかり恐縮です。しかしわざわざ歌を聴きに来たんじゃないでしょう」

「ええ、実は少々お話を伺いに」

乙姫は無表情に、うっそりとうなずいて暗い声で云う。

まだ何かあるのか、この前終わったはずではないのか、と内心で眉をひそめながら新堂は、

「立ち話もなんですから、どうぞおかけください」

楽屋に備え付けのソファセットを示して云った。

「はい、ではお言葉に甘えて、失礼します」

乙姫とハンサム刑事が並んで座ったので、新堂は二人と向き合ってソファに腰を降ろす。少しの間、陰気な目つきで新堂の顔を見ていた乙姫は、おもむろに口を開いて、

「中目黒のダーツバー、行ってきました。新堂さんが事件のあった日、十月十二日に呑みに寄ったのが確認されました」

訃報を伝えるみたいな沈みきった口調で云う。

「オーナー店長と常連客の証言が取れました。ただし、行ったのは午後六時、開店時間と同時だということも判明しました。例の特許関連書類の代行会社の若手社員が、マスクとサングラスの怪しい男を目撃したのが午後四時半頃です。これではアリバイが成立したとは云えません。一時間半もあれば初台から中目黒まで、余裕を持って行けますので」

「なるほど、残念ながら俺のアリバイは無しですか。疑いは晴れないってことだね」

殊更冗談めかして新堂は云ったが、内心では少し焦っていた。おいおい、まさか本当に疑われているなんてことはないだろうな。と、いささか疑心暗鬼に囚われたが、どこにも疑われる要素などないはずだと気を取り直して、

「まさか、それを伝えるためだけに楽屋まで訪ねて来たわけじゃないですよね」

茶化すように新堂は云う。対して乙姫はまたしばらく黙ってから、ゆっくりと湿っぽい口調で、

「新堂さん、嘘はやめましょう」

低いが、よく通る声で云ってきた。

ぎょっとしたが、新堂は平静を装い、

「俺が？　何か嘘なんかついたかな」

とぼけて見せた。乙姫は、深い洞穴《ほらあな》のごとき暗い目でじっとこちらを見つめてきて、

「ドタキャンです。例の、九木田さんとの約束を反故《ほご》にした件。あの日、新堂さんは気が乗らなかったから行くのを取りやめたとおっしゃいました。しかし、聞き込みの結果、それに反する証言が出ました。あの現場の雑居ビルへ向かうには、狭い路地を入って行かなくてはなりません。その路地の曲がり角に古いアパートが建っています。そこのオーナー兼管理人の老婦人の証言です。そのご婦人は、新堂さんが雑居ビルに向かうのを見た、と証言しています。何度も確認しましたが、絶対に間違いないと主張しています。確かに歌手の新堂直也だった、若い頃、妹が大ファンだったから顔はよく知っている、間違えるはずがない、とのことです。サングラスをしていたけれど顔立ちは充分に判った、とも。時刻も午後四時頃。被害者の手帳に予定が書いてあったのと同じ時間です。この時間に新堂さんに酷似した男性が現場のある雑居ビルへ向かったとの証言です。状況的にいって、新堂さんご本人が現場近くにいたと判断せざるを得ません」

あのぶつかりそうになったババアか。畜生、ババアめ、余計なことを云いやがって、と内心で悪態をつきながらも、新堂は表面では余裕を持って肩をすくめて、

「やれやれ、見破られたか、嘘はつくもんじゃありませんね。仕方がない、認めるよ。そう、確かにあの日、あそこに行った」

「行ったのですね。どうしてドタキャンなどと嘘をついたのですか」

「いや、これでも刑事さん達の負担を軽くしようと気を回したつもりなんだけどね。不要な情報が入って捜査が煩雑になるのは申し訳ないと思って。事件とは無関係な俺があの近辺にいたからって、何が変わるわけでもないだろう。手間を省いてあげようと思ったんだ」

新堂が軽い口調で云うと、乙姫は特に不満そうでもなく、いつもの淡々とした陰気な調子で、

「そういうお気遣いは無用に願います。嘘偽りなく本当のことを証言していただかないと、そのほうがかえって捜査の妨げになります。それに、不要な情報というものもありません。新堂さんがあの日、被害者と顔を合わせていたのならば、その時の様子も知りたいですから」

「いや、だから不要と思ったんだ。だって会ってないんだからね」

「会っていない？　九木田さんと」

「そう、会えなかった」

「しかし、約束の時間に事務所には行ったのですよね」

乙姫の抑揚のない口調の質問に、新堂はうなずいて、

「そう、でも不在だった」

「不在、ですか」

「チャイムを鳴らしたんだ。でも何の反応もなかった。ドア越しに耳を澄ませても、中に誰かいる気配もない。静かだったよ。だから、あの野郎、約束した時間なのにいないとは何事だ、ってムカっ腹を立てて帰った、それだけさ。だから証言することは何もないんだ」

「なるほど、不在だから帰った、それだけですか」

「そう、それだけ」

「では、サングラスにマスクの男も見ていない？」

乙姫の問いかけに、新堂は再度うなずき、

「もちろん。だから俺は捜査の役には立てそうもないんだ。何も見ていないし、何も知らない」

さらりと云ってのけると、今度はハンサムな鈴木刑事が横から声をかけてきて、

「失礼、私からもひとつ質問を。新堂さんは現場の事務所を訪れた時、ドアチャイムを鳴らしたと、今おっしゃいましたね」

「鳴らしたね。調子っ外れなチャイムが中で鳴ってたよ」

新堂が答えると、若い刑事はまっすぐで生真面目そうな瞳をこちらに向けてきて、

「そこが少し引っかかります。問題となるのはドアチャイムの指紋です。発見者は宅配便の配達員でしたが、彼の指紋はチャイムのボタン部分から検出されています。しかし鑑識の報告によると、指紋は発見者のものだけで、ボタンからは他にはひとつも指紋が見つかっていないようなんです。これはおかしいんじゃないでしょうか。新堂さんはドアチャイムを鳴らしたとおっしゃっています。当然、ボタンを押したはずです。普通に考えれば、二種類の重なった指紋が検出されるはずですね」

真剣な顔つきの鈴木刑事に、新堂も真面目くさって、

「ひょっとしたら、俺が行った時には犯人がまだ部屋の中にいたのかもしれない。俺がドアチ

ャイムを鳴らしたのは犯行の直後で、犯人は九木田氏の遺体と一緒に中で息を殺して潜んでいた、そう考えたらどうだろう。だから俺が立ち去った後に、犯人は事後処理を始めたんだ。その時に犯人は自分の指紋を拭って回った。ドアチャイムのボタンもその一連の動きの中で拭いたんだね。それで俺の指紋も拭き取られてしまったってわけ。だから見つかったのは、第一発見者の配達員のものだけだった。そう考えれば辻褄《つじつま》が合うだろう。いや、怖いね、あの時ドア一枚隔てて殺人者が息を潜めていたなんて。気味が悪いな。そもそもね」

と、新堂は右手で拳を作って、それを鈴木刑事の眼前にぐいと突き出し、

「俺は大概、ボタンを押す時はここで押すんだ、昔からの癖でね」

人差し指の第二関節を立てて、強調して見せる。

「ほら、指のここね。エレベーターでもドアチャイムでも、ボタンはついこうやって押してしまう。これだと指紋なんて残らないだろう。だから俺の指紋を気にすること自体が、そもそも不毛な話なんだ」

少し笑って新堂が云うと、鈴木刑事は得心がいったのか二度三度とうなずいてから口を噤《つぐ》んだ。そこへ今度は乙姫警部が、いつもの魔界に吹き渡るカラっ風みたいな陰々滅々とした口調で、

「ところで、そもそもと云えば、新堂さんはどうして九木田さんを訪ねたのでしたっけ。時間の約束までして会いに行ったのですよね。一体、何の用事があって訪問したのでしょう」

一瞬、新堂は返答に詰まった。しかし、ここは嘘をつく場面ではないと判断した。九木田の

奴がぺらぺらと喋っていたかもしれないのだ。あの格好つけたがり屋のことだから、仕事が忙しいとアピールするのは大いにありそうなことなのだ。万一、自慢話を聞かされた誰かが警察に証言したら厄介だ。嘘をついたら食い違いが生じる。咄嗟にそう考えて新堂は、

「もちろん仕事の話ですよ。個人的な友人でもあるまいし、歌手とプロモーターが会うんだからプロモーションの依頼に決まっている。その打ち合わせのために行ったんです」

「九木田さんにプロモーションの依頼をしたのですか」

乙姫は意外そうでもなく、普段通り淡々と、陰気な口調で尋ねてくる。

「そう、プロモーション」

「その話は聞いていません、初耳です」

「聞かれなかったからね」

と、新堂は肩をすくめながら、

「この前、うちの事務所で刑事さんの聴取を受けた時、九木田氏と俺の仕事に関しては何の質問も出なかった。聞かれてもいないことを喋るのも変でしょう」

「おっしゃっていただいてもよかったのに」

「いや、てっきり興味がないのかと思った。事件とは何の関係もない話だし」

「興味がないわけでもないのですが」

と、乙姫は陰気な顔つきのまま、何の感情表現か少しだけ首を傾げると、

「では、改めて伺います。新堂さんは九木田さんとは、プロモーションの依頼をする関係だっ

たのですね」

「そうだね」

「それはどんなプロモーションでしょうか」

「売り出し、かな。俺もまだまだ、もうひと花咲かせたいからね。ソロコンサートを開催したり、新曲を売り出してテレビの歌番組に出たり、そういう段取りを組んでもらうわけ」

「あの日もそういうお仕事の打ち合わせがあったのですか」

「そう」

「しかし、近頃の九木田さんはあまり評判が芳しくないようですね、汚い金儲《かねもう》けに走っているとかで。どうしてそんな悪評の高いプロモーターに依頼をしたのでしょうか」

乙姫の言葉に、新堂は両手をぽんと打って、

「そうそう、あの事件の後、悪い噂がどんどん広まってるそうだね、俺の耳にも入ってきたよ。亡くなってしまうと、人は遠慮なく悪口を云われるものなんだよね。何だか亡くなった人が哀れに思えるけど、しかし知らなかったなあ、九木田氏は昔はやり手のプロモーターで通っていたからね。俺もてっきり、昔通りの辣腕《らつわん》プロモーターのままかと思っていた。それでプロモーション計画の話を持ちかけられた時も、何の疑いもなく乗ったんだけど。事件の後になって、今はあれこれあくどい手口で小金稼ぎに奔走《ほんそう》しているって噂を聞いてね。今でも信じられないくらいだよ」

「そうですか、新堂さんは最近の九木田さんの動静をご存じなかった、と」

「そう、知らなかった」

「それで疑いもなくお仕事の依頼をしたのですね」

「うん、昔のイメージのままだと思い込んでいたからね」

危なっかしい話題になって、新堂は幾分焦ったが乙姫はそれ以上追及してこなかった。

そして乙姫は、冥府の世界でヒットチャートトップを飾る経典の詠唱みたいな陰鬱な口調で、

「判りました。事件当日、新堂さんが現場に行ったことだけ確認したかったのです。そして現場では、九木田さんはもちろん誰とも顔を合わせていない、そうですね」

「その通り」

「誰とも会っておらず、何も見てはいない」

「ええ」

新堂が答えると乙姫はゆっくりと静かにうなずき、

「結構です。それだけ伺えれば充分です」

その無表情な顔色からは何も読み取れない。しかし満足したのか、乙姫は立ち上がって、

「今日は楽屋まで押しかけてしまい失礼しました。ステージの直後でお疲れでしょうに、申し訳ありませんでした」

「なあに、気にしないでください。刑事さんに嘘をついていたのは、俺も気が咎《とが》めていたからね。解消できてすっきりしたよ」

帰ろうとする二人の刑事を見送るのに新堂も立ち上がったが、ドア口まで進んだ乙姫がひょ

いと振り返って、

「そうそう、九木田さんの事務所ですが、あの現場、新堂さんも中に入ったことはありますね」

「ええ、二、三度。打ち合わせで」

「それならば、デスクの背後にキャビネットがあったのをご記憶でしょうか。背の高い、スチール製のキャビネットです」

「キャビネット？」

心臓が一瞬、びくんと跳ね上がる。

「はい、上半分がガラス戸で、中に有名歌手のサイン色紙や写真が飾ってあるキャビネットです」

「ああ、あれね。覚えていますよ。大御所の皆さんの写真がこれ見よがしに並んでたから」

「それです、そのキャビネット」

と、乙姫は感情の読めないプラスチック製みたいな目で見つめてきて、

「あそこの一番下の段には何も入っていませんでした。すっぽりと抜けていて、どうも何かをごっそりと取り除いたようにも見えました。あの下段に何が入っていたのか、新堂さんは覚えていらっしゃいますか」

「一番下の段、ですか。さあ、何だったかな」

わざとらしく見えないように新堂は、記憶を手繰るような表情を作り、首を捻る。

「さて、覚えていないね。サイン色紙か何かが並んでいたような気がするけど」

「それは中段です。空っぽだったのは一番下でした」

「さあ、思い出せないな。それが何か捜査上、重要なんですか」

「殺人現場から何かがなくなっているのです。我々としては気にかかります。恐らく犯人の仕業でしょうから。殺人の後に持ち出したくらいですので、よほど重大な何かだったに違いありません」

「そうか、重要なんだね。しかし申し訳ないな。全然、記憶にないんだ。お役に立てなくて悪いけど」

新堂が殊勝な顔をして見せると、乙姫はうっそりと首を振って、

「いえ、思い出せないのならば仕方ありません。では、これで失礼します」

と、楽屋のドアを開いて出て行った。鈴木刑事もそれに倣《なら》い、頭を下げてからドアを閉めた。

新堂は一人になった。

ステージの高揚感はすっかり醒《さ》めていた。

＊

「懐かしいねえ、何もかも。あの頃からもう、四十年、五十年と時が経ったなんて、信じられませんね、実際の話」

感慨深く、葛木丈二《かつらぎじょうじ》は嘆息した。

昼過ぎの喫茶店のテーブル席。自宅の最寄りの調布《ちょうふ》駅前にある店だった。

葛木は二人の刑事と向き合って座っている。

人目に立つ外見の二人組だ。一人は若く、ちょっとびっくりするほど顔立ちの整った青年。もう一人は壮年で、冥界から現世に立ち現れた亡霊みたいな薄気味悪い見た目の男だった。

刑事達の目立つ外見より、葛木は昔話に夢中になっていた。年を取るとどうしても昔の話が長くなる。家族からは煙たがられるけれど、抑えが利かなくなるのも年の証拠だ。

「新堂直也と同期デビューだったのは、僕と、長良川清《ながらがわきよし》、花咲春紀《はなさきはるき》、それに畑中光《はたなかひかる》、といったところかなあ。若い刑事さんはもちろん、そっちの刑事さんも、もうピンとこない世代でしょうね。新ちゃん以外は、もうほとんど活動していない面子《メンツ》だから、僕も含めて」

葛木は少々自虐的に云ったが、亡霊みたいに不気味な顔をした刑事は、ゆっくりと首を振った。

「いいえ、存じております。長良川清といえば『鳴瀬川《なるせがわ》旅情』のヒットで有名ですね。花咲春紀の『季節が変われば』に、畑中光の『羽ばたけ青春』。そしてもちろん葛木丈二さんの『夜のしじまに』と『峠の鐘の音』。どれも名曲です」

葛木は面喰らってしまった。刑事が列挙したのは、どれも五十年も昔のヒット曲ばかりである。どうして知っているんだ、そんな曲を。この刑事、年は一体いくつなのだろう。

葛木はつい、まじまじと亡霊のような刑事の顔を凝視してしまったが、当人は一向に気にしたふうでもなく、無表情のまま淡々と、

「同じ頃にデビューした歌手の皆さんの中では、葛木さんと新堂さんの人気が、頭ひとつ抜きん出ていたそうですね」

「いや、僕なんて大したことないですよ。でも新ちゃんは違ったね。本物のスターだった。『スターダスト メロディー』『二人の街の灯』『恋する夏空』と、ヒット曲もたくさんありますから。背が高くてすらっとスタイルもよくってね、マスクも彫りが深くてちょっとジェームス・ディーンみたいで。男女問わずファンは多かったですよ」

葛木は、また話が長くなりそうなのを自覚していたけれど、自力では止められそうにない。

「新ちゃんには会ったんですよね。だったら判るでしょう。今でも若々しくて、とても七十近くには見えませんよね。あれで僕とひとつしか違わないんだから驚きですよ。芸能人は概していつまでも若く見えるものですけど、新ちゃんは驚異的だなあ」

と、葛木は笑って、

「芸能人っていえば、今は誰も彼もアーティストって呼ぶでしょう、歌を唄っている人はみんなアーティスト。あの風潮、僕なんかは抵抗がありますねえ。曲や詩を作るわけでもないのに芸術家は変だと思いませんか。歌手でいいんですよ、歌手で。いい言葉だと思いますよ、歌手。ね、いい響きでしょう。歌い手だから歌手。シンプルでいて本質を突いている。あと歌もね、歌謡曲っていう言葉がいいよね。僕らがあの頃歌っていたのは紛れもなく歌謡曲でしたよ。歌謡曲、流行歌、これでいいんです。J-POPだなんて気取ってみても仕方ないでしょう。判りやすく歌謡曲、これがいいんですよ」

葛木は、家庭では普段、長話が敬遠されるので、その抑圧が解放されている状態にあった。

「僕らが一番輝いていた頃はね、歌謡曲全盛の時代でしたよ。テレビの歌番組もたくさんあったし。各局がゴールデンタイムに歌番組を持って競い合っていましたからね。流行歌手は引っ張りだこでしたよ。今日はMHK、昨日は関東テレビ、明日は太平洋テレビ、といった具合にね、東京じゅうのキー局をハシゴするのが普通でしたよ。スターはみんな、それで忙しかったものですよ。歌番組だけじゃない。バラエティにも呼ばれるの。バラエティっていっても今のタレントと芸人がバカ騒ぎするだけの軽薄なのとは違いますよ。バラエティの語源はアメリカの番組からの派生でね、歌あり、ダンスあり、スタンダップコメディあり、その合間に余興のコントがあったりして、色々詰め込んでバラエティに富んでいるからバラエティショーと名付けたのね。だから当時、バラエティに呼ばれるっていうのは歌のコーナーに出て歌うって意味。あの頃はテレビが国民の娯楽の中心でしたからね、お茶の間に一台テレビがあって、一家《いっか》団欒《だんらん》はみんなでテレビの前に集まるもの、それが普通だったのね。だから子供からお年寄りまで、家族揃って同じ番組を見ていたんですよ。バラエティショーを見ていれば、自然とどの世代も流行歌を聴くのね。同じ歌をみんなが聴くわけですよ。それでヒット曲は、誰もが口ずさむようになるんです。子供もお年寄りも、みんな同じ歌を唄った。今みたいに世代間の断絶なんてない、いい時代だと思いませんか、刑事さん。あの頃が青春でしたね、僕達はそんな素敵な時代に青春を送ったんですよ。歌って歌って、そんな時代を駆け抜けたものです。あれ？　えーと、何の話をしていたんでしたっけ」

大いに脱線したのは自覚していたが、葛木は元がどんな話題だったのか完全に見失っていた。亡霊みたいな刑事は、長話に呆れるでもなく表情のない不気味な顔つきのまま、

「葛木さんと新堂さんが今でも同じ事務所に所属しているという話でした」

「ああ、そうそう、事務所の話でしたね。うん、そうです、新ちゃんとは昔からずっと同じ事務所でしたね。昔はね、僕も新ちゃんも大手にいたんですよ、全盛期の頃の話ね。なんていったってテイトクレコード直属の芸能プロダクションだもの。業界でも最大手でしたよ。マネージャーに付き人、あとボーヤも引き連れて、連日テレビ局に通い詰めたものです。僕はともかく、新ちゃんは本物のスターでしたからね、そりゃもう輝いていましたよ。唯一無二、誰にも真似できない二枚目スターの輝きで、もう眩しいくらい。若い刑事さんもハンサムだけど、悪いけど当時の新ちゃんのスター性には敵《かな》わないでしょうねえ、全身からこう、オーラが出ていましたから。飛ぶ鳥落とす勢いってああいうのをいうんでしょうね、大した人気でしたよ。若いファンにきゃあきゃあ云われて、ステージに立つと黄色い歓声が飛び交って」

と、ここで葛木は少しトーンを下げて、

「ただ、歌謡曲ブームも段々下火になって、歌なんてろくすっぽ歌えないアイドルが幅を利かせる時代になりましてね、僕らもだんだん仕事が減ってきて。大手を契約解除になって、中規模の事務所に移籍したのね。そのうちそこでも仕事がなくなって、肩叩きに遭ってね、それで今の事務所に拾われたってところですね。考えてみれば新ちゃんとはずっと一緒でしたねえ。今はちっぽけな事務所で、マネージャーも専属の人はいなくなって、仕事も随分減っちゃった

けど。昔は大名行列みたいに威風堂々《いふうどうどう》とテレビ局入りしていたのにね、今じゃ一人で衣装ケースがらがら引きずって地方営業ですから」

葛木は、また自虐的に少し苦笑して、

「でも、歌うことには変わりはないですからね、どんな小さなステージでも、僕は歌えれば満足なの。今はね、お年寄りの施設の慰問公演も多いんですよ。高齢者社会なんでしょうかね、老人ホームもどんどん増えてますから。入居しているのは僕達より少し上の世代かな、その世代だとね、皆さん僕を知っていてくれてましてね、共に青春を過ごした世代で。そういう人達がね、当時の曲を涙ぐんで聴いてくれるのね。握手すると、僕の手をこう、両手で力一杯ぎゅっと握ってくれてね、懐かしいねえ懐かしいねえって本当に感激してくれるんです。歌っていてよかったなあって思う瞬間ですね。僕はもう半分引退したようなものだから、それで充分。老人ホームの娯楽ルームでね、ステージも何もない平場だけど、お年寄りの皆さんが精一杯歓迎してくれるんですよ。大きな紙に手書きで『ようこそ　葛木丈二さん』って壁に貼ってくれて、紙テープで飾り付けもしてくれましてね。みんな入居者のお年寄りがやってくれてるんでしょうね。それが嬉しくてねえ、僕も一所懸命歌うの。それくらいしかお返しはできないから。懐かしいヒットメドレーでね。そうすると本当に喜んでくれてね、皆さん手拍子してくれて、一緒に歌ってくれたりしてね。こっちも嬉しいものですよ、本当に。僕の歌手人生、こういう終わり方もいいなって思うんです」

「新堂さんはどうでしょう、そういう小規模な事務所のお仕事で満足しているのでしょうか」

亡霊みたいな刑事が突然、質問を投げかけてきた。葛木の長話に苛立《いらだ》った様子もなく、単に疑問を口に出しただけの自然な口調だった。葛木はそれで長話を切り上げて、

「新ちゃんは、うーん、どうかなあ、あれで割と上昇志向が強いし。僕みたいに老人ホームの慰問だけじゃ気がすまないタイプかもしれませんね。昔から結構、野心家なところはあったから」

「それで九木田さんにプロモーションの依頼をしたのでしょうか」

亡霊みたいな刑事は淡々とした口調で云った。

それで思い出した。

そうだった。大元はプロモーターの九木田の話だったのだ。彼が殺人事件に巻き込まれたとかで、その捜査のために刑事は聞き込みをしていると云っていた。

それがどうした流れだか、事務所の話になり新堂の話題になったのだった。一体どんな流れだったっけ、と葛木は首を傾げながらも、

「そうねえ、新ちゃんのことだから、もっと仕事の幅を広げたいと思っているのかもしれませんね。半分隠居の身の僕と違って、新ちゃんまだまだ現役だから。それでプロモーション契約をしたのかもしれないですね、青春の頃の輝きを取り戻したいって願望があって。どういう契約内容なのか知りませんけど」

「契約内容というのは、その都度違うものなのでしょうか」

「それは違うでしょう、ケースバイケースでしょうね。どんな規模の契約かは人それぞれだろ

うから」

「その内容に関しては、ご本人に尋ねるのが早道でしょうね」

「それより契約書を見ればいいんですよ。あるはずですよ、契約書」

「ありますか」

「そりゃありますよ。事務所とは別にプロモーターに仕事を依頼したんでしょう。普通はそういう場合、正式な契約書を交わします」

「そうですか、なるほど、契約書」

と、亡霊みたいな刑事は独り言のようにつぶやくと、無表情のままで少し上を向いた。顔つきがまったく変わらないので、それがいかなる感情の発露からくるものなのか、葛木には読み取れなかった。

考えてみれば、刑事がどうして自分に会いに来たのかさえ、葛木は判っていない。プロモーターの九木田の事件のはずなのに、なぜ新堂直也のことを尋ねるのか。そもそも自分はどうして長々と昔話をしたのか。

よく判らない。

葛木はまた、首を傾げた。

＊

「ですから、これから先もそういうふうに、人の心に届く歌を唄っていきたいと思っています。もういい年ですが、残りの人生をすべてそれにかけるという心構えで挑戦していきたいですね」

新堂がそう締めくくりの言葉を告げると、若い女性パーソナリティは、

「なるほど、おいくつになられてもチャレンジ精神を忘れない、との力強いお言葉ですね。とても素敵だと思います。『歌は心の翼』本日のゲストは新堂直也さんでした。どうもありがとうございました」

「はい、こちらこそ、ありがとう」

新堂が手元のカフを下げると、ヘッドホンから「はい、ＯＫです」と声が聞こえてきた。横を見ると、ラジオブースのガラスの仕切りの向こうで、ディレクターが指でＯＫサインを作っている。隣のミキシングコンソールの向こうに座った技術スタッフも、笑顔になっていた。女性パーソナリティが自分のヘッドホンを外しながら、改めて礼を云ってきた。笑ってうなずき、新堂もヘッドホンを頭から外した。

スタジオの分厚い扉が開き、ディレクターとプロデューサーが中に入ってきた。

中年の男性ディレクターはにこにこと嬉しそうに、

「収録、お疲れさまでした。お陰様でいい回になりました。ありがとうございます」

「こちらこそ、ありがとう」

新堂は鷹揚《おうよう》にうなずいた。

ディレクターと同年配の、こちらは太った体型の男性プロデューサーがおずおずと、

「あの、新堂さん、お疲れのところ申し訳ないんですが、もしよろしかったらご一緒に写真をお願いできますか、田舎の母が新堂さんの大ファンでして」

「もちろん構いませんよ。いい親孝行になる。息子さんが出世して、お母上も鼻が高いでしょう」

新堂は笑って応じる。

プロデューサーはしきりに恐縮し、にわかに記念写真撮影会が始まった。

それを終えてスタジオを出る。

新堂は上機嫌だった。口笛でも吹きたい気分だ。久しぶりにラジオからお呼びがかかった。いい仕事ができた。

廊下を進み、ラジオ局の正面玄関に到着する寸前、新堂は足を止めた。

玄関の入ってすぐ左がラウンジになっている。飲み物や軽食を提供するスペースだ。局の者が打ち合わせなどによく利用する。

そこに、あの不景気な猫背の、瘦せた中年男の姿があった。乙姫警部である。コンビのハンサム刑事もだ。

口笛を吹きたい気分に、一気に水を差された。

死神のごとき乙姫警部がこちらに気づいたらしく、うっそりと立ち上がって一礼する。黒いスーツも、彼が身に纏っていると喪服に見える。そのせいで、お辞儀をしたのも葬儀の参列者が祭壇に向かってする黙禱《もくとう》にしか見えなかった。

どうしてこんなところに乙姫警部がいるんだ。

意表を突かれて、新堂はしばらくの間、何の反応もできなかった。

とはいえ、無視して通り過ぎるわけにもいかない。仕方なく新堂は、ラウンジスペースに足を運ぶ。乙姫と鈴木刑事の前まで行くと声をかけた。

「どうしたんですか、こんなところで。まさか刑事さんお二人がお茶を飲みにわざわざ?」

刑事コンビのテーブルの上のコーヒーカップを示して云う。

乙姫はいつものように表情の読めない陰気な顔で、

「事務所に問い合わせたところ、新堂さんは今日はこちらでラジオ番組の収録があると伺いました。終わるタイミングを見計らってお待ちしていました」

「待っていたんですか、俺を」

「はい、ちょっと気になることがありまして、ほんの少しで結構ですのでお時間いただけますでしょうか」

「まあ、構わないが」

新堂は空いている椅子に座り、通りかかった女性店員にコーヒーを注文した。

「で、何が気になるんですって?」

座り直す乙姫に、新堂は尋ねる。少なからず不安に駆られていたが、極力表に出さないように努力していた。

「お忙しいでしょうから単刀直入に伺います。契約書です」

「契約書?」

「はい、九木田さんにプロモーション計画を依頼した際の契約書です。ある人に伺ったところ、契約書があるはずだ、とのことでしたので」

乙姫は、冥界の瘴気《しょうき》をたっぷり浴びて毒に冒されたゾンビみたいな精気のない顔で聞いてくる。

契約書、か。新堂は一瞬考えた。そんな物はなかったと主張するか。いや、それはよくない。あの見栄っぱりで俗物の九木田のことだ。誰かにあの契約書を見せたかもしれない。同業者か誰かに「ほら、これが新堂直也の契約書。あの人もあたしに頼ってきましてね、いやあ、誰も彼もがあたしの力に縋《すが》ってくるんで忙しくて敵いませんよ」などと自慢の種にした可能性がある。もしくは他の歌手に契約を迫る時に「新堂直也さんもサインしてくれたんですよ、ほら見てください、この通り」と、見せたかもしれない。新堂自身もそうやって、何人もの歌手達の契約書をしつこいくらいに見せつけられた。あれと同じことを、新堂の契約書を使ってやっていないという保証はない。

咄嗟にそこまで考えて、嘘をつくのは得策ではないと判断した。見せびらかされた誰かが「新堂直也の契約書なら確かに見ましたよ」とでも証言したら大変なことになる。

そこで新堂は涼しい顔で、

「もちろんありました、サインも捺印もしましたよ」

「それはどういう形でしたか、何枚あって、どう綴じてあったのでしょう」

一体どうしてそんなことに関心があるのか乙姫は、湿っぽい声で尋ねてくる。新堂は冷静に、

「確か、六枚くらいあったかな。クリーム色のファイルに挟んであったと思う。紙製で、こう、まん中の金具で留めるタイプのやつでね。それで一冊にまとめていたと記憶している」

これも本当のことを申告する。誰かが見たかもしれないからだ。

「そういうファイルがあったのですね、とするとおかしなことになります」

「何が？」

新堂が尋ねた時、店員がコーヒーを運んできた。新堂は早速、それに手を伸ばす。大丈夫、手は震えてなどいない。

乙姫は、全人類の恨みの情念が凝縮したごとき暗い目つきでこちらを見てきて、

「その契約書、現場のどこからも発見されていないのです。現場の事務所は虱潰《しらみつぶ》しに調べました。そのお陰で机の引き出しの手帳も見つかって、新堂さんと被害者との面談の件も判明しました。ところが契約書というのは見つかっていません。クリーム色の紙ファイル、ですか。そういう物はどこにも見当たらないのです。例の、デスクの背後に立つ大きなキャビネットですが、下の部分のスチールの扉も開けて、中は無論、調査済みです。しかしこちらは税務関係の書類がほとんどで、ファイルや契約書は見当たりませんでした」

「それは変だね、契約書がないわけがないんだが」

新堂は他人事のような口振りで云った。対して乙姫は淡々と、

「どこに保管してあったか、新堂さんはご存じではないですか」

「さあ、判らないな。どこかに紛れ込んでいるんじゃないですか」

「いえ、そんなはずはないのです。それほど広くはない事務所の中を、徹底的に調べましたから」

「おかしいね、見つからないなんて」

「ちなみに、契約書の内容はどんなものだったのか、新堂さんはご記憶ですか」

「中身は別に大したことが書いてあったわけじゃないな。型通りの契約内容が一通り書いてあるだけで」

「特に珍しい条項はなかったと?」

「ないね」

「そんなありふれた契約書が、どうして消えてしまったのでしょうか」

「さあ、そのうちひょっこりと出てくるんじゃないかな」

新堂は軽い口調で云う。しかし、それが絶対に見つからないことを新堂は知っている。ファイルも契約書も処分した。

事件の次の日、車で足を伸ばして奥多摩《おくたま》まで遠出した。人の気配のない奥地の河原に赴き、そこですべてを焼却した。

スポーツバッグに詰めた契約書。全部で二十八冊あった。それらは一冊一冊中身を取り出し、火にくべた。書類も紙製のファイルも全部灰にした。その際にざっと確認したのだが、他の歌手の契約書には寄託金に関する条項は見当たらなかった。四百万の金を詐取されたのは新堂ただ一人だったのだ。それでムカっ腹が立ち、殊更大きく炎を焚き上げた。ついでに変装に使った品々も燃やした。あの忌々しい足跡をつけたデザートブーツは、中に小石を詰め込んで川の深いところへ投げて沈めた。サングラスも同様に、川へと放り投げた。あれは絶対に見つからない。

「おかしいですね、どこかにあるはずなのですが」

と、独り言をつぶやいていた乙姫が不意に、

「ところで、新堂さん」

椅子の上で体ごとこちらを向く。予備動作をまったく伴わない、唐突な動きだった。あまりにも突然だったので、新堂は少しぎょっとする。しかし、こちらの反応をまったく気にかけることなく乙姫は、

「今回の犯行は九木田さんの事務所がその現場でした。とすると犯人は仕事相手かもしれませんね。例えば、歌手とか」

淡々とした口調で云うので、新堂は首を横に振って見せ、

「そうとも限らない。仕事関係だったらスタッフも多いだろう。コンサートの会場関連の裏方、設営、照明、音響、制作会社、そういう人達だって訪れたんじゃないかな。さすがにプロデューサーやスポンサーを呼びつけることはないだろうけど、それも絶対とは云い切れない。出入りする人間は多種多様だったろうさ」

「なるほど、仕事関係者に対する聞き込みを広げてみるのも手かもしれませんね。いや、いい

アドバイスをいただけて助かります」

「お役に立てたんなら何より」

新堂が半ば皮肉で云うと、乙姫は出し抜けに立ち上がって、

「本日は確認にお付き合いいただきありがとうございました。お時間を取らせてしまい、申し訳ありませんでした」

深々と一礼した。黒いスーツと本人が陰気なせいで、しめやかとしか表現のしようのない挨拶だった。非常に縁起が悪く見える。

その隙に、ハンサムな鈴木刑事がさりげなくテーブルの上の伝票を取る。

二人でレジのところまで歩いて行き、鈴木刑事が会計をすませている間に乙姫はこちらを振り向き、もう一度丁寧にお辞儀をした。

やけにあっさりした引き際に、新堂は少々面喰らい、それを無言で見つめていた。

二人の刑事は何事もなかったかのように、ラジオ局を出て行ってしまう。

本当に何をしに来たんだあいつは。

乙姫のひょろりとした後ろ姿を見送りながら、新堂は呆気に取られていた。

何ともいえない不安感だけが、胸に澱《おり》のように残った。

＊

「芸能界も綺麗事ばかりの世界じゃないからねえ、裏に回ればどろどろしたもんです。金や利権やコネ、ゴリ押しに足の引っ張り合いに色仕掛け、あとは今でいうところのセクハラにパワハラね、何でもありの薄汚い世界ですよ」

と、須田崇史《すだたかし》は薄く笑った。

小さなカウンターの内側に、須田は座っている。カウンターの右側には旧型で大きなレジスターが鎮座していて、カウンターの面積を圧迫している。刑事二人は、カウンターの外側で丸形のスツールに腰かけていた。常連客や知り合いが来店した時などは、よくそこに座ってもらって談笑する。

二人の刑事はひどく特徴的な容姿をしていた。若い刑事はやたらと二枚目で、もう片方は痩せて陰気な雰囲気で、まるで墓地の土の下から這い出してきたみたいな薄気味悪い見た目をしている。

店に訪れた刑事コンビに請《こ》われて、須田は昔話を披露しているところだった。

「私が九木田さんと一緒に仕事をしていたのは、かれこれ三十年も前のことですね。相棒というか舎弟分というか、まあ助手かな。九木田さんの仕事を手伝っていました。今は業界から足を洗って、こんな店の冴えない店主だけど」

と、須田は周囲を見渡した。見慣れたカウンターからの風景がそこにある。狭い店内にびっしりと並んだレコード。ＥＰ、ＬＰ、ソノシート。ほとんどが邦楽で、歌謡曲からロックまで。演歌も少々取り扱っている。須田の経営方針でＣＤはあまり置かない。わずかに、８センチシングルCDだけは認めることにしている。

古いレコードのレトロなジャケットで埋めつくされた空間。中古レコード店の内部は過去を閉じ込めたタイムカプセルのようだった。饐《す》えたようなカビ臭いような、独特の匂いが充満している。西新宿《にししんじゅく》の片隅に、須田がこの店を出してもう二十年が経つ。須田自身も時の流れに取り残された、過去の遺物みたいだと常々感じている。

「お仕事というのはプロモーターの業務ですね」

と、墓地から這い出してきたみたいな刑事が尋ねてくる。その声も、地獄の底から響く怨《おん》霊《りょう》の呻きのように陰々滅々とした暗いトーンだった。

「そうですね、プロモーター。当時は興行主ともいってたけど、これもまた表は華やかに見えても裏側はエゲツない世界でしてね、今はどうか知りませんけど、昔は興行主は裏社会とは切っても切れない繋がりがありましてね、今でいう反社会的組織ってやつです。地方公演だと特にそういうしがらみが多かったなあ。土地土地に、その地域を縄張りにしている有力組織があってね、まずそこに仁義を切らなくっちゃ興行主の仕事は始まらない。そういう連中に挨拶しないと、会場も押さえられないいんですから。挨拶っていっても、頭下げてよろしくお願いしますってだけじゃありませんぜ。当然、手ぶらってわけにはいかない。封筒をね、それもぎちぎちに詰まって直立するほど厚い封筒がご挨拶の品ですよ、そいつを持参するのが常識でしたね。まあ、それも経費のうちでしてね、代償としてケツ持ちをやってもらうんですわ。地元のチンピラや地回りが会場で騒ぎを起こそうとすると、組のお兄さん達が駆けつけてきて引きずり出してくれるんですよ。まあ何というか、必要悪とでもいいますかねえ」

須田は、白髪交じりの頭髪を掻き上げながら述懐する。

「そんな連中とつるんでたんで、私らもちょっとだけおいしいたものです。今となっちゃ時効だから、刑事さん達の前でも話せますけど。例えばね、地方の成金の助平親父に目をつけるんです。九木田さんもどうやってああいうお誂《あつら》え向きのカモを見つけてくるんだか、そういうことに独特の嗅覚がありましたね、あの人は。妙な特技だから、他には使い道なんかないんだろうけど」

と、須田は苦笑しながら、

「同業者が地方公演やっているとね、そこへ後からひょろっと顔を出すんですよ、我々も。それで、かねて目をつけておいた地元の狒々《ひひ》親父に声をかける。その狒々親父を楽屋裏に案内するわけですね。こっちは顔が利くから出入り自由、有名歌手にも、よっ元気かい、なんて気安い態度を取るもんだから、成金親父はそれだけで感心してくれる。そうなりゃ後の仕掛けも楽になるってもんです。で、若い演歌の女性歌手なんかがいるでしょ。和服の似合う、ちょいと小股が切れ上がった艶《つや》っぽい子。その子にも会わせておいてから、助平親父にこう持ちかける。金さえ積めば一晩マクラさせますよって。こうすると面白いほど簡単に乗ってきますね。芸能人を抱けるってんで狒々親父は鼻息荒くして二つ返事でね。なにせ楽屋裏にもフリーパスで、出演歌手とも親しいところを散々見せているもんだから、これっぽっちも疑われない。助平親父は下心丸出しで、九木田さんに金を渡すんです。たんまり、現ナマでね。ところがいざホテルへしけ込もうって段になると、部屋で待っているのは強面《こわもて》のお兄さん達って段取りで。へへ、面白いでしょう。土地土地の組の若いのとは顔馴染みですからね、分け前を渡してお手伝いを頼むんですよ。強面連中は狒々親父をねっとりと脅しつける。歌手ってのは商品だ、その商品に手をつけようなんざいい度胸しているな、そいつは俺達の面子潰すことになるがいいのかい、ってじっくりとね。後で警察に届けようにも、狒々親父のほうも金で女を買おうとしてたんだから体裁が悪い。成金でも地元じゃ名士として通ってることが多いからね。負い目があるからおいそれと訴え出ることもできやしない。哀れ助平親父、金だけ毟《むし》られて泣き寝入りの巻ってやつでさ」

「それはいわゆる美人局《つつもたせ》という行為ではないでしょうか」

と、若い刑事が眉をひそめて云う。須田はにやりと笑って、

「思いっきりそうだね、悪ーいこと」

「違法行為です、それは」

「判ってますって。でも昔の話ですよ、刑事さん。もう時効ですんで」

二枚目の若い刑事が明らかにムッとした顔つきになったので、須田はついからかってやりたくなってきた。悪戯《いたずら》心が頭をもたげてきて、須田は続ける。

「警察を出し抜いたこともありましたねえ。昔はね、撮影の道路使用許可も取りにくくってね、お役所仕事が今より厳しかったから。申請しても許可が下りるまで何日もかかったものです。警察署内をあちこちたらい回しにされた挙げ句、結局許可が取れなかった、なんてこともザラ

でしたからね。プロモーション活動の一環で、歌手のイメージビデオを撮るなんてこともしてたんですよ。8トラのカラオケ店なんかで流してもらって営業するんですね。見映えのする渋谷や原宿《はらじゅく》なんかで外ロケしたいんだけど、でもなかなか許可が出にくい。繁華街がある警察署は殊に厳しかったですからねえ。そういう時、九木田さんは書類を偽造しちまうんですよ。手先が器用だからそういうのは得意でね、道路使用許可の書類、撮影許諾の書類、そんなのをちゃっちゃと作っちゃう。警察署の認可印の四角い大きな判子まで、朱色の鉛筆か何かで手書きで模造しちまうんだから手が込んでるでしょう。いや、これがうまいものでしてね、ちゃんと朱肉で判子捺《お》したみたいに見えるんです。それで撮影していると、お巡りさんが来ますわな。当時はまだ〝おいこら警官〟なんてのがいたから、高圧的に来るんですよ。『おい、お前達は誰の許可を取ってこんなところで撮影なんかしているんだ』と偉そうにね。そこで九木田さんの出番です。書類をひらひらさせて『許可ならちゃんと取っていますよ、ほらこれが渋谷署からいただいた許可証、よく見てくださいな』ってんでお巡りさんを隅っこに連れて行って、口八丁で煙に巻いて足止めしてくれる。その隙に撮影隊は撮りたい絵をさっさと撮り終えちまうって段取りで。お巡りさんは偽造書類にすっかり騙されて『うむ、通行人の邪魔にならんようにくれぐれも注意は怠《おこた》るなよ』と引き下がって、こっちは『お勤めご苦労さまです』と頭を下げながら陰で舌を出しているという、そういう按配《あんばい》です」

「それも完全に違法行為ですね。公文書偽造に当たります」

と、二枚目刑事は不機嫌そうに云う。正義感が強いらしい。須田はにやにやしながら、

「だから時効ですって。もう三十年以上も昔のことなんですから」

と、若い刑事を軽くいなす。

「という具合にね、いけないこともしたものですよ、九木田さんの手伝いをしていた頃は。あの時代はそんなエピソードには事欠かなかったですね。面白かったなあ。まあ、若かったから無茶が利いたって面もあるでしょうけど。ただね、刑事さん、あの頃は金が目当てじゃありませんでしたね。金を持っているのを鼻にかけてふんぞり返った成金親父をぎゃふんと云わせたり、偉ぶったお巡りさんをからかったり、そういうこと自体が痛快だったものです」

そう云って須田は、白髪が交じった髪を梳《す》き上げながら、

「ところがね、九木田さんも年を取るごとにだんだん変わっていって、ただの金に汚いだけの嫌らしいおっさんになっちまいましてね。目的と手段が入れ替わって、金への執着ばかりが強くなって。それで嫌気が差して、私は足を洗ったんです。そんなわけで、今はこうしてしがない中古レコード屋の親父ですよ。今でも当時の知り合いが訪ねてきてくれることがありましてね。制作とか演出助手とか裏方の連中です。みんな年を取って昔が懐かしいんでしょうね。刑事さんが座ってるみたいにそこに座ってね、懐かしい話に花を咲かせたりするんですよ。だから九木田さんの今の噂もちょいちょい聞こえてきましてね。ますますガメツくなってるそうで、あんまりいい話は聞きませんけど。九木田さんも独り者で通して、身寄りがないと金くらいしか頼りになるものがなくなっちまうんでしょうかねえ。なまじ昔の羽振りがよくって楽しい時期を知っているから、余計にがっかりしますね。つまらない守銭奴になっているって聞いて、

私もうんざりしてたんですよ。畳の上じゃ死ねない人だとは薄々思ってたけど、まさか殺人事件とはねえ。人間、どんな最期を迎えるか、判らないものですね」

少ししんみりした気分で、須田はため息をついた。

不気味な刑事の抹香《まっこう》くさい不吉な顔は、そんな話の相手としてぴったりのような気がした。

＊

新堂直也はお茶の水にある〝ライジング〟の事務所を訪れた。

明日の地方での営業仕事が新幹線で日帰りなので、そのチケットを受け取る用事があったのだ。

事務所で用件を申し出ると、デスクの女性社員が告げてきた。

「新堂さん、警察の人が来てます、この前も来た人達。応接室で待ってもらっていますけど、どうしましょう」

また〝死神〟か。新堂は驚きを隠せなかった。あの男、どこまで追い回して来るんだ。よもや本当に疑われているなどということはあるまいな。と、新堂は大いに不安に駆られる。

いや、大丈夫だ、恐れることはない。そう思い直す。九木田との接点はプロモーション契約の件だけ。そして事件との繋がりは十六時の約束しかない。問題があるとすればその二点のみだ。他には何もない。証拠も残していない。新堂と事件との関連はどこにもないはずなのだ。

あの刑事など怖がる必要はない。堂々としていればいい。

そう己を鼓舞して新堂は、応接室に向かった。

最初に会った時と同じように、乙姫警部と鈴木刑事がソファに座って待っていた。

「何度も申し訳ありません。事務所のかたに聞いたら、今日この時間に新堂さんが立ち寄る予定だとのことでしたので、押しかけてしまいました。ご迷惑でしたでしょうか」

「とんでもない、協力は惜しみませんよ」

気持ちとは裏腹に、にこやかに云って新堂は、刑事コンビと向かい合うソファに腰かけた。

「で、今日はどんなご用ですか」

「お金です」

と、乙姫は、新堂の問いかけに切り口上で答えた。いつものように何を考えているのか判然としない顔つきで乙姫は、陰気な目を向けてきて、

「新堂さんは九木田さんとプロモーションの契約を結んでいた、とのことでしたね」

「ああ、そうだ」

「その際の契約金はどうなっていたのでしょうか」

「そんなことを聞くためにわざわざ？　事件とは何の関係もないじゃないか」

「はい、無関係なのは重々承知しております。ただ、どうにも細かいことが気になる性分でして、どうでもいいことでも引っかかると、何としても知りたくなってしまうのです」

と、乙姫は、不気味な無表情を崩さずに淡々と云う。

本当にどうでもいいだろうそんなことは、細かいにも程があるぞ、と内心で舌打ちしつつ、新堂は考えを巡らせた。

例の四百万円のことは云うべきだろうか。

いや、ヘタに喋ったら動機に繫がると判断されかねない。云ったら本気で疑われる恐れがある。

それに、さすがに九木田も四百万の件は人にぺらぺら話したりはしていないだろう。詐欺で金を騙し取った。そんなことを自慢して云い触らすほど間抜けではないはずだ。喋って回ったら自分が捕まる。わざわざ吹聴するとも思えない。プロモーション計画や契約書のことはともかく、金を受け取ったことまでは周囲に喋ってはいないはずだ。小悪党は小心だから保身を第一に考える。自分の手が後ろに回るような危ない橋を渡るとも思えない。

そう一瞬で判断して、新堂は乙姫の質問に答えた。

「契約金は払っていませんよ、報酬は出来高払いにしたから」

「出来高払い、ですか？」

乙姫が暗く陰気な目を向けてくる。新堂はうなずいて、

「そう、仕事の都度、何パーセントかを渡す契約です。テレビ出演ならギャラの何パーセント、ステージならワンステごとに何パーセント、とマージンを支払う約束。それは契約書にも書いてあるからそれを見てもらえば——ああ、契約書が見当たらないんだったね」

「そうです、今も見つかっておりません」

「あれがあれば刑事さんもこんな無駄足を踏まずにすんだものを。契約書には金銭のやり取りの条項もしっかり盛り込んでありましたよ。金のトラブルは人間関係を壊すきっかけになることが多いから」

新堂がそう云うと、乙姫はじっとりとした湿っぽい口調で、

「契約書は大概、正副二通作成して双方が持っているのが普通です。ですから見当たらない九木田さんのほうはともかく、新堂さんの手元にも契約書があるはずですが」

「うん、あるね」

「よろしかったら今度、拝見できますでしょうか」

「もちろん構わないよ。いつでも見せてあげよう」

と云いつつ、新堂は見せる気などさらさらなかった。そもそも手元にあった契約書も、現場から持ち出した物と一緒に焼却してしまった。奥多摩の河原で灰になった。催促されてもどこかに取り紛れてしまって見つからない、とか何とか云って誤魔化してしまうつもりだ。出来高払いなどという話はまっ赤な嘘だし、何より四百万の寄託金の条項が記してある。あれを見られるわけにはいかない。だからとっくに処分した。もし警察が九木田の身辺を洗った結果、他の契約した歌手達に辿り着いたとして、彼らは新堂と違って前金を払った様子がない。他の歌手の契約書には、そうした金のやり取りは記載されていなかった。だから新堂もあくまでも出来高払いだったと云い張ればいい。どうせ契約書はもうこの世に存在しないのだ。嘘が露見することはない。と、新堂がそんなことを考えていると、

「立ち入ったことを伺うようで申し訳ないのですが、今までいくら支払いましたか」

乙姫は少しも申し訳なさそうになく、普段と同じ陰にこもったトーンで聞いてくる。新堂は肩をすくめて、

「まだ一円も。九木田氏から回ってきた仕事はひとつもなかったから。プロモーションは時間がかかるんでね、すぐに結果は出ないものなんだよ。あっちも八方手を回し始めてくれてたみたいだけど、具体的な仕事には繋がっていなかった。だから支払う金もない」

すると乙姫は、不景気な猫背の姿勢のままでうっそりと、

「なるほど、プロモーションはこれから本格化するところだったのですね」

「そう」

「報酬は出来高払いで」

「ああ。だからこそ契約したんですよ。俺だって金が有り余っているわけじゃないからね、前払いはできないし」

「あちこちで聞き込みをしていると、被害者は金銭に異様な執着があったという証言が多く出ています。そんな人が出来高払いで満足したのでしょうか。その点、新堂さんは不審に思われませんでしたか」

地獄の釜の底で悪鬼羅刹《あっきらせつ》の類が詩吟《しぎん》でも吟じるかのような陰気な口調で質問してくる乙姫に、新堂はあっさり首を振って、

「思わなかったね。契約した時はそんなことは露ほども知らなかったから。金に汚いって噂を

聞いたのも、事件の後になってからだったし。昔の敏腕プロモーターのイメージしかなかったから、と、これは前もお話ししましたよね」

「そうでした。いや、失礼しました。お金に執着する人が出来高払いというのも妙だと思いまして。前金を取らなかったのが不自然なように感じたものですから」

「そんな金が必要だと云われたら、俺も契約なんかしなかっただろうね」

「ごもっともです、判ります」

と、乙姫は、精気に欠けた目でじっとこちらを見てきて、

「ところで、犯人像に関して以前、スタッフなど仕事関係の裏方を探したほうがいいとアドバイスをいただきましたが」

「あれはアドバイスというほどのものじゃないよ、ただの思いつきで」

「いえ、大いに参考になりました。裏方の人達にお話を伺って、被害者が生前、裏社会の者どもとも繋がりがあったことが判明しました。我々のところでは四課が担当部署になるような連中です」

「ああ、プロモーターという仕事柄、そういうこともあるでしょう。俺達演者はそういう裏の面にはタッチしないけど、その分九木田氏みたいなポジションの人が、そういった組織との折衝《せっしょう》の最前線にいたんでしょうね。ひょっとしたらそういう奴らが犯人かもしれない」

と、新堂は身を乗り出して、

「ああいった連中は人の命なんて何とも思っていない手合いだから。九木田氏とも何か揉《も》めて、

それこそ金銭絡みのトラブルがあって、それで始末されたのかも。灰皿で殴ったんでしたっけ、そして首を絞めて、あれ？　何で絞めたんだっけ？　ニュースではその辺には触れていなかったけど」

「おや、凶器についてはお話ししていませんでしたか」

「聞いてないね、絞殺としか」

「では、何の道具が使われたのかはご存じない？」

「知りません」

口を滑らせるようなヘマはしない。乙姫の説明がどこまであったか、新堂はちゃんと記憶していた。

カマをかけたわけでもないだろうが乙姫は、何事もなかったかのようにいつもの沈鬱な口調で、

「コードです。マイクのコード。それで首を絞められていました」

「おかしな物で殺したんだね、マイクのコードとは。とにかく、そんな荒くれ者がマイクのコードで九木田氏を絞殺した。そういう犯人像も考えられるね、可能性としては」

「はい、無論その線も追っています」

「そこから犯人に辿り着けるといいですね」

「鋭意捜査中です、ご期待ください、我々は必ず犯人を捕らえます。さて、長居をしてもお邪魔でしょう、聞きたいことに答えていただいてすっきりしました。今日はこれで失礼します。

お忙しいところお時間を割いていただき申し訳ありません」

と、乙姫は、猫背を一層丸くしてお辞儀をすると、静かに立ち上がった。亡霊の操り人形が動くみたいな、ぎくしゃくして気味の悪い動作だった。対して、若い鈴木刑事は潑剌《はつらつ》と立ち上がる。

どうやら帰ってくれるらしい。どうでもいいことをわざわざ聞きに来て、ご苦労なことである。新堂はほっとして緊張感を解いた。

「お見送りは結構です。では、失礼します」

二人の刑事はドアまで歩みを進めた。だが、扉を開いたところでふと立ち止まり、乙姫がこちらを振り向いた。

「そうそう、マイクのコードで思い出しました。恐らくマイクは被害者の事務所にあったものだと思われます。犯人が持ち込んだにしては不自然すぎる凶器ですので。だから今回の犯行は計画的なものではなかったのではないか、そう主張する捜査員が多いのです。計画していたのならば、もう少し扱いやすい凶器を用意してきただろう、というのが大勢の意見です。私もそう考えます。つまり犯人には、最初から殺意があったわけではない。他の用事で訪問し、その後で何らかの行き違いが生じて、凶行に及んだのではないか。この線が強いと考えられます。例えば、訪れる予定のあった人物などが最も怪しいのではないかと。では、失敬」

乙姫警部が云い置いて、ドアが閉まった。

それを見ながら、新堂は放心していた。背中を冷たい汗が伝った。

＊

「いや、九木田さんはいい人だったよ、俺なんかにも親切にしてくれて」

及川孝造《おいかわこうぞう》はホッピーのジョッキを片手にそう云った。

渋谷の道玄坂《どうげんざか》の途中を入った裏通り。再開発の波から取り残された、うらぶれた一角である。そこに昔ながらの飲み屋横町があった。狭い通りに小さな店が、軒を並べて密集している。煤けた壁にガタつくテーブル。酔っ払いの胴間声と安い油の匂い。煙草の煙に燻《いぶ》されて変色したお品書きの短冊がずらりと、鴨居《かもい》にぶら下がっている。健全とはいえないが活気に満ちた店内。この〝おたふく〟もそんな店のひとつだった。

いつもここで呑んでいる及川だったが、今日の連れは異色の二人組だった。刑事のコンビなのだ。若いほうは無闇に男前で、映画俳優のような優男《やさおとこ》だった。もう片方は猫背で痩せた中年男で、地獄の獄卒の呪術で蘇った亡霊みたいな気味の悪い外見をしていた。優男と亡者の二人組は勤務中だとかでウーロン茶を飲み、及川一人がホッピーで一杯機嫌だった。

「及川さんは九木田さんとはご友人だったそうですね」

亡者みたいな刑事が云う。及川はジョッキを口に運びながら、

「ご友人なんてご大層なもんじゃありませんや。呑み仲間ってところかな。九木田さんもよくこの店に来ててね、お互い一人のことが多いからどちらからともなく声をかけて、それでたま

に一緒に呑むようになったってわけで。まさか殺人事件に巻き込まれるなんて、今でも信じられないや」

九木田の事件の話は〝おたふく〟でも噂になっていた。こうして刑事がやって来たことで、及川にも実感が湧いてきたように思える。

「九木田さんはどんな人だったでしょうか」

亡者みたいな刑事に尋ねられ、及川はホッピーのジョッキをテーブルに置いて答える。

「いい人だったよ。偉ぶらないのが立派だったね。あれだろう、あの人、プロモーターだかプロデューサーだか、芸能関係の大きな仕事をしてたんだろ。それを鼻にかけないでね、年も俺と大して変わらないのに、まだ現役でバリバリやってるのも見上げたものじゃありませんか。俺なんか元は大工だったんだけどね、手元が覚束《おぼつか》なくなって今じゃすっかり隠居の身だよ。そこへいくと、九木田さんはいつまでも元気でね、なんでも有名な歌手とも仕事をしているとかで、本当なら銀座《ぎんざ》かどこかで呑むような身分なんでしょう。それがこんな店でって、こんな店扱いしたら大将にどやされるから大きな声じゃ云えないけど、俺みたいな酔っ払いの相手してくれるんだから、そりゃ人間ができてるってもんよ」

ホッピーの焼酎ダブルが一番人気の、極めて庶民的な店なのだ。渋谷とは思えないほど垢抜けない、若者は寄りつきもしない昔ながらの、酔漢が千鳥足で集まるような店である。

「気取らないお人柄なんですよ、刑事さん。こういう店でホッピー呷《あお》ってご満悦ってんだから、お高く止まったところのない人でしょう。きっと金だって持ってるだろうに、俺みたいな下々の者と一緒にクダ巻いて、人格者じゃなきゃできないことですよ。俺に恥をかかせないように、お勘定だってそれぞれ個人持ちだったしね。奢《おご》って金持ちぶるなんてこと、一度だってなかったんだから」

「どんな話をしましたか、九木田さんとは」

「話ね、まあ大体仕事の話だね、大物の歌手と仕事してるって。大和《やまと》武志《たけし》とはこういう仕事をした、とか、押切謙介《おしきりけんすけ》にはこんなアドバイスをしてやった、とか、柊二郎は若い頃に世話してやったから今でも慕われてる、とかね。本当ですよ、刑事さん、そういう有名人と知り合いだったんだから。写真も見せてもらいましたよ」

「写真は九木田さんが持っていたのですか」

「違うよ、刑事さん、そんな写真持ち歩くなんて大物プロモーターのすることじゃないでしょう。わざわざ持ってるなんて、小物のすることだ。一遍、事務所に遊びに行かせてもらったんですよ、初台の。写真はそこで見せてもらったんだよ」

「ほほう、事務所に行った？」

「うん、行ったね」

亡者みたいな刑事にうなずいて、及川はホッピーのジョッキを口に運んだ。ぐびりとやっていると、亡者めいた刑事は重ねて聞いてきて、

「写真というのは、キャビネットに飾ってあったものですか、ガラス戸の中に」

「そうそう、飾ってあった。額に入れてね、写真と色紙が」

及川が答えると、刑事は陰気な顔つきのまま、

「そのキャビネット、下の段は見ましたか。色紙が並べてあった段のひとつ下です。何が入っていたか、覚えておいでではないでしょうか」

「うーん、どうだったかなあ」

及川は酔いの回った頭を捻って、

「確か、書類を挟むやつ、何て名前だかよく判らないけど、そいつが並んでたのを見ましたね。背表紙に丁寧に名前が書いてあって。こっちも有名な歌手ばかりだったよ。泉雄作《いずみゆうさく》とか佐渡島《さどじま》洋《ひろし》とか。真木信人《まきのぶと》は、うーん、あったかなあ」

「思い出していただけますか。何人分くらいあったでしょうか」

亡者のような刑事に詰め寄られて、及川はまた頭を捻ると、

「いや、覚えていないなあ、こう、ずらっと背表紙が並んでたのは間違いないんだけどね。二十か、二十五か、いや、もっとあったかなあ」

「泉雄作、佐渡島洋、真木信人、それから他には？　誰の名前がありましたか」

「いやあ、誰だったかなあ、なにしろ有名な歌手ばっかりだったような気がするけど。うーん、水沢礼子《みずさわれいこ》、いたかなあ、藤枝一樹《ふじえだかずき》はあったと思うんだけどなあ」

及川が頭を掻いていると、横合いから若いほうの優男の刑事が口を出してきて、

「重要なことかもしれないんです、どうにか思い出していただけませんか」

「そう云われてもなあ」

及川はホッピーのジョッキを摑んだ手を止め、酔眼朦朧《すいがんもうろう》と鴨居から垂れた変色したお品書きの短冊を眺めた。

しかし思い出せない。だが、その代わり閃いたことがある。

「そう、写真だ、写真を撮ったんだ、あの事務所で」

「写真？　写真があるんですか」

若い優男の刑事が、びっくりしたように目を丸くした。

「そう、撮った撮った、あそこの椅子に座ってね。机の前に座ると事務所の社長みたいに見えるだろ。だから俺も大物プロモーター気分で、なんだか偉くなった心持ちでいい気分でね。刑事さん、見るかい、写真」

「それは是非」

若い刑事は勢い込んでうなずく。

及川は請われるままに、ポケットからスマホを取り出した。孫娘にねだられて揃いで買ったものだ。高校生の孫に「おじいちゃんとお揃いがいい」と甘えられたら買ってやるしかなかろう。

心許ない手つきでスマホの画面に指を這わせながら及川は、

「えーと、どうするんだっけな、電話するのと写真撮るのは判るんだよ。撮った写真は機械が覚えてるからいつでも見られるって孫がね。ん？　どうするんだっけ」

「失礼、もしよかったら操作します」

優男の刑事が助け船を出してくれた。及川はスマホを手渡して、

「おう、頼みますよ、やっぱりこういうのは若い人だな」

安心してホッピーのジョッキを干すことに専念できる。

若い刑事は鮮やかな手つきで、すいすいと画面上に指を走らせる。

そう、孫娘もこうやって四六時中スマホをいじっている。なんでも家族割引きで安くなるとかで、孫の分の通信料もちゃっかり及川に支払わせている。息子と嫁には、孫に甘すぎると苦言を呈《てい》されるが、なあに孫をべたべたに甘やかすのはジジイの特権だ。文句を云われる筋合いはない。

「これですね」

と、若い刑事がスマホの画面をこちらに向けてきた。

「そうそう、これこれ」

及川はうなずく。九木田の事務所で撮った写真だ。キャビネットの前に及川が立っている姿が写っている。有名歌手のサイン色紙や写真をバックに、満足げに笑っている。

「他にも何枚かありますね」

優男の刑事が画面に指を滑らせると、画像が次々と切り替わる。キャビネットの前でポーズを取っている及川。デスクの椅子に座っている及川。キャビネットの横に立っているのもある。

そこで、若い刑事は手を止めた。

「これ、内部が全部写っていますね」

少し驚いたように、優男の刑事は云った。

及川は画面を覗き込む。自分がキャビネットの横に立っている写真だった。遮《さえぎ》る物がないので、ガラス戸の中がすべて見える。

「ああ、本当だ。なあんだ、思い出そうとしたのは骨折り損だったんだよ、刑事さん。最初っからこれを見ればよかったんだ、俺としたことがうっかりしてた。へえ、指で広げるとアップになるのかい、そいつは知らなかったな」

若い刑事の手の中の画像は、キャビネットの下の段が大写しになっていた。ファイルというのだろうか、書類挟みのクリーム色の背表紙がずらりと並んでいる。そこに几帳面な文字で、歌手の名前が一人一人書き込んであった。

優男の刑事は、相棒の亡者みたいに不気味な顔立ちの刑事にもその画面を見せている。亡者じみた刑事は、戒名の名簿を眺めるみたいな湿っぽい目つきで、それをしばらく見つめていたが、やがて無表情な視線を上げて、

「及川さん、素晴らしい。これはいい、とてもいいです」

陰気な声で云った。顔つきにはまったく変化はないものの、どうやら大いに満足しているらしいのは伝わってきた。そして、亡者みたいな刑事は、

「この写真、お借りしても構いませんか」

「え、俺のスマホを持ってっちまうのかい。そいつは困る、孫に叱られる」

「そうではありません、写真のデータだけコピーさせていただければいいのです。つまり焼き

増しです」

「ああ、焼き増しか。それだったら構いませんよ」

及川が承知すると、亡者じみた怖い顔の刑事はもう一度とっくりと画面を見すえながら、

「これはいい、大変結構です」

喜んでくれたようで、及川も嬉しくなった。空《から》になったジョッキを持ち上げて、大将にホッピーのお代わりを注文した。

＊

古いアパートの横を曲がって路地に入り、新堂直也は奥へ向かった。少し腹を立てていた。

例の、九木田の事務所のあるビルに続く狭い路地である。

入り口の上の壁に〝イモトビル〟と銘板が嵌め込まれた古ぼけた建物に入り、苛立った足取りで階段を上がった。

十六時ぴったり。あの日とまったく同じ時刻だった。相手がこの時間をわざわざ指定してきた真意が判らなかった。それでなおさら新堂は不愉快に思っていた。呼び出しに応じてのこのこやって来た自分自身も腹立たしいが、話の内容が気になるのだから仕方がない。この期に及んで「お話があります」とは一体いかなる用件なのか。それが読めないのも中っ腹の原因である。

二階の204号室の前に立つ。ドアチャイムのボタンを押すと、調子の外れたメロディが部屋の中から響いてきた。

すかさずドアが開き、ハンサムな鈴木刑事が迎え入れてくれる。

「どうぞ、お待ちしていました」

新堂は挨拶も返さずに、むすっとしたまま中へ入った。あの一件以来初めて来た。内部は変わっていない。三流プロモーターのしみったれた事務所である。

そこの窓際に〝死神〟が立っていた。

磨りガラスを見ていても外の様子は判らないだろうに、陰気な猫背の後ろ姿をこちらに向けて、窓のほうを眺め佇んでいる。やがて、ゆらゆらと不気味なオーラを全身から立ちのぼらせながら乙姫警部は、ゆっくりと新堂のほうに向き直った。

「こんなところへ呼びつけて何のつもりですか」

不機嫌を隠しもせずに、新堂は云った。最後に顔を合わせてから半月以上。もう会うことはないと思っていた。

「お呼び立てして申し訳ありません、ここでお話しするのが一番適しているかと思いましたもので」

うっそりと頭を下げて乙姫は云う。喪主《もしゅ》の挨拶みたいなしめやかなお辞儀だった。

「いい加減しつこいぞ、刑事さん、大概にしてくれないか。つきまとわれるこっちはいい迷惑だ」

「何度も失礼してすみません、つきまとっているようにお感じになられたのなら謝罪いたします。決してそんなつもりはなかったのですが。しかし今日で最後にします。お手を煩わせるのも、もう終わりです」

その言葉で新堂は少しクールダウンできた。

「本当に最後なのか」

「はい、請け合います。もうお邪魔することもありません」

「だったらいいか。それじゃ、さっさと話とやらを終わらせてくれ」

「承知しました。では、おかけください」

乙姫に勧められ、新堂はソファに座った。乙姫も正面の席に腰を降ろす。奇《く》しくもあの日、九木田と向かい合わせに座ったのと同じ位置関係になった。テーブルの上のクリスタルの灰皿は、証拠品として押収されたのか見当たらなかった。

ハンサムな鈴木刑事は座る気はないらしく乙姫の斜め後ろに立ち、従者のように控えている。

「失礼、念のために彼が記録を取っても構いませんか」

乙姫が陰気な声で云い、鈴木刑事がメモ帳とペンを取り出して構えた。

「構わないよ。それより話を早く始めてくれ」

新堂が急《せ》かすと、乙姫は両手の指を組んで膝の上に置き、猫背に上目遣いの姿勢でゆっくりと話しだす。

「以前、契約書についてお話を伺いましたね、九木田さんと新堂さんが取り交わした契約書です。プロモーション計画についての」

「ああ、話したね」

乙姫の話がどちらの方向へ転がるのか読めないので、新堂は慎重にうなずいた。

「新堂さんは書類にサインをしたとおっしゃいました」

「うん、云った」

「書類はクリーム色のファイルに綴じてあった。確かラジオ局でお話を伺った時、そうおっしゃっていましたね」

「そうだったかな、まあ云ったんだろうね」

「クリーム色の紙製のファイルと云っていましたよ」

「刑事さんがそう記憶しているんならそうなんだろうね。それが何か？」

「それは、これでしょうか」

と、乙姫は組んでいた指を解くと、喪服じみた漆黒のスーツの内ポケットから何かを取り出した。写真だ。写真をプリントして引き伸ばしたものが一枚。

ローテーブルの上を滑らせて乙姫は、それをこちらに向けてきた。上体を乗り出し、新堂はテーブルの上の写真を見る。

思わず息を呑んでしまう。

キャビネットの写真だった。今は乙姫の背中の向こうに立つ大型のキャビネット。そのガラス戸の中が写っていた。粒子が粗いのは無理にアップにしたせいだろうか、それでも棚の中に何が並んでいるか、はっきりと判る程度には鮮明だった。上段の額入り記念写真、中段にはサイン色紙、そして下段には例のファイル。今は空っぽの三段目に、あのファイルが揃っているのが写っていた。事件当日、新堂が持ち去る前の形だ。クリーム色のファイルの背表紙が、ずらりと並んでいる。引き伸ばした画像でも、九木田の几帳面な筆跡で文字が書いてあるのが読み取れる。二十八人の歌手の名前だ。

「これは、九木田さんの呑み友達からお借りしたものです。ここに遊びに来た時に撮ったものだと云っていました」

乙姫の説明は半分も耳に入っていなかった。新堂は危うく安堵《あんど》の吐息を洩らしてしまうところだった。

嘘をつかなくてよかった。

よもやこんな写真が出てくるとは思ってもみなかった。それを予測していたわけではなかったが、嘘をついていないのが功を奏した。

契約書とファイルに関しては、嘘はほとんど云っていない。例の四百万円の件を除いて、ほぼ正直に話した。九木田が生前、誰かに喋っている可能性があると想定したからだ。それがまさか、こんな写真が残っているとは。

危ない危ない。ヘタに嘘をついていたらこの写真と矛盾するところだった。危うく墓穴を掘る危険があったのだ。

だが、大丈夫。嘘はついていないから、不自然な点はまったくない。新堂の証言と写真には、ズレはひとつもないはずだ。

新堂は内心でほくそ笑んだ。ファイルについて極力嘘はつかないという方針は正しい判断だったのだ。

にやりとしそうになるのを抑えつつ、新堂は、

「へえ、こんな写真が残っていたんだね」

「はい、これではっきりしました。今はあそこが空になっています」

と、乙姫は後方を振り返る。デスクの向こうの壁際に、キャビネットが立っている。ガラス戸の、一番下の段がすっぽりと抜けている。それを見やりながら乙姫は、

「この写真のお陰でやっと判りました。抜けていたのはファイルだったのです。契約書のファイルがごっそりとなくなっていた。道理でどこを探しても見つからないはずです。恐らく、犯人が持ち去ったのでしょうね。殺人の後始末の一環として、ファイルをそっくり運んで行ったわけです。まさか殺人とは別の窃盗犯がここへ忍び入って、ファイルだけを盗んで行った、などというご都合主義的な展開があったとも思えません。ファイルは犯人が持って行った。どうですか、新堂さん、そうは思いませんか」

乙姫はこちらに向き直りながら尋ねてくる。いつもと同じ熱を帯びない淡々とした態度だったので、気圧《けお》されることもなく新堂は、

「まあ、刑事さんの云う通りだろうね。多分、犯人が持ち去った。他の可能性はありそうもないしね」

「同意見でよかったです。九木田さん自身がどこかに持って行って、その直後に凶行に巻き込まれた、というのもタイミングがよすぎて不自然ですから。やはり犯人の仕業と考えるのが最もあり得る形でしょう」

と、乙姫は無表情のまま、何度かうなずいて、

「それで、ですね、新堂さん。この写真で九木田さんとプロモーション契約を結んでいた歌手の皆さんの名前がすべて判明しました。よくご覧ください、写っていますね。葵一郎さん、麻《あさ》川《かわ》マリさん、朝日旭《あさひあきら》さん、とアイウエオ順に並んでいます。もちろん新堂さんの名前もあります」

「あるだろうね、俺も契約書にサインした一人だから」

「はい、あって当然ですね。なかったら不自然です」

と、乙姫は無表情に、また上目遣いでこちらを見てきて、

「全部で二十八冊、ファイルは写っています。新堂さんを含めて、二十八人分の契約書がここにあったということになりますね。そこで我々は、ここに名前のある歌手の皆さんにお目にかかってきました。一人一人、全員にです。そこで返ってきたのは皆さん同じ答えでした。予想外の返事が返ってきたのです。皆さん、異口同音にこうおっしゃいました。そんな契約書など知らない、と」

「え——」

一瞬、頭の中で白い光がスパークした。体がかっと熱くなり、全身から汗が噴き出すのを感

じた。

何だって？　今、何と云った？

頭の中がフラッシュの余韻でまっ白になっている。

喉が渇いてひりひりする。

膝も震えだして止まらない。

おかしな音の耳鳴りがする。

目の下の筋が勝手に痙攣《けいれん》するのを抑えられない。

新堂は呆然として、額に伝わる汗を拭うことすら忘れていた。

そんな新堂にお構いなく、乙姫は淡々とした口調で、

「何度聞いても答えは同じでした。そんな契約書なんて見たことがない。サインもしていない。何も知らない。何かの間違いだろう」

そこで今度は、鈴木刑事がメモ帳をめくって、

「南《みなみ》ゆたかさんの証言です。『九木田さんとは面識はあるがただの顔見知り、仕事は一度もしたことがない』藤枝一樹さんの証言。『九木田さんとはもう二十年くらい顔を合わせていない。まだ現役でプロモーターを続けていると聞いて驚いた。てっきりずっと前に亡くなっていると勘違いしていた』植草陽介《うえくさようすけ》さんの証言。『九木田さんは近頃評判を落としていると聞いていた。だからこちらから近づこうとは思わなかったし、九木田さんからの連絡も、もう十年以上なかった』野中早苗《のなかさなえ》さんの証言。『十五年くらい前に九木田さんからプロモーションをしてやろう

かとの誘いがあった。しかし胡散《うさん》くさいからすぐに断った。それ以来まったくコンタクトは取っていない』」

もういいでしょうそこまでです、とばかりに乙姫は、片手を上げて鈴木刑事の報告を制した。そして、その手をゆっくりと下ろしながら、陰にこもった口調で云う。

「我々はこの半月、百名態勢で二十七人の歌手の皆さんを洗いました。生前の九木田さんと繋がりがあったかどうか、徹底的に調べました。通信履歴の洗い出しから身辺調査まで草の根を分けるようにして。しかし、何も出てこなかった。一課の精鋭が百人がかりで調査しても、ここ十年の間、どなたにも九木田さんとの接点があったことは見つからなかった。もし彼らが契約していたのなら、常識的に考えて何らかの痕跡が残っているはずなのです。プロモーション契約は違法行為でもなければ恥ずべき事柄でもありません。別にこそこそと隠す必要もないでしょう。ところが必ずどこかに残るであろう足跡が、ひとつもなかったのです。徹底的な調査でも何も出てこないということは、彼らの証言には嘘はないと判断せざるを得ない。歌手の皆さんのおっしゃる通り、九木田さんと接触した人は誰もいなかった。もうお判りですね。接点がない歌手とプロモーターがプロモーションの契約などできるはずもありません。つまり契約書は偽物だったのです。九木田さんのでっち上げたまっ赤なデタラメだったわけです」

乙姫の淡々とした冷たい言葉が、新堂の耳を通り抜けていく。

「九木田さんは昔、道路使用許可の書類を偽造して、警察官を騙すような悪さをしたりもしていたそうです。手先の器用さを活かしてそうした書類を偽造するのはお手のものだったようですね。それから今も、有名歌手のサインを真似してファンに売りつけるという、ちょっとした詐欺で小遣い稼ぎをしているとも聞きました。そんな手先の器用な九木田さんならば、二十七人の歌手の署名と判子を偽造するのも造作のないことだったでしょう」

重い塊《かたまり》が喉を無理に通るように、新堂にも事情が飲み込めてきた。

そうか、あれは九木田の虚飾好きが生み出した虚偽だったのか。

九木田は見栄っぱりで虚栄心が強く、他人の権威を笠に着るのが大好きだった。そんな九木田だから、昔と変わらぬ影響力を持つ有力プロモーターの振りをしたくて、偽の契約書を作り誰彼構わず見せびらかしていたに違いない。己を大きく見せるためなら平気でつまらない嘘をつく、あの心根の卑しい俗物の考えそうなことだ。ホワイトボードのスケジュールと同様に、ただのはったりだったのである。そしてもちろん、新堂に見せて四百万円を騙し取るための小道具でもあった。だからあんなに執拗に、他の歌手の契約書を見せてきたのだ。こちらを信用させるために、しつこく見せつけてきた。

そんな理由で、新堂と同じような境遇、すなわち昔はスターだったが今は不遇を託《かこ》っているメンバーを選出して並べたわけだ。健在ではあるけれど、現在は低迷して細々と活動している、そういうポジションの歌手を厳選して。

そんなことを新堂がぼんやりと考えている間も、乙姫は物静かに話を進めている。

「二十七人分の歌手の契約書は偽物だと判明しました。しかし、本物が一冊だけあった。もちろん新堂さん、あなたのファイルです。あなたは九木田さんとプロモーション契約を結んだと、ご自分から認めましたね。書類にサインをしたことも」

乙姫の低い声が、呆然としたままの新堂の耳に空虚に響く。

「本物は新堂さんの契約書だけでした。そして殺人者はその契約書をすべてごっそりと持ち去っています。これをやったのは無論、偽物の契約書を作られた二十七人の歌手の誰か、ということはあり得ません。彼らはここ十数年、九木田さんとは一切接触していないのですから。その彼らがこの事務所を訪れる理由も、ファイルを持ち去る理由も、まったくないでしょうからね。そもそも接近していないのですから、犯行の機会すらなかったはずなのです。もちろんファイルの歌手以外の人物という線も考えられません。一刻も早く逃走しなくてはならない殺人現場から、ファイルとは一切無関係の第三者が、手間をかけてわざわざ持ち出す意味などあるはずもありませんから。ですから新堂さん、あなただけなのです。あなた以外には、ファイルを持ち出す動機を持った人はいないのですよ。本物はあなたのファイル一冊だけだったのですから」

「犯人がミーハー趣味で、歌手の直筆サイン入り契約書が欲しかったのかもしれない」

力なく抵抗を試みた新堂の言葉も、乙姫は淡々とした静かな口調で退ける。

「それはありません。ほら、あちらのサイン色紙には一切手がつけられていないではないですか」

と、乙姫は背後のキャビネットを振り向いて見ながら、

「あそこには有名歌手のサイン色紙が十枚ほど並んでいます。失礼ながらファイルの歌手より

あっちのほうが知名度も人気も格上だと思われます。ミーハー気質でサインを欲しがるような手合いならば、あちらに並んでいるサイン色紙のほうに食指が動くはずですね。しかし実際は、あの色紙は手つかずです。その手のマニアが犯人ではないことは、その事実から明らかでしょう」

「捜査を攪乱《かくらん》するために持ち去ったのかもしれない」

弱々しい新堂の抵抗は、またもや乙姫によって簡単にはねのけられる。

「わざわざ手間をかけて、ですか。ファイルなど持ち去ったところで、大して攪乱の効果など望めないでしょう。そもそも何がなくなっているのかも判らないのですから、何をどうやって探すべきなのか誰にも判断がつかない。それでは捜査の方向性を横道に逸《そ》らす役には立たないでしょう。そんな費用対効果の悪い攪乱を目論む犯人がいるとは思えません。捜査を攪乱するのなら、部屋を荒らすなり凶器に細工するなり、それこそファイルだけではなく色紙や写真もすべて持ち去るなり、もっと効果的な方法はいくらでもあったはずです。ファイルのみを持ち去ったところで、特に捜査が混乱するとは思えませんね」

新堂は、反論できずに口を閉ざす。対して乙姫はうっそりとした猫背の姿勢で、陰気な上目遣いのまま、話し続ける。

「さて、事件当日ですが、大方こういうことがあったのではないかと推測が立ちます。あの日、九木田さんが不在だったというのはもちろん嘘で、新堂さんはここで彼と会いましたね。そしてこのテーブルを挟んでこうして話をしていた。当然ただの雑談のはずもありません。歌手とプロモーターが面談するのですから、仕事の話に決まっています。具体的にどんな内容だったのかまでは想像できませんけれど、書類をテーブルの上に広げていたことは大いに考えられる流れでしょう。そこで話し合いが決裂して諍《いさか》いになり、クリスタルの灰皿で殴打した拍子に、出ていた書類に血液の飛沫《ひまつ》が飛んだりしたのでしょうか。それで新堂さんは書類を始末する必要が生じてしまう。書類だけを持ち去るわけにもいかないので、ファイルごと処分することにした。しかし一人分だけ持って行っては怪しまれる。だから全部ごっそりと運び出した。と、どうでしょう。こういった流れだったのではないでしょうか」

乙姫が言葉を切ったので、室内にはしばし沈黙が垂れ込めた。重々しい静けさだった。不景気に背中を丸めて座る乙姫の陰鬱さに引きずられたわけではなく、新堂の絶望感から感じられる重さだ。心を押し潰すみたいな、痛みを伴う静寂だった。

その沈黙に耐えられなくなって、新堂は大きくため息をつく。そしてゆるゆると口を開くと、

「刑事さん、どうも俺は最初からあんたに疑われている気がして仕方がなかったんだ。しつこくつきまとわれたのもそのせいだったように思う。教えてくれないか、刑事さん、一体いつから俺を疑っていた?」

その問いかけに、乙姫は眉ひとつ動かすでもなく、普段通りの陰気くさい調子で、

「実は、かなり早い段階で目星をつけていました。覚えていますか、犯人の姿が目撃されているのを。ハンチング帽、サングラス、マスクにコートの男です。この奥の特許関連書類の会社の若い社員が、ここから逃走する完全防備の人物を目撃しています。そして近くの商店街にあ

るお茶屋さんの若旦那も、まったく同じ風体の男を見たと証言しています。これが不自然に思いました。現場の部屋から脱出するに当たって人相を隠すのは、まだ納得できます。しかし、どうしていつまでもその完全防備を解かなかったのか、そこが引っかかりました。商店街を抜けて逃走するとなると、完全防備は悪目立ちします。現にお茶屋さんの若旦那の不審感を喚起し、印象に残ってしまっています。犯人はこのビルの外の路地を曲がるアパートの辺りで、完全防備を解いてもよかったのです。いえ、むしろそうするべきだったと思います。そのほうが町の人混みに溶け込める。商店街を通るならば、そうしたほうが目立たなかったはずです。何かそうできない事情があったのでしょうか。目印になるような特徴的な髭でも生やしていたとか。しかしそれならばマスクだけつけておけばいいのです。目立つサングラスと帽子は取ってしまったほうが、人々の記憶に残らない。犯行の際に目元に傷でもついて、それを隠したかったのでしょうか。いや、その場合もサングラスだけを残して、マスクと帽子は外せばいいのです。いつまでも完全防備で通す理由など、どこにもありません。ところが犯人はそうしなかった。だったら犯人は、素顔だと人々の印象に残ってしまう、顔そのものが名刺代わりになるような人物なのかもしれない、と私はそう考えました。小規模な商店街程度の人混みには紛れることが困難な人物だとしたらどうか、と。例えば、顔の売れた有名人だとか。そういう人物ならば完全防備をいつまでも解かなかったのもうなずけます。そう考えているところに、例の九木田さんの手帳が見つかりました。16：00に有名な歌手とアポがあります。その人物が犯人ならばすべて得心がいきます。そう、スターの新堂直也さん、それがあなただったのです」

新堂はつい、吹き出してしまった。

笑えてきた。

心の底からおかしくなってくる。

なんてことだ。そんなに早くから疑われていたなんて。初対面の挨拶をする前から目をつけられていたのだ。

そう考えると、おかしくておかしくて仕方がなかった。刑事達の前で必死に素知らぬ顔を通してきたのがバカみたいではないか。これまでの己の姿が滑稽に感じられてならない。

新堂は笑った。

げらげらと大きな声を上げて笑った。

しばらくの間、哄笑《こうしょう》は収まらなかった。

呼吸が苦しくなるほど、笑い続けた。

やがて新堂は、笑い疲れてきた。こみ上げるおかしさも徐々に収まってくる。

大いに笑った新堂は脱力して、ソファの背もたれに体重を預け、息を整える。笑いすぎて目尻に浮かんだ涙を指で拭い、半ば放心したままで口を開いた。

「判ったよ、参った、あんたにはやられた、脱帽だ、シャッポを脱ぐ。いいさ、認めるよ、確かに俺がやった。あんたの指摘の通りだ。大した名刑事っぷりじゃないか、刑事さん、いや、乙姫警部。でもひとつ外れていたな、書類についたのは血なんかじゃない、靴跡だ。絞め殺す時に暴れて、床に契約書の一枚が落ちたのに気がつかなかった。それを踏んだんだ。はっきり靴跡が残ったせいで全部処分しなくちゃならなくなった」

新堂はソファの上で体を起こし、座り直しながら語った。

「あんたには負けた、すっかり一本取られた、それは認める。だがな、認めるのは今だけだ。取り調べは黙秘する、裁判では全面否認する。俺はもう負けたりしない。絶対にだ。俺が殺した直接的な証拠はどこにもない。裁判官がどう判断するか、さすがの乙姫警部にも読めないだろう。俺は必ず無罪を勝ち取る。証拠不十分で不起訴の可能性だってある。最後の最後までねばってやる。いいな、乙姫警部、あんた以外には俺は負けない」

「今のお言葉もいただきました」

乙姫がうっそりと云い、鈴木刑事に目配せを送る。ハンサムな刑事はメモ帳を畳み、スーツの内ポケットから何かの機器を取り出した。掌にすっぽり収まるくらい小さい、四角くて銀色の機械だった。

新堂は思わず眉をひそめる。

「何だ、それは」

乙姫は陰気な目でじっとりと見てきて、

「ICレコーダーです。今の言葉、それこそ裁判官がどう判断するでしょうね。特に靴跡のくだり、これは犯人しか知り得ない秘密の暴露に当たるのではないでしょうか。検察官もさぞや興味を持つことでしょう」

「汚いぞ、隠し録《ど》りとは卑劣《ひれつ》な。そんなものが証拠になるものか。違法な手段で録った音声など、正式な証拠として採用されるはずがないだろう」

「おや、最初にお断りしたはずです、記録を取っても構わないかと。あれはもちろんこのＩＣレコーダーのことをお伝えしたつもりだったのですけれど。新堂さんも快諾してくださいましたよね、そのお返事も録音されているはずです」

しれっと乙姫は云う。こんな時でも、いつもの無表情は崩さないままだった。

新堂はもう何も云えなくなっていた。唇を噛み締め、ただ力なく座っているだけだった。

乙姫は低いが、よく響く声で云う。

「証拠というには弱いかもしれませんが、変装した新堂さんを目撃した人達に面通しすると興味深い証言が出てくるかもしれませんね。特許関連会社の若い社員とお茶屋さんの若旦那です。完全防備を再現した新堂さんの姿を見れば、彼らの記憶が刺激されることでしょう。その証言も検察官の関心を引くのではないでしょうか」

そうして乙姫は静かに立ち上がった。

「では、参りましょうか、新堂さん。署までご同行を願えますね。ああ、鈴木くん、そんなに警戒しなくても大丈夫です。新堂さんは逃げたりしません。これだけ世間に顔を知られている人が、うまく逃亡などできるはずがありません」

それから乙姫は、独り言のように付け加えて、

「なんといっても、新堂さんはスターなのですから」

大きく息をつき、新堂はゆっくりと立った。

乙姫が出口に向けて掌を差し出す。

足を踏み出しながら新堂は、唐突な衝動に駆られた。

歌いたい、と。

ステージに立ちたい。

俺は歌手だ。歌わなくてはならない。あのスポットライトの中に立ちたい。あそこで歌いたい。強くそう思った。

頭の中にイントロのメロディが流れてきた。

スターダスト　スターダスト
今夜は
スターダスト　スターダスト
踊ろう

# 正義のための闘争

「何の話かはもう判っているでしょう」

鷹飼史絵《たかがいふみえ》は立ち止まり、振り返りながら云った。

後ろからついてきた宮内莉奈《みやうちりな》も足を止めた。返事はなかった。

史絵は莉奈と向かい合わせになった。

夜の公園には、二人の他に人影はない。

十二月の風が冷たかった。横殴りの風は強く、史絵の髪を乱した。公園の木々も、ざわざわと音を立てて揺れている。コートを着込んでいても寒さが深々《しんしん》と身に染みる。史絵の抱えているバラの花束も揺れていた。数十本の深紅のバラである。

刺すような風の中、史絵はしばらく無言で莉奈と対峙《たいじ》していた。

莉奈の頭越し、木々の向こうに六本木《ろっぽんぎ》ヒルズが巨大な姿で聳《そび》えている。眩《まばゆ》い光を放つその建造物は、天界から吊り下げられたシャンデリアのように見えた。公園には街灯がひとつぽつりと立っているだけなので、煌々《こうこう》と明るい六本木ヒルズの威圧感の前ではいかにも儚《はかな》げに見える。

「先生、私——」

莉奈が何か云いかけた。強風がその言葉尻を攫《さら》い、史絵の耳には届かなかった。莉奈の声が震えているのは寒さのせいばかりではないだろう。その表情は、今にも泣き出しそうに歪《ゆが》んでいた。

風の音以外はとても静かだった。六本木の街の喧騒も少し距離があるせいか、ここまでは聞こえてこない。

「ねえ、莉奈ちゃん、ひとつ聞きたいのだけれど、高広《たかひろ》が本気であなたを相手にしていると思っているの？」

史絵の問いかけに、莉奈は答えなかった。苦痛に耐えているような顔つきで、じっと唇を嚙みしめている。返事がなくてよかった、と史絵は思った。答えなど初めから期待していない。それに、どんな返答があったとしても屈辱を感じていただろう。

こんな人気《ひとけ》のない公園に莉奈を誘い込んだのは、もちろん話をするためなどではない。史絵は抱えていたバラの花束に、上から手を差し入れた。花の中から硬い木の柄《え》を探り当て、摑む。手袋をしているので少し持ちにくい。

そして史絵は、花束の中から包丁を抜き出した。三日かけてよく研いだ刃物の切っ先は鋭く、光を受けてぬめりと煌《きら》めいた。

包丁を目にした莉奈は、はっとしたように息を吞んだ。驚きに目を見開いている。

「私があなたを許すと思って？」

これも答えを期待した問いかけではなかった。もう言葉は必要ない。

花束とバッグを地面に落とすと、史絵は包丁を体の前で構え両手でがっしりと保持する。そのまま体ごとぶつかるようにして、莉奈の腹部に包丁を突き立てた。

厚いコートの布地の感触がわずかに抵抗感を伝えてきたが、鋭い刃先は相手の体に易々と入っていった。

「うあう——」

莉奈が小さな呻《うめ》き声をあげた。目を見開いたままで、突然すぎて何が起こったのかよく判っていない様子だった。

風がまた強く、轟《ごう》と音を立てて吹いた。史絵と莉奈の髪を弄《もてあそ》ぶようになぶり上げる。きんとして、耳朶《じだ》が冷たい。

史絵は、突き立てた包丁を一度、柄を支点にして大きく抉《こじ》った。刃先に、何かがいくつも切れる感触が伝わってくる。莉奈が再び、何か呻く声をあげた。構わずに、史絵はもう一度包丁をえぐるように動かしてから、ゆっくりと引き抜いた。

莉奈の厚手のコートが返り血を防いでくれる。その代わりベージュの生地に、刺した点を中心にした円形のどす黒い染みが広がっていく。

相手が倒れ込む隙を与えずに、史絵はまた包丁を突き出した。今度はさっきより左側を刺す。深く、柄のぎりぎりまで刃物をねじり込む。

莉奈は大きな息を口から洩《も》らした。声はもうあがらなかった。莉奈の体から力が抜ける。頽《くずお》れるように倒れ込み、地面に仰向けになった。片方の膝を立て、両手を左右に大きく広げた姿勢だった。腹部に包丁の柄が突き立ったままだ。そこを中心にしてまた、コートの布地が見る見る円形に湿っていく。赤黒い汚れの円がふたつになった。

それを見下ろしながら、史絵は大きく息をついた。

六本木ヒルズの光の塊《かたまり》が眩《まぶ》しい。

倒れた莉奈は瞬《まばた》きを忘れてしまったかのようで、開きっぱなしの瞳にはシャンデリアみたいな輝きが無機的に反射している。

史絵はその場にしゃがみ込むと包丁の柄を摑み、それを慎重に引き抜いた。コートの円形の染みがさらに広がった。凶器を一旦地面に置くと、革製の手袋を外す。返り血でじっとりと湿ってしまった。しかしこれは想定内。バッグからビニール袋を引っぱり出し、血塗《ちまみ》れの手袋をその中に入れ、丸めてバッグにしまった。そして手を伸ばし、倒れている莉奈の鼻先に指をかざす。空気の動きはまったくなく、呼吸の感触は伝わってこなかった。それを確認すると予備の手袋を取り出し、両手に嵌《は》める。

バラの花束を拾い上げた。内部に、ボール紙を畳んで作った即席の鞘《さや》が仕込んである。地面に置いた包丁を摘まみ上げると莉奈のコートでざっと刃の血を拭い、花束の中の鞘に凶器を収納した。大輪のバラの花々に隠れて、柄が見えなくなった。

史絵は自分のバッグを拾うと、バラの花束を抱え直して立ち上がった。今の一連の動きで、花弁が何枚か落ちたかもしれない。けれどこの強風が、それをどこか遠くへ吹き飛ばしてくれることだろう。

そして史絵は、バッグから小さなピルケースを探り出した。五百円硬貨ほどの大きさで、プラスチック製の黒いケースだ。指先で蓋《ふた》をスライドさせてケースを開く。手首を返して下に向けると、中の物が落下した。

落ちる際、光を反射して一瞬だけそれは銀色に輝いた。しかしその輝きも、冬枯れの芝に紛れてすぐに見えなくなった。倒れている莉奈の足元の辺りに落ちたことだけは判った。

ケースを閉じて、バッグにしまう。そのついでに携帯電話を取り出して画面を見る。時間を確かめたかったのだ。

午後十時二十三分。

バラの花束を抱え、鷹飼史絵はその場を立ち去った。

*

同時刻。

鷹飼高広は苛立《いらだ》っていた。

薄暗い店内には、色とりどりのライトが明滅している。大ボリュームの音楽が耳を圧倒し、重低音は洪水のごとく体にぶち当たってくる。ぎゅうぎゅう詰めのフロアでは、大勢の若い男女が狂騒的に踊っている。彼らの熱気に煽《あお》られ、店内はこの季節にも拘《かかわ》らず汗ばむほど蒸していた。

店の一番奥のカウンター席の隅っこで、高広はハイボールのグラスを片手に、その熱狂ぶりを醒《さ》めた目で眺めていた。

高広にとってこの時間はまだ宵《よい》の口だ。だがフロアの若者達は、まるで深夜のような盛り上がりを見せている。時節柄、音楽にはクリスマスソングのリミックスがちょいちょい混じる。それはいいのだが、合間にかかる選曲のセンスが軽薄すぎる。客層も全体的に若めだ。平均して二十歳《はたち》そこそこではないだろうか。一回り上の高広から見ると、ガキっぽくてうんざりする。渋谷《しぶや》にはこういう店が多い。

土曜の夜のせいもあり、ガキが多すぎる。週末の渋谷に集まるのは、わざわざ時間をかけて近郊の県からやって来るイモくさい小僧ばかりなのだ。普段は六本木を根城に遊んでいる高広にとっては、渋谷の街もこの種の店も、洗練されていなくて間が抜けて感じられる。

しかし、先ほどから高広が焦《じ》れているのは、そんな店に身を置いているせいばかりではない。

高広はジャケットのポケットに手を突っ込むと、一枚のカードを取り出した。トランプほどの大きさの、紙のカードだ。何度も読み返したそこに書かれた文字列に目を落とす。

『12月5日　夜10時に渋谷センター街ツルヤドラッグ地下の〝クラブQ〟に来られたし
宮内莉奈さんの件で話したいことがあります』

高広は小さく舌打ちした。プリンターで印刷したと思《おぼ》しき文字で、筆跡が判らない。差出人の署名もない。

これでは脅迫《きょうはく》と同じだ。それで趣味に合わない渋谷の街まで出向かねばならなくなった。相手が正体不明なのが不気味だ。ただ、莉奈との関係を摑んでいる奴がいる。慎重に行動していたはずなのに、まさかバレるとは思わなかった。何者なのか心当たりがない。

高広はもう一度、舌打ちする。腕のロレックスを見ると、時刻は午後十時二十七分。

誰かが声をかけてくる様子はない。何者かがこちらを観察しているふうでもない。もう三十分も待っているというのに、一向に現れる者はいなかった。

賑《にぎ》わうクラブの片隅で、高広だけが一人不機嫌だった。

*

鈴木《すずき》刑事は早くに現場入りしていた。

朝のまだ日が昇ったばかりの時間だった。凜《りん》と引き締まった空気が冷たい。

今日の現場は麻布十番《あざぶじゅうばん》駅近くの小さな公園。入り口は環状3号線に面している。

公園の木々越しには六本木ヒルズが見える。巨大な建物がごく間近に、朝日を浴びて屹立《きつりつ》している。車で移動する際などは遠目に目にすることも多いけれど、こうして近くで見上げると高さはもちろんだが横にも大きいことがよく判る。

公園の敷地内に樹木は多いが、子供用の遊具の類《たぐい》はひとつも設置されていなかった。行政が、区内の緑地化政策に力を入れていますよとアピールするために、辻褄《つじつま》合わせのように作った公園、といった感じである。入り口のある大通り沿いには人の背丈ほどの生け垣が続き、目隠しになっている。これでは目撃者には期待できそうもない。

そんな公園の中には鑑識係員が十数人、あちこちに散らばっていた。揃いの紺色の制服の背中を見せて、地面に這《は》いつくばって仕事中である。中でも多く集まっているのは、やはり死体の周辺だ。死体が倒れているのは公園の中心辺りで、その近くには藤島《ふじしま》検視官の姿もある。老齢の検視官はいつものよれよれの白衣にライオンのたてがみのごとき白髪の蓬髪《ほうはつ》で、鑑識係長と何事か話し合っていた。

鈴木刑事はそれらを、公園の入り口付近から眺めていた。早く現着《げんちゃく》しても、鑑識が作業中には捜査員は近寄ってはいけないのが不文律《ふぶんりつ》である。黄色いテープの規制ラインから内側に立ち入ることは許されない。

それにしても寒い。鈴木刑事はコートの襟《えり》を立てた。少しでも冷気を防ぎたかった。

「よう、ハンサム、早いな」

後ろから声をかけられ、鈴木刑事は振り返った。近づいて来たのはベテランの長谷山《はせやま》刑事だった。

「おはようございます。デカ長こそ早いですね」

鈴木刑事が挨拶すると、長谷山刑事は苦笑混じりに、

「なあに、年寄りは朝が早いもんだ。現場があるんならそれに越したことはねえよ」

鈴木刑事が捜査一課に配属されて四年ほど。間もなく三十に手が届く彼に、近頃はこうして先輩刑事が気軽に話しかけてくれるようになってきた。新任当初は目も合わせてくれなかった

から、格段の進歩である。ようやく一人前の仲間と認められたみたいで、鈴木刑事はそれが嬉しかった。

「ハンサム、難しそうなヤマか？」

長谷山に尋ねられ、鈴木刑事は首を横に振った。

「今のところは何とも。さっき藤島先生にちょっとだけ話を聞けました。ホトケさんは腹部に刺創《しそう》が二ヶ所、出血が多く腹腔《ふくこう》内にも多量の出血が見られるとのことです。凶器はまだ発見に至っておりません」

「遺留品は見たかい」

「いえ、まだです」

「俺はちょっくら見せてもらった。鞄が丸ごと残っていたぞ。今時の娘さんが持つような口の広く開いたやつだ」

と、長谷山は云う。トートバッグのことだろうか、と鈴木刑事は見当をつけた。後で見ておこう、と頭の中にメモ書きする。

「中は手つかずだった。財布、カード入れ、携帯電話も残っていた。物盗りの線は薄そうだな」

「身元、判りましたか」

鈴木刑事が尋ねると、長谷山はコートのポケットから黒い手帳を取り出す。そのページをめくりながら長谷山は、

「免許証があった。マルガイは宮内莉奈、二十五歳。やれやれ、若いな、やりきれんよ。住所

は中央区月島。マンションだかアパートだかのようだから、独り暮らしかもな。今、所轄《しょかつ》の連中に向かってもらっている」

「二十五歳というと社会人ですね」

「おう、名刺もあったぞ。〝オフィス・パンチュール〟。住所は六本木五丁目、この目と鼻の先だ。通勤の帰りに襲われたのかもな、いや、予断は禁物か」

長谷山の言葉を聞きながら、鈴木刑事はスマートフォンを取り出した。〝オフィス・パンチュール〟で検索。その結果に、思わず目を見張る。意外な名前が出てきた。

「デカ長、これ、鷹飼史絵の個人事務所ですよ」

「タカガイ？　何者だ、そりゃ」

「知りませんか、テレビにもよく出てますが」

「女優か何かか」

「いえ、タレント文化人みたいな人です。結構有名人ですよ」

といっても鈴木刑事も知っていることは少なかった。興味がないので芸能関係の知識には乏しい。

「〝ライフスタイル・アドバイザー〟というんだよ、二枚目」

と、またもや後ろから声をかけてくる人物がいた。中堅の角田《かくた》刑事である。

「何だ、その妙ちきりんな肩書きは。今時は何でも横文字だな」

長谷山が顔をしかめると、角田はにやりと笑って、

「デカ長にはついていけませんか。テレビに出て、本をバンバン出して、講演やトークショーも精力的にこなす文化人サマですよ。年は三十七か八、そのくらいかな。目がぱっちりして色白で、ぽってりとした下唇が肉感的な艶《つや》っぽい美人でしてね。テレビ映えするからしょっちゅう画面に出てますよ。美人は三文の得ってね」

「具体的には何をやってるんだ？　その美人とやらは」

「なんでも、女性がより活き活きできる生活の知恵、みたいなのを伝授するそうですな。〝毎日をキラキラさせる生活術〟〝ポジティブに輝く笑顔でモテ度アップ〟〝主婦だからこそできるワクワク活性化ライフ〟とかね。そんなお題目を唱えて、意識の高い女性客を集めて派手に儲《もう》けているみたいですよ」

「へえ、女傑《じょけつ》ってやつかい」

長谷山がやけに古い表現で感心している。

「稼ぐのは本の印税や講演の出演料だけじゃありませんぜ。今はオンラインサロンがありますからね。ファンを抱え込んで会員にして、会費を払うとネットで特別な配信を見られる仕組みです。鷹飼史絵が直接語りかけてくれる。パソコンやタブレットの前で一対一で話している気分になれるらしい。会員同士の意見交換もネット上でできて、活発に情報のやり取りをしているみたいですね。このサロンの会費だけでも年商数億の稼ぎになるそうで、カリスマってやつですか、豪儀《ごうぎ》な話でしょう。我々デカの安月給とは比べものにならない」

角田はたまに愚痴《ぐち》っぽくなるのが悪癖である。

「何だ、角さん、随分詳しいじゃねえか」

長谷山が呆れたように云うと、角田はまた愚痴っぽく、

「カミさんがハマってるんですよ、その鷹飼史絵に。もうすっかりいっぱしのファンで、人間性の向上だのひとつ上への意識改革だの、ネットで覚えた小難しい理屈を語ってきて、俺には何がなにやらちんぷんかんぷんです」

「最近は何でもネットなんだな」

「カミさんもスマホに齧《かじ》り付いて片時も手放しませんからね」

「やれやれ、年寄りには判らん世の中になってきたものだ」

話が雑談モードに入ってきたので、鈴木刑事は先輩達に目礼してそこを離れた。相棒でもある上司が向こうで一人ぽつんと立っているのを見つけたからだった。鈴木刑事は白い息を弾ませながら、そちらへ向かった。

上司は鑑識係の邪魔にならないように、公園の隅っこに突っ立っていた。一本の木に寄り添うようにして、黒いコートに痩身《そうしん》を包んだ背の高い姿がある。不景気な猫背で陰々滅々《いんいんめつめつ》としたムードを全身から醸《かも》し出しており、颯爽《さっそう》とはほど遠いその立ち姿は、地獄からの使者のように見える。何をするでもなく所在なげに立っているので、プレイヤーが席を離れたせいで動かずに待機しているだけのオンラインゲーム内のキャラクターみたいでもある。

そこに近づくと、鈴木刑事は声をかけた。

「おはようございます、乙姫《おとひめ》警部」

すると、上司はゆるゆるとこっちを向き、ほんの少しだけうなずいて見せた。挨拶の代わりらしい。やはりゲームのキャラクターよろしくぎくしゃくした動きだった。

「何かありましたか、警部」

鈴木刑事の問いかけに、乙姫警部はゆっくりと首《こうべ》を巡らせ周囲を見渡し、

「いや、静かな公園だなと思っていたところです」

冥界《めいかい》の底から響いてくるみたいな低い声とテンションで答える。

「日曜だからですかね。この近辺はオフィス街ですから、休日は人がいないんでしょう。時間もまだ早いですし」

公園の入り口で張り番をしている制服警官も退屈そうである。野次馬は一人もいない。

「それにしても静かです」

と、乙姫警部は冬の晴れた空を見上げた。

陰気に沈み込んだその眼差《まなざ》しからは、何を考えているのかまったく読み取れなかった。

*

社長室に戻って自分専用のデスクについた。

鷹飼史絵はそこで大きくため息をつく。

今日は朝からまったく仕事にならない。宮内莉奈の凶報《きょうほう》を、社員全員が共有したせいだ。そ

の情報はすでにネットのニュースサイトにも載っている。一人欠けた〝オフィス・パンチュール〟のスタッフ一同は悲しみに暮れ、仕事が手につかない状況だった。大人だからさすがに号泣して泣き崩れまではしないものの、めそめそしたお通夜のようなムードではどうにもならない。史絵も今まで愁嘆場《しゅうたんば》に付き合い、スタッフを励まし慰《なぐさ》め力づけて回っていた。そしてようやっと涙、涙のスタッフルームを後にして個室に帰ってきた。

パーソナルスペースでやっと落ち着く。社長室といってもそれほど立派なものではなく、シンプルで小さな部屋だ。清潔感のある白い壁に機能的なデスク、そして小型の書類棚があるのみ。ただ、生花だけは絶やさないので華やぎはある。棚には、白磁の花瓶に活けたピンクのネリネ。

仕方がない。それを眺めて史絵は、もう一度ため息をついた。スタッフの一人が殺人事件に巻き込まれたのだ。これで普段通りに過ごせというのは酷だろう。今日の仕事はすべてキャンセルするしかない。

そこへ、ドアをノックする音が聞こえた。普段は経理を担当する平尾《ひらお》郁美《いくみ》がドアを開き、顔を覗かせた。

「史絵先生、あの、警察のかたがお見えです」

郁美は泣きはらした腫《は》れぼったい目をしている。

「判った。応接室へ案内してちょうだい。私もすぐに行きます」

「はい」

史絵が答えると、郁美は洟《はな》をすすって、

と、ドアを閉めた。

警察からの連絡は昨日、日曜の午後になってから一度あった。その時は電話だった。警視庁の刑事と名乗った男は、落ち着いた声で宮内莉奈が奇禍《きか》に見舞われたことを報《しら》せてきた。驚いた振りの史絵に、男は通り一遍のことを尋ねてきただけだった。宮内莉奈はそちらの社員か？　彼女の暮らしぶりは？　交友関係は？　電話での事情聴取は表層的で簡潔なものだった。いささか拍子抜けしたけれど、どうやら本番は今日からのようである。捜査が本格的に始動したのだろう。警察関係者との初めての顔合わせだ。

史絵は気を引き締めた。軽く化粧を直し、社長室を後にする。

〝オフィス・パンチュール〟は六本木の鳥居坂《とりいざか》の中ほどにある。七階建てのテナントビルの五階と六階を占めている。社長室を出た史絵は六階の同フロアにある会議室兼応接室へと向かった。社員揃って会議をする一番広い部屋で、その一角に応接スペースが設けられている。

ドアを開き、中へ入った。右手壁際にある応接スペースのソファから、二人の人物が立ち上がった。その片方を見て、史絵は思わず息を呑んだ。

死神だ。

死神が来た――。

黒いマントに巨大な鉄の鎌《かま》。影のごとく暗い体に髑髏《どくろ》の顔。この世にあらざる存在がそこに顕現《けんげん》していた。死神が、その鋭い鎌で史絵の首を刈りに来たのだ。

と、そう一瞬、錯乱しかけるほど、その人物は死神を連想させる容貌《ようぼう》をしていた。もちろん奇妙な錯覚をしたのは刹那《せつな》のことで、よく見れば当然そこにいるのは人間である。瘦《や》せて背の高い男だ。年齢は四十代半ばくらいだろうか。黒いスーツに黒っぽいネクタイ。不景気な猫背の姿勢で、全身から陰気で湿っぽい空気感を漂わせている。落ち窪《くぼ》んだ目には人間らしい表情が感じられず、空虚なガラス玉が嵌め込まれているみたいに見えた。

史絵が近づくと、男二人は挨拶をしてバッヂ付きの身分証を呈示《ていじ》した。

死神のような人物は警視庁捜査一課の乙姫警部、もう一人の若いほうは鈴木刑事と名乗った。こちらは場違いなほど整った顔立ちで、必要以上に爽やかな容姿をしている。どうにもちぐはぐな感じのするコンビだった。

史絵は、二人と向き合う形でソファに座った。刑事達も腰をかけると、

「さて、鷹飼さん、宮内莉奈さんが亡くなったのはお聞き及びですね」

死神のごとき乙姫警部は、低音だが響きの深いよく通る声で聞いてきた。声質も陰気そのものなので、人間的な温かみを感じさせなかった。史絵はうなずき、

「ええ、昨日電話で警察のかたが。警部さん、あれはあなたでしたの?」

「いえ、別の者です。宮内さんは御社の社員ですね」

「そうです」

「その捜査をしております、ご協力いただけると助かります」

「もちろん。私にできることでしたら何でもおっしゃってください」

史絵が微笑《ほほえ》むと、乙姫はひとつうなずいて、

「鷹飼さんはこの会社の代表でいらっしゃいますね」

「あの、警部さん、失礼ですが」

と、史絵は乙姫の質問を遮（さえぎ）り、

「姓で呼ぶのはご遠慮願えますか。皆、私のことは下の名前で呼びますので。鷹飼姓は何だか厳（いか）ついでしょう、画数が多くて。これでもイメージが大切なお仕事ですから。字面がごつごつしているとちょっと怖そうな感じがいたしますでしょう。子供の頃はそれでよく男の子からかわれたものですわ」

「おや、鷹飼さんは確か既婚者でいらっしゃったはずですが、お子さんの頃から苗字が変わっていないのですね」


乙姫は細かいところに引っかかってくる。史絵は微笑んで、

「夫に私の姓に変えてもらいましたのよ。ですけど、皆さんには下の名前で呼んでもらっております。お仕事のお客様もみんな。警部さんは私の仕事などご存じないと思いますけれど」

「とんでもない、よく存じております。ご著書も拝読しております。『これからの女性のための社会学』『あなたらしくあるために』『エレガント生活のススメ』。どのご本も大変興味深い内容で、大いに感銘を受けました」


乙姫は、陰気な顔つきのままで云った。史絵は少々面喰らった。まさか、あれを読んでいる男性がいるとは。意外に思った。大量に出版されている史絵の著書は、どれも女性向けの本ばかりなのだ。表紙もポップでカラフル。内容も女性の意識向上をやんわりと啓蒙するものだ。

正義のための闘争

この警部の読書傾向がよく判らない。ちょっと唖然《あぜん》としてしまう。

　しかし乙姫は、こちらの反応などまったく気にしたふうでもなく、

「ですから、先生の活動もよく知っております。ファンの皆さんが親しみを込めて、史絵先生と名前で呼んでいることも」

「だったら警部さんもそうしてくださらないかしら」

「失礼ではありませんか」

「いいえ、まったく」

「では遠慮なくそうさせていただきます」

　乙姫がうっそりとうなずいたところで、平尾郁美が入室して来て、お茶を三つテーブルに置いて行った。彼女が退出するのを待って、改めて乙姫は口を開いた。

「では、改めて質問を。史絵先生はこの会社の代表でいらっしゃる？」

「ええ、私の個人事務所です。皆に私の活動を支えてもらっています。といってもスタッフは七人だけですの。全員女性の零細企業ですね」

「それを云うのならば少数精鋭といったほうが相応《ふさわ》しいのではないでしょうか。皆さんがそれぞれの分野のエキスパートなのでしょうから」

　おや、死神みたいな不気味な見た目なのにこの警部はお世辞も使えるのか、と史絵は幾分驚いた。外見のイメージからは冗談も軽口も云いそうにないのに。

　どうでもいいけれどどこの乙姫警部は、さっきから表情がまったく動かない。まるで顔面の筋

肉と神経の伝達が切れてしまっているかのようで、無表情のままだ。しかも身内に三ヶ月連続で不幸があったみたいに沈み込んだ陰気な顔つきでそのまま固定されてしまっているから、いささか気味が悪い。

その不気味な乙姫警部は質問を重ねてきて、

「宮内莉奈さんは何の担当だったのでしょうか」

「私の秘書役です。スケジュール管理、仕事の優先順序付け、時間配分、身の回りの世話から細々《こまごま》とした雑用まで。私の片腕と呼んでも差し支えないポジションでした。だのにあんなことになってしまって。いい子だったのに」

史絵は悲嘆に暮れた表情で、首を何度か横に振った。乙姫は感情を一切表さない陰気な無表情のままで、

「お察しします。さぞや無念でしょう。せめてもの慰めに、犯人は必ず我々が捕らえますので」

「お願いします。犯人に法の裁きを受けさせてください、絶対に」

「そのためには色々と立ち入ったことを伺わなくてはならないかもしれません。ご容赦《ようしゃ》ください」

「もちろんですわ」

「では、社内の人間関係についてお尋ねします。会社内に宮内さんと対立していたような人物はいるのでしょうか」

「いいえ、関係は至って良好でした」

史絵が答えると、乙姫は底なし井戸の奥みたいに暗い陰気な目を向けてきて、

「社員同士の諍《いさか》いなどはなかったのですね」

「スタッフはそれぞれ受け持ちの仕事が違っていましたから、衝突するようなことはありませんでした。警部さんのお言葉をお借りするのなら少数精鋭ですものね。少人数ですから和気藹《わきあい》藹《あい》とした社風で、みんな仲良くやっています」

「なるほど、同性だけの職場ならではの気安さで、軋轢《あつれき》も生じないというわけですね」

と、乙姫は、精気をまったく感じさせない無機物のごとき動きでうなずき、

「秘書ということは、宮内さんは史絵先生と行動を共にすることが多かったのでしょうね」

「そうですね、常についていてくれました」

「お人柄は？　どういったかただと感じておられましたか」

「明るくって人懐《ひとなつ》っこくて、気配りのできる子でしたわ。私もとても頼りにしていました」

「関係はもちろん良好で？」

「はい、姉妹みたいに、というのは厚かましいですわね、一回りも年が違ってますから」

史絵が微笑んでも、乙姫は一族郎党斬首《ざんしゅ》刑に処せられた現場に立ち会ってきたばかりのような表情のまま、

「社内にトラブルはなかったようですね」

「ええ、ありませんね」

「社外はどうでしょう。どなたか宮内さんと揉《も》めていたというふうなことは」

「心当たりはありません。そもそも秘書ですから、外部のかたとはあまり付き合いはないのです。渉外も折衝《せっしょう》も他のスタッフの担当ですから」

「なるほど、判りやすい敵はいなかったわけですね」

と、乙姫は陰気な顔で何事か考え込んでいるようだった。そこで史絵は、

「その口振りですと、顔見知りが犯人だと想定しているのですか。強盗や通り魔などではなくて」

質問してみると、乙姫はうっそりと首を横に振って、

「十中八九それはないと思われます。発見されたご遺体には着衣の乱れはなく、手首に痣《あざ》なども見られませんでした。つまり、無理やり腕を摑まれて公園に引っぱり込まれたのではないということです。通り魔だったら道のまん中でいきなり刺すものでしょうからね。公園の中で刺したということは、強盗や通り魔とは考えにくいと思われます」

そして、宇宙空間の暗闇を凝縮して暗黒物質を練り上げたみたいな目で乙姫は、こちらを見てきて、

「では次に、事件当日のことをお聞かせ願えますか。宮内さんが凶行に遭ったのが一昨日、土曜日の夜のことです。死亡推定時刻は午後九時から十一時くらいというのが検視官の見立てです。現場はこのすぐ近くですから、会社の帰りに襲われたと考えるのが自然です。あの日は土曜なのに出勤されていたのですか」

「ええ、土曜の夜は生配信があるのです。この下の階の配信ルームから」

と、史絵は答える。

「オンラインサロンの会員とネットで繋がる企画ですの。私が少し講演のようなトークをして、それに対して会員さん達がコメント欄にご意見を書き込む。それに対して私がフィードバックするというスタイルです。この生配信が八時三十分スタートなのです。観《み》る人が休日のお風呂上がりに、主婦ならば夕食の後片付けを終えて、というタイミングになるようにこの時間設定にしています。莉奈ちゃんも、もちろん現場に立ち会いました。他にもスタッフが三人。web担当者や撮影係です」

そこで、ずっと黙ってメモを取っていた二枚目の若手刑事が、ちょっと片手を上げて、

「失礼、そのお三方のお名前、よろしいでしょうか」

「谷川樹里亜《たにがわじゅりあ》、久保田《くぼた》彩《あや》、川辺《かわべ》さくら、この三人です」

史絵が答えると、二枚目の鈴木刑事は熱心にメモを記している。どうやら記録を取るのは若手の仕事らしい。史絵は続ける。

「配信が終わったのが九時四十五分頃。その後、片付けやら何やらでここを出たのが十時過ぎだったかしら」

「十時六分です。エレベーターの防犯カメラを確認しました。宮内さんを含む五人の女性が、五階から一階へ降りています」

鈴木刑事がメモを見ながら云った。下調べは万全らしい。史絵はうなずいて、

「それは私達の帰る時の姿ですわね」

「先生は花束を抱えていらっしゃいました。あれはバラですか。映像が白黒なのではっきり判りませんでしたけど」

「そう、赤いバラです。ファンからのプレゼントですのよ。私がお花を飾るのが好きだと知っていて、時々届くのです。見事なバラだったので自宅に持ち帰ることにしました」

史絵は答える。凶器を隠して運ぶのにちょうどいいから、あの花束を利用した。当初の計画では書類ケースを使う予定だったが、咄嗟《とっさ》に変更したのだった。

「エレベーターを降りて、ここから出られてからは？」

鈴木刑事の質問に、史絵はこの近辺の位置関係を説明する。

このビルを出て、鳥居坂を左に行くと外苑東通《がいえんひがしどお》りに、右へ進むと鳥居坂下の交差点にそれぞれ出る。外苑東通りを進み六本木通りに出ると日比谷《ひびや》線の六本木駅があり、逆の国際文化会館の横を通り交差点を左に折れてしばらく進むと大江戸《おおえど》線の麻布十番の駅がある。それらをざっと解説してから史絵は、

「ここを出て、二組に分かれました。樹里亜ちゃん、彩ちゃん、さくらちゃんの三人は六本木駅方面へ。三人は日比谷線で帰りますから。そして私と莉奈ちゃんは右へ向かって坂下の通りに。大通りに出たところで私はタクシーを拾いました。そこから桜田通《さくらだどお》りに入って三田《みた》まで帰るのが私の帰宅ルートなのです。慶應《けいおう》大学の近くに自宅マンションがありますから。莉奈ちゃんは一人で通り沿いにある麻布十番駅に向かったはずでした。そこで大江戸線に乗れば、乗り換えなしで一本で帰れると云っていました。確か、月島まで行くのが通勤ルートだったはずで

す」

そうして二手に分かれるいつものコースを犯行に利用した。莉奈と二人きりになれる好機だったからだ。

そんなことをおくびにも出さずに史絵は説明する。それをじっと黙って聞いていた乙姫が口を挟んできて、

「事件現場の公園は麻布十番駅の少し手前に位置しています。恐らく駅に着く前に公園に立ち寄ったのでしょうね。史絵先生は宮内さんが駅に入ったところは見ていないのですね」

「ええ、その前にタクシーに乗ってしまいましたから」

「ではやはり、先生と別れて一人になったところを狙われたのでしょう。周辺の飲食店には聞き込みに回っていますが、今のところ宮内さんが立ち寄った形跡はありません。恐らく、別れてすぐに犯人に遭遇したのでしょうね」

「本当に何てこと──莉奈ちゃんはタクシーを止めてくれて、笑顔で見送ってくれたのに。その直後にあんなことに」

悲しみがぶり返したふうに史絵は、自分の肩を抱いた。せめて駅まで一緒に歩いていれば、という後悔を演じて見せる。実際は、二人で公園まで歩いた。そして公園に立ち寄るように促したのだ。

もちろんそんなことは表に出さずに、史絵は悔恨に苛《さいな》まれたように装う。それをどう見たのか、感情を一切表さない乙姫は淡々とした調子で、

「史絵先生はいつもタクシーでお帰りになるのですか」

「ええ、大体は」

「ご自分では運転はなさらない?」

「たまにはしますけれど、でも都内は駐車スペースを探すのが億劫《おっくう》で。移動はタクシーが一番楽ですから」

史絵が云うと、乙姫は陰鬱《いんうつ》な顔つきのまま、

「結論として、生配信を終えて帰宅しようと駅へ向かう途中で、宮内さんは狙われた。これは確実かと思われます。時間的にも符合します。これで目撃者探しも絞りやすくなるでしょう」

「怪しい男が莉奈ちゃんに接触したかどうか、探すのですね」

「おや、先生は犯人が男だとお思いですか」

「だってそうでしょう。刃物で刺すなんて、そんな乱暴なことをできるのは男の人だとは思いませんか」

「まあ、そう云われればそうかもしれませんね」

と、乙姫は無表情のままで、

「ところで、今の配信後のお話、他のスタッフの皆さんに確認しても構いませんでしょうか。谷川さんや久保田さん達に。彼女達の視点から見た証言も押さえておきたいので」

「もちろんです。皆、下の階のスタッフルームにいるはずですからそちらでどうぞ」

史絵がうなずくと、では早速といった感じで乙姫は立ち上がった。鈴木刑事もメモ帳を閉じ

てそれに倣《なら》う。

二人はドアのほうまで歩いて行き、そのまま出て行くのかと思いきや、ドア口で突然立ち止まった。そして振り返った乙姫は、うっそりとした陰気な口調で、

「そうそう、史絵先生、ピアスです」

「何ですって？」

意味が判らず、史絵は首を傾《かし》げる。

「ピアスですよ。先生はピアスをしておられないのですね。今、着けているそれはイヤリングです」

「よく観察なさっているのですわね。ええ、穿孔《せんこう》はどうもエレガントさに欠ける気がして、私、趣味ではありませんの。もちろん人がするのは否定しませんけれど、私は好きではないのでピアスはしない主義ですのよ」

「そうですか、それならば結構です」

そう云ってうなずくと、乙姫はドアを開けて会議室兼応接室を出て行く。鈴木刑事もついて行く。乙姫警部が立ち去った後には、もやもやとした黒っぽい陰鬱な霧のような物質が残っているようにも感じられたが、無論それは気のせいだ。

しかし、ピアスの話が出たのは良い兆候だな、と史絵はそう思った。今のところ、望むべき方向に事は運んでいる。

＊

「まさか刑事さんから尋問される日がくるとは思いませんでしたよ」

と、鷹飼高広は、あっけらかんと笑った。

夕暮れ時の六本木交差点近くのカフェ。

高広はカンパリソーダのグラスを片手に、二人の刑事と向かい合わせの席に座っていた。

窓の外の六本木通りには車が引っ切りなしに行き交い、いつものごとく賑わいを見せている。

向き合った二人の刑事は特徴的な外見をしていた。年嵩《としかさ》のほうは黒いスーツに黒っぽいネクタイ。ホラー映画の怪人役がノーメイクで務まりそうな雰囲気で、死神を思わせる不気味な男だ。名前は、怪しげな見た目とそぐわない乙姫警部。もう一方の若い刑事は、ちょっとびっくりするくらい顔立ちの整ったスマートな男で、ただし名前は平凡な鈴木刑事。どうにも刑事らしくないコンビである。

「尋問ではなく単なる事情聴取ですので、お間違いなきよう」

と、死神の乙姫警部は、その外見に相応しい陰気で沈んだ声で云った。喪主《もしゅ》の挨拶みたいに湿り気を帯びた口調だった。テーブルの上のコーヒーには手もつけずに乙姫警部は、

「奥様は鷹飼史絵先生でしたね」

唐突に質問を開始する。少々面喰らいながらも高広はうなずいて、

「ええ、そうです」

「我々は今、奥様の会社の社員が殺害された事件を捜査しています。事件のことは奥様から聞かれていますか」

「うん、聞いている」

「関係者全員にお話を伺っています。ご協力をいただけると幸いです」

「随分遠い関係者だね。俺なんてほとんど無関係だと思うけど」

高広が肩をすくめると、乙姫は感情をまったく感じさせないプラスチックの作り物めいた目でじっと見つめてきて、

「まあそうおっしゃらずに、お話だけでも」

「うん、まあ暇だから構いませんけど」

と、高広はカンパリのグラスを傾ける。

「お仕事はカメラマンだそうですね」

「そう」

「失礼かもしれませんが、撮るより撮られるほうが向いているような気がします。大した男っぷりですので」

と、乙姫は無表情のままで云う。おやおや、こんな死神みたいな陰気な人物でもお世辞なんて云うのか。そう思うと、あまりにも大きなギャップに高広は危うく吹き出すところだった。慌ててニヤつく口元を押さえながら、

「見た目なら、そっちの若い刑事さんのほうがイケてるじゃないですか。写真のモデルになってもらいたいくらいだ」

軽くあしらった。容姿を誉められて有頂天になるほど、高広も子供っぽくはないつもりだ。

「失礼ついでに伺いますが、奥様よりお若くていらっしゃる」

と、乙姫は云う。高広はうなずき、

「そう、六つばかり下。姐《あね》さん女房ってやつだね」

「大したものですね、奥様は有名な文化人でご主人はカメラマン。テレビドラマの登場人物のようなご夫婦です」

「そんなに大げさなものでもありませんよ」

「どこかの写真スタジオに所属を？」

「いや、フリーでやっています」

高広はさらりと答えた。

実は、職業についてはあまり立ち入ってもらいたくない。フリーカメラマンというのは世間体を慮《おもんぱか》ったお体裁で、見映えを取り繕《つくろ》ったものにすぎない。カメラの仕事など月に一度あればいいほうで、有り体に云ってしまえば高広は職無しである。

自身では遊び人を自認している。

妻は金を稼ぐのが得意で、高広は金を使うのが好きだ。両者のバランスは取れている。

高広達の夫婦関係は共生ともいえる。妻は仕事の関係上、既婚のほうが色々と都合がいい。

「一人の主婦としてこう思う」「妻の立場から私はこう考える」「夫婦とはこうありたいものです」といった意見をテレビや著書で主張するのだから、独身では説得力に欠ける。

また、顧客のほとんどが女性という立場から、独身の美人は反感を買いやすいという側面もある。既婚者という防波堤は、世間のやっかみや嫉妬《しっと》を受け流すのに大いに有効なのだ。

さらに、ファンに身近な存在と感じてもらうのもイメージ戦略上、有利である。主婦層には親近感を、独身女性には憧れを持ってもらいやすい。講演などでは、夫に対する不満話は確実に受ける鉄板ネタのようだ。既婚女性同士の連帯感を持ってもらうには、亭主の悪口が一番手っ取り早い。

そして仕事柄、史絵はパーティーなどの公式の席に招かれることも多い。夫婦同伴での出席を勧められるケースも珍しくない。そんな時、高広はせいぜいめかし込んで妻をエスコートする。品のある立ち居振る舞いでレディーファーストに徹するのだ。「史絵先生のご主人、素敵ねえ」「お似合いのご夫婦ねえ」と、女性達から羨望《せんぼう》と賞賛を引き出すのが高広の役割である。割り切って良き伴侶《はんりょ》を殊更《ことさら》大げさに演じれば、史絵の社会的イメージアップに貢献できる。

そうして妻に尽くす代償として、高広は妻の稼いだ金で遊び歩く。夜の六本木は高広の庭だ。大いに呑み、女を侍《はべ》らせ、遊び仲間と騒いで派手に金を使う。

「被害者の宮内莉奈さんとは面識はありましたか」

乙姫の、暗く沈み込むようなトーンでの質問が始まった。高広は答えて、

「妻の秘書だからね、大抵一緒にいたから。たまに夜、仕事に追われて晩飯を食いそびれた妻

がこの近辺で軽い食事をすることなんかあって、そんな時は俺も呼び出されて付き合ったりするんです。そういう時は莉奈ちゃんも一緒でしてね、彼女も食いっぱぐれているわけだから。三人で食事ってことも、割とよくありましたよ」

「宮内さんはどんな人という印象でしたか」

「いい子でしたよ。明るくてしっかり者で、礼儀正しくて。それに見た目もかわいいしね。あんないい子が事件に巻き込まれるなんて、かわいそうに。妻を崇拝《すうはい》してたてね、子犬みたいになついていましたっけ」

そんな子を誘ったらどんな反応をするのか、最初はただの好奇心だった。

「個人的には親しかった?」

「まさか。妻の秘書ですよ」

動揺を押し隠して、高広は笑い飛ばした。やはり刑事にバレるのはヤバいだろう。痛くもない腹を探られるのは面倒だ。

陰気な乙姫警部が葬儀の参列者のように黙り込むと、今度はイケメンの鈴木刑事が身を乗り出してきて、

「これは皆さんに伺っているのですが、先週、十二月五日の土曜日、夜はどこにいらっしゃいましたか」

「アリバイの確認、ですか。俺のまで必要なのかな」

内心、ビクつきながらも高広は笑った。しかし鈴木刑事は杓子定規《しゃくしじょうぎ》に、

「一応形式上、全員に確認しています。差し支えなければご協力いただけると助かります」

「渋谷にいましたよ。〝クラブQ〟という店です、センター街の」

「どなたかご一緒でしたか」

「いや、一人で」

と、ここは正直に話すことにする。嘘を云っても大した違いはないだろう。

「実は、カードのメッセージを受け取りましてね、十時にその店に来いと」

文言《もんごん》の後半は省いて高広は伝えた。その部分が刑事にバレるのは、多分マズい。

「カード、ですか」

と、乙姫警部が俄然《がぜん》興味を持ったようで割り込んで来た。いや、表情に乏しい陰気な顔のままなので、興味を引かれたのかどうか正確なところは判らないが。

「そう、カードです。前の日、酔っぱらって帰ったら、次の朝ジャケットのポケットに入っていたんですよ」

「誰が入れたのでしょうか、そのカードを」

「さあ、判りません。何せ酔っていたもので」

「誰の指示か判らないのに、それに従ったのですか」

乙姫の無感動な目に、猜疑《さいぎ》心の色が加わったように感じられた。これも気のせいかもしれなかったが、高広は慌てて弁明して、

「いや、変なのは俺も承知してますよ、でもね、刑事さん、てっきり仲間内の誰かだと思った

んです。前の夜呑んでたのもいつもの面子《メンツ》だったから、その中の誰かが入れたんだと。サプライズか何かで。遊びの一環かと思いましてね、だから行ったんです」

「それで、どなたと会いましたか」

「いえ、来ませんでした」

「誰も現れなかった？」

「そうです」

「では、誰がカードのメッセージを送ったのか、判らないのですね」

「そう、待ちぼうけを喰らっただけで終わりました。とんだ無駄足を踏まされたものです」

「そのカードはどうされましたか」

「丸めて捨てましたよ、腹が立ったから」

これは本当のことだった。

「どなたか、それを証明できる人はいますか。〝クラブQ〟にあなたが行ったことを」

「無理でしょうね。初めて行く店だったし、俺は奥のカウンターで呑んでただけでしたから」

ああいう店に防犯カメラなどが設置されているはずもない。つまり高広はアリバイを証明できないわけだ。若干焦った気分になってきたが、乙姫はまったく熱量を感じさせない淡々とした調子で、

「そうですか」

とだけ云った。表情がないので、何を考えているのかさっぱり判らない。それがますます不

気味だと、高広は思った。

「とりあえず、これだけ伺えば充分です」

と、乙姫警部は立ち上がった。

「俺はお役御免ですか」

ほっとして高広が肩の力を抜くと、乙姫はビードロ玉みたいな人間味を感じさせない黒い瞳でじっと見つめてきて、

「またお話を伺いに来るかもしれません、その際はご協力をお願いします」

「わ、判りました」

不気味さに気圧《けお》されて、少し後ずさりする気分で高広は答えた。

刑事コンビは店の入り口近くのレジまで歩いて行った。やれやれ解放された、と高広が安堵《あんど》の吐息を洩らしていると、会計をしている鈴木刑事を放っておいて乙姫警部が、いきなり振り返ったかと思うと足早にこちらへ戻って来た。予備動作をまったく伴わない唐突な動きで、まるで機械が誤作動を起こしたみたいだった。突然のことに、高広はぎくりと身構える。

「ピアスです」

目の前に立った乙姫は、無表情に一言ぽつりと云った。

「え？」

聞き咎《とが》めると、乙姫は陰気な口調のままで、

「お見受けしたところ、ピアスをしていらっしゃいますね」

「あ、ああ、はい、しています」

高広は無意識に耳のピアスに触れる。リング状のデザインで、気に入ってつけているものだ。

「これが何か？」

「いえ、お似合いだなと思いまして」

まるで実感がこもらない感想を云い置くと、乙姫は再び唐突に踵《きびす》を返し、レジ前で待っている鈴木刑事のほうへ歩いて行く。

高広はぽかんと、それを見送るしかなかった。

＊

「お疲れさまでしたー」

収録スタジオを出る時、スタッフ達から次々と声がかかった。

鷹飼史絵はそれに一人一人、にこやかに対応しながらスタジオを後にした。

吸音材の匂いのする密閉されたスタジオから廊下に出ると、日常に戻ったような気になる。こういう特殊な施設でも、廊下は一般的なビルのものと変わらない。

今日は祖師谷《そしがや》のスタジオビルでテレビ番組の収録があった。お昼のトークショーにゲストとして出演したのだ。司会者の有名タレントの女性と、終始楽しく充実した話ができたと思う。

〝オフィス・パンチュール〟のスタッフ、谷川樹里亜が駆け寄って来て、

「先生、お疲れさまでした」

と、水のペットボトルを差し出してくる。このところ樹里亜は、宮内莉奈の代わりに秘書役を買って出てくれている。

水を断って史絵は廊下を進んだ。

「メイクを落としたら一旦会社に戻りますね」

谷川樹里亜に伝えると、ペットボトルを引っ込めて相手は、

「はい」

と、うなずいた。

自分にあてがわれた楽屋に向かうと、そのドアの前に二人の男が立っているのが目に入った。

史絵は思わず足を止める。

二人は、死神めいた乙姫警部と二枚目の鈴木刑事のコンビだった。

どうしてこんなところにこの人達が、と訝《いぶか》しく思いながらも史絵は、彼らのほうへと進んだ。目聡《めざと》くこちらを発見したらしい乙姫警部は、以前に会った時と同様に陰気な顔つきでうっそりと一礼して、

「事務所に電話を入れたところ、今日はこちらでテレビの収録があると伺いました。それで失礼ながら待たせていただいておりました。お邪魔だったでしょうか」

「いいえ、邪魔などではありませんけど、よく入れましたね、警部さん」

史絵は皮肉ではなくそう云った。スタジオ棟は警備が厳重なことで有名だ。

「そこはそれ、こちらは公務ですので」

と、乙姫は相変わらず、死神を連想させる恐ろしげな顔で云い、

「よろしかったら少しお話を伺っても構いませんか」

「ええ、少しならば時間は取れますわ」

史絵は刑事コンビを楽屋に招き入れた。出演者が二人だけなので、かなり広めの個室を用意してくれている。

谷川樹里亜が後ろから小さな声で、

「先生、私、外していましょうか」

囁《ささや》くのを耳聡く聞きつけたようで、乙姫警部はそれを制して、

「いいえ、あなたも是非ご一緒に。谷川さん、でしたね」

〝パンチュール〟のスタッフの顔と名前は記憶しているらしい。

「樹里亜ちゃんの証言も聞きたいようね、一緒にいてちょうだい」

史絵が云うと、樹里亜は神妙な顔つきでうなずいた。

楽屋のソファに四人で座る。乙姫警部と鈴木刑事が並び、ローテーブルを挟んでこちらは史絵と樹里亜が座る。

開口一番、突然に、

「動機です」

と、乙姫は云った。

「何でしょうか？」

史絵が聞き返すと、地獄の底で怨霊《おんりょう》が藁《わら》人形に五寸釘を打つ場面を目撃してきた直後みたいな目で、乙姫は、

「宮内さんが襲われた動機が摑めなくて弱っているところなのです。前にも申し上げましたが、状況的に強盗や変質者などの行きずりの犯行とは考えにくい。何者かが明確な殺意を持って宮内さん個人を狙った、とするのが捜査本部の一致した見解です」

隣で樹里亜が両腕を手でさすった。怖くなったのだろう。乙姫はそれには一向に構わず陰々滅々とした口調で、

「宮内さんの独り暮らしのマンションも捜索しました。しかし動機に繫がりそうなものは発見できませんでした。ですので今日は改めてお二人に伺いに参りました。宮内さんは誰かに狙われる理由などがあったのでしょうか」

史絵は、樹里亜と顔を見合わせてから、乙姫の問いに答えた。

「心当たりはありませんわ。以前もお話ししましたけれど、莉奈ちゃんは人当たりのいい陽気な子でした。誰かに恨まれるタイプではありませんでしたね」

「谷川さんも同じ意見ですか」

乙姫に問われた樹里亜はうなずき、

「はい、先生の云う通りです。莉奈ちゃんは誰にでも好かれる子でした。私達とも仲が良くて、何のトラブルもなくいい関係でしたから」

「仕事関係の問題がなく、社内外の人間関係も良好、となると後はプライベートということになります。若い女性なのでどうしても異性関係を考えてしまいますが、そういう話は出ていましたか」

乙姫の質問に、史絵は首を横に振って、

「私は聞いていません。これでも一応上司ですので、そういう浮《うわ》ついた話はしにくかったのかもしれませんね」

「では、谷川さんはいかがでしょう、同僚の立場として。女性ばかりの職場ならばそういう話題が出ることもあるのではないでしょうか」

「そうですね、もちろんあります。お昼休みや呑み会なんかでは、付き合ってる相手の話や合コンの話になったりしますから。でも莉奈ちゃんはそういう話をあんまり自分からしなかったかなあ。私達が恋バナで盛り上がっていても、横でにこにこ聞いてるだけで」

「特定の男性との交際の話は聞いていませんか」

「聞いたことありませんね、そういえば」

「そんな相手がいる素振りを見せたことは？」

「それもなかったと思います、私の知る限りでは。莉奈ちゃんちょっと水くさいなあって感じたことはありましたけど」

樹里亜が述懐《じゅっかい》すると、今度は鈴木刑事が、

「交際でなくても、男性にしつこく言い寄られて困っているとか、そういう話はありませんでしたか」

「うーん、聞いたことないですねえ。莉奈ちゃん、あれだけかわいいんだからモテるはずなんだけど、そんな話はなかったと思いますよ」

「史絵先生はいかがでしょう、何か相談されたりとかは？」

「ありませんね、ご期待に添えませんけれど」

史絵が云うと、乙姫は墓所に吹き抜ける風みたいなため息をついて、

「さて困りました。こうなるといよいよ動機が判りません」

陰鬱な目を宙にさまよわせながら、そう云った。

動機か、それならシンプルなのに——と、史絵は思っていた。

きっかけは香りだった。

秋頃に、疑念を抱かせるきっかけがあった。

明け方、高広が帰宅した。夜通し遊んで朝帰りというのはしょっちゅうで、夫には珍しいことではない。そういう時、高広は眠っている史絵に一応気を遣って、そっと隣のベッドに滑り込むのが常だった。

その日も高広は、音も立てずにベッドにもぐり込んでいた。その気配で目を覚まし、半分眠りながらも史絵は、夫の動く空気を感じていた。

瞬間、脳裏に会社の光景がありありと思い浮かんだ。〝オフィス・パンチュール〟の社長室。その自分のデスクから見える室内の様子。正面に立つ宮内莉奈の笑顔。日常の風景だ。どうし

たわけだか、その映像がくっきりと頭の中に再現された。莉奈の笑顔が、イメージの中で見る見る大きくなる。半睡半覚のぼんやりした頭で、なぜだろう、どうしてこんな景色が思い浮かぶのだろう、と疑問に思ったけれど、睡魔には勝てずにすぐ眠りに戻ってしまった。

目覚めてから、その理由に思い至った。

香りだ。

匂いは人の記憶をダイレクトにくすぐる。ある匂いを感じることで、特定の場面がフラッシュバックするのは、誰にでも経験があるだろう。

疑念がむくむくと、胸の内で頭をもたげてきた。

ベッドに滑り込む夫の体から漂ってきた幽《かす》かな香り。それがダイレクトに莉奈の顔を思い起こさせた。シャンプーかパヒュームか。記憶の底を刺激し、莉奈を感じさせる香り。

まさかそんなバカな、と一笑に付したかったけれど、香りの記憶という極めて原初的な生理反応から起こった疑いを拭い去るのは難しかった。本能が、不信感を訴えていた。

夜の六本木で女の子を引っかけたり、遊び仲間のグループ内で女友達と深い関係になったり、高広が欲望に忠実に振る舞っていることは薄々勘付いていた。しかしそれは見て見ぬ振りをしてきた。夫も本気で隠すつもりはないようだった。

高広は根っからの遊び人だ。街の女の子に現《うつつ》を抜かすのは彼の本能で、それを抑えつけるのは不可能だろう。無論、腹立たしくは感じてはいたけれど、あくまでも遊びと割り切っているのも理解していた。本気でないのなら、いちいち目くじらを立てるのもバカバカしい。

元々、互いに利用し合っているようなところのある夫婦だ。遊び人の浮気をあげつらって責め立てるのはエレガントさに欠ける。世の俗っぽい女のすることのようで、醜悪《しゅうあく》ですらある。女性のオピニオンリーダーとして、史絵は、いつでも超然としていなくてはならない。夫婦にはそれぞれのあり方がある。それで史絵は、夫の浮気には目をつぶってきた。

ただ、相手が宮内莉奈だとしたら話は違ってくる。六本木の街で引っかけるお手軽な女達とはわけが違う。

史絵には忠実な秘書の顔を見せている莉奈。慕ってくれる部下であり、こちらもかわいがっている。よもやそんな莉奈に限って、という思いもあった。

しかし、膨らみきった疑心暗鬼は理性では止め難く、とうとう史絵は調査会社に依頼をした。その探偵事務所は都内でも大手で、社会的地位の高い顧客も多数抱え、信用できる。史絵も何度か、仕事上の案件で使ったことがあった。徹底した守秘義務を旨とした探偵会社である。たとえ依頼対象が犯罪に巻き込まれたとしても、警察に通報したりはしない。

とりあえず三週間を調査期間とした。結果が出るまで、じりじりと史絵は過ごした。もちろん何もなければ、それに越したことはない。

しかし結果はまっ黒だった。高広と莉奈は不倫関係にあった。週に一、二度のペースで密会を重ねている。呆れたことに高広は、この浮気専用のマンションまで借りていた。〝グラン・コート赤坂《あかさか》〟の401号室。調査員はその部屋にこそこそ出入りする二人の写真をふんだんに撮ってくれていた。高広には限度額無制限のブラックカードを与えている。その金でマンションまで借りているとは、とんだお笑い種《ぐさ》だ。

最初に感じたのは怒りだった。

これは重大な裏切りだ。

史絵の秘書に手を出す高広もどうかと思うが、受け入れた莉奈の神経が理解不能である。秘書として、真心をもって仕えてくれていると信じていた。一日中行動を共にし、明るい笑顔で「先生、先生」と慕ってきて、仕事面ではしっかりとサポートしてくれる莉奈。たまには甘えてくるあの屈託のない笑い顔、尊敬の眼差し。信頼していたのに、それが全部上辺だけだったのか、と手酷い裏切りに遭ったと感じた。所有物ともいうべき秘書が、こちらの意に反して勝手な振る舞いをし、あのおとなしそうな顔の裏で赤い舌を出して史絵を嘲笑《あざわら》っていたのだ。

許せない。

信頼と好感が大きかった分、それが反転した時の怒りは深く、強かった。憤怒の炎は治まることを知らずに燃え盛った。やがて、その高温の溶鉱炉《ようこうろ》のような炎の中で、黒い感情が製錬されるみたいに形成されていった。

それは殺意と呼ぶべきものだった。

それから一ヶ月ほどかけて計画を練った。何食わぬ顔で普段通りの生活を続けながら、その間に準備を整える。そして決行の日を虎視眈々《こしたんたん》と待ったのであった。

テレビスタジオ棟の楽屋で乙姫警部が、動機が判らないと散々首を傾げて帰って行ったその日の夜、高広は早く帰宅した。

早いといってもこの夫のことなので、日付けが変わる直前くらいの時間だ。それでも朝帰りでないのは珍しい。

「刑事は来るの？　今でも」

リビングのソファに体を投げ出しながら、高広は聞いてきた。

「うん、来る。今日も収録スタジオまでわざわざ来たし」

「ふうん、何て云ってた？」

「動機を調べているって」

「俺のところへ来た時はそんなこと云ってなかったけどなあ」

高広は探りを入れるような目つきでこちらを見ていた。莉奈との関係が露見していないか、気になっているらしい。

高広は、頭の後ろで両手を重ねて、何気ないふうに聞いてくる。

「葬儀、そろそろなんじゃないの」

「ええ、明後日《あさって》ですって。やっと警察から戻されたみたいで、栃木のご両親が来てた」

「式も栃木で？」

「そう」

「行くの」

「そのつもり、日帰りできる距離だから会社のみんなで」

「俺も行ったほうがいいのかな」

「どうして。あなたはほとんど関係ないじゃないの」

「そりゃまあ、そうだけど」

もごもごと、語尾を濁しながら高広は云った。いつもは奔放《ほんぽう》で闊達《かったつ》な夫だが、こんな態度は珍しい。どうやらこの人なりに思うところはあるようだ。人を裏切っておいて図々しいけれど。と、何でもないような顔を取り繕う高広の顔を眺めて、史絵はほんの少しサディスティックな気分になっていた。

＊

井上香織《いのうえかおり》は少し緊張していた。

刑事と差し向かいで話すことなど初めてだった。しかも警視庁捜査一課という、殺人事件などを担当する部署の刑事である。平常心でいられるはずのないシチュエーションだった。ただし、新宿駅近くの喫茶店のテーブルについている二人の刑事は、殺人の捜査という厳ついイメージとは多分に乖離《かいり》していた。

一人は痩せた猫背の、死神みたいに陰気な感じの中年男性。もう一人は若いイケメンで、ちょっと現実離れしているほど整った容姿は、最初はモデルか何かかと思った。

「莉奈はあんな事件の被害に遭うような子じゃないんです」

香織は緊張を圧し殺し、さっきから何度もそう強調している。

「明るくて素直で、裏表がないから誰にでも好感を持たれるタイプで。人に恨まれるなんて考えられません」

香織は強く否定する。そうすることで莉奈の理不尽な死も否定してしまいたかった。

莉奈とは高校の頃からの友人だ。一番仲が良かった。東京に進学してからも、しょっちゅう二人で連れ立って出かけていた。就職してからも友人付き合いは続いていた。遊び、旅行、ショッピング、呑み会、愚痴り合い。楽しいことも悲しいことも共有してきた。

「やはり皆さんそうおっしゃいますね、殺されるようなタイプではないと」

死神みたいな中年刑事が、賽《さい》の河原のBGMに流れる御詠歌《ごえいか》のごとき陰気な口調で云った。低音で陰鬱だけど、不思議と聞き取りやすい声質だった。もしかしたら死神の特殊能力で、こちらの脳内に直接語りかけているのかもしれない。

「しかし、逆恨《さかうら》みということも考えられます。どうでしょうか、井上さん、そうしたお話は聞いていませんか。男性を手酷く振ったとか、おかしな男につきまとわれて困っているとか」

「そういう相談はされていませんけど」

と、香織は云い淀《よど》む。異性関係の話となると、どうしてもあのことが意識に上ってくる。

どうしよう、秘密を打ち明けるべきだろうか。

香織は迷っていた。莉奈は、香織にだけは包み隠さず喋ってくれた。内緒にすると二人で約束した。他の誰にも話していないはずだ。

あれを刑事に伝えたほうがいいのだろうか。

しかしそれは、亡き親友のプライバシーを踏みにじる行為になりはしないだろうか。

逡巡《しゅんじゅん》する香織の表情を読み取ったのか、はたまたこちらの心を覗き見たのか、死神めいた刑事は低い声で、

「何か我々に教えていただけるような話があるようですね。しかし迷っておられる。いや、構いません。決心がつくまでいくらでも待ちますよ」

不気味な外見に似合わず、刑事は親切なようだった。この人にならば云ってもいいかもしれない、香織はそう思い始めていた。

許してくれるよね、莉奈、あなたの仇《かたき》を取ってもらうためなんだから——。

心の中で莉奈に詫びて、香織は意を決して口を開いた。

「あの、実は、男性関係でちょっと、あまり公言したくないことなんですが」

この期に及んで、香織はまだ言葉に詰まった。死神じみた刑事は、じっと黙って話の先を待っている。表情の感じられない無機質な瞳で、瞬きもせずに見つめてくる。

沈黙に耐え切れずに、言葉が堰《せき》を切ったように溢《あふ》れ出した。

「莉奈には恋人がいました。ただそれは、世間では許されない関係だったんです」

「というと、いわゆる不倫関係でしょうか」

「それだけじゃないんです、社会人として人倫《じんりん》に悖《もと》るというか、してはいけない恋愛で、それで莉奈は苦しんでいました。相手が相手だけに、人の道に外れているんじゃないかって悩んで

いて」

香織がそこで言葉を詰まらせると、刑事は促すようにまた無言になった。

それに誘われて、香織は先を続ける。

「お相手は、会社のボスのご主人、でした」

「では、鷹飼史絵さんのご主人の高広氏」

「はい」

香織は俯いた。ごめん、莉奈、とうとう喋っちゃった。もう一度、胸の内で謝罪する。しかし捜査の役に立ててもらうには、約束に縛られていてはいけない。

死神のような刑事は、熱量をまったく感じさせない淡々とした口調で云う。

「そのお話、もう少し詳しくお聞かせ願えますか」

*

昼過ぎ。

鷹飼史絵が会社の自室で原稿書きの仕事に没入していると、ノックの音が響いた。

顔を上げると、ドアが開いてスタッフの久保田彩が顔を出した。

「先生、警察のかたがお見えです。ほら、例の」

と、彩は、両手を胸の前でだらんとさせて、お化けを表すポーズを取った。死神だ。

「お通しして応接室でお待ちいただいて。すぐに行きます」

史絵が指示を出すと、彩は「はい」とドアを閉じた。

さて、今日はどんな話だろうか。気を緩めることなく相手をしなくては。乙姫警部はあれでなかなか侮《あなど》れない刑事だ。油断は命取りになる。

史絵は一度大きく深呼吸して、気持ちを引き締めた。社長室の棚には、有田焼の花瓶に活けられた冬咲きのクレマチス。その白い花弁を見ながらもう一度深く息を吐く。そして決然と立ち上がる。

会議室兼応接室のソファには、初めて会った時と同じように乙姫警部と鈴木刑事が並んで座っていた。相変わらず、動く死者のごとく精気の感じられない乙姫警部は、煉獄《れんごく》の操り人形みたいにぎくしゃくと立ち上がってお辞儀をした。史絵も会釈《えしやく》を返し、刑事達と向かい合わせの席に座った。

ソファに痩せた猫背の長身を落ち着けた乙姫は、これも相変わらず生命力の抜けきったように陰鬱な声音《こわね》で伝えてくる。

「今日は新たな情報があります。それをお耳に入れたくてお邪魔しました。お忙しいところご迷惑でしょうが」

「迷惑だなんてそんな。警部さんの訪問はいつでも大歓迎ですわ。それで、犯人が捕まりましたの？」

「いえ、まだそこまでは」

と、乙姫は、顔面の筋肉をまったく動かさない無表情のままで首を横に振り、

「実は、宮内莉奈さんには交際していた男性がいたようです」

「あらまあ、初耳。私には何も教えてくれなかったのに」

「云えない事情があったのです。お相手の男性が既婚者だった」

「えっ」

史絵は驚く振りをした。とうとうその情報が警察の耳に入ったようだ。事は順当に推移している。

「既婚者って、まさか不倫を?」

「そういうことになります」

「そんな、あの莉奈ちゃんが。かわいいからモテるはずなのに、選《よ》りに選って妻帯者を選ぶなんて、信じられません」

「我々は仕事柄、人の意外な一面に触れることが多いのですが、関係者のかたは皆さんそうした反応を示されます。存外人間は、不可解な人間関係を築くもののようです」

乙姫は、慰めているのか単に一般論を述べているのかよく判らない口調で云う。亡者のごとく無表情だから、どちらなのか読み取れない。

「それで、その男性はどこのどんな人なんでしょうか」

「それはちょっと、捜査上の秘匿事項ですので。個人情報保護の観点からも先生といえどお知らせするわけにはまいりません。申し訳ないのですが」

「ああ、それもそうね、こちらこそ失礼しましたわ」

高広の名前を出さないのは本当に捜査上の都合か、はたまた史絵を揺さぶろうとしているのか、乙姫の態度からは判断がつかなかった。顔色の読めない相手はこういう時に困る。

その摑みどころのない乙姫は、淡々と云う。

「宮内さんの高校時代からの親友から話を聞きました。どうやら宮内さんは、その親友にだけ秘密を打ち明けていたようです。そのかたの証言によると、交際していた既婚男性に宮内さんは結婚を迫っていたらしい」

「えっ」

今度は本当に驚いた。その話は聞いていない。腕利《うでき》きの探偵事務所も、二人の立ち入った会話までは拾い切れていなかったようだ。

「これも多々あるケースです。浮気相手がいつしかそれだけでは収まらなくなって『奥さんと別れて私と一緒になって』と強要するパターンですね。捜査上、人間関係を洗っていると、割と出合うケースです」

「莉奈ちゃんがそんなことを。意外ですわ」

呆れたような表情を取り繕ったが、史絵は内心で強い憤《いきどお》りを感じていた。まさかあの雌狐《めぎつね》め、そこまでしていたとは。やはりこれは手酷い裏切りだ。

腸《はらわた》は煮えくり返っていてもそれを表面に出さず、史絵は涼しい顔で、

「では、その妻子ある男性が怪しいと警部さんは考えていらっしゃるのでしょうか。結婚を迫

られ、困った挙げ句に思い余って手を下してしまった、とか」

「正確には妻子ある、ではありません。子は無しです。相手のご夫婦にはお子さんはいないようなので」

律儀に訂正する乙姫に、史絵は微笑んで、

「あら、そうでしたの。私、思い込みでてっきり。とにかく警部さん、その男性が怪しいのには変わりありませんわね。警部さんが頭を悩ませていた動機も、これでようやく見つかったのではありませんか」

「はい、その男性を締め上げてみるつもりです」

生気のない死人のようなのが若干頼りない気もするけれど、それでも乙姫は断言した。力強さは感じられないが、これならねばっこく高広を責め立ててくれることだろう。

流れは想定通り。

後は思いの外《ほか》、早いかもしれない。

史絵は内心で、こっそりほくそ笑んだ。

＊

「参ったなあ、とうとうバレちまったか。これは困りましたね。どうして判っちゃったんだろう」

殊更おどけた態度で、鷹飼高広は頭を掻いた。笑い飛ばすことで、こんなのは全然大した問題ではないと強調したかったのである。

六本木の喫茶店。夜には酒も出す、半分バーみたいな店だ。夕方。ジンライムのグラスを持った高広は、例の二人組の刑事と向き合って座っていた。

「被害者の親友の女性から証言が取れました」

死神めいた乙姫警部は、特に責める様子でもなく、以前と同じデスマスクみたいな無表情で淡々と云った。

「判りました、認めますよ。確かに彼女と不適切な関係にあった。言い訳はしません」

「以前お目にかかった時に、云ってくださってもよかったのですが」

「いや、勘弁してください。変に勘ぐられるかもしれないじゃないですか。疑われるのは願い下げですからね。自分からわざわざ発表することでもないし。どの道、事件とは無関係なんだから。あ、刑事さん、この件、妻にはもう」

「ご安心ください。伝えてはおりません」

「助かります。武士の情けで、こればっかりは妻の耳には入れないようにお願いしますよ。ただの浮気ならともかく、相手が相手だけに妻に知られたら大変なことになる」

高広が半分笑いながら云っても、乙姫は頬をほんの少し緩めるでもなく真顔のまま、

「奥様には知られていないと確信があるのですか」

「そりゃもちろん。知られていたら今頃修羅場《しゅらば》ですからね、タダで済むはずがない。こうやっ

てのんびり呑んでいられるのが、悟られていない証拠です」

高広は、ジンライムのグラスを掲げながら云う。へらへら笑って、すべてを冗談事で流そうと試みたが、しかし乙姫はその手の洒落の通じるタイプではないようだ。まるで感情を感じさせない、悪魔が魂のやり取りの契約をする時みたいな真面目くさった顔つきで、

「奥様に内緒にする交換条件、というわけではないのですが、ひとつお願いがあります」

「何でしょうか、何でも喋りますよ。もう隠し事なんかありませんから」

「もちろん被害者との関係についてはこれから詳しく伺います。それとは別にもうひとつ」

「何ですか」

「ＤＮＡ型を採取させていただきたいのです。無論これは強制などではありません。あくまでも任意で、ご協力いただくという形で」

「ＤＮＡ？」

高広はきょとんとしてしまった。何だか思ったより大ごとになっていないか。俺のＤＮＡなんて取ってどうしようというんだ、この死神は。

高広は不安に駆られてきた。まさか本当に疑われてなんぞいないだろうな。確かに、普段の浮気より、少しは本気度が高かったかもしれない。莉奈は魅力的で、ちょっとだけ本心からのめり込みかけていた。とはいえ、しょせん遊びは遊びだ。それくらいで殺人の嫌疑をかけられたのではたまったものではない。

高広の焦りをよそに、常時表情のない乙姫はこともなげに、

「大したことではありません。口を開けていただいて、頰の裏の粘膜を綿棒でちょっと擦《こす》るだけ。三十秒もかからずに済む検査です。お手間は取らせません」

＊

「先生、また警察の人です、例の」

久保田彩が社長室に報せに来た。両手を胸の前で垂らすお化けのポーズつきである。気に入ったらしい。

「判った。応接室にお通ししてちょうだい。前と同じに」

鷹飼史絵は答えて立ち上がった。

以前の来訪から一週間が経過している。しばらく音沙汰《おとさた》がないと思っていたけれど、今日死神が持ってきたのは果たして吉報かその逆か。いずれにせよ何らかの進展があったのだろう。乙姫史絵は会議室兼応接室に向かい、いつものように刑事コンビと向かい合わせに座った。乙姫警部の顔色からはやはり何も読み取れない。毎度のごとく、煉獄から這い出した亡者のように不気味な顔立ちには何の表情もなかった。

久保田彩が澄ました顔でお茶を出しに来てくれたが、彩はしきりに鈴木刑事をちらちらと窺《うかが》っている。二枚目が気になるのだろう。名残《なごり》惜しそうに彩は、最後に鈴木刑事の顔を凝視してから、精一杯の愛想笑いで部屋を出て行った。

それを待っていたかのように、乙姫警部は陰鬱な上目遣いでうっそりと口を開いた。

「本日はよくないご報告があります。つい先ほど正午近く、ご主人の鷹飼高広氏を逮捕しました」

「何ですって――」

そんなバカなことが、といったニュアンスで史絵は絶句して見せる。

「逮捕状が出ました。容疑はもちろん宮内莉奈さんの殺人に対するものです」

「ちょっと待ってください、警部さん、どうして夫が――何の関係もないじゃないですか、嘘でしょう」

抗議の口調で詰め寄る史絵を、まったくの無表情でやり過ごして乙姫は、

「申し訳ありませんが事実です。そしてさらに悪いご報告をしなくてはなりません。先日お話しした宮内さんと不倫関係にあった既婚男性というのが、鷹飼高広氏だったのです」

「そんな、まさか――」

史絵は、わざとらしくならない範囲でぽかんとした顔を作る。乙姫はこちらの反応に構わず、淡々とした無感動な様子で、

「二重の驚きかとお察しします。しかしこれは本当のことです。ご本人も認めておられます」

「認めているって、殺人を?」

「いえ、不倫関係をです。殺害に関しては容疑を否認しています、今のところは」

そう云って乙姫は、生気の感じられない黒々とした洞穴《ほらあな》の底のような目でじっとこちらを見

てきた。史絵は敢えて目を逸《そ》らして、

「何でしょう、ごめんなさい。私、ちょっと混乱してしまって」

「無理もありません。出直したほうがよろしいでしょうか、お気持ちの整理がつくまで」

「いいえ、大丈夫、聞かせてください。どうして夫が逮捕されなくてはいけないんですの」

史絵が問うと、乙姫は、いずれの感情の発露なのか、ほんの少しだけ首を傾げると、

「まず一点、アリバイが不明確なことです。犯行時間帯、本人は渋谷のクラブにいたと主張しています。しかしそれは客観的に立証されていません。店の従業員も客も、カウンターの奥の暗がりに座っていたという高広氏を記憶していませんでした。奇妙なメッセージで呼び出されたという証言にも信憑性《しんぴょうせい》がなく、不自然です。恐らく渋谷のクラブの件は作り話で、実際には犯行現場にいたと推定されます」

低く陰気だがよく通る声で、丁寧に説明する。

そう、不自然に見えるように細工した。

あのメッセージカードを夫のポケットに忍び込ませたのは、もちろん史絵のしたことだ。ぐでんぐでんに酔って帰った高広のジャケットに近づくのは、造作もないことだった。目的はもちろん、高広のアリバイを奪うことだ。一ヶ月の準備期間の後、十二月五日の生配信の後に決行と計画を立てた。配信は毎週、同じ時間に行われる。史絵にとって、犯行時間を逆算するのは容易だった。トークも進行も全て史絵自身が行っているので、時間の調節も自由自在だ。決行予定時刻に高広を馴染《なじ》みの薄い渋谷に誘い出して、アリバイを曖昧《あいまい》なものにした。土曜日の

混雑するクラブでは、誰も一見《いちげん》の客など覚えていないだろうことも計算ずくだった。

「さらに、動機もあります」

と、乙姫は続ける。

「不倫関係にあった被害者から、高広氏は結婚を迫られていました。これは以前にもお伝えしましたね。詰め寄られた高広氏は進退窮《きわ》まったわけです。彼は離婚などする気はないようですので」

「そうですね、私達はうまくいっています。夫も、私のお金をふんだんに使える今の立場を失いたくないでしょうから」

と、史絵はうなずいた。

「そして、決め手となる物証があります。ピアスです」

「ピアス、ですか?」

「はい。殺害現場の公園の地面、被害者の足元近くにピアスがひとつ、落ちているのが発見されています。リング状の小さな、銀のピアスです。留め金部分が壊れていて、血痕がわずかに付着していました。被害者もピアスをしていましたが、こちらは金の粒形のものです。取れた形跡もないので、当然被害者の持ち物ではありません。事件とは無関係に、昼間誰かが落とした物という可能性も皆無ではありませんが、しかし血痕が付着しているのは着目すべき点だと思われました。留め金が破損しているのも、犯行の際に引っかけて犯人が落としたという可能性を示唆《しさ》しているとも考えられます。史絵先生はピアスをしないそうなのでご存じないかもしれませんが、リング状のピアスというのは指などで引っかけて、留め金が壊れることがよくあるそうなのです。耳たぶが切れて怪我をする事故も多いらしい」

と、乙姫は説明を続ける。

「血痕は、もちろん被害者の血液とも考えられます。刺傷の出血が多かったですから。そこで、専門家の出番です。警視庁の科学捜査研究所に腕利きの検査主査がおりましてね、腕は確かですが少々口喧《やかま》しいのが玉に瑕《きず》なのですけれど、彼を拝み倒して鑑定を急いでもらいました。もちろんぐちぐちと盛大に文句を云われましたが。結果は、被害者の血液ではないと判明しました。しかし関係者の中にDNA型が合致する人物がおりました」

「それがまさか――」

「はい、高広氏です。任意で採取させてもらったDNA型が、ピアスに残留した血液と一致しました。ピアス本体も高広氏の愛用する物と同一メーカーの同じ型番の商品です。これは動かぬ証拠といえるでしょう。高広氏は間違いなく犯行時、事件現場にいたわけです。耳から落ちたのに気がついても、現場の公園は小さな街灯がひとつあるだけですので、暗くて探し出せなかったのでしょう。さらに指紋も不鮮明ながら付着しておりました。ただ、なにぶん小さな物ですので一部しか採取されませんでした。しかしこれも、六十パーセントの確率で高広氏の指紋と一致したとの鑑定報告が出ています。裁判官によっては、この指紋も充分な物証として採用することでしょう」

そう、あの夜、史絵がピルケースから落としたのは確かに高広のピアスである。今回の計画を練っている準備期間の最終段階で、たまたま入手できた品だ。

犯行の三日ほど前の夜、高広が耳たぶから血を流してリビングに入ってきた。

「どうしたの、それ」

史絵が聞くと、高広は忌々《いまいま》しそうに、

「指を引っかけて壊れた、くそっ、この安物めっ」

と、ピアスをゴミ箱に叩き込んだ。物に当たる子供っぽさが高広らしかった。血のついたそれを、史絵は後からこっそり回収した。ちょうどいい。タイミングよく計画に組み込むことができると考えて。

「アリバイ、動機、物証。これだけ揃えば逮捕状も出ます。我々は即座にそれを執行し、現在高広氏の身柄を拘束しています」

と、乙姫は、余命ひと月を宣告する医師のごとく湿っぽい口調で云った。

「大変。私、面会に行ったほうがいいのでしょうか。あの人、心細いでしょうから」

史絵がおろおろした調子で云うと、乙姫は少しだけ首を横に振って、

「いえ、それはご遠慮いただいたほうがいいのではと。大きな混乱を避けるためにマスコミには今のところ、逮捕の件は伏せています。史絵先生が有名人ですので影響に配慮して、です。もし先生がヘタな動きを見せたらマスコミに嗅ぎつけられる恐れがあります。面会は必要最低限にしたほうが賢明かと思われます。弁護士くらいに抑えておくのがベストかと」

「そうね、判りました、だったら私は行かないでおきます、心配ですけど。その代わり、うち

の顧問弁護士を差し向けても構いませんでしょう」

「もちろんです。被疑者の権利ですから」

と、乙姫はうっそりとうなずいてから、

「ただ、今はともかく、起訴となったら正式発表せざるを得ません。そうなったらマスコミが騒ぎ出します。時間は稼ぎますが、それまでに対策は練っておいたほうがいいでしょう」

「ご配慮、感謝します」

史絵が頭を下げると、乙姫は物静かに、

「今日参上した用件はそれです。いつ記者にすっぱ抜かれるか判りませんから、準備を怠《おこた》らないように忠告するためでした」

「重ね重ね、ありがとうございます。でも、まだ信じられません、夫が莉奈ちゃんを殺しただなんて」

「心中お察しいたします。史絵先生にはやはりお気持ちを整理する時間が必要のようですね。今日はこれで退散します」

乙姫はそう云って、のっそりと立ち上がった。終始発言をしなかった鈴木刑事もそれに倣った。

刑事コンビはドアまで歩いて行ったが、そこで乙姫が突然、何の前触れもなく振り向いた。機械人形さながらの、予備動作をまったく伴わない唐突な動きだった。史絵は思わずびくっと身構えてしまう。

「史絵先生の信じられないというお気持ち、私にも理解できます」

不景気な猫背の姿勢で立ったまま乙姫は、日本中の怨念《おんねん》と怨嗟《えんさ》と恨みをかき集めて凝縮したみたいな、重々しく陰気な目を向けてきて、

「実は私も、今ひとつ納得しきれていないのです。すべての証拠が一人の容疑者を指さし、捜査本部の空気感もこのまま事件は決着を見るだろうという方向に傾いています。ただ、私はどうにも引っかかって仕方がない。これで幕引きで本当にいいのか。高広氏が犯人だと、もうひとつ呑み込み切れないような、宙ぶらりんな気分なのです。我ながらしつこいと呆れるのですけれど、どうにも据わりが悪い。何かもうひとつ、決め手となるような証拠があれば、このモヤモヤも晴れてすっきりするのでしょうが」

そう云い置いて、乙姫はドアを開けて出て行った。

史絵はそれを見送りながら、とことん疑《うたぐ》り深い刑事だな、と思っていた。そして、もうひとつ決め手があれば、と微笑みながら考える。

＊

「高広さんの何を調べてるんですか？」

清村大河《きよむらたいが》は、二人組の刑事に尋ねた。

夕方、六本木通りに面した馴染みのパブのカウンター席である。

刑事の片方はまだ若く、驚くほどきれいな顔立ちのイケメンである。そしてもう一人の中年のほうは、墓地の地面から這い出して来たみたいな不気味な風貌をしている。まるで死神だ。

その死神めいた中年刑事が大河の隣の席に座っていて、問いかけに答えてくれた。

「鷹飼さんがどんな人物か知りたいだけです。ですから何でも構いません。彼に関することでしたら、どんな些細《ささい》なことでもいいのでお話し願えますか」

「どんなことでもって云われてもなあ」

と、大河は頭を掻いて少し考えてから、

「まあ、俺達にとっちゃ楽しい遊び仲間ですよ、高広さんは。この辺を中心に毎晩呑み歩いていてね、六本木、麻布、赤坂、あちこちに顔の利く店があって。クラブやバーも朝までやってる店も多いし、大抵明け方まで呑んで騒いでますね。高広さんっていえば、やっぱ六本木かなあ、俺らの間じゃ、六本木の夜の帝王で通ってますから」

思いつくままにぺらぺらと喋る。そしてさらに大河は、

「この街の遊び人にも各種あってね、色んな奴がいますよ。マジにモノホンのヤンキーから、犯罪まがいのヤバいことに手を出してる半グレとか、ゴリゴリの武闘派やガチのスジモンまで。高広さんはそういう連中とは距離をおいていましたね。まあ俺もそうなんですけど、やっぱ遊びは楽しくなくっちゃ。健全が一番ですよ。チンピラ丸出しのオラオラ系と違って、高広さんナンパ系だし。武闘派みたいにパンピーに絡んだりして迷惑なんか掛けるのは最低にダサいって感じで。遊び方もスマートですよ。ビリヤードにダーツにポーカー、何をやっても一流でね、

女にもモテるし。まあ、あの見た目なんだからモテるのは当たり前なんだけど、女の子口説くテクニックも冴えててね。呑んでバカ騒ぎしてオールの日もあれば、かわいい子といつの間にかフケちゃってることもあって、本当にカッコいいんですよ、あの人」

「人気者なのですね、高広氏は」

怨霊みたいな刑事は、表情をまったく動かさずに暗いトーンで云う。もし年が若くても、こういうノリの奴とは仲良くなれそうもないなあ、などと思いながら大河は、

「高広さん、トークもうまいからね。女の子落とすテクだけじゃなくって。座持ちっていうの？　高広さんがいると場が盛り上がるし、いつも楽しい話題がポンポン出てきて、俺らの中心にいますよ。仲間内のリーダー的存在って感じで。金払いもよくって、割とよく奢《おご》ってくれて気前もいいし」

「お金持ちなんですね」

「あれ、刑事さん、知らないんですか、奥さんが金持ちなんですよ、高広さんは」

「それならば存じております」

怨霊の刑事は真面目くさった堅苦しい顔でうなずく。

「うちの爺ちゃんに高広さんのこと話したら、そりゃ美容師の旦那だな、とかって云ってたっけ。何だかよく判らないけど」

「髪結いの亭主、ですね、それは」

「そうそう、それ、カミユイ。カミユイって何って聞いたら、爺ちゃんが今でいうところの美

容師だなって云ってたんで覚えてたんですけど、諺《ことわざ》か何かですかそれ」

大河が尋ねても怨霊の刑事は何も答えなかったので、それ以上この話題を続けても意味がないと思い、

「とにかく、六本木では顔ですね、高広さんは。あの人を知らなかったらこの街じゃモグリですよ、それくらい有名なの」

そう云いながら、そういえばここ三、四日ばかり高広さんは顔を見せていない気がする、と思い当たった。旅行にでも行っているのだろうか。まさか警察に捕まってるなんてことはないよな。それでこうして刑事が嗅ぎ回っているとか。ヤバいクスリに手なんか出してないだろうな。いや、あの人のことだから面白半分でやりそうな気もする。何しろ根っからの遊び人だから。

と、遊びといえば、思い出したことがある。大河は隣に座る怨霊みたいな刑事に聞いてみる。

「知ってますか、刑事さん、高広さんのマンションの話」

「はて、それは何でしょうか」

死神めいた刑事は小首を傾げる。

「奥さんには内緒ですよ、バレるとヤバいから。高広さん、愛人と密会に使うのに秘密のマンションを借りてるんです」

「秘密のマンション、ですか。興味深いお話のようですね。詳しくお聞かせ願えますでしょうか」

怨霊のような刑事は、墓石の下から抜け出してきたみたいな怖い顔を、ぐいと大河に近づけてきて云った。

＊

いつもの刑事コンビが訪ねて来たのは午後遅い時間だった。四時過ぎ。社長室にいた鷹飼史絵は例によって会議室兼応接室に向かった。乙姫警部と鈴木刑事の二人と、差し向かいで座る。挨拶もそこそこに乙姫は尋ねてきた。

「史絵先生はご主人がマンションを借りているのをご存じでしょうか」

「マンション？　さあ、何のお話ですの？」

「やはりご存じない」

「ええ」

史絵はとぼける。探偵事務所の調査でとうに知っていることだった。しかしもちろん、知らない振りをしておくほうがいい。

「高広氏は、赤坂にマンションを一部屋借りていました。遊び仲間に話を聞いたところ、高広さんの〝秘密のマンション〟として仲間内ではよく知られていたようです。夜中に六本木から流れた遊び仲間が屯《たむろ》して、溜まり場のようにしていたらしい。明け方まで呑んで騒ぐのだそうです」

「何をやっているんでしょうね、あの人。大学生みたいなことを」

史絵は呆れてため息をついた。この話は初めて聞いた。高広は子供っぽいところが多々あるけれど、まさかそこまでとは、と情けなくなってくる。

「この秘密のマンションは宮内さんとの不倫にも使っていたようです。勾留中のご本人にも確認しました。ご主人はマンションの存在を認めましたよ」

乙姫に云われて、史絵は再び呆れ返って首を横に振った。

「わざわざそんな部屋を借りてまで。本当に子供じみていますわね、お恥ずかしい」

「我々はそこを捜索するつもりです。といっても今日はもう時間も遅いので無理なのですが」

と、乙姫は、冥府の底から響き渡る悪鬼羅刹《あっきらせつ》の鼻歌みたいな陰気な声の調子で、

「私どももこれでお役所仕事の弊害《へいがい》がありまして、正規の段取りを踏まないとまるで動きが取れないという不自由なところがあるのです。家宅捜索には裁判所の許可状が必要で、今それを申請中なのです。これは正式には捜索差押許可状というのですね。俗にいうところの捜索令状です。古い隠語では〝お札《ふだ》〟とも云います。古参の捜査官にはまだそう呼ぶ者もおりまして、御上から下されるありがたい御利益のある鑑札だから〝お札〟なのでしょうね。恐らく、明日の朝一番にはこの令状が下りると思われます。明日、書類が整い次第、すぐにマンションの捜索を始めます。何か出るといいのですが」

「そんなことより、夫はまだ出て来られないのでしょうか」

史絵は非難のニュアンスを込めながら問い詰める。夫の身を案じる良妻に見えるように意識

した。しかし乙姫はいつもの無表情のままで、

「容疑が濃厚なのでさすがに保釈は難しいかと。捜査本部はもう高広氏が被疑者で一本化する流れになっておりますので」

「そんな。本人は認めていないのでしょう」

「はい、頑なに容疑を否認しています。しかし物証を固めれば起訴は可能です。被告人の自白がなくても、証拠が揃えば充分に公判を維持できますから」

「そうなると、夫は裁判にかけられるわけですの？」

「そうです、裁きを受けることになります、殺人者として」

と、乙姫は、夜の闇を煮凝《にこご》らせたみたいな瞳で、じっと史絵を見つめながら云った。


その日の深夜、史絵は行動を開始した。

車を出し、自宅の三田から赤坂方面へと向かう。目的地は無論、高広の〝秘密のマンション〟である。Nシステムに映り込まないよう、裏道だけを選んで走った。尾行されてなどいないか、念のために後方にも注意を払う。慎重すぎる気もするけれど、用心に越したことはない。もちろん問題はない。史絵は警察に目をつけられてはいない。尾けられているはずがなかった。安全運転で赤坂のマンションに到着した。探偵事務所の報告書で、所番地は把握している。目立たない路地に路上駐車する。車を離れるのはほんの十分くらいだ。見咎められることもないだろう。車を出て、夜の寒気の中をコートの襟を立てて歩いた。

〝グラン・コート赤坂〟は五階建ての瀟洒《しょうしゃ》なマンションだった。冬の闇の中、夜空に溶け込むように建っている。遅い時間なのでほとんどの住人は寝静まっているらしく、窓が暗い部屋が多い。三階の一部屋だけが宵っ張りのようで、カーテン越しに灯《とも》りが点っているのが見える。

このマンションには実は一度来たことがある。一ヶ月の準備期間中、下見をしたのだ。何かに使えるかもしれないと思い、一応見ておくことにしたのだ。それが今、役に立っている。

史絵はコートのポケットから、剝き出しの鍵を取り出す。これも準備期間に複製を作っておいたものだ。泥酔《でいすい》して朝帰りした高広のキーホルダーをそっと持ち出し、眠っている間にコピー鍵を作るのは簡単なことだった。

史絵は建物の裏手に回った。

住人がゴミ出しに使う裏口、そして非常階段には防犯カメラが設置されていないことを、下見の時に確認しておいた。暗がりの中を建物沿いに進みながら、史絵は手袋を嵌める。指紋を残すわけにはいかない。

裏口の扉を鍵で開き、冷え切った階段を四階まで上がった。廊下に誰もいないのを確かめて、401号室に身を忍び込ませる。一応警戒して電灯は点《つ》けない。用意してきたフラッシュライトで足元を照らし、史絵は部屋の奥へと進んだ。

1LDKのこぢんまりとした間取りだった。下見の時に見たから内部の配置はだいたい覚えている。リビングを抜け、奥の部屋に入った。ベッドルームだ。ダブルサイズのベッドは敢えて視界に入れないように努め、史絵はクローゼットの横のチェストの前で足を止める。腰くらいの高さの小型のチェストだ。

その場でしゃがみ込み、史絵は一番下の段を引き出す。中にはタオルの類が畳んで並べてあった。これも下見の段階で当たりをつけておいた。そして肩に掛けた自分のバッグから、タオルで包んだ細長い物を取り出す。

中身はもちろん、莉奈を刺した包丁である。

これは、土地鑑のない板橋《いたばし》の寂れた金物店で購入した。防犯カメラなどとは無縁の小さな個人商店で、店番をしていたのも釣り銭の勘定すら覚束《おぼつか》ない老婦人だった。入手経路を辿《たど》るのは不可能だろう。

タオルにくるんだままの包丁を、チェストのタオルの奥に突っ込んで隠した。ざっとしか拭っていないので、刃には莉奈の血痕がたっぷりこびりついている。そして柄には高広の指紋。犯行の翌日、いつものごとく朝帰りを決め込んだ高広の手に、柄を摑ませたのだ。正体をなくすほど酔って高鼾《たかいびき》とはいえ、高広の手に何度も包丁を握らせた時はさすがに肝を冷やした。目を覚まされたら言い逃れができない。幸い高広は眠ったままで、凶器にべったりと指紋をつけさせてくれた。

チェストの段を静かに閉める。

これは高広の車に隠すかこのマンションに隠すか、どちらか決めてはいなかった。警察の動き如何《いかん》でフレキシブルに対応できるよう計画を練っていた。死神の乙姫警部は明日ここの捜索をすると云っていた。それに乗じて、今夜行動することにしたのだ。凶器が発見されれば、さすがの疑り深い乙姫警部も納得せざるを得ないだろう。これで高広が犯人になる。

そう、莉奈を殺害しその犯人役を高広にあてがう。これが史絵の計画の全貌だった。

裏切り者の雌狐には怒りと殺意の赴くままに直接手を下す。

高広に直《じか》に危害を加えるのはさすがに忍びなかった。夫婦の情というわけではないが、殺そうとまでは憎みきれない。その代わり、殺人犯として司直の手に落とす。高広にはこの罰のほうが応えるはずである。

高広は根っからの遊び人だ。奔放で享楽的、放埒《ほうらつ》で自堕落な生活が体に染みついている。酒と女を養分とし、街のネオンサインで光合成するみたいな、夜の都市部でしか生息できない生き物なのだ。

そんな高広には、刑務所での生活は地獄にも等しいに違いない。単独殺人ではさすがに死刑判決は出ないだろう。しかし何年もの塀の向こうでの人生が待っている。あの遊び人にとってそれは、いっそひと思いに殺してくれたほうがマシと感じるほど辛い苦行だろう。文字通りの苦役《くえき》だ。酒もなく女にも近寄れない、規則正しく規律で雁字搦《がんじがら》めの毎日。あの高広にはこれ以上痛烈な罰はないはずだ。

それが裏切りの代償であった。

史絵の考えた復讐計画だ。

もちろんこの復讐は諸刃の剣である。

史絵自身にもダメージが返ってくる。

夫が秘書殺害の被告人として裁かれるとなれば、大スキャンダルは必至。文化人として売っている史絵には、この上なく大きなイメージダウンになるに違いない。バッシングの声も挙がるだろうし、忌避感も持たれるだろう。芸能マスコミは総掛かりで食らいついてくるに決まっている。彼らにとっては格好の餌食《えじき》となるはずだ。好奇の対象として骨までとことんしゃぶり尽くされるのは容易に予測できる。ネット上も大騒ぎになるだろう。そうなれば、これまで通り呑気にテレビに出演したり講演で語ったりなどもできなくなる。活動は大きく制限されるだろう。

だが、それは覚悟の上だ。

裏切り者の一人には死を、もう片方には地獄の苦汁を。それが正しいあり方である。

正義は史絵の側にある。

これは正義のための聖戦なのだ。

正義の執行には、時には犠牲も必然。痛みを伴うこともあるだろう。名声を失い仕事に支障が出るのもやむを得ない。正義を貫くには覚悟と代償が必要になる。一年か二年か、雌伏《しふく》の時を強いられるだろう。

だが、それで終わることはない。必ず復帰してみせる。世間は存外、忘れっぽい。獄中の高広と夫の逮捕も、時が経てば同情票へと変わってくる。その風向きの変化を読む。大衆心理を離婚し、品行の悪い配偶者に騙《だま》された悲劇のヒロインとして返り咲きを狙うのだ。大衆心理を操る術《すべ》は心得ている。世論を同情に変わるように誘導し、苦難から立ち直る不屈の女としてまた今の地位に戻ってくる。きっとそうできる。

正義はこちらにあるのだから。

マンションを後にして、史絵は夜の街を帰路についた。

＊

暖房の効いた車から降りると、途端に早朝の冷たい空気が全身に突き刺さってきた。

鈴木刑事は思わず身を縮め、コートの前を掻き合わせた。

鈴木刑事が車を降りたのは、噂の鷹飼高広の〝秘密のマンション〟の前である。

〝グラン・コート赤坂〟が建っているのは赤坂御所の南側だが、この近辺は鈴木刑事にとっては赤坂署の近所という印象のほうが強い。

近くに巨大なタワーマンションが聳え立っている。鈴木刑事が見上げると、東側の壁面が朝日を受けて輝いている。そのせいか〝グラン・コート赤坂〟は予想していたより小振りに見えた。ただし外観は小洒落ている。デザイナーズマンションというやつだろうか。金に糸目をつけず豪奢《ごうしゃ》に仕上げたのが判る。さすがは赤坂という土地柄だ。初めて見る建物に、鈴木刑事は感心していた。

それにしても、既婚者なのにこんな浮気用のマンションなどをこっそり借りている鷹飼高広の心理がよく判らない。鈴木刑事自身が独り身だから、理解が及ばないのだろうか。もし結婚したとしたら、そういう心理もうなずけるようになるのか。

などと、埒《らち》もないことを考えていた。

そんなことより、寒い。十二月も押し詰まってくると、早朝の冷気が身に染みる。鈴木刑事は半ば無意識に、足踏み運動を開始していた。

警視庁のバンを連ねてやって来た鑑識係員達も、心なしかうんざりした顔つきで次々と車から降りてくる。肩に大きなジュラルミンのケースを担いでいる。

これからここの401号室の捜索が始まるのだ。

刑事が八人と鑑識係が一班。指揮を執《と》るのは上司の乙姫警部である。

その乙姫警部の姿が見当たらない。先輩刑事達は三々五々、マンションの前の舗道に立って待機している。また明後日の方角でうろうろする上司の悪癖が始まったのか、と鈴木刑事は幾分うんざりしながら周囲を見回そうとした。しかし、背後を振り向いた途端、ぎくっとして息を呑んだ。当の乙姫警部が自分のすぐ真後ろに立っていたのだ。いつの間にこんな近くにいたんだ、と鈴木刑事は仰天していた。音もなく近づいて気配もなく立っている。心臓に悪いからやめてほしい。別にこちらをびっくりさせようという意図はないのだろうが、この上司はいつもこんな感じだ。行動が唐突で、時々驚かされる。

黒いコートの乙姫警部は、うっそりと超高層マンションを見上げている。猫背で陰気な立ち姿は、あのマンションのどの階から飛び降りれば確実に死ねるだろうかと算段しているふうにしか見えない。

もちろんそんなことを考えているはずもなく乙姫警部は、鑑識係がバンからすべての機材を降ろし終えるのを確認してから、

「では、皆さん、まいりましょうか」

ご遺族のかたから順にご焼香を、とでも続けそうな陰気な口調で云った。

刑事達が一斉にマンションの入り口に向かう。家宅捜索が始まろうとしていた。

＊

今日は昼に〝オフィス・パンチュール〟の全体会議があった。

会議といってもそう堅苦しいものではない。会議室で昼食会をするのだ。親睦を深めるため、鷹飼史絵は自ら音頭を取ってたまにこうした催しを開催する。

以前なら、女八人集まっての昼食会は賑やかで姦《かしま》しいほどだった。

ただし今日はあまりお喋りも弾まなかった。宮内莉奈が欠けたことを、皆まだ引きずっているようだ。それも、あんな失い方なのだから、喪失感もそれだけ大きい。

これればかりは仕方がないか、と史絵は諦めの思いでいた。

莉奈は明るく、誰にでも気配りのできる子だった。彼女の抜けた穴は、会社にとっても大きい。そしてもうすぐこの会社には、もっと大きな試練の時がやってくるのだ。スキャンダルで仕事が減れば、この中の何人を雇用し続けられるだろうか。この事務所も維持できずに、引き

払わなくてはならないかもしれない。史絵は会議室でテーブルを囲む社員達を見渡し、こっそりため息をついた。正義のための犠牲とはいえ、スタッフを巻き込むのだけは申し訳がないと思っていた。

そして昼の全体会議を終えて社長室に戻ってすぐ、経理担当の平尾郁美が顔を見せた。

「先生、警察のかたがお見えです」

来たか、と史絵は身構えた。

いつものように会議室兼応接室に通すよう指示を出して、史絵は心の準備を整えた。深呼吸をし、焦るな冷静にいこうと自分に云い聞かせる。集中力を高めてから社長室を後にした。

待っていたのは予想通り、乙姫警部と鈴木刑事のコンビだった。

乙姫警部は相変わらず死神のごとき容貌で、陰鬱な顔つきと、人間的な温かみをまったく感じさせない作り物めいた暗い目をしている。対して鈴木刑事はすらりと清潔感のある見た目で、その爽やかさは清涼飲料水の宣伝ポスターから飛び出してきたみたいだった。

いつものごとく弔問客のような陰気な挨拶の後で、乙姫警部は本題に入った。

「今日は一件、ご報告があります。そして何点か、史絵先生に謝罪しなくてはならないことがありまして参上いたしました」

「あら、謝っていただくことなどあったかしら」

首を傾げた史絵に構わず、乙姫は冥界へ続く深い洞穴の底から聞こえる亡霊の呻きみたいな陰気な調子で、

「まずはご報告からさせていただきます。昨日も申し上げたように、今朝早く、我々はご主人の〝秘密のマンション〟の捜索をしてきました。例の赤坂にあるマンションです。その結果をお知らせします」

「はい」

史絵はうなずいた。胸が自然と高鳴った。

「端的に申し上げます。チェストの奥から包丁が発見されました。家庭用のものですが、よく研磨された鋭い包丁です。刃には血痕が付着し、血液型は被害者の宮内莉奈さんのものと一致しました。そして柄には指紋が多数残留していました。こちらはご主人の鷹飼高広氏のものと一致しております」

乙姫の言葉に、史絵は目を大きく見開いた。ショックで言葉も出ない、というふうに手を口に当てる。

「宮内さんのご遺体の刺傷跡と包丁の形状も同一のものと見られます。検視官の見解では、ほぼ間違いなくそれで刺したと思われるとのことです。血痕はＤＮＡ鑑定に回しましたが、それを待つまでもありません。凶器で間違いないと断言できます」

「それでは、やっぱり――」

「はい、決定的な証拠が出ました。凶器は鷹飼高広氏のマンションに隠されていました。これで犯人は確定したと云えると思います」

乙姫はいつもの無表情ではあるけれど、珍しく強く断定した。そして、陰鬱な目でじっと史

絵を見すえてくると、

「そして、謝罪しなくてはならないことがあります。私は先生に嘘をついていました。それも、いくつか」

「嘘、ですか？　それは何でしょうか」

「まずはひとつ目です」

と、乙姫は沈んだ暗い口調で、

「宮内莉奈さんの親友の証言です。先生に伝えた内容は、宮内さんが不倫相手の高広氏に結婚を迫っている、というものでした。しかし、あれは嘘です。実際のところは、宮内さんが親友に吐露《とろ》していたのは辛い胸の内でした。高広氏との不倫関係を悔恨し、尊敬する先生の信頼に背《そむ》いてしまって苦しい。先生を裏切っているようで苦痛だ。社会的に許されない関係なので早く清算したいけれども、情が募って別れるに別れられない。それも苦しい。どうしたらいいのか判らない。というように、悔悟《かいご》の情感を涙ながらに親友に打ち明けていたとのことです。泣いて悔やむ友人を慰めるのは難しかった、との証言でした。『奥さんと別れて私と結婚して』という不倫関係にありがちな台詞《せりふ》は一言も出ていません。あれは嘘です。申し訳ありません。史絵先生には偽りをお伝えしていました。それを謝罪いたします」

「どうしてそんな嘘をついたんですの？」

史絵は思わず尋ねていた。乙姫の真意が判らなかった。どっちにせよ、今さらそんな話を聞かされたところで史絵の怒りが沈静化するはずもないのだけれど。

しかし乙姫は、史絵の質問には答えずに、

「ふたつ目の嘘は、ご主人を逮捕したとお伝えしたことです。申し訳ございません。あれも嘘でした」

「えっ――」

これには本心で驚いた。何を云い出すのだろう、あれが嘘？　それはどういう意味なのか。史絵は返す言葉を失った。

「高広氏は現在、都内のホテルで保護しております。我々警察の提案でそうしていただきました。当人はあまり気乗りしないようでしたが、真犯人に命を狙われる危険があると少々脅しをかけたところ、思いの外素直に私どもの協力要請に従ってくれました。外部との連絡を一切絶ってホテルの一室で隠遁《いんとん》生活をしていただき、二十四時間態勢で警護の警察官が貼り付いています。経費がこちら持ちなのをいいことにホテルの高い酒を片っ端からルームサービスで運ばせているらしい。至ってお元気ですので、ご心配なきように」

「どうしてそんな嘘を？」

史絵の質問に、今度は乙姫も答えてくれて、

「高広氏のアリバイがひどく不自然だったからです。彼が本当に犯人ならば、あんな胡乱《うろん》なアリバイを主張したりはしないだろうと私は思いました。あまりにも不自然で無理筋の話だったので、かえって真実味を感じたのです。そして、どうやら真犯人は、高広氏のアリバイを無くそうと目論んでいるらしいと見当をつけました。そこで先手を打って、逮捕されたと出任せを

でっち上げてみたわけです。そうすれば何かしら犯人側のリアクションがあるだろうと期待して」

と、暗く陰鬱な目で史絵を見て云う。そしてさらに、

「これがふたつ目の嘘でした。そしてみっつ目はごく最近です。高広氏の〝秘密のマンション〟の捜索に関して、昨日私は先生にこうお伝えしました。『令状の関係で家宅捜索は明日の朝になる』と。しかし、申し訳ありません。実はこれも嘘だったのです。令状は昨日の昼にはもう取れていました。私が先生にお目にかかって嘘を云っているまさにその時、一課の別班がマンションの捜索に着手しているまっ最中だったのです。その捜索の結果、怪しいものは何も出てこなかったことが判明しています。そして今朝、二度目の捜索をしたのです」

と、乙姫はいつもの感情の起伏のない淡々とした口調で云った。

「昨日何も見つからなかったマンションを、今朝もう一度調べたのです。昨日の今日のことなので鑑識の面々は少しうんざりしていたようですが、そこは拝み倒してやってもらいました。そして先ほどの報告にもあった通り、凶器の包丁が発見された次第です」

乙姫はそこで一旦言葉を切ってから、改めて話を続ける。

「さて、先生、これがどういう意味かお判りになりますね。昨日の捜索ではチェストのタオルの奥には何もありませんでした。しかし今朝になると、凶器の包丁が忽然《こつぜん》と出現したわけです。つまり昨夜、何者かがこっそりそれを置いていった。もちろん高広氏がやったのではありませんね。彼は二十四時間態勢の警察の保護下にあるのですから。当然、夜中にあのマンションに

行くのは不可能です」

と、乙姫は云う。

「どうですか、もうお判りですね。私が『捜索は明日の朝に行う』と偽の情報を伝えたのは、史絵先生、あなたにだけでした。昨日はなかった包丁を誰があそこに置いたのか？　そう、あなたしかいない、いないのです。タイミングから考えて、あなた以外の何者かが包丁を隠したとは考えられない。ですから凶器を所持していたのは史絵先生、あなたということになる。私は先ほど、犯人は確定したと云いました。あれはもちろん、あなたで確定という意味で申し上げたのですよ。あなた以外にあそこに凶器を隠せる人物はいないのですから」

「わ、私でなくても、他の誰かかもしれません」

史絵はまっ白に霞《かす》みつつある頭で必死に考え、かすれる声で抗弁する。

「例えば、そう、夫の遊び仲間です。マンションは夫の友人達の溜まり場になっていたそうですわね。ですから、彼らのうちの誰かがやることもできたはずです。タイミングが昨日の夜だったのは、ただの偶然で」

「いいえ、それはあり得ないのですよ」

しかし乙姫はゆっくりと首を横に振って、

「実は、仲間の溜まり場になっていたとお伝えしたのも嘘だったのです。いくつ目か判らなくなってしまいましたが、嘘をついたことをお詫びいたします。高広氏は仲間内に〝秘密のマンション〟の存在をほのめかしてはいたようです。浮気のためのマンションを借りていると。ただ、誰一人として連れて行ったことはないそうです。ですから遊び仲間は誰もマンションの正確な所在地も、何号室かも知らない。これは高広氏の友人達全員の証言を取りましたし、高広氏本人も断言しています。誰も知らないからこそ〝秘密のマンション〟なのですね。高広さんもあれで意外とナイーブなところがあるなあ、浮気専用のマンションには他人は入らせないなんて、と仲間内で笑い話になっており、揶揄《やゆ》する意味合いで〝秘密のマンション〟と呼ばれているわけです」

静かな口調で云う。そしてさらに、

「従ってマンションの所在地を知っているのは、浮気の張本人の二人だけだったのです。しかし一方は殺害され、もう一方も誰にも教えていないと証言しています。そうなると、お二人に身近な何者かが調べ上げたと考えるのが自然でしょう。尾行か何かして。そしてマンションの鍵のコピーを作れるのも、高広氏にごく近しい人物に限られます。あそこの鍵は複製など取っておらず、鍵を持っているのは自分しかいないと高広氏は証言していますので。さらに、凶器に指紋をつける細工などできるのは本当に身近にいる者だけでしょう。同じ屋根の下に暮らしているほど身近に。彼とそれほど近くにいるのは、史絵先生、あなたですね」

乙姫の感情のこもらない言葉に、史絵は大きくため息をついた。どうやらもはや言い逃れはできそうもない。がっくりと肩の力が抜けた。諦観と敗北感がじわじわと胸の奥に広がっていく。それにつれて、つい史絵はうなだれてしまう。

「罠を張っていたのですわね。まったく気がつきませんでした。けれど警部さん、私が包丁を置きに行かなかったらどうするつもりでしたの？　せっかくの罠が空振りになっていたかもしれないでしょう」

自分でも驚くほど弱々しい声になった問いかけに、乙姫は普段通りのトーンで、

「ご心配なく。プランB、プランCと用意は怠りありませんでした。先生が尻尾を出してくれるまで、何度でも仕掛ける予定でおりました」

「さすがに周到ですのね。結局私、警部さんの掌《てのひら》の上で転がされていただけだったわけですね。けれどひとつ疑問があります。罠を仕掛けてきたということは、私を疑っていたということでしょう。一体いつから私に目をつけていらっしゃったのかしら。私、ミスをしたつもりはありませんでしたのに」

史絵が力なく尋ねると、乙姫は無感動で無機質な目を向けてきて、

「実は、かなり早い段階でした。事件当夜は大層寒い日でした。ピンポイントの気象記録を調べてみたのですが、当夜の港《みなと》区は風速十六メートルの強風で、温度は七度。風のせいで体感はもっと寒かったことでしょう。そして現場の公園は、表通りからは生け垣のせいで目隠しされていて、あそこを犯人が選んだのは人目を避けたからに違いありません。夜には誰も立ち寄らないような、何もない公園かすぎました。私はそこに引っかかりました。だったらどうして、被害者はそんな公園にです。強風の寒い夜ともなればなおさらでしょう。ただ、あの公園は静入って行ったのか、ここに疑問が生じました。宮内さんには力ずくで引っぱり込まれたような痕跡は残っていませんでした。つまり自分の意志で歩いて公園に入ったわけです。しかしあの

寒空の下、自ら好んで物寂しい公園に行ったとも思えません。誰かに誘われたと考えるのが自然です。それも半ば強引に」

低音だが、深みのあるよく響く声で乙姫は続ける。

「そこで、誘ったのはどういう人物かイメージしてみました。夜の静かな公園に若い女性が誘われてうかうかついて行く、というのはいささか無防備にすぎます。ですから見ず知らずの男性ということはないでしょう。といって、よく知っている男性というのも考えにくい。見せたい物がある、折り入って話があるなどの口実で誘われたのだとしても、無人の公園にのこのこついて行くのは、若い女性としてはやはり無防備すぎますから。話があると云われたら、近くのカフェなりバーなりに入ればいいはずです。暖かい店内のほうが話しやすいでしょう。相手が恋人のようなごく身近な立場だったとしても、底冷えの公園に誘われたら躊躇《ちゅうちょ》するはずです。そういう関係ならば、少し歩けば駅があるのですから、自宅に連れて帰るなりすればいいわけです」

と、乙姫は続ける。

「以上の観点から、男性はどうしてもイメージしづらかった。では同性だったとしたらどうでしょうか。気の置けない相手ならば、やはり近くの店に入ろうと提案できるはずです。目下《めした》の相手ならばなおさらですね。そう考えていくと、私の中のイメージが固まってきました。被害者を公園に誘い込むことができるのは、誘われても断り切れないポジションにいる者ではないだろうか、と。それも、女性のほうがより可能性が高い。仕事上、立場が上の女性、誘いを拒否しづらい職場のボスなど。そうしてイメージを形作っていくと、その像にぴったり重なる人物が浮かび上がってきました。それが史絵先生、あなただったというわけです」

乙姫の物静かな言葉に、史絵はもう一度ため息をついた。そしてゆるゆると口を開いて、

「最初から目をつけられていたのですね。警部さんのほうが、私より頭が回るということなのかしらね」

「そういうわけではないと思います」

乙姫は、真面目くさった顔で否定する。

「私は二十年、毎日殺人犯を追っています。三百六十五日、いつでも犯人を追いつめることに腐心してきました。それが仕事だからです。対して先生は、殺人など初めてのことでした。私との差は、単に経験の違いでしかないと思われます」

「プロにアマチュアが勝てるはずがなかった、ということですわね。さすがに本職は大したものなのですね。エレガントですわ。頭が下がります」

「お褒めにあずかり光栄です。では、話はこれくらいにしておきましょうか。史絵先生、署までご同行願えますね」

そう云って、乙姫はゆっくりと立ち上がった。史絵もそれに倣いながら、

「コートを取ってきても構わなくって？　それに、お化粧も直したいですし」

「もちろん、お待ちしております」

乙姫は折り目正しく一礼して云った。熟練の執事のように恭《うやうや》しい態度だった。

死神なのに、こういうところは紳士なのよね、と思い、史絵はくすりと笑った。笑う余裕のある自分が少し嬉しい。

そう、笑おう、下を向くのはやめて。

史絵はそう思う。

萎《しお》れてうなだれるのは私には似合わない。

堂々と胸を張っていよう。

いつものように微笑みを。

疚《やま》しいことなど何もない。

正義はこの手の中にある。

# 世界の望む静謐

カーテンを開けると月明かりが差し込んできた。月の光はおぼろげだが、それで部屋の様子は充分に見通せるようになった。

窓際に立った里見《さとみ》冬悟《とうご》は腕時計を確認する。午後十時十二分。東峰美術学院《とうほうびじゅつがくいん》千駄ヶ谷《せんだがや》校、一階の制作室でのことである。

制作室の広さは中学高校の教室ひと部屋分くらいだろうか。内装も学校の教室とよく似ていた。受講生が自主的に制作するために開放している作業部屋だが、実質的には彼らの溜まり場になっている。暇な時に何となく集まって無駄話に興じたりする無料休憩室のようなものだ。講師の里見にはあまり馴染《なじ》みのない場所である。

部屋の後ろ半分には机と椅子が十組ほど並んでいる。それでなおさら教室らしい印象が強まっている。前半分はガランと開けたスペースだけれど、木製のイーゼルが五台ばかり立っていた。

薄暗がりの中、里見は腰のベルトに差していたモンキーレンチを抜き取った。そしてそれを、キャンバスののっていない空《から》のイーゼルにそっと置いた。長さ四十センチもある大型のレンチだが、影に紛れてそこに置いてあるのがほとんど見えなくなった。

レンチは廊下の向かいの工芸科の教室から拝借してきたものだ。大きな彫金《ちょうきん》作品や重量のあるオブジェなどを運搬する都合上、工芸科にはウィンチや無骨な工具などがふんだんに揃っている。壁に掛かった大小のレンチの中から、こっそりひとつ持ち出してきた。

里見は素早く手を伸ばし、イーゼルの上のレンチを取る動作をした。滞りなく手に取るためのリハーサルだ。何度かその動きを繰り返す。指紋対策のための手袋が欲しいところだが、五月のこの時期に屋内で手袋をしていてはさすがに不自然だ。相手に不審に思われる。手袋は諦めた里見だったが、その代わりレンチの丸い頭の部分には触れないよう、極力注意を払った。

入り口の引き戸が開いた。

廊下からの灯《あか》りで人影がひとつ、そこに立つのが見えた。逆光のシルエットでも誰だか判別できる。砂川仁《すなかわひとし》だ。ぽってりとした体型の砂川は、室内の暗さに目が慣れないで戸惑っているようだった。

時間ぴったりである。昼間、階段ですれ違った時に「今夜十時十五分、一階の制作室で」と囁《ささや》いて、里見のほうから誘ったのだ。事務員の砂川はこの時間まで事務室で待っていたのだろう。事務室はこの隣にある。今、六階建てのこの校内には、里見と砂川の二人しかいないはずだ。

「電気は点《つ》けないでください、明るいのは困ります」

里見がそう声をかけると、

「そうかい、判ったよ、恥ずかしいんだね」

後ろ手で戸を閉めながら、砂川はにやついた声で応えた。そして、こちらへ寄って来つつ砂川は、

「しかし里見くんも大胆だね、こんなところでだなんて。ホテルでもよかったんだよ、男同士でも入れるところ、俺、知ってるから」

舌なめずりしそうな口調で砂川は云う。

「それにしても、やっと俺を受け入れてくれる気になってくれたんだね。嬉しいよ、里見くん、俺だけの天使になってくれるよね」

歯の浮くような陳腐な台詞《せりふ》を吐いて、砂川は里見の前まで来た。レンチを隠したイーゼルの位置まで、里見は無言で立っていることでさりげなく誘導する。ここまで近寄れば薄暗がりでも、相手の表情は見える。砂川の丸っこく脂ぎった顔には、下卑《げび》たにやにや笑いが浮かんでいた。

砂川はいきなり里見の肩に両腕を回し、抱き締めてきた。

「ああ、里見くん、こうしたかったんだ、ずっと夢見ていたんだよ。俺の気持ち、判ってくれるだろう」

囁きかけてくる。整髪料のあくどいにおいが鼻につく。四十手前のはずなのに、砂川の小太りの体からは加齢臭も混じって感じられる。里見とは十歳くらいしか離れていないのに、早くも実質的におっさんくさい。抱かれた感触といい、気色悪いことこの上ない。

砂川は里見の体を抱いたまま顔だけを引き、ねっとりと絡みつくみたいな視線で見つめてくる。

「美しい。まるでアポロンの化身だ、とてもきれいだよ里見くん」

じっとりとした口調で云う。ぽってりとした唇がにやにやと歪《ゆが》む。下腹部をこちらに擦《こす》りつけてくる。目が欲望で爛々《らんらん》と輝くのが、暗くても見て取れる。

砂川はじっと見つめながら、唇を里見の顔面に近づけてきた。反射的に顔を背《そむ》けてしまう。砂川の唇は頬に吸いついてきた。砂川はそのまま頬を舐めた。舌でまさぐってくる。なめくじが這《は》い回るみたいな、嫌悪感を誘う感触がする。

「甘いね、里見くん。とても甘いよ」

頬に吸いつきながら砂川が云う。鼻息が荒くなっている。それが耳元で聞こえ、背筋に寒気が走った。

悪寒に耐えつつ里見は口を開いた。

「最初はまず口でしてください」

驚いたように頬から顔を離した砂川は、にやにやと笑った。

「そうか、里見くんはそういうのが好きなんだね。いいよ、判った、やってあげるね」

目を下品に細め、ねっとりとした薄笑いで砂川は云った。

そしてその場に跪《ひざまず》くと砂川は、立て膝の姿勢になって里見の腰を抱いてきた。

「細い腰だね里見くん、折れてしまいそうだ。俺のアポロンはスタイルまで美しいんだね」

脂ぎった顔面をこちらの股間にこすりつけながら、うっとりと云う。

「それじゃ早速、口でしてあげるね」

砂川は両腕を腰から外し、ベルトに手をかけてきた。

「すぐに気持ちよくしてあげるからね」

このタイミングを待っていた。里見は手を伸ばし、イーゼルの上のレンチを素早く掬《すく》い上げた。そして右足を大きく一歩引き、その勢いにまかせてレンチを振り下ろす。狙い通り、相手の頭頂部を捉えた。ゴッと鈍い音と共に、確かな手応えが感じられる。

「ぐっ」

と、くぐもった声を喉から洩《も》らし、砂川は四つん這いになった。

すかさずレンチを両手で持ち直すと、里見は後頭部に狙いを定めて思い切り殴りつけた。振り抜いたレンチから、何かが潰れる感触が伝わってきた。

砂川は声を発さずに、横ざまに倒れ込む。近くのイーゼルに背中がぶつかり、一台が床に倒れた。その側頭部にとどめの一撃を放った。レンチの丸い部分が、相手の耳の上辺りに食い込んだ。

しばらくの間里見は、レンチを両手で振り切った姿勢のまま息を整えた。薄闇の中、制作室は静かだった。倒れた砂川からは息遣いの気配すら感じられない。

出入り口の戸に背を向けて砂川は横臥《おうが》していた。レンチを片手に持ち替えて里見は、前に回って砂川の顔を確認する。ぼってりとした頬を床につけ、片目だけを開いた醜《みにく》い表情で砂川は絶命していた。

里見は、ほっと安堵《あんど》の息をついた。

しかし安心してはいられない。するべきことは多い。

事後工作に取りかかる前に、里見は死体を大きく迂回《うかい》して制作室の入り口前まで向かう。そして、とりあえず電灯を点けた。指紋が残らないように、シャツの肘でスイッチを押す。蛍光灯の白々とした灯りが部屋に満ち、反射的に里見は目をつぶった。薄闇に慣れた目を眩《まぶ》しさに適応させるのに、少々時間が必要だった。窓の外は人通りのない路地なので、外から目撃される危険は少ない。

光に目が慣れたら、まずは指紋だ。里見はボロ布を探す。美大予備校なので布きれの類《たぐい》はどの教室にも置いてある。油彩画でも水彩でも、汚れを拭き取るための布は大量に使う。制作室の後ろの棚にも、それは束になって重なっていた。美術書や画集などがみっしりと並んでいる隅っこに、布きれが積んである。足早に一枚取ってくると、里見は手にしたレンチを丁寧に拭った。頭の丸い部分には触れていないので、柄《え》を中心に指紋を消す。ボロ布で覆った手で、レンチを死体の脇に転がした。電灯の下でよく見ると、死体の頭部からの出血は、幸いそれほど多くはない。砂川の薄くなりかけた頭髪には大量の血が絡みついていたけれど、床に散っているのは花弁が少し散ったみたいに点々と落ちているのみだった。床の血痕を踏む心配はなさそうだ。

後ろの棚にボロ布を戻すついでに、里見は机のひとつに近づいた。そこに自分のバッグとジャケットを置いているのだ。里見はバッグから黒の革手袋を取り出すと、それを両手に嵌《は》めた。これでもう指紋を残す恐れはない。

そしてバッグからもうひとつ、必要な物を引っぱり出した。小型の釘抜きだ。長さ二十センチほどのハンディサイズで、細身の鉄製のものである。四階の、講師準備室の隅にあった工具箱から持ってきた。普段まったく使っていない工具箱なので、埃《ほこり》を被って放置されていた。釘抜きの一本くらい無くなっていても、誰も気がつかないはずである。

それを携《たずさ》えて里見は、先ほど開いたカーテンのところへ戻った。

窓は三つ並んでいる。そのまん中の窓がカーテンを開けた窓である。スチールの窓枠は里見の腰の高さまであった。

クレセント錠を外してガラス窓を開く。五月の涼しい夜気と、街の喧騒が遠くから流れ込んでくる。里見は開いた窓から顔を突き出し、外の様子を窺《うかが》った。

窓の外は路地裏だった。隣には二階建ての雑居ビルが建っており、その背面の壁までの距離は、それほど遠くはなかった。そのせいでこちらとあちらのふたつの建物が、薄暗いビルの谷間を形作っているのだ。煤《すす》けて汚れた壁面が聳《そび》えているのが見える。磨《す》りガラスの小さな窓が、二階の壁にいくつか並んでいる。一階には実用本位で飾り気のない裏口のドア。エアコンの室外機が壁に沿って、五台ほど整列している。こちらの窓からの灯りが煌々《こうこう》と、コンクリートの床に四角く落ちていた。

路地を見渡しても人の気配はない。この狭い路地には普段から歩く者などほとんどいないのだ。隣のビルもこの時間帯はほぼ無人である。見上げれば小さな月が半分欠けた形で、暗い空にほのかに輝いているだけだ。

手袋をした手で釘抜きを持ち直すと、里見は窓枠に足をかけて外へと飛び出した。ジャンプして、路地裏に着地する。外に立つと、窓枠は里見の頭の高さになっていた。制作室の床下の分だけ、外の地面側のほうが低くなっているのだ。手はかろうじて届くけれど、出入りはできない高さである。

隣の雑居ビルの中華飯店の裏口脇に置いてあるポリバケツに、里見は近づいた。予《かね》て目をつけていたもので、空色の円筒形をした頑丈そうなバケツである。それを持ち上げて動かすと、飛び出して来た窓の下に着けた。予想通り、いい足場ができた。里見がポリバケツの上に乗ると、窓が胸の高さになった。ちょうどいい高さだ。手を伸ばして部屋の内側のカーテンを閉め、さらにガラス窓も閉じる。カーテン越しの灯りは弱々しく、辺りが少し暗くなった。

里見はもう一度、周囲を確認する。大丈夫だ、誰もいない。

雑居ビルの向こうの表通りを車が走るエンジン音が、ひときわ高くなったタイミングを捉える。音に合わせ、釘抜きを振りかぶって、その先端を窓のガラスに打ちつけた。

一度ではうまくいかなかった。

再度、エンジン音を待つ。

二度目。今度はうまくガラスが割れた。釘抜きの先が窓のガラスに突き刺さり、不定形な穴ができた。しかし穴はまだ小さい。

さらに二回、同じことをした。夜のしじまの中、車の走行音に合わせてガラスを突く音を誤魔化す。音はうまく紛れてくれた。誰にも聞かれてはいないだろう。

四度のトライで理想的な形にガラスが割れた。窓ガラスは小さな破片となって崩れ落ち、ちょうど腕が入る大きさの穴ができた。里見は革手袋の手を伸ばし、腕を窓の奥に突っ込む。クレセント錠の取っ手を摘まみ、一度ロックしてまた外す。よし、ＯＫだ。釘抜きを腰のベルトに挟み込み両手を自由にすると、ガラス窓を大きく開いた。そのまま窓枠に両手をかけ、部屋の中へとよじ登った。

里見は制作室の中へ戻ってきた。割れたガラスの破片は閉じたカーテンが受け止めてくれたので、さほど散乱してはいない。破片は重なり合って窓際に落ちている。

里見は穴の開いたガラス窓を全開にし、カーテンも半分ほど開いた形に調節した。これでどう見ても、何者かがここから侵入したように見える。出来映えに里見は満足した。

部屋を横切り、自分の荷物を置いた机の前へ向かった。腰のベルトから釘抜きを抜き取り、バッグの中へしまった。釘抜きは頃合いを見計らって元のところへ戻してもよし、どこか外で処分してもよし。その辺はフレキシブルに対応するつもりだった。

手袋をしたままジャケットを着て、里見はバッグを肩に掛けた。事後工作はこれで終わりだ。

里見は部屋の入り口近くへ向かい、電灯のスイッチを切った。周囲はたちまち薄闇に包まれる。暗がりに目が慣れるのを待ってからもう一度、部屋の中を見渡す。

制作室の前方の半分、開けたスペースに死体が倒れている。薄い闇の中、当然のことだがぴくりとも動いていない。こちらに背中を向けた横向きの姿勢のままである。その背中の近くに、イーゼルが一台倒れていた。犯行のどさくさでひっくり返ったものだ。

何となく落ち着かないので、里見はそこまで歩いて行ってイーゼルを立て直す。手袋を嵌めたままの手で肩のバッグを掛け直すと、開いた窓へと向かった。

開け放した窓から顔を出す。

路地裏は暗い。淡い月明かりに照らされて、無人の路地が延びている。

再び窓枠に足をかけ、そこから飛び降りた。バッグからハンドタオルを取り出し、窓枠とポリバケツの上の足跡を慎重に拭う。タオルの汚れた面を内側にして丁寧に畳み直すと、バッグの中にそれを戻した。

路地の出口に古ぼけた街灯がひとつ、ぽつんと立っているのが見える。くたびれた街灯の灯りはくすんでいて、月の光より頼りなく感じられる。

そちらへ向かって、里見は歩きだす。

気持ちに動揺はなく、平静なままだった。

＊

「ということは、生きている被害者に最後に会ったのは事務長さんということになりますね。もちろん犯人は除いて、という意味ですが」

刑事にそう云われて、五十島広樹《いそじまひろき》は渋々とうなずいた。

「どうやらそういうことになるようですね」

恐ろしい殺人事件から一週間。この質問はもう何度も刑事にされている。

東峰美術学院千駄ヶ谷校の事務室。

五十島はもう、いい加減うんざりしていた。

入れ替わり立ち替わり毎日刑事がやって来て、同じ質問を繰り返す。

この一週間、ずっとそうだった。代わり映えしないにも程がある。

ただ、今日の刑事コンビは一風変わった風貌《ふうぼう》をしていた。

年嵩《としかさ》のほうは死神みたいな外観をしている。五十島よりひと回りは年下に見えるから四十過ぎくらいだろうか。痩《や》せて背が高く、黒いスーツに黒っぽいネクタイ。不景気な猫背の体全体から漂う陰気な空気感。げっそりと痩けた頬《こ》に、青白い顔色。表情の感じられないガラス玉みたいな目が、落ち窪《くぼ》んだ眼窩《がんか》に嵌まっている。どこからどう見ても死神を連想させる男だった。

もう片方は、場違いなほど顔立ちの整った若い男だった。清涼飲料水のCMポスターから抜け出してきたような爽やかなハンサムで、死神との対比で異色のコンビだと感じられる。

「その夜のことを詳しくお聞かせ願えますでしょうか」

死神じみた刑事が、地獄の獄卒が御詠歌《ごえいか》を合唱する際バスパートを担当しているみたいな陰気な口調で尋ねてくる。

五十島はうんざりと顔をしかめて、

「それはもう何度も話しましたよ。他の刑事さんから聞いているでしょう」

「はい、報告書には目を通しました。しかしご本人の口から聞かせていただくのとは、細部のニュアンスも臨場感も違ってきます。是非とも直接お聞かせいただきたい」

表情のまったく動かない陰気な顔で、死神めいた刑事は云う。仕方なく五十島は、一週間前の話を始めるために口を開いた。

東峰美術学院は美大専門予備校である。

千駄ヶ谷校は、もちろん千駄ヶ谷にある。JR千駄ヶ谷駅の南、津田塾《つだじゆく》大学の裏手だ。鳩森《はとのもり》八幡《はちまん》神社前の五叉路の近く、テナントビルが多く建ち並ぶオフィス街の一角に位置する。低層ビルが多い中、東峰美術学院千駄ヶ谷校は六階建ての建物だ。正面入り口の上部の壁面に、大きく校名を刻んだレリーフ板が堂々と掲げてある。

一階の表玄関を入ると中央を廊下が突っ切り、その左右に部屋が並んでいる。入り口の右手にあるのが事務室だ。今、五十島と刑事コンビがいる部屋である。

その奥が問題の制作室。一週間前に殺人事件が起きた部屋だ。今は警察の手によって封鎖され、立ち入り禁止になっていた。

そのひとつ奥にも教室があり、ここは彫刻科の部屋になっている。廊下の右手にはこの三部屋が並んでいる形だ。

そして玄関を入った左手側、一番手前の事務室の向かいには守衛室がある。ここは守衛さんの詰め所になっている。

その奥が工芸科の教室で、大きな作品を扱う関係上、外壁には窓だけではなく大きな搬出口が開いている。無論普段はシャッターが下ろされているが、搬入搬出の際にはここの壁一面が大きく開く仕組みになっていた。

廊下の突き当たりにはトイレと筆洗い場の水回り、そして階段とエレベーター、裏口が並んでいる。

ここから上階へ上がれば、二階から六階までは他の教室になっている。油画教室、日本画教室、デッサン教室、水彩画教室、デザイン科教室、建築科教室、映像・先端技術表現科教室、等々。

さらには講師控え室などのスタッフルーム、最上階には学院長室などもある。

そういった建物の構造と位置関係を刑事達が把握しているか確認してから、五十島は語る。

「あの夜は、私と砂川くんの二人が遅番で、最後まで残っていました」

事件が起きたのは五月十九日の火曜夜。この時期は怒濤《どとう》の受験シーズンが過ぎ、新入受講生を迎え入れ、ゴールデンウィークも終わって学院内が落ち着く頃合いである。講師達スタッフにも余裕が出てくる。

今も昼休みで、建物の中はのんびりしたムードに包まれている。

事務室も、他の事務員は昼休憩に出払っており、女性陣三人は多分、屋上でゆっくり弁当を広げている頃だろう。

事務長の五十島だけが、この地獄からの使者みたいな陰気くさい刑事に捕まって、事務室の隅の応接セットで向かい合っている。廊下を時折、受講生達がにぎやかな笑い声を上げながら通り過ぎて行く。

「夜間部の授業が終わるのが九時半過ぎ、ここから受講生が続々と帰って行きます。皆が帰ると守衛さんが全館を見回って戸締まりを確認するのが決まりでして、誰もいない校内を回ってから、守衛さんは事務室に顔を出してくれます。そして守衛さんも帰るわけですが、これがいつもだいたい十時頃になります。あの夜もそのくらいの時間でした」

五十島は死神めいた刑事に説明する。

「それが終わったら私どもも帰れる決まりになっています。あの夜、私も出ようとしました。ところが砂川くんはもう少し仕事があると云ってパソコンの前を離れようとはしませんでした」

「砂川さんが何のお仕事をしていたのか、判りますか」

死神じみた刑事が、地獄の底から響いてくるみたいな低音の声で質問を挟んできた。五十島は答えて、

「多分、この春の美大合格者の統計表を作っていたのだと思います。見ていないから確かなことは判りませんが」

「それは急ぎの作業だったのでしょうか、どうしてもその夜のうちに終わらせないといけないというふうな」

「いえ、特に慌てる必要のない内容だったはずです」

「不自然だとはお感じになりませんでしたか」

質問を重ねてくる刑事に、五十島は首を横に振って、

「いいえ、切りのいいところまで仕上げておきたいのだろうな、と思いました。ですから私は、それじゃ戸締まりをよろしく、とだけ砂川くんに云って帰りました」

「表の玄関からお帰りになった?」

と、死神めいた刑事は、陰々滅々《いんいんめつめつ》とした口調で戸口のほうを振り返りながら尋ねてくる。五十島はうなずき、

「もちろん表からです。裏口はほとんど使うことがないんで、常時鍵がかかっていますから」

「表から出た時、鍵はかけましたか」

「ええ、受講生の皆さんが帰ったらとりあえず表を閉める。そういう規則になっているんです、セキュリティ上の関係で。だから私も当然閉めましたよ」

「砂川さんが残っているのとは関係なしに、ですか」

「ええ、そういう決まりなので」

「昼間は開け放してありますね」

「そりゃ大勢の人が出入りしますから。ただし、夜は色々と物騒だから鍵をかけることになっています。守衛さんも帰る時には鍵を閉めますよ」

「守衛さんも鍵を持っているのですね。他にはどなたが鍵を持っているのですか」

「ここの事務員には全員支給されています。あとは守衛さんだけですね」

「合計何人でしょう?」

「私を含めて事務員が六名、守衛さんが一人ですね」

「その七人だけですか」

「それと学院長が持っています、といってもこの人はあまりここに顔を出しませんけど」

五十島が答えると、死神じみた刑事は精気の感じられない底なし穴みたいな黒々とした瞳を向けてきて、淡々と質問を重ねてくる。

「講師の先生がたは鍵を支給されていないのですね」

「ええ、専任講師だけでも三十人以上いらっしゃいますからね、管理が煩雑になってしまうんで、鍵は私ども事務員だけが持つことにしています、責任を持って」

「なるほど」

と、死神めいた刑事は納得したのか否かよく判らない無表情な顔でうなずき、何を考えているのかさっぱり読み取れない無機質な目を向けてきて、

「では、事件の夜のことに話を戻します。砂川さんは残業でこの事務室に残り、事務長さんは先にお帰りになった、と。これは何時頃のことでしたか」

「十時十分、といったところでしたね」

「砂川さんの他には校内に残っている人はいなかったわけですね」

「ええ」

五十島が答えると、死神の刑事は三途の川に吹きすさぶ抹香《まっこう》くさい風みたいな陰にこもった声のトーンで、

「死亡推定時刻は十時から十一時頃とされています。ということは、事務長さんがお帰りになってから割とすぐに事件は起きたということになりますね」

「そうなんでしょうね。私には捜査の専門的なことは判りませんが」

「お帰りになる時、砂川さんは何か云っていませんでしたか」

「いいえ、特に何も」

この辺りの問答は他の刑事を相手に何度もしてきた。被害者と二人、最後まで校内に残っていたのが五十島だった。守衛の松本《まつもと》さんもそれを見ている。そのことで警察から疑いの目を向けられてはいないか、それが五十島の心配の種だった。事件はまだ解決する気配が感じられない。捜査の進展具合に関しては、刑事達は何も教えてくれない。それがますます五十島の不安を掻き立てる。

そんな心細さを紛らわすために、五十島はこちらからも質問をして、

「それより刑事さん、制作室の封鎖はまだ解けないんですか」

張り番まではいないものの、現場の引き戸は黄色と黒のテープで厳重に封印されている。

「受講生から苦情が出ているんです、不便で困るからそろそろ使わせてくれと。早く何とかなりませんか」

「それはお困りでしょうね。しかし私の一存では何とも。捜査本部の意向もありますものですから」

と、死神の刑事は、地獄の番犬を模した赤べこよろしくゆっくりと陰気に首を左右に振ると、

湿っぽいがよく響く低音の声で尋ねてきて、

「事務長さんが事件の発生を知ったのは翌朝のことですね」

「はい、守衛さんが発見したそうですね。私は次の日も遅番だったので、昼に出勤すればいいはずでした。しかし早朝に電話で叩き起こされました」

電話は警察からだった。職場で殺人事件発生との報《しら》せだった。大慌てで駆けつけると、学院の前はすでにパトカーや警察関係車輌《しゃりょう》でいっぱいだった。制服警官や私服刑事らしい人々も大勢、忙しそうに立ち働いていた。事務長という役職柄、五十島は一応ここの責任者である。すぐに刑事に捕獲されて質問攻めに遭った。

「遺体は確認しましたか」

「とんでもない」

死神の問いかけに、五十島は高速で頭を振った。根が小心者なのである。他殺死体の検分などさせられたら確実に卒倒する。責任者なのだから見てくれと、刑事に執拗《しつよう》に請《こ》われたけれど、断固拒否した。幸い砂川は免許証を携帯していたようで、その顔写真で本人確認は取れたらしい。五十島は危ういところで恐ろしい役目を免《まぬが》れることができたのだった。

「被害者は事務長さんにとっては部下、というポジションになりますね」

死神めいた刑事は、顔面の表情をまったく動かさないで聞いてくる。この刑事は最初からこの無表情を崩さない。葬式帰りみたいな陰気な顔つきのまま、顔の表情が固定されているのだ。五十島はそれを少々不気味に感じながらも、

「そうです。私が上司に当たります」

「どんな人でしたでしょうか、砂川さんという人は」

「え、それは事件と関係あるんですか。他の刑事さんからは強盗の居直りだと聞かされましたが。砂川くんが事件に巻き込まれたのはたまたまでしょう」

「それはそうですが、一応伺っておきたいと思いまして。他の事務員さん達のことも」

考えがまったく読めない暗い洞窟《どうくつ》みたいな目をして刑事は云う。そんなことを聞いて何の意味があるんだと、五十島は大いに疑問に思いながらも、

「うちの事務員にはそれぞれ特技がありましてね、もう一人の男性職員の正力《しょうりき》くんというのが、砂川くんより少し年上ですが、元は大工さんでして。現場で膝を悪くしたとかで転職してきたんですが、今でも腕は錆びついていません。以前も学院長が犬小屋を欲しがっていたところ、この正力くんが工芸科で使っている木材の端材を集めてきて、ちゃっちゃと造ってしまったんです。いや、あれはプロの仕事でしたね。既製品といっても通用する出来でした。まるで売り物のようで」

事務員の個性の話と自分が疑われている可能性とは何か関連があるのだろうか、と思ってびくびくしつつも五十島は云う。

「女性陣も多士済々《たしせいせい》でしてね、今在籍しているのはたまたま若い女性ばかりで三人いるんですが、三人ともユニークな特技を持っているんです。一人は共感覚の持ち主でしてね。ご存じですか、刑事さん、共感覚というのを」

「ええ、シナスタジアというのでしたかね。五感にあるひとつの刺激を受けると、通常の感覚だけではなく、連動して他の種類の感覚も自然に発動する知覚現象のことをいうのだと記憶しております」

死神めいた刑事が意外な博識さを見せたのに、幾分驚きながらも五十島は、

「そうです、それです。うちの事務員の場合、色と音が繋がっているそうでしてね、何かの色を目を凝らして見ていると、そのうち音階が頭の中で響いてくるのだそうですよ。色が並んでいるとそれがメロディになって聞こえるらしい。だからよく油画科で、受講生の描いた絵を見ていますよ、いや、あれは見ているんじゃなくて聴いているんですね。キャンバスの前に立って集中すると色々な音が連なって聞こえて音楽になるそうで、それが面白いんだと当人は云っています。私のような凡夫《ぼんぷ》には判らない次元の話ですね」

五十島は苦笑しながらそう云った。

「もう一人は直観像記憶の能力を持っています。これはご存じですか、刑事さん」

「確か、一度見たものは映像のように記憶して忘れることがない、という感覚でしたね」

「はい、ちらっとでも見かけたものはそれを画像として頭に刻み込んでしまうそうですよ。そしてその画像をいつでも細部まで思い出せるといいます。私のように忘れっぽくなったロートルには羨《うらや》ましい才能ですよ。いやまったく、近頃は年のせいか、すっかり物忘れがひどくなってしまって、どうにも困ったものです」

と、五十島は軽口を叩いてから、

「あとの一人は同人作家です。といっても尾崎紅葉《おざきこうよう》や『白樺《しらかば》』は関係ありませんよ。漫画の同人誌です。コミケなどに出る、いわゆるBL本というんですか、そっちの業界では大した人気だそうでして、何でも年間一千万近く稼ぐというから驚きじゃありませんか。コミケでは客が行列を作って、本が飛ぶように売れるらしい。渡されたお札を整理する暇がないから、段ボール箱に投げ込んで上から踏みつけて押し込んだとか、いやはや、よく判らない業界の話でしょう」

「砂川さんはどうでしたか、彼は何の特技を持っていたのでしょうか」

刑事が突然、質問を挟んでくる。死神めいた刑事は暗黒のブラックホールみたいに底の知れない、情感の伝わらぬ陰気な目で、じっと見つめてくる。

「砂川くんは、そう、元は教員だったそうです。今はここの事務員ですが、以前は中学で教鞭を執《と》っていたという話です。確か、担当教科は社会科だったとか」

「どうして教師をお辞めになったのでしょうか」

「さあ」

五十島は首を傾《かし》げた。そういえば、理由を聞いてもはっきり答えてもらった覚えがない。結局、亡くなった部下のことを私は何も知らなかったのだな、としんみり思うことなどは全然なく五十島は、自分が疑われていないかどうか、それだけが気がかりで仕方がなかった。

＊

里見冬悟は物思いに耽《ふけ》っていた。

じっと座って、考え事に没入する。

受け持ち授業のない、ぽっかりと時間が空いた昼下がり。里見はよくこうして使っていない教室にこっそり入り込み、一人で過ごしている。今日は四階の油画科教室が空いていたから、そこの窓際の席に座っていた。講師室にはたいてい授業の準備をしたり休憩したりしている同僚がいる。一人でいるのを里見は好んだ。

里見は、死の静けさについて考えていた。静寂は里見にとって、何物にも代え難い大切なものである。

さざ波ひとつ立たぬ平穏な日々。それが里見には人生で最も重要事だ。美大予備校の講師という比較的静穏な職業でも、生きていれば様々な雑事に煩《わずら》わされる。そう、生きるというのは面倒事に巻き込まれるのと同義だ。

そして、生に正対するのが死。

そういう意味では死は究極の静けさではないか。

里見はそんな考えに囚われている。

一切の思考を止め、外部からの雑音も何ひとつ耳に入らない。何にも煩わされない極限の静。

動かず、考えず、魂の抜けた状態。それこそが平安そのものだ。

一週間前、里見は砂川という男に死を与えた。永遠の静けさをもたらした。あの男はもう動かない、何も考えない、何事にも心乱されることもない。

奇妙な感慨だとは判ってはいるけれど、里見は少し羨ましくさえ感じている。果たしてその静けさは、救いなのだろうか。別に希死念慮《きしねんりょ》などがあるわけでもないが、その静けさだけは幾らかの羨望を禁じ得ない。

あの夜の死に顔を思い出す。

白々とした蛍光灯の光の下、床に片頬をつけて倒れていた砂川の顔。美しくはなかった。むしろ醜かった。ただ紛れもない静けさがそこにはあった。虚無があった。

里見は、傍《かたわ》らのスケッチブックを手に取った。いつも持ち歩いている。気が向くとデッサンを取るのが里見の習慣だった。ページを開き無意識のまま、濃い2Bの鉛筆を紙に走らせた。

静かな死。横たわった静寂。ぼってりとした頬の左側が床に押しつけられて潰れていた。左目を閉じ、右目だけが半分開いていた。瞳は焦点を失っていた。上唇がよじれ、上の前歯が一本だけ覗いていた。

それらを思い出しながら里見は、ページいっぱいを使って描いた。

死。死に顔。魂を失い、意志をなくした存在。

こんな珍しいモチーフを描くのは初めてのことだ。極めて興味深い。思わず熱中していた。

だから背後から声をかけられても、一瞬里見は気がつかなかった。

「里見先生」

はっとして振り返る。呼びかけてきたのは若い女性だった。いつの間にか人が教室に入って来て、こちらに近づいてくる。

里見はさりげなくスケッチブックを閉じた。

「こんなところにいらしたんですね、講師室にいらっしゃらないから探しちゃいましたよう」

女性は里見の後ろまで来ると、立ち止まってにこやかに云った。事務員の女性だ。確か鳩原《はとはら》さんといったか。彼女の名前を思い出しながら里見は、

「何か僕にご用ですか」

スケッチブックを近くの机にそっと置く。

「警察のかたが探しているんです。手の空いた講師の先生がたに、一人ずつお話を聞きたいとかで」

「そうですか、では僕のほうから行きますよ」

と、里見が立ち上がりかけたところで、戸口から声がかかった。

「それには及びません、失礼ながら勝手に押しかけさせていただきました」

ひどく陰気な声の調子だった。教室に入って来る人物の姿が見えた。

死神だ。

死神が来た――。

里見は一瞬、目を疑った。

何か超常的な存在が顕現《けんげん》したかのように見えたのだ。

しかし無論、それは死神などではなく人間だった。

痩身で背の高い男だった。ただ陰気くさい猫背が、高身長を台無しにしている。黒いスーツに黒っぽいネクタイの、葬式帰りみたいな中年の男だった。

フランス印象派のジャン・P・シャブランという画家がいる。それほど有名ではないが里見は好きだった。そのシャブランの作品にメメント・モリをテーマにした油彩画がある。潑剌《はつらつ》とした若い男女の背後から、静かに死神が忍び寄っている構図だ。そこで描かれている死神に、その人物はそっくりだった。黒いフード付きのマントを着せて巨大な鉄の鎌《かま》を持たせれば、そのままシャブランの描いた死神になる。

里見がそんなふうに思っているうちに、死神のような男はバッヂ付きの身分証を呈示《ていじ》し、乙《おと》姫《ひめ》警部だと名乗った。乙姫警部は若い刑事を従えていた。こちらも背の高い、やけに整った顔立ちをした好青年だ。年齢は里見と同じくらいだろうか。見た目と違って名前は平凡で、鈴木《すずき》刑事と自己紹介をする。

刑事達との引き合わせの役目を終えた鳩原事務員は、

「では、私はこれで失礼しまあす」

と、陽気に退出して行った。

乙姫警部はこちらにゆっくりと、陰鬱《いんうつ》な足取りで歩を進めながら、

「何やら不思議な匂いがしますね、鼻につく刺激臭です」

「ああ、テレピン油の匂いですね、油彩の。慣れないと頭痛がするようです。窓を半分開けましょう」

里見は立って行って窓枠に手をかけ、窓ガラスを開いた。六割ほど開けてしまったので少し戻して、きっちり半分にする。

「変わった匂いですね。ここは色々と面白いものが見られます。鉛筆の芯を何センチも長く出して削っている物など、ここに来るまで見たこともありませんでした。あれはデッサン用の独特の削り方なのだそうですね。他の講師の先生に教えていただきました」

死神みたいな乙姫警部は独り言のように云い、里見に向き直った。

「もう別の刑事が事情聴取に伺ったと思います。何度も申し訳ありませんが、またご協力をお願いいたします」

通夜の予定を告げるみたいな陰気な調子で云う。

「構いませんよ、空いている時間ならば」

里見は穏便に答えて、適当に座るよう促した。三人は教室の椅子に、正三角形を形作って腰を降ろした。落ち着いたところで若い鈴木刑事が手帳を取り出し、

「一応、確認させていただきます。里見先生、里見冬悟先生で間違いありませんね」

里見が無言でうなずくと、乙姫警部は静かな口調で、

「失礼、関係者全員にお話を伺っておりまして、今も他の講師の先生のところを回ってきたばかりで。他のかたとこんがらがらないようにお名前を確認させていただいています。そこで里

見先生、今度は先生の順番です、少しお付き合いください」

「構いませんが、先生はよしてください。ご覧のように若輩者ですので」

里見が云うと、乙姫は漆黒のプラスチック玉みたいに表情のない目を向けてきて、

「確かにお若いですね、専任ですか」

「ええ」

「ご担当は何を？」

「基礎のデッサンを主に。油彩も少し」

「お若いのに大したものです、教壇に立つ立場でいらっしゃるのですから」

「いえいえ、藝大生の学生バイトの講師もいますからね。若いといえば彼らのほうが僕なんかよりずっと若い」

「しかし専任ともなれば立派な先生です。ああ、失敬、先生はお好きではないのでしたね。では、里見さん」

「はい」

「事件の被害者をご存じでしたか」

乙姫はいきなり本題に切り込んできた。里見は動揺することもなく、

「よくは知りません、もちろん顔は見知っていましたけれど」

「事務員の砂川さんです、お親しくはなかった？」

「元々事務のかたとは事務的な話しかしませんので、文字通り」

「どんなお話を」

「授業のコマ割りの段取りや画材の手配をお願いしたり、あとは公的文書の手続きなどですね、そんな程度です」

里見が答えると、乙姫は不景気な猫背の姿勢のまま、悪鬼羅刹《あっきらせつ》の集う晩餐会の主賓《しゅひん》挨拶みたいな陰気な口調で、

「では、事務のかたとはプライベートなお話はされたりはしないのですね」

「ええ、僕が生来人見知りなせいもあって、あまり」

「となると、砂川さんのお人柄などはお判りになりませんか」

「判りませんね、ほとんど話したことがありませんから。しかし人柄と事件とどう関係があるのでしょうか。前の刑事さんの口振りだと、強盗だという印象でした。確か犯人は窓ガラスを割って忍び込んで来たと聞きましたけれど」

「はい、一階の制作室、というのでしたね。そこのガラスが外から割られ、錠が外された痕跡がありました。犯人の侵入経路が窓からだったのは、ほぼ確定と思われます」

「だったらやはり強盗ですね。被害者の事務員さんは偶然居直り強盗の被害に遭った。だとすると、ご本人の人柄などはこの際無関係なのでは」

里見が主張すると、乙姫は暗く表情のない顔つきのままで、

「はい、十中八九強盗で間違いないでしょう。ただ、捜査はいかなる場合も万全を期するのが私どもの鉄則です。万一ということもあります。被害者が殺害される動機が、ひょんなところ

から出てくるかもしれない。藁《わら》にも縋《すが》る期待を込めて、こうして聞き込みに回っております。無駄足かもしれませんが」

「こう云っては刑事さんに申し訳ないですけど、きっと無駄足でしょうね、それは」

「だったらそうでも構わないのです。そちらに何もないと断定できれば、我々は強盗の線に全捜査力を傾注できることになるのですから。被害者が個人的に恨まれていないと判明すればいいわけです。動機が見つからなければ」

と、乙姫は云う。

動機か、と里見は思う。

多分、どう調べても警察は辿《たど》り着けないだろう。恐喝者が証拠を残しているはずがないのだから。

そう、あの砂川は恐喝者だった。

どうやら元々、里見に関心を抱いていたらしい。それで過去を色々とほじくり返したのだろう。

過去。中学の頃の話だ。

里見は一人の同級生にしつこく絡まれていた。都内の公立中学なので様々な種類の生徒がいる。中には粗暴なだけが特徴の者もいる。件《くだん》の同級生もその類で、里見の少女のような容姿を執拗にからかってきた。「女みたいな顔した女男だ」「お前、本当は女なんだろう」「男だったらそんな絵ばっかり描いていないで外でスポーツでもしてみろ」などと、ことあるごとに因縁をつけてきて、揶揄《やゆ》してきた。肩を小突き、足を蹴り、まとわりついてきた。なぜあれほど固執してきたのかは、今でも判らない。里見の外見に興味津々であることの裏返しだったのかもしれない。

そんなある日、その粗暴な同級生はいつものように里見の肩を小突こうとしてきた。「男だったらここで証拠を出してみろよ、この女男」と薄ら笑いを浮かべて手を伸ばしてきた。反射的に里見は身を捩《よじ》って避けた。間の悪いことにその場所がよくなかった。そこは、グラウンドへと降りるコンクリートの階段の上だったのだ。突いた腕が空振りして、同級生は勢い余って階段を転落した。結果、足を骨折した。ついていないことに、大事なサッカーの大会の直前だった。

自業自得とバレたら顧問の教師にこっぴどく叱責される。彼はそれを恐れたのだろう。あろうことか里見に突き落とされたと主張した。彼の取り巻きも同調して証言した。その当時から里見は自己主張の苦手な少年だった。ただバカバカしく感じるのみで、特に抗弁はしなかった。平穏な日常を掻き乱されて、それが鬱陶しいだけだった。

里見は結果的に傷害の犯人に仕立て上げられた。中学生のことなので大ごとにはならなかったが停学処分を受けた。くだらない、としか思わなかった。

そんな過去は、里見にとっては最早どうでもいい記憶だった。

ただ、砂川は学校関係者に伝手でもあるのか、この傷害事件を掘り起こしてきた。そして恐喝したのだ。

「講師の先生が怪我人の出た事件の犯人だなんて、こんな不祥事が広まったらどうなるんでしょうねえ。大変な騒ぎになるんじゃないですか。当然、今の職は続けていけませんよね。おっと、退職して逃げようったってそうはいきませんよ。俺はどこまでも追いかけますから。次の職場でも悪い評判が広まったら困るでしょう。俺は絶対に諦めたりしませんからね。きっと思いを遂げますから、早く受け入れてくれたほうがお得ですよ」

砂川が要求してきたのは里見の肉体だった。他人が男色趣味だろうがなんだろうが興味などは一切ない。勝手にしてくれとしか思わない。しかし、その欲望を直截に向けられたら話は違う。薄汚い脂ぎった中年の慰《なぐさ》み者になるのはご免だった。絶対に諦めないどこまでも追いかける、という言葉には嘘はなさそうだった。砂川は粘っこい性質らしい。その目は底なしの獣欲でぎらついていた。逃げてもどうにもならないだろう。そう里見は悟った。別にあの過去の一件が人に知られるのは構わない。だがそれによって平穏な暮らしが壊されるのは迷惑この上ない。そしてもちろん、中年男の欲望のはけ口として弄《もてあそ》ばれるのもぞっとしなかった。

里見は覚悟を決めた。恐喝者を排除するしかない。計画を練った。そして先週の火曜日の夜、それを決行した。

動機か、と里見は再び胸の内で薄く笑う。

脅迫のネタは隠しているからこそ効力がある。砂川の頭の中だけにあった動機は、今となっては調べようがないだろう。

そんな考えに里見が浸っている間も、乙姫の言葉は続いていた。

「それでひと通り聞いて歩いているわけです。いや、講師の先生がたは皆さん同じようにおっしゃいます。被害者とはあまり言葉を交わしたことがない、と。どうやら砂川さんはあまり社交的なタイプではなかったようです」

乙姫は云う。

「里見さんも皆さんと同じ証言をなさるのですね」

「ええ、お役に立てずに申し訳ありませんが」

「いえ結構です。それだけ伺えば充分です」

そう云うと乙姫は、うっそりと立ち上がった。その動作も陰気くさく、焼香の順番が回ってきた葬式の参列者のように見えた。

乙姫に促されて鈴木刑事も、メモを取っていた手帳を閉じて素早く立ち上がる。乙姫とは対照的な、爽やかで軽快な動作だった。

「では、里見さん、これで失礼します」

葬列を見送るみたいに陰鬱な一礼をすると、乙姫は出口へ向かった。鈴木刑事がその後に従う。里見も立ち上がり、刑事コンビを見送った。

しかしドアへ向かっていた乙姫が、いきなり反転して引き返して来た。予備動作をまったく伴わない唐突な挙動だった。予想外のことに里見は面喰らう。

悪魔の操り人形のごとく自分の意志ではないみたいにこちらへ近寄って来ると、乙姫は、机の上に置いた里見のスケッチブックへ手を伸ばしてくる。実に藪《やぶ》から棒な行動だった。

「失敬、ちょっと拝見してもよろしいでしょうか」

手が触れかかるのを、すんでのところで里見は上から押さえてそれを阻止する。

「何ですか、刑事さん、いきなりそんな」

「いえ、講師の先生ならばさぞかし見事な絵を描かれるのではないかと関心が湧きまして、少しだけ拝見しようかと。これは里見さんのスケッチブックなのでしょう」

「そうですけど、断りもなく他人の画帳に触るのはマナー違反ですよ、刑事さん」

「おや、これは失礼しました。ではマナーに反しないようにお願いします。少しで構いませんから見せていただけないでしょうか」

しれっとした無表情で乙姫は、再び手を伸ばしてくる。里見は苦笑して見せて、

「いえ、お目にかけるほどうまい絵が描いてあるわけじゃありませんよ、僕のはほんの手すさびで。ご遠慮ください」

やんわりとだが、きっぱり断った。他の絵はともかく、さっきの死に顔のデッサンを見られるのはさすがにマズい。

「そうですか、それは失礼しました」

特に執着するでもなく、乙姫はあっさり手を引っ込めた。

そしてゆっくりと踵《きびす》を返すと、陰気な猫背の姿勢でうっそりと出口へ向かった。

改めて陰鬱な一礼をすると、乙姫は部屋を出て行く。二枚目の鈴木刑事もきびきびと頭を下げ、廊下へと姿を消した。

そんな刑事の二人組を見送って、里見はほっと息をついた。

問題のデッサンは早急に処分する必要がありそうだ。

そう決意しながら、刑事達がもう近寄って来ないことを願った。平穏な生活を掻き乱されなければいいのだが。

*

東峰美術学院の学院長、樫山賢次郎《かしやまけんじろう》は軽く冷や汗をかいていた。

事実を刑事に告げるべきか迷っていた。

千駄ヶ谷校の最上階、六階にある学院長室でのことである。

そこで樫山は二人の刑事と向かい合って座っていた。五月のこの時期なのに、何度も額の汗を拭っていた。

学院長室は名前負けしている、と樫山も自覚していた。華美や豪奢《ごうしゃ》といったイメージとは対極に位置している。ただのしみったれた事務所、といった風情なのである。机は何の変哲もないスチールデスクで、椅子も合皮張りの粗末なもの。刑事と向き合って座っているソファセットも、クッションが潰れてぺたんこになった貧乏くさい代物だった。

「いやあ、被害者の人柄と云われましてもね、私はあんまり交流などもありませんでしたのでねえ。他校とも学院長職を兼任しております関係上、ここへはそう頻繁に顔を出す時間もありませんから、ええ」

「学院長さんの兼任とは、それはまた随分ご立派な立場でいらっしゃいますね」

「いやいや、そんなことは、立派だなどと、ははははは」

樫山はハンカチで汗を拭う。向かい合わせに座る刑事はいやに特徴的なコンビだった。まるで死神みたいな陰気な中年刑事と、もう一人は若くてびっくりするほど整った顔立ちの刑事なのである。前者が乙姫警部、後者が鈴木刑事というのだと身分証を見せてもらって知った。

このアンバランスな二人の刑事の事情聴取を受けて樫山学院長は、冷や汗をかきっぱなしだった。

「私などは別に大した立場などではありませんで、ははは、いやはや本当に」

汗を拭き拭き樫山は愛想笑いを浮かべる。

樫山の言葉は謙遜《けんそん》でも何でもない。掛け値なしの事実だ。

樫山は雇われ学院長である。

ただのお飾りと云ってもいい。割と有力な美術協会の理事という肩書きがあるから、こうして神輿《みこし》として担ぎ上げられているだけだ。経営権も人事権もなく、株も一株たりとも保有していない。形だけの学院長だ。経営母体である某財団法人の顔色を窺いながら、高給に釣られて、汲々《きゅうきゅう》とこの地位にしがみついているだけの身分である。今回の殺人事件の責任が我が身に降りかかってくるのか否か、戦々恐々としている樫山である。

「しかし美大予備校というのは珍しいところですね。私も長年刑事をしておりますが、初めて入りました」

死神じみた刑事が妙に湿っぽい口調で云うので、樫山はその話題に乗って、

「美大予備校はたくさんありますよ、都内だけでも何十校、いや何百校と。関心のない一般の人々の目に留まらないだけで、あちこちの街で見かけます。全国展開している大手さん、うちのような中規模校、個人経営の私塾なども含めれば何千校あることか。こんなにも美大予備校が林立しているのは、美大受験にはそれだけ準備が必要だということです。需要があるから林立する。いいですか、刑事さん、美大というのは絵の得意な高校の美術部員がちょいと受けて軽く合格できるようなものではないんです。この業界はそんなに甘くはない」

事件とは関係のない話になると樫山は、途端に饒舌《じょうぜつ》ぶりを発揮する。

「美大受験の中で最も難関とされているのが、これは何といっても東京藝術大学です。通称を藝大。国内唯一の国立美術大学ですな。現在、中央画壇の最前線で活躍する高名な画家の先生や、彫刻家にデザイナーに建築家など、多くの有名人を輩出している一流校です。ここの絵画科油画専攻コースは定員五十人ちょっとのところへ志願者が千人を超える年もあるくらいで、国立大学でも最も倍率が高いんですね。何しろ最高峰の教授陣に最新鋭の設備、最強の教育環境を誇っていますから。美術を志す者なら誰でもここで学びたいと希望する。他にも難関大はいくつもありますよ。俗に私立五美大と呼ばれる有名校も、厳しい入試をくぐり抜けなくてはならない。武蔵野《むさしの》美術大学、多摩美術大学、東京造形大学、女子美術大学、日本大学芸術学部の五校で私立五美大です」

刑事が黙って聞いているのをいいことに、樫山は喋り続ける。

「こうした有名美大の入試を突破するには絵がうまく描けるのは当たり前。プロのイラストレーターとして即戦力で通用するレベルでないといけません。その上でさらに、描く思考力と展開応用力が求められる。デッサンはもちろん、着彩、立体造形、構成力などを学習し、審美眼を養い高レベルのスキルを身につけて、初めて美大受験のスタートラインに立てるわけです。そのスキルを学ぶために美大予備校が存在するのですね。美大予備校でみっちり技術や技法を仕込まれて、ようやく美大受験の権利を手にするようなものなのです。それでも合格は困難でして、藝大なんかは現役合格はまず不可能です。高校三年生で藝大に通るのはほんのひと握りの天才だけ。三浪四浪くらいは普通ですよ、普通。中には十年浪人を続けて藝大合格を目指している受験生もいるくらいですから。基礎の鉛筆デッサンは藝大の一次試験にも必ず出ますが、これだって一朝一夕《いっちょういっせき》でうまくなるものではないのです。三年四年と研鑽《けんさん》を重ねて、やっと初歩が身に付くくらいですからね。それを最短の時間で叩き込むために、我々のような美大予備校があるわけです。システマティックに効率よく、基礎力と応用力を伝授するノウハウを私どもは持っております。そのために実力のある講師陣を揃えているんですな。働きながら美大受験を目指す社会人受講者のための夜間部も充実のカリキュラムで対応していますし。それから中学高校在学時から美大入試の早期教育を受ける在校生コースもあります。そうして一人でも多くの受講生を美大合格に導く、それが我々の使命なのです」

「高邁《こうまい》な使命については理解しました。で、被害者の砂川さんの件なのですが、ほとんど会話の機会のない学院長さんから見て、どんな印象のかただったのでしょうか」

死神めいた刑事は、ころりと話題を変えてきた。

気分よく長広舌《ちょうこうぜつ》を揮《ふる》っていた樫山は思わず絶句し、また冷や汗をかき始めるのを自覚していた。

樫山は迷っている。あのことを云うべきかどうか。

砂川が元都立中学の教師で、男子中学生に対する猥褻《わいせつ》行為で懲戒解雇されたことを。その後、ここの経営母体の某財団法人の上層部に身内がいるとかで、そのコネで千駄ヶ谷校の事務員の席に納まった経緯を。

刑事に云ったほうがいいのか。事件とは無関係だと判断して黙っているのが得策なのか。出すぎたことを口走ったりしたら、経営母体の某財団法人の不興を買うのではないか。

冷や汗を拭い、死神のような刑事を前にして悶々と思い悩む樫山であった。

＊

「里見さんは現役で藝大の油画専攻に入ったそうですね。学院長さんから伺いました。大したものですね、ひと握りのエリートだとか」

と、乙姫警部は云った。例によって死神のごとき陰鬱さで、葬儀を三件ほどハシゴしてきたみたいなしめやかなムードを全身から醸《かも》し出している。

里見冬悟は、そのどうでもいい話題には返事をしなかった。

前回と同じく昼過ぎの空き教室でのことである。今日は五階のデザイン科の教室がたまたま空いており、里見はそこで一人、ぼんやりしていた。隣の雑居ビルが二階建てなので、どの教室の窓からも千駄ヶ谷の街並みが見渡せる。採光性も高い。外の風景を眺めながら静かに時間を潰すのに、無人の教室は最適だった。

そこへ死神と二枚目のコンビがやって来たのだ。死神の乙姫警部は開口一番、里見の受験生時代の話を持ち出してきた。つまらない話題なので里見は敢えて無視する。そして乙姫警部の次の言葉を待った。現役で藝大合格の話題を出す者は、必ずといっていいほど「そんなエリートがどうして画家の道に進まずに美大予備校で講師を？」と質問をしてくるのが常だ。言外に、学歴の無駄遣いだもったいないというニュアンスを込めて。

しかし乙姫は、そういう質問をしてこない。ずけずけと踏み込んで来るような真似をせずに、陰気に黙っているだけだ。

里見は少し拍子抜けする思いだった。いつもは無遠慮な問いかけをされたところで「ええ、まあ色々と思うところがありまして」と言葉を濁すだけなのだが、里見の真意を語ったところで誰かに理解してもらった例《ためし》はない。

どうやら自分は他の人と違って、様々な欲の薄い人間だと気がついたのはいつ頃のことだったか。名誉、体面、肩書き、名声、出世。そうしたものにはまるで興味を持てない。さらに、金銭欲や所有欲にも極度に関心が薄い。物への執着が湧かない。これは持って生まれた性質らしい。

だから世間での評判や他人からの評価も、まったく気にならない。承認欲求や目立ちたいという望みも、毛ほども持っていない。

藝大へ入って驚いたのは、他の学生達が一様に、自己顕示欲を剝き出しにしていることだった。良い絵を描いて認められたい。誰もがその欲求を隠そうともしなかった。上昇志向があり夢がある。皆がそうした、若者らしい健全な野心と表現欲を持っていた。仲間の描く絵や造る彫刻は、大きな声で自己主張をしていた。俺を見てくれ俺を認めてくれ俺はここにいる、と作品から痺《しび》れるほどのパワーを発していた。

里見は多大なカルチャーショックを受けた。

絵を描くのが好きだという点では共通の指向がある。ところが目指す方向に、他の皆とは大きな齟齬《そご》を感じた。

里見はただ、のほほんと描くだけでよかった。絵が、自分さえ納得のいく出来映えならば、そこで自己完結していた。描き、発表し、認めてもらう、という過程には興味を感じなかった。

中学の時の、あの悪童による傷害事件の濡れ衣を着せられた際、強く否定しなかったのも、周囲からの評判など気にしないというこの性質のためだった。

だから里見は藝大に入学してすぐに、画業に進むのは断念した。ハングリー精神も熱意も持たぬ自分は、画家としてはやっていけない。早々に見切りをつけた。

里見はただ、平穏に暮らしたい。それだけが唯一の欲といえた。

穏やかで、鉱物のように静寂な日々。それが最も望むものだった。

描きたい時に気まぐれにスケッチブックを開く。気分の赴くままにデッサンをする。絵への距離感はそのくらいでちょうどいい。

ただし、世捨て人になるまでの覚悟はない。この社会で暮らしていくにはある程度の収入は必要だ。そこで選んだのが、美大予備校の講師の職だった。自分の特技を最大限に活用し、対人関係の面倒が少なそうな仕事。その点では天職といえるのかもしれない。

そんなことをつらつらと考えている里見に、乙姫が不意に云ってきた。

「先日、色々な人に話を聞いて歩いていると申し上げましたよね、この予備校のスタッフの皆さんに。講師の先生がた、事務室の被害者の同僚のかたがたです」

「そんなことを云っていましたね」

里見は曖昧《あいまい》にうなずいた。そうとしか返答のしようがない。乙姫は、半ば困惑する里見に、万年雪に穿《うが》たれた洞穴《ほらあな》のごとき熱感のない陰気な瞳を向けてきて、

「ただ、どなたも正解を教えてくれない謎に引っかかって困っておりまして。里見さん、何だと思いますか」

「さあ」

里見は首を傾《かし》げた。乙姫が何を云いたいのか判らない。その真意の汲《く》めない無表情な刑事は、いつもながらの猫背の姿勢で陰々滅々とした口調のまま、

「犯人はそもそも、なぜ侵入したのか、という謎です」

「それは謎ですか。強盗なんでしたよね、前に刑事さんもそう云っていましたが」

「はい、制作室の窓ガラスの話はこの前しました。コソ泥がそこから忍び込んで、被害者に見つかってしまったので争いになり、つい勢い余って殺《あや》めてしまった。そして怖くなって何も盗らずに逃げ出した。というストーリーは成り立つとは思います。現場の状況から見ても、そうしたことが起きたのだろうと容易に想像がつきます。しかし、そこで根本的な疑問に引っかかってしまうのです。犯人はなぜ侵入したのでしょうか」

「今、刑事さんは答えを云いましたよ。コソ泥なのだから目的は盗みでしょう」

「はい、シンプルに考えればそういうことになります。ところがここは美大予備校です。正面玄関の上の壁にも、デカデカと校名のレリーフが飾ってあります。誰が見ても予備校だと判別がつきますね。ではその予備校に、犯人は一体何を盗むつもりで忍び込んだのでしょうか。この近辺にはオフィスビルもたくさん建っています。金融会社の事務所といった現金を扱っていそうなところもあります。なのにどうして、選《よ》りに選って予備校の建物を選択したのか。これが誰に伺っても判らないのです。この校内に何か金目の物があるのでしょうか」

乙姫の陰気な目にじっと見つめられて、里見は首を横に振る。

「ある、とは思えませんね」

「そうでしょう。ですから犯人の目的が判らないのです。何を狙ったのか、とんと見当がつかない。これがもし画廊ならば、高価な絵画も保管してあることでしょう。里見さんの出身校の藝大などでしたら、高名な教授の描いた価値のある絵が飾ってあるかもしれません。しかしここは予備校です。高価な品があるとは思えません。犯人は何を思って、このビルに侵入したのでしょうか」

乙姫は淡々と、熱の感じられない口調で云う。里見はその質問に答えられなかった。何か言い繕《つくろ》おうとしたけれど、適切な言葉が思いつかない。

乙姫はさらに、穏やかな口調で云う。

「これは捜査本部全体の総意ではなく、あくまでも私の個人的見解なのですが、あの割られたガラス窓は偽装なのかもしれませんね」

「偽装、ですか。犯人は窓から忍び込んだのではない、ということでしょうか」

いきなり核心を突いてきた乙姫に、里見は驚いた振りで応じた。乙姫はうっそりと首肯して、

「はい、他から入り込んだ可能性があります」

「どこから？　裏口は常時鍵がかかっていますよ。正面玄関も受講生が帰ったら施錠する決まりになっているはずです」

「そうです、表の入り口には鍵がかかっていました。そして指紋も残留しておりました」

乙姫は物静かに云う。里見は首を傾げて、

「指紋？」

「ええ、ドアのレバーの指紋です。生徒さんが帰った後で校内の見回りをした守衛さんのものです。そして最後にこの建物を出た事務長さんの指紋も。ドアの内側のレバーからはこのお二人のものが鮮明に採取されました。そして外側のレバーには、翌朝第一発見者となった守衛さ

んの指紋が特にはっきり残っていました」

「だったら犯人はそこから入ってはいないことになりますね」

「はい、そう思われます」

「それならやはり、ガラスの割れた窓から忍び込んだんじゃないですか。僕にはそうとしか思えないのですが」

「はい、窓から入ったと素直に考えるのが自然だと思います」

乙姫もうなずく。そして、冥界《めいかい》で蠢《うごめ》く亡者の群が押しくら饅頭《まんじゆう》をする際に立てる擦過音みたいな陰気な声の調子のまま、

「ただ、そう考えると先ほどの問題は依然として解消しません。どうして予備校を選んで忍び込んだのか。犯人の目的が判らないのです。どうでしょう、里見さん、何かいいアイディアを思いつきますか」

「いいえ、お役に立てなくて申し訳ありませんが、僕にはさっぱり」

「そうですか、それは残念です。それでこうして色々な人に意見を聞いて回っているのですがね。誰かが不意にうまい考えを思いつくかもしれないと期待して。犬も歩けば方式で、何か取っかかりになる思いつきに突き当たればいいと思いましてね。案外思いもよらない幸運に恵まれるかもしれませんから」

と、乙姫は表情の動かない不気味な顔つきのままで、

「というわけで、里見さんも何か気がついたことがあったらご教示いただけるとありがたいで

す」

そう云うと、不意に立ち上がった。隣の鈴木刑事もそれに倣《なら》う。どうやら帰るつもりらしい。

「お役に立てませんですみません」

里見が云うと、乙姫はうっそりと陰鬱に、

「いいえ、どうかお気になさらずに。こちらこそお時間を取らせてしまって申し訳ありませんでした。では、失礼します」

教室の出口のほうへと歩いて行く。葬列の歩みのごとくしんみりとした、これからこの建物の屋上から飛び降りようと決心した世を儚《はかな》んだ者のように精気の抜けた歩き方である。

と、戸口のところで不意に立ち止まり、乙姫はひょいっと振り返った。

「そうそう、里見さんはご存じないかもしれませんが、犯人は窓から侵入するのに路地に置いてあった足場を使っています。裏の中華料理店のポリバケツなのですが、その上に立つと、ちょうどガラスを割るのにぴったりの高さになります。お店の人に伺ったところ、いつもあの路地に放置しているそうでして、犯人がそれを使ったのが偶然なのかどうか判断に迷うところなのです。たまたま目についたから使ったのか、それともポリバケツが置いてあるのを前もって知っていて、足場に使うのにちょうどいいと思っていたのか。後者だとすると、行きずりの盗っ人だという可能性はぐんと低くなってしまいますね。犯人は土地鑑があり、計画的にポリバケツを使ったことになる。そうするとますます判らなくなります。計画的に予備校に忍び込んで何を盗む気だったのか、これが不明でして。いや、申し訳ありません、これは疑問というより腑に落ちない私の愚痴《ぐち》のようなものでして、お聞き苦しい話でお耳汚しをしてしまい失敬しました」

うっそりと頭を下げると、乙姫はドアの向こうへと姿を消した。

里見は平静な心に、かすかにさざ波が立つような心持ちでいた。

＊

答えにくい質問をしてくるなあ。

そう思い、久能美桜《くのうみお》はつい顔をしかめそうになった。

一階の廊下で二人の刑事に呼び止められ、立ち話をしているところだった。例の、事件のあった制作室の前辺りである。制作室の引き戸を封印している黄色と黒のビニールテープは、色のコントラストが見るからに毒々しく、非日常感が漂っている。

二人の刑事もなかなか日常感がなく、独特な風貌をしている。中年のほうはハロウィンの扮《ふん》装《そう》で悪霊になりきっているみたいな黒ずくめの服装で、演技も徹底しており、まるで死人のごとく悄然《しょうぜん》としている。もう一人は若くて、びっくりするほどのイケメンだった。

ハロウィンの扮装をしたような刑事は、

「亡くなった砂川さんはどんなお人柄でしたか」

と尋ねてきたのである。

これは答えにくい。

正直にぶっちゃけてしまっていいのだろうか、と久能は迷っていた。押し黙る久能の横を、受講生達が好奇の視線を向けながら通り過ぎて行く。

実際のところ、砂川はあまり好感の持てる人物ではなかった。

どことなく陰湿な感じで、いつも気難しい顔つきをしていた。態度もどちらかというと高飛車だった。久能が個人的に嫌われているのかと思ったけれどそうでもなく、三人いる女性事務員に対して平等に無愛想だった。冷淡で非友好的だった。何となく見下されていたようにも思う。

それを率直に伝えたら、こっちまで性格が悪いと思われそうだ。別に刑事に根性悪だと感じられても損はないだろうが、イケメンの前だとつい猫を被りたくなってしまう。

「そうですねえ、あまり陽気な人ではなかったですね。無口なほうで、事務室でも無駄話などはほとんどしませんでしたから。少なくとも周囲を明るくするタイプじゃなかったと思います」

無難な回答でお茶を濁す久能であった。

「誰かに恨みを買いそうな感じはありましたか」

ハロウィンの扮装をしたみたいな悪霊刑事が、質問を重ねてくる。久能は首を傾げて、

「恨み、ですか」

「そうです、殺害される動機になるほどの恨みです」

「いくら何でもそこまでは、っていうか、あの事件は強盗だったはずですよね。他の刑事さん

はそんな口振りでしたけど」

「まあそうなのですが、可能性を模索するのも我々のやり方でして」

と、ハロウィンの刑事は陰気な調子で言葉尻を濁したかと思うと、

「ところで、久能さんは神絵師なのですね、BL同人誌の。世に云う薄い本というのでしたか」

いきなり話を変えてくる。意想外の話題のジャンプに、久能は大いにうろたえて、

「え、どうしてそれを」

「事務長さんから伺いました」

表情ひとつ動かすことなく、ハロウィン刑事は云う。畜生、あのタヌキ親父め、余計なことを刑事相手に吹き込みやがって、と久能が内心歯噛みしていると、ハロウィン刑事は取り成すように、

「いえ、女性事務員にそういうかたがいると聞いただけです。久能さんのお名前までは出ませんでした」

「だったらどうして私だと判ったんですか」

「ただの当て推量です。この鈴木くんを見て、久能さんは見とれるでもなく、寸法を測るような冷静な目つきで視線を走らせていました。これはハンサムな男性の絵を描く人なのかな、と見当をつけました。当たっていますか」

久能は少し驚いた。こちらの動きをよく観察している。このハロウィン刑事、見た目は不気味だけれど結構な凄腕なのかもしれない。

「やはりコミケでは壁サークルなのでしょうか。〈アプリコット・アレー〉や〈猫十字薔薇戦車軍〉や〈ソフィアランタン〉などの有名サークルと同じように」

今度は心底仰天した。今並んだ名前は全部、超のつくほど大手同人サークルのものだった。コミケで何千人という行列ができる人気のあるところだ。どうして中年男のハロウィン刑事が、そんな有名BL同人サークルの名を知っているのか。この刑事の知識の守備範囲がよく判らない。

びっくりしながらも久能は、両掌《りょうて》をぶんぶんと顔の前で振って、

「うちはそんな大手さんじゃありません。一応壁はもらってますけど、全然そこまでは売れてなんかいないです」

「そうなのですか、しかし事務長さんが云っていましたよ、大層人気で年商も一千万近くだとか」

また要《い》らんことを口走りやがってあのタヌキめが、と憤慨《ふんがい》しつつ、

「そうはいっても、そこそこって程度ですよ。うちなんかまだまだ知名度は低いです」

と、久能は誤魔化す。実際はコミケだけではなく中規模のオンリーイベントなどにも小マメに出店しているので、年商も大台を超えている。毎年確定申告の時期には、税理士さんと一緒に頭を抱えるくらいには。

「失礼ながら、それだけ稼いでいらしてどうして久能さんは同人活動一本で独立していないのでしょうか」

ハロウィン刑事は聞いてくる。下世話な興味などではなく、どうやら純粋な好奇心からの問いかけらしかった。

「事務員なんかやっているのはおかしいですか」

と、久能は笑って、

「実は親が厳しくて、まともに勤めないならとっとと帰ってきて見合いでもしろって喧《やかま》しいんです。私もこう見えてもう三十ですし」

久能の実家は高知県にあり、両親共に教員である。父は教頭、母は学年主任。別々の学校だけど、それぞれ責任ある役職についている。そして大層口喧しい。

「要するにアリバイ作りですね。得体の知れない同人作家だけだと田舎じゃ世間体が悪いって云われて、でも予備校の事務員なら充分お堅い仕事でしょう。それでうるさい親も、どうにか東京で独り暮らしを黙認してくれてるんです。あ、だからって今の仕事は手を抜いたりしていませんよ。事務の仕事は仕事、同人誌は同人誌。ちゃんと切り離して、どちらもきちんとやっているつもりです」

「判ります。事務長さんも、丁寧な仕事ぶりで助かっていると誉めていらっしゃいました」

本当なのかその場凌《しの》ぎなのか、ハロウィン刑事は云う。お世辞だとしたらびっくりだ。この墓地の地面から這い出してきたみたいな陰気な刑事がそんな調子のいい台詞を吐くなんて、おどろおどろしい外見からは俄《にわか》には信じられない。

「そういうことなら、誉めてもらったと受け取っておきます。あ、それから一応云っておきますけど、イケメンの刑事さんを見て感心したのは確かです。でもそのまま描こうと計算していたわけじゃありませんよ。BLはイケメンが出てくればいいってものではないんですから。一番重要なのは関係性ですね。登場人物二人の、揺れ動く心情と関係性を描いてあるのが面白いんです。上司と部下、家庭教師と生徒、血の繋がらない義理の兄弟。バリエーションは豊富に考えられますけど、二人が地位も立場もかなぐり捨てて情愛に流される瞬間がエキサイティングなんです。そこが描くほうにとっても読むほうにとっても、メインディッシュなんですから。二人の距離感がどう縮まるのか、どんなやり取りがあって惹かれあっていくのか、そこを描くのが醍醐味《だいごみ》なんです。いやよいやよと云いながら求め合う肉体、響き合う恋心、同性同士という障壁を越えて愛の交歓に酔いしれる男達。そういうシチュエーションを描いてナンボなんですよ。受け攻めをチェンジした意外なカップリングの妙もまた良し。大人の男性の葛藤《かっとう》もいいですね。社会的地位のあるキャラが我を忘れて堕落していく過程、そういう部分が見どころなんであって、イケメンが単純に絡んでいればそれでオーケーって安直なものじゃないんです。確かに登場キャラは美しいに越したことはないんですけど、けどそれだけじゃつまらないんですよね。美しい男性がいかに常識から背を向けて愛欲に走るか、その経過をねっとり描かなくっちゃ面白くも何ともないじゃないですか」

つい熱く語ってしまう久能であった。この種の話となると、イケメンの前でも被っていた猫を脱ぎ去って弁舌を揮ってしまうのが腐女子の悲しいサガ。案の定、イケメン刑事は居心地悪そうな顔になっている。通り過ぎる受講生達も、何事が起きているのかと目を丸くしている。

ハロウィン刑事だけはずっと無表情だけれど。

そのハロウィンの刑事が、陰気な声で云う。

「美しい男性といえば、講師の里見先生は随分整った顔立ちをしていらっしゃいますね」

「ああ、里見先生ですか。確かに、別次元の美形さんですよねえ。透明感のある美青年って感じで」

と、久能はうなずいて、

「最初見たときは目を疑っちゃいましたもの、何、ここはイケメンパラダイス？って、びっくりしましたから。ただ、あそこまできれいだと、何だか現実離れして見えちゃいますよね、乙女の夢の中から出て来た王子様って感じで。昔の少女漫画に出てくる貴公子キャラみたいだし。それか腕利《うでき》きの人形師が丹誠込めて作り上げた美形人形って感じかな」

「あの見映えならば人気があるのでしょうね」

「そりゃもう。受講生の女の子の中にもファンは多いですよ。絵の相談にかこつけて、お近づきになろうと虎視眈々《こしたんたん》の子もいるみたいで。ただ、こう云っちゃ失礼かもしれませんけど、私は絵師としてはあんまり興味が持てないんですよね。あそこまでキラキラしていて、本当に絵に描いたみたいな美形さんは、描いても面白味がなさそうで。あ、人間性の話じゃないですよ、あくまでも外観だけの話。キャラのモデルという意味で。読者にもリアリティがないって突っ込まれそうだし」

何の話をしているのか判らなくなってきた。

事件の事情聴取ではなかったか。

まあ、ハロウィン刑事がまったく表情の変わらない陰気な顔を崩さないから、別にこんな話でもいいのか、と久能は思っていた。

＊

「もちろん技術面を磨くのも大切だと思います。技術を身につけるには反復して描き続けるしかありません。ただ、あなたのように自分の描き方を見失ってしまっている場合には、それだけではいけないかもしれませんね」

里見冬悟は静かに語りかけた。

ベンチに座る相手は真剣にうなずいている。相談を持ちかけてきたのは若い女性受講生だ。ただし顔は見知っている気がするものの、何科だったかまでは覚えてはいない。

東峰美術学院千駄ヶ谷校の屋上。

ぐるりを金網のフェンスで囲われて、ベンチがいくつか置いてある。受講生達が気分転換に外の空気を吸いにやって来る、憩いの空間である。ただし全面禁煙。空が広く見渡せるのが取り柄だ。

「絵を描くということは世界をどう見るか、だと僕は思っています。あなたにとって世界はどう見えているのか、世界がどんな形をしているのか、それを表現する手段として絵画というもながら里見は云った。

のがある。僕はそう確信しています」

六月に入って少し経った日の昼過ぎ。麗《うら》らかな陽気の下、立ち並ぶ千駄ケ谷のビル群を眺めながら里見は云った。

「里見先生には世界はどう見えていますか」

相談者の女性が尋ねてくる。里見は首を傾げる。

「僕にとってどう見えるか、それは言葉で表すものではありません。僕はそれをスケッチブックに描きます。そしてそれがどう見えるのか、あなたの目に僕の絵がどう映るのかも、結局個の目を通してしか世界を見ることができない。頼りになるのは自分の目だけということになります。そのためには己の内面とよく向き合う必要があると思います。自分の内側、奥深くのところで世界をどう感じているのか、一度よく見直してみるのも手だと思います。そのためには一旦キャンバスから離れて、他のことに熱中してみるのもいいかもしれませんね。映像作品でも文学でも宇宙物理学でも何でも構いません。突き詰めて集中することで世界の見え方がクリアになるかもしれない。視界を変えて今のスランプから抜け出せたらしめたものでしょう。僕からできるアドバイスはこれくらいですけど、よろしいですか」

「充分です、勉強になります。ありがとうございました」

受講生の女性は立ち上がって、丁寧にお辞儀をした。そして上気した頰で、その場を立ち去って行った。

入れ替わるように、屋上の入り口にうっそりと死神めいた影が立った。

二人の刑事が屋上へと現れた。乙姫警部とハンサムな鈴木刑事のコンビである。陽光の下でも、猫背の乙姫警部は死神みたいな顔つきで陰気そのものだった。太陽の光を浴びて、体が灰になってぼろぼろと崩れて無くなってしまうのではないかと、心配になるほどその姿は幽鬼《ゆうき》じみている。

「描くことは世界を見ること、ですか。大変含蓄のあるお言葉ですね。感心しました」

体が崩れるでもなく、こちらへ近づいて来ながら乙姫は云った。歩き方も怨霊《おんりょう》のごとく精気を失って見える。

「失敬。立ち聞きなどするつもりはなかったのです。ただ、出て行くタイミングを逸《いっ》してしまいました。里見さんがとてもいいお話をされているので、邪魔をするのも忍びなくて。失礼しました」

乙姫は通夜振る舞いに誘われたのを断るみたいに、湿っぽく頭を下げた。

「構いませんよ、聞かれて困る話でもありませんから」

里見が鷹揚《おうよう》に云うと、乙姫はベンチを手で示し、

「失礼、座ってもよろしいですか」

「どうぞ」

それで里見と向かい合わせに、二人の刑事がベンチに納まった。先ほどまで名前も知らぬ相談者が座っていた席である。

「生徒さんにアドバイスをするのと同じように、私にも知恵を授けていただけると助かるのですが」

乙姫が、暗い声のトーンで云う。里見は小首を傾げて、

「何でしょう、僕に判ることですか」

「問題は、凶器です」

「凶器？」

「はい、被害者が撲殺されていたというのは里見さんもお聞き及びですね」

乙姫が云うと、隣に座った鈴木刑事がスーツの胸ポケットから手帳を取り出した。それを開くと鈴木刑事は、はきはきとした調子で、

「凶器はモンキーレンチでした。長さ四十三センチメートル、重さ一・一キログラム。これは現場の廊下を挟んで向かいの教室、工芸科の部屋から持ち出されたものと判明しています。犯人はこれで被害者の頭部を複数回殴打し、その場に放置して逃走しています」

報告口調の鈴木刑事の言葉を聞いて、里見は尋ねる。

「その凶器がどうかしたんですか」

すると、乙姫は生気の感じられない暗い目を向けてきて、

「問題は、誰がそれを持ち出したかということです。レンチは工芸科の壁に、他のサイズの物と一緒にずらりと並べられて置いてあったようです。これを現場の制作室に持ち込んだのは何者でしょうか」

「犯人ではないんですか。それを使って事務員さんを殺したんですから」

里見が云うと、乙姫はうっそりと首を振って、

「それはどうでしょうか。犯人は制作室の窓ガラスを割ってそこから侵入しました。このことは以前もお話ししましたね。そこから廊下を挟んだ工芸科の教室に行ってレンチだけを持ってきて、制作室に舞い戻って殺人を犯す。そんなことがあるのでしょうか。前半はまるで、レンチを持ち出すこと自体を目的に行動しているように見えます。しかしレンチは、いくらか大振りなだけで何の変哲もないものです。それだけを盗み出す意味があるのでしょうか。不自然極まります」

「犯人でないのなら被害者でしょうね。他には誰もいなかったそうですから」

里見の発言に、如何《いか》なる感情の発露なのか乙姫はほんの少しだけ首を傾げると、

「被害者が持ち出したとすると、どんなケースが考えられると里見さんは思われますか」

「そうですね、例えば、被害者が護身用として持ち出した、というのはどうでしょうか。被害者は事務室で残業をしていたという話でしたね。そこに犯人が制作室に忍び込んだ。制作室は事務室の隣です。隣室での異変を察知した被害者は、賊《ぞく》の侵入を悟る。被害者は様子を見に行くに際して危機に備え、まずは工芸科の教室に入り武器になりそうなものを調達した。そして制作室に行く。そこで犯人と鉢合わせになって乱闘の末、結局返り討ちに遭ってしまった、という流れです。これだったら自然だと思いますけど」

「はい、実に自然です。ですがひとつ、引っかかるところがあります」

「どこがでしょう」

「犯人は窓ガラスを割って忍び込んでいるのです。ガラスを割るのに何も持っていなかったということはないでしょうね。何か道具を使ったはずです。ガラスは何か鋭利な物で突き崩されていたとの鑑識の報告もあります。恐らくバールのような物の先端で突き割ったのではないかと、私どもは考えております。犯人はそういう道具を持っていたはずです。ところがどういうわけか凶器にはレンチを使っています。ガラスを割るのに適した道具ならば、武器として使うこともできたはずです。しかし犯人は、被害者が持ってきたはずのレンチを凶器にしている。これはなぜでしょうか」

「それは簡単に説明がつきますよ、刑事さん。格闘になった時、犯人はバールを取り落としたんです。そして揉《も》み合いになって、犯人が被害者の手からレンチを奪った。これで凶器がレンチだった理由がつくでしょう」

「その理由は大変納得のいくものです。しかしそうなるとまたおかしな点が出てしまいます」

「どんな点ですか」

「指紋です」

「指紋？」

里見が首を捻《ひね》ると、乙姫は、あと一時間でこの世が滅びると知って絶望したみたいな口調のまま、

「レンチは柄の部分だけを拭った痕跡がありました。指紋がひとつも残っておらず、丁寧に拭

き取った跡があったのです。鑑識がそれを確認しております。しかしそれは不自然です」

「どうしてですか。犯人が指紋を拭き取るのは当然でしょう」

里見が云うと、乙姫はゆっくりと首を左右に振って、

「いいえ、考えてもみてください。賊は窓ガラスを割って忍び込んでいます。その時、素手だったと考えられるでしょうか。これから不法侵入をするのに、指紋があちこちに付着するのを懸念せず、素手で犯行に及んだとは到底思えません。割ったガラスで手を切る危険もあります。ですから、まず間違いなく手袋をしていたと推定できます。そして被害者と揉み合いになってレンチを奪い、それで殴りつけたとしてみましょう。この流れで犯人の指紋が凶器に残るとは考えられません。犯人は手袋を嵌めていたのですから。従って犯人は、凶器の柄を拭う必要がないのです。しかし実際には、犯人は凶器をわざわざ拭いています。どうしてそんな無意味な行動を取ったのでしょうね」

陰気なトーンで発せられた乙姫の疑問に、里見は答えられなかった。うまい言い逃れが思いつかない。意味もなく、フェンスの向こうのビル群を見渡した。

そんな里見の態度を一向に気にするでもなく、乙姫は淡々と続ける。

「ところで、犯人は凶器を現場の床に放置しています。これはどうしてでしょうね。里見さんならばどうお考えになりますか」

暗い音色の問いかけに、里見は考えながら答えて、

「それは、多分、持ち去る必要がなかったからでしょうね。被害者が持ってきたものだから、

そこへ置いておいても構わないと判断したわけです。持って行くのも変でしょう。レンチの長さは四十何センチといいましたね。そんな物を夜に持ち歩いていたら不審に思われます。お巡りさんに職務質問されかねません」

「はい、持ち去らなかったのは判ります。ではなぜ、元あった工芸科の教室に戻さなかったのでしょうか」

「それは単に戻せなかったからでしょう。犯人は外部から侵入して来た。そしてレンチを持ち出したのは被害者自身です。内部の事情に疎《うと》い犯人には、レンチが元はどこにあったのか知る方法がなかった。それだけのことですよ、きっと」

そう演出するために、あの夜、凶器は現場の床に転がしておいたのだ。充分、説得力があると里見は信じている、ところが乙姫は、表情の表れない顔で視線だけをこちらに向けながら、

「しかし、それだと遺体の脇に置いたことまでは説明できないように思います。犯人は、砂川さんが一人で残業していたことなど知らなかったはずです。他にももっと人がいて、騒ぎを聞きつけて駆けつけてくるかもしれない。犯人はなぜそれを警戒しなかったのでしょうか。砂川さんを倒した後、誰かが廊下からやって来ないか、現場に近づいて来る人はいないか、聞き耳を立てて用心しながら入り口のほうへ向かうのが自然な行動だとは思いませんか。その時、手にした武器も構えた態勢で警戒するはずでしょう。だのに犯人はそうしなかった。砂川さん一人を殺害したら、もう武器は用済みとばかりに遺体の側《そば》に放置してしまいました。まるで、加勢が来ることは絶対にないと初めから知っていたかのような行動です。校内に居残っているの

が砂川さん一人だけだと、前もって判っていたみたいに武器を手放している。これは大いに不自然だとは思いませんか」

里見は沈黙した。すぐには答えられなかった。今度も、うまい反論を思いつけない。しばらく黙ってから、ゆるゆると口を開く。

「確かに、おかしいですね」

「そう、凶器に関してはおかしなことだらけです。指紋の件、放置した位置。どうにも得心がいきません。それで困り果てておりまして、里見さんのお知恵を拝借できればと思ったのですが」

乙姫は、弔問の挨拶みたいな陰気な口調で云う。里見は軽く頭を下げて、

「僕には何も思いつきませんね、お役に立てなくて申し訳ないのですが」

「いえいえ、お話しできてこちらも頭の整理がつきました。大いに助かりました。では、今日はこれにて失礼します」

乙姫はそう云うと、ベンチから立ち上がった。隣の鈴木刑事も腰を上げる。

二人の刑事は一礼すると、陽光の下、屋上のドアのほうへと歩きだす。明るい太陽を浴びていても、乙姫の体からは生ける屍《しかばね》のごとく、陰気なオーラがゆらゆらと立ちのぼっているみたいに見える。

ドア口まで行くと、不景気な猫背の乙姫は不意にこちらに向き直って、

「そうそう、それやこれやで不審な点も多いものですから、前提を疑う必要があるかもしれな

いと考えているところです」

「前提、ですか？」

　里見は尋ねる。乙姫が答えて、

「はい、犯人が外部から侵入してきた、という点です。先日も、窓ガラスを割ったのは偽装ではないかというお話をしましたね。ひょっとしたら内部に犯人がいるのかもしれません。その可能性を、少し突き詰めてみようかと思っています」

　云い置いて、乙姫はドアの向こうに消えて行った。怨霊が消えるみたいに、音もなく姿が見えなくなった。

　里見はベンチに座ったまま、じっとそれを見送ることしかできなかった。

＊

「その話だったらもう何度も他の刑事さんにしましたけどね、まだ聞きたいんですか」

　松本一馬《かずま》は半ば呆れながら云った。警察というのはどうしてこう何度も同じ話を聞きたがるものなのか。呆れるのを通り越して、感心すらしていた。

　今日も刑事がやって来た。

　亡霊みたいな薄気味悪い刑事と、滅多《めった》矢鱈《やたら》と男前の二人組である。

「申し訳ありません、ご本人の口から直接お話を伺いたいものですから」

亡霊のような刑事は、やけに湿っぽい陰気極まりない声の調子で云った。ちっとも申し訳ないと思っていない口振りだった。

「まあ、構やしませんよ、減るもんじゃなし」

松本は仕方なくそう答える。この刑事に恨まれたりするのは、なんとなく縁起が悪いような気がした。どっちにせよ昼間のこの時間は暇なのだし。

松本が二人の刑事とパイプ椅子に座って向かい合っているのは、東峰美術学院千駄ヶ谷校の守衛室の中だった。正面玄関を入ってすぐ左手。松本の詰め所でもあり休憩室でもある。来客を迎える受付も兼ねている。といっても美大予備校に来客などそうそうあるわけでもなく、広く廊下側に開け放たれた窓口からは、若い受講生達がさんざめきながら通り過ぎて行くのが見えるのみである。

「もう先月だな、五月の十九日のことです。その日もいつもと同じように、夜間部の授業が九時半に終わった」

松本は、二人組の刑事に向かって話しだす。

「そうして生徒さん達がわらわらとにぎやかに帰ってね、先生がたも帰って行って、あらかた人がいなくなったのを確かめてから私はここを出た。戸締まりの点検が毎日の勤めでね、その夜もそうしました」

松本が説明すると、亡霊じみた刑事は外見に似つかわしい暗い声で、

「全館を巡回するのですね」

「そう、別に教室は鍵をかけるわけじゃないんですがね、窓を開けっ放しで帰る部屋もあるから。物騒だから全部私が見て回るんでさあ」

「一階からですか」

「いやいや、階段を上がるのはキツいからね、上から回るんだよ。エレベーターで六階まで行って、そこから順繰りに下がってくる。上りより下りのほうが辛くないから。ほら、私もこの通りもう年だから、膝の具合がちょっといけなくて」

「なるほど、六階から各教室を調べるわけですね」

亡霊じみた刑事が云うのを、松本は片手を振って否定して、

「調べるってほどじゃありませんや。窓の錠を見るだけ。別に不審物を探しているわけじゃないんだから、部屋の隅々までは調べたりしやしません。あくまでも窓の戸締まりの点検だけ。それが私の役目でね、そうやって上から見て回って一階へ。十九日の夜もそうしましたよ。窓の鍵を締めて回っておしまい。どこにも異状はありませんでしたね」

「上の教室にはどなたも残ってはいなかったのですね」

「ああ、誰もいませんでしたよ」

松本は前職も警備員だった。大手の警備保障会社を定年まで勤め上げ、再就職でこの学校の守衛になった。警備員人生四十五年、見間違いのないことは保証できる。

亡霊みたいな刑事は、それでも食い下がってきて、

「講師の先生もいなかったのですね」

「一人もね。たまに残っている日もあるけど。生徒さんの絵を採点したり、次の日の準備をしたり。そんな時は、窓の戸締まりだけお願いしますってひと声かけて次へ回るのがいつものことだね。ただ、あの日は誰も残っていなかったから、その必要もなかったな」

「そうやって一階へ降りてきたのですね」

「そう、全部回ってから事務室に報告、これもいつものことでね。管理上の契約だとかで、事務員さんは最後までいなくちゃならないらしい。毎日ローテーションで遅番の二人が残る決まりでね。あの夜の当番は事務長さんと砂川さんだった」

「お二人に変わった様子はありませんでしたか」

「いや、特に何もなかったね、いつも通りで。だからこっちも普段と同じに、お疲れさまって挨拶して、ここへ戻って着替えて帰った。それでおしまいですよ」

松本の説明に、亡霊みたいな刑事は感情の読み取れない無表情な目を向けてきて、

「次の日、事件を発見したのも松本さんでしたね」

「そうそう、ありゃ魂消《たまげ》たね。まさかあんなことが起きるなんて、夢にも思わなかった」

「発見した時のことを詳しく教えていただけますか」

「詳しくも何も、朝一番に来たらあの部屋で人が一人ひっくり返ってるのを見つけて、頭の形が変わるほど潰れていて血も流れていてね、私は腰を抜かして警察に通報したってわけ」

「松本さんが来た時には表の玄関の鍵はかかっていたのですね」

「かかってました。私が開けた、自分の鍵でね。ここまではいつも通り。ただ、この部屋に入

ろうとしたら、あっちの電気が点けっ放しになっているじゃないですか」

と、松本は、廊下を隔てた向かいの事務室を示して、

「誰か来ているのかなと思って覗いてみたけど誰もいない。昨日の夜、消し忘れたのかなとも思ったけど、事務長さんは経費削減に熱心なお人でね、電気代の無駄遣いは許さない。いつも口煩《くちうるさ》く事務員さん達にそう云っている。だから点けっ放しは変でしょう。こりゃ妙だぞと思って、一応一階だけでも見て回ろうと思ったんですよ」

この辺の行動は警備員生活四十五年の勘が働いたのだと、自分では思っている。この道一筋のベテランならではの感覚だ。

「それで最初に見た教室が大当たりでね、制作室だね。戸を開いてみたら誰か倒れている。血がこうぐしゃっとね、頭のところへこびりついていて。びっくりしてよく見たら後頭部もおかしな形にヘコんでいる。こいつはただごとじゃないと一目で判りましたよ」

「その倒れている人物に近づきましたか」

「とんでもない。入り口から見ただけで異常事態だと思いましたからね、こういう時は無闇に中に入ったりしちゃいけないのがセオリーだ。私も警備の仕事をして四十五年、これまで二度ほど犯罪現場に出くわしていましてね、といっても二件ともケチな空き巣でして、ただの事務所荒らしだったんだけど、その時に警察の人に教わりましたよ。現場はヘタにいじくっちゃいけないんだって。今回もその教訓に則《のっと》ったわけ。殊《こと》に人死にが出たとあっちゃなおさらだね」

「死んでいるのは一見して判ったのですね」

本人が死んでいるみたいに生気のない刑事が聞いてくる。松本は強くうなずいて、

「そりゃそうだ。頭があんな形に潰れて生きてる人間はいませんや」

「事務員の砂川さんだと判りましたか」

「そいつは無理な話ですよ。倒れていたのは向こう向きだったからね。あれじゃ誰だかまでは判らない。こう、横向きの姿勢でね。海老《えび》みたいに背中を丸めて倒れてたから。私が見た場所からだと背中と後ろ頭しか見えませんでしたね。砂川さんだと知ったのは、後で刑事さんに教えてもらってからだった。驚いたねえ、まさか前の晩に戸締まりよろしくなんて云って別れた人が次の朝には死人になっているだなんて。いやあ、世の中何が起こるか判らない。一寸先は闇ってやつだ」

嘆息する松本に、亡霊じみた刑事は静かな口調で淡々と、

「通報してからはどうしましたか」

「それはお巡りさんに聞いてもらったほうが早い。警察の人が次から次へとやって来たから。私はここで待機ですよ。勝手に動いちゃいけないってんで、おとなしくここで座ってました。いや、大変な騒ぎになりましてね、授業は全面中止になるわ、生徒さん達は中へ入れなくって表で野次馬集団に成り代わるわ、事務の人達は対処に大わらわだわ、警察関係者がどたばた出入りするわ、もう火事場みたいなてんてこ舞いになってましたね」

あの時の騒動を再現するのに松本が両手を上げてばたばたさせても、亡霊の刑事は眉ひとつ動かすでもなく無反応に、

「くどいようですがもう一度伺います。死体を発見した時、制作室には入りませんでしたね」

「そう、入り口から見ただけ」

「現場はどこも触っていない」

「もちろん、事務所荒らしの時にそう教わったから」

「そして即座に通報した」

「そう」

「素晴らしいです。まるで教科書のようにきちんとした対応ですね。守衛さんとして百点満点の行動です。守衛さんの鑑《かがみ》と云っても過言ではありません」

「そ、そうかい、いや、何だか照れるな、へへへ」

誉められて、松本は嬉しかった。警備員人生四十五年。その道程を認められたように思った。刑事の印象を、亡霊から生き霊くらいに格上げしてやってもいいかな、などと松本は考えていた。

＊

「先日お話ししたように、私は内部犯の可能性を考えてみました。そしてその思いつきが徐々に確信に変わってきております」

と、乙姫警部が云った。いつものように痩せた長身を陰気な猫背にして丸め、死神じみた精気の感じられない顔つきをしている。

今日も里見は、刑事コンビの訪問を受けていた。授業の合間の空き時間。本日の面談場所は三階の日本画教室である。

受講生用の椅子に三人で輪を作って座り、そして挨拶もそこそこに乙姫警部は意想外のことを云いだした。里見は思わず聞き返していた。

「内部犯、ですか。泥棒の居直りなどではなく」

すると乙姫警部は、いつものごとく煉獄《れんごく》の底を正体不明の不気味な軟体生物が這いずる粘着音みたいな湿っぽい陰気な口調で答える。

「はい、その可能性が非常に高いと考えます」

「なぜでしょうか」

再度質問する里見に、

「犯行は夜のことでした」

と、乙姫は当たり前のことをわざわざ云ってから、

「そこで犯人の立場に立って想像していただきたいのです。犯人はこの建物に忍び込もうと目論んでいます。そして隣のビルとの隙間の路地に入り込み、窓のひとつを侵入経路に選びます。制作室の窓です。その場所に立って周囲を見回したとしましょう。そうすると、決定的におかしな点に気づくはずです」

思わせぶりな乙姫の言葉に、はて何だろうと里見は考え込む。だが、こちらに考える時間を

ほとんど与えず乙姫は、

「制作室の隣です。正面玄関から見ると手前側ですね。そこは事務室で、砂川さんが残業をして居残っていました。守衛さんの証言によると、死体を発見した朝、事務室の灯りは点けっ放しになっていたそうです。ですから事務室の灯りはひと晩中、点けっ放しだったはずなのです」

と、乙姫は感情の起伏の一切ない平坦な調子で云う。

「そこでもう一度、犯人の立場になって考えてみてください。路地裏、制作室の窓の下です。犯人はそこから忍び込もうとしています。外に置いてあるポリバケツを引きずってきて、窓の下に足場を作ります。その上に乗り、用意してきたバールのような物を構えてガラスを割ろうとする。さあ、ここがおかしい。路地にいると、制作室の隣の部屋の灯りが点いているのが見えるはずなのです。たとえカーテンが閉じてあったとしても、薄暗い路地に立っていれば隙間から灯りが漏れるのが判ることでしょう。灯りが点いている。建物は無人ではない。誰かまだ人がいる。こんな状況で窓ガラスを割ろうとする泥棒がいると思いますか」

淡々とした陰気な口調で、乙姫は云う。

「どう考えてもおかしいですね。ガラスを割ったりしたら、たちまち隣の部屋にいる人に気づかれてしまいます。常識的に考えるのならば、灯りが消えて建物が無人になるのを待つか、もしくは侵入自体を諦めるかするはずなのです。もし何らかの事情があって急いで忍び込まなくてはならなかったとしても、制作室の窓は避けるでしょうね。灯りの点いた部屋からはできるだけ離れた場所に移動して、そこからの侵入を試みるはずです。隣の部屋に灯りが点いているのに、制作室の窓から侵入を強行する必然性はどこにもありません」

と、死神めいた乙姫は、その暗い底なし穴じみた瞳をじっとこちらに向けてきて、

「このことから、窓ガラスが割られていたのは偽装であったと判断しても構わないと、私は考えました。外部から犯人が侵入したと見せかけた、そんな偽装をするということは、翻《ひるがえ》って犯人は内部にいることを示しているのではないかと思うのです」

その言葉に里見は反論を試みる。

「絶対にそうと云い切れるでしょうか。本当に外部犯で、侵入経路だけを偽装したのかもしれませんよ」

しかし乙姫は、ゆっくりとした動作で首を横に振り、

「そんなことをして犯人に何のメリットがあるのでしょうか。侵入経路が別だったとしても、制作室から忍び込んだと見せかける意味があるとも思えません。別ルートで侵入したのが露見したからといって、犯人の正体がそれで判別できるとも思えませんから。やはりここは、内部犯の仕業《しわざ》と考えたほうが自然だと私は思います」

「刑事さんがそう確信したのなら僕みたいな素人《しろうと》がとやかく云いませんけれど、しかし一口に内部犯といっても容疑者はとても多いでしょうね。受講生だけでも何百人といるんですから」

「生徒さんも容疑者に入るとお思いですか」

「理屈の上では入ってもおかしくないでしょう」

「その場合、どうやってこの建物に入ったのでしょうか。制作室の窓ガラスを割ったというの

は無しですよ。あれが偽装だったという前提で今は話を進めているのですから」

「入るのは簡単でしょう。正面玄関は開けっ放しで、いつでも入って来られます」

「しかし犯行は事務長さんが帰った十時過ぎに起きています。この時にはすでに表の鍵は締まっていますよ」

「もちろん締まる前に入ったんです、というか、夜間部の授業を受講していたのかもしれませんね。そして他の受講生が帰って行くのを教室かどこかに隠れてやり過ごして、十時過ぎに行動を開始したんです」

里見がそう主張すると、死神じみた乙姫は顔の表情を動かすことなく、

「砂川さんを殺すための行動ですか？　しかし砂川さんが一人で残っていることを、どうして犯人は知っていたのでしょうか」

「僕は別に砂川氏の殺害が目的だとは云っていませんよ。殺したのはたまたま見つかってしまったのが理由かもしれない。犯人が何かをこっそり行おうとしていた現場を」

「何かをこっそり、ですか。例えばどんなことをでしょうか」

乙姫の質問に、里見は答えて、

「例えば、何かをそっと持ち出そうとしていた、とか」

「この学院内から、ですか。それだったら他の生徒さんに紛れて、荷物の中かどこかに隠して持ち出せばよかっただけではないでしょうか。わざわざ夜中の校内に潜んだりせずに」

「荷物に隠せない大きさだったとしたらどうです。例えば、30号や40号などのキャンバス。そ

んな大きな物を担いでいたら、他の受講生に紛れて出て行くのは到底無理ですよね。だから誰にも見咎《みとが》められないように、夜に紛れてこっそり運び出そうとしたわけです」

「なぜ絵などを持ち出す必要があったのでしょうか」

乙姫は陰鬱な口調で疑義を呈する。里見は少し考えてから、

「理由はいくらでも思いつきますよ、例えばこういうケースはどうでしょう。校内の作品展では順位をつけます。受講生の作品に我々講師が点数をつけて講評するんですね。それがもし盗作だったとしたら？　油画科の倉庫にはOBが描いた絵が、いくらでも無造作に転がっていますよ。犯人はちょっとした出来心でそんな絵の一枚をトレスして、自分の作品として提出してしまった、としましょう。きっと提出期限に追われていたんでしょうね。犯人にとってはその場凌ぎのつもりだったんでしょうが、予想外に思わぬ高評価を受けてしまった。犯人はその手柄を自分のものにしたくなる。それには盗作の元となったOBの作品が邪魔です。それが見つかったらたちまち模写がバレますからね。そこで元のキャンバスを人知れず持ち出すことにした。破壊するのも忍びないので、とにかく一旦自宅へでも隠すことにしたのでしょう。と、こんなストーリーはどうでしょうか。夜間部の授業が終わって皆が帰るまで、どこか上階の教室にでも身を潜めていて、夜になったら絵を持ち出そうとした。ところがその現場を砂川氏に見つかってしまい口論となり、結果的に殺してしまった」

里見の想像上の犯人の行動をどう受け取ったのか、乙姫は相変わらず、顔面の神経が働いていないみたいな無表情のままで、

「大変よくできています。仮定としては秀逸です。しかしそのストーリーは成立しないと思われます」

「どうしてですか」

思わぬ反論に里見が問いかけると、乙姫はじっとりとした暗い口調で、

「問題となるのは、やはり灯りです。今の里見さんのストーリーだと、犯人の生徒さんは夜になって他の皆が帰ってから絵を持ち出そうとしたのですよね。しかし、それにしては行動が早すぎるとは思いませんか。出て行くのは当然一階からでしょうから、犯人は階段なりエレベーターなりを使って一階へ降りてきます。しかし廊下まで来れば、事務室にまだ灯りが点いているのが見えるはずです。そうなれば犯人は、しまったまだ事務員さんが残っている動くのは早かった、とすぐに回れ右して引き返したはずでしょう。そして居残りの事務員さんがいなくなってまっ暗になるまで、再び隠れる態勢に戻るに決まっています。そうなると、犯人と砂川さんがばったり出くわすという展開にはなり得ないわけです」

乙姫の主張に、里見は首を横に振って、

「判りました、では絵を持ち出すというストーリーは捨てましょう。そこで考え方を変えてみます。犯人の目的が最初から砂川氏の殺害にあったと考えてみましょうか。これならばどうです。その受講生はどこかに隠れて皆が帰るのを待つ。事務長が帰る。その後に砂川氏を誘い出して殺した。これならば成立しますね」

結構ぎりぎりの線を攻めてみた。今話した行動は、まさにあの夜、里見が取った動きそのも

のだったからだ。少し踏み込みすぎたかと反省しかけたが、しかし乙姫は特に不審に感じた様子もなく、

「それもおかしいですね。先ほども指摘しましたけれど、犯人はどうして砂川さんが一人で残っていると知っていたのでしょうか。砂川さんが事務長さんと一緒に帰ってしまったら、せっかくの計画も台無しになってしまいます」

「それはもちろん、砂川氏と打ち合わせ済みだったんでしょうね。事務長に先に帰ってもらって、砂川氏が一人で居残るようにあらかじめ決めていた」

再度ぎりぎりを攻める。これも里見がやったことである。しかしやはり、乙姫は食いついてくるでもなく無表情のまま、

「犯人と被害者が待ち合わせしていたというのですか。それならば余計に不自然です。どうして校内で会う必要があるのでしょうか。仮に犯人が最初から殺意を抱いていたとしても、学院の外で待ち合わせれば充分でしょう。そうしたケースは大概、話があるという口実で呼び出すものですから、人のいなくなった夜の予備校内で会う理由がありません。どうしても校内で会うのにこだわる特別な理由があったとしても、不自然に見えないように一旦皆と一緒に帰る振りで建物を出たほうがいい。その後で引き返して来て、砂川さんに内側から鍵を開けてもらって入ればいいだけなのですから。しかしそんなことが起きていなかったのは、正面玄関のドアのレバーの指紋から明らかですね。あそこには守衛さんと事務長さんの指紋しか残っていませんでした。砂川さんが触った形跡はありません。ですから砂川さんが何者かを引き入れたとい

う事実はないわけです」

と、乙姫は淡々と、よく通る低い声で続ける。

「そもそも生徒さんが犯人だという説は成り立たないのではないか、と私は考えているのです」

「受講生を全員、容疑者候補から除外するんですか。それはどうして？」

里見の問いに、乙姫は表情をまったく動かすことなく、

「先ほどから里見さんは、皆が帰って校内が無人になるまで犯人がどこかに身を潜めていた、とおっしゃっていますが、そこからして私はおかしいと思っています」

「どこがおかしいのでしょう」

「守衛さんです。守衛の松本さんの証言によれば、彼は生徒さんが帰った後で、校内を巡回するのが決まりなのだそうです。そして窓の戸締まりを確認するのが日課だといいます。もし潜んでいたとしたら、この巡回の時に見つかってしまう恐れがあるからです」

「それは、いくらでも隠れる場所くらいあるでしょう。大机の下とかロッカーの陰とか」

実際あの夜の里見も、キャビネットの横の死角に潜んで守衛をやり過ごした。しかし乙姫は、生きる気力を失って失意に打ちひしがれたみたいな態度で首を振って、

「はい、守衛さんの巡回が戸締まりの確認程度で終わることを知っていればそれも可能でしょう。松本さん当人もそう云っていました。巡回は窓の戸締まりをざっと見て回るだけで、各教室の隅々まで調べるようなことはしないと。しかし生徒さんはそれを知らない。守衛さんはいつも、生徒さんが皆帰って行った頃合いを見計らって巡回に出ると云っていました。ですから

生徒さんは、巡回がどのくらい細かくなされるものか見る機会がないのです。執拗に物陰まで調べるのか、ロッカーなどをひとつひとつ開けて調べて回るのか、生徒さんはそこまで知らないのです。これでは夜の校内に隠れるという発想自体が出て来ないはずなのです。守衛さんに見つかる危険度がどれくらいのものか判断できないのですから。そういう観点から私は、生徒さんは除外してもいいと踏んだのです」

と、乙姫は静かな口調で云う。里見は口を挟むことができないでいた。

「しかし、講師の先生がたは、たまに巡回時間まで残っていることもある、とのことです。守衛さんの巡回がそれほど細かくはないことを、先生がたは知っているのですね。従って、物陰に潜むという作戦も先生ならば立てられる、という道理になります」

と、乙姫は続ける。

「もし私の睨んだように犯人が内部にいるとしたのなら、それは守衛さんの巡回の手順を知っている人物ということになります。すなわち、講師の先生がたか、もしくは事務室の同僚の誰かか。そんなふうに私は考えたのです。どうですか、里見さん、ここまでに何か矛盾点などありますでしょうか」

問われて里見は、ゆっくりと答える。

「ありません、刑事さんの仮説が正しいのならば、犯人は内部にいるという理屈になりますね。それも、講師か事務員に」

すると唐突に、乙姫は立ち上がった。予備動作をまったく伴わない突然の行動で、里見は少少面喰らう。

「里見さんのお墨付きをいただけると、私も安心できます。この方向で間違っていないと確信が持てますので」

立ったままで乙姫は、言葉とは裏腹に自信も生気も感じられない力の抜けた口調で云う。そして、

「というわけで、関係者の皆さんに色々とお話を聞いて歩くという方針を継続ちゅうなわけです。前にも申しましたが、犬も歩けば方式ですね。うまくすると何かついていることに突き当たるかもしれませんから。それも、飛び切りのツキに」

そう云うと乙姫は、うっそりと一礼し、どんよりとした歩みで教室を出て行ってしまった。

鈴木刑事も、黙ってそれに従う。

里見は、二人の刑事が出て行ったドアを呆然と見つめ続けることしかできなかった。

＊

「うーん、心当たりですかあ、ないですねえ」

鳩原胡桃《くるみ》は、カラっと明るい青空を見上げながら云った。

「そんなのがあったら、もうとっくに警察の人に云っていますよう」

東峰美術学院千駄ヶ谷校の屋上である。

六月になってから、このところ夏のような晴れとじめっとした曇りが交互に続いている。もうすぐ梅雨入りなのだろう。

鳩原は二人組の刑事の質問を受けていた。屋上のベンチに、刑事のコンビと向かい合って座っている。

死神みたいな怖い顔をした刑事と、やけに整った顔立ちの若い刑事だ。死神のごとき中年の刑事は、痩せ型でひょろっと背が高くまっ黒なスーツで、まるでコウモリ傘の精霊のようにも見える。しかし惜しむらくは、不景気な猫背と陰々滅々とした空気感が全身から発散されている関係上、やはり強烈に死神を連想させる。

その死神刑事から「砂川さんが殺されるような心当たりはないか」と物騒な質問をぶつけられたのだった。しかし鳩原には、ないとしか返事のしようがなかった。

「だいたいあれ、強盗だったって話じゃありませんでしたっけ」

「まあそうなのですが、様々な側面から捜査をしておりまして、それで皆さんに色々と聞いているのです」

死神の刑事は外観に相応《ふさわ》しく、喪主の挨拶みたいに陰気で暗いトーンで云った。

「ふうん、そういうものですかあ」

鳩原は他人事のように答える。

砂川の死はショックだったけれど、特別悲嘆に暮れるようなこともなかった。同じ事務員とはいえ、一回り以上年上で接点もほとんどなかった。そもそもあまり好人物とも思えなかったのだ。いつも不機嫌そうで、態度も突《つ》っ慳貪《けんどん》だった。まあ、死んでしまえば誰でも仏様だとおばあちゃんも云っていた。悪口は控えて、冥福を祈るしかない。

「誰かと揉めているとか争い事があったとか、そういう様子もありませんでしたね」

「ないと思いますねえ」

至って呑気に、鳩原は答える。

アリバイが堅牢なので、鳩原は自分が疑われることがないと知っていた。だから事件に対してはお気楽な立場でいられる。

あの事件の起きた先月十九日は、早番だったから十七時に上がった。それから大学時代の友人の展覧会に出かけたのだ。まだ駆け出しの画家の卵なので、複数人での合同展だった。それでも新橋《しんばし》のギャラリーを借りて、華々しく開かれていた。卒業してから四年、学生の頃の仲間とはまだよく一緒に遊ぶ。展覧会にも友人何人かと示し合わせて行った。そして当然のごとく呑み会に突入し、そのまま友人のマンションの一室に場所を移動して朝まで呑み明かしたのだ。次の日が遅番なのをいいことに、久しぶりに無茶な遊び方をしてしまった。まるで学生時代に戻ったかのように。楽しかったが、物凄くくたびれた。やはり現役の頃とは体力が違う。

ただ、怪我の功名というべきか、お陰でがっちりとしたアリバイが成立した。十九日の夕方から事件発見の朝まで、ずっと友人達と騒いでいたのだから。

従って鳩原は、大いに他人事の気分で、

「そもそも砂川さんとはプライベートな会話をしたことなんてほとんどないですし、だいたいあの人、女性を敵視というか軽視しているところがちょくちょく見えて、私には当たりがキツかったし」

「そういう性質から、事務室内で何かトラブルが起きたりとかは？」

「ないですよう。ちょっと当てこすりを云われてむっとするくらいが関の山で。さすがにみんないい大人なんだから、殺人事件に発展するようなトラブルなんて、いくらなんでもありませんでしたよ」

「そうですか、判りました」

と、死神の刑事は、その方面の追及を諦めたかと思ったら、出し抜けに話を変えてきて、

「鳩原さんは直観像記憶の能力をお持ちですね」

「えっ、どうして知ってるんですか」

鳩原は思わずきょとんとしてしまった。この刑事こそ、読心能力でもあるのではなかろうか。

「いや、なに、刑事の勘です」

と、死神みたいな刑事はしれっとした無表情のまま、

「というのは冗談です。事務長さんに伺ったのですよ、事務室の女性陣は多士済々だと。神絵師の同人作家久能さんと、色が聞こえる共感覚の幾島《いくしま》さんにはもうお目にかかりました。ですから残りは鳩原さんだと判断したまでです」

この顔で冗談を云うのかこの刑事は、と鳩原は少なからず仰天した。いや、人間なのだから冗談くらい云ってもいいのだけれど、この人はやめておいたほうがいいと思う。壊滅的に似合

わない。

「その能力があれば、鳩原さんは画家になれたのではないでしょうか」

冗談がそぐわない陰気な顔つきの刑事は云う。鳩原はうなずいて、

「実は、そのつもりもあったんです、前は。これでも女子美大出身なんですよ、私」

「ほほう、それは凄い。しかし画家は目指さなかったのですか」

「ええ、諦めました」

鳩原はさばさばと答えた。

直観像記憶のお陰で、子供の頃は神童と呼ばれた。鳩原の才能は、特に絵画の分野で秀でていた。何しろ一度見た風景は、それが一瞬でもたちまち記憶に焼き付けることができるのだ。後はそれをアウトプットする技術を磨けばいいだけだった。

デッサンの基礎を学ぶと、写真と見紛うレベルで完璧な絵を描けるようになった。有頂天になった鳩原は、中学高校で美術部員として活躍。生徒を対象とした賞を総ナメにした。女子美大にも現役で合格した。

しかし、そこまでだった。

自分の絵が写真のように上手なだけだと、担当教官に指摘されたのだ。その批評に反論できないことに気づき、鳩原は愕然《がくぜん》とした。何も表現できていない魂の抜け殻。それが自分の絵だと思い知らされた。画竜点睛《がりようてんせい》どころか、龍の姿の上辺をなぞった面白味の欠片《かけら》すらない、そんな絵しか描けないことを看破された。直観像記憶でできるのは、表面を写し取ることだけだっ

たのだ。それですっぱり諦めた。ただ、美術業界からは離れ難く、美大予備校に職を得た。

「けど刑事さん、今でも描けることは描けますよ」

悪戯《いたずら》心を起こした鳩原は、ベンチの上のスケッチブックに手を伸ばした。受講生の誰かが忘れていったものらしい。一冊のスケッチブックが置き去りになっていた。

それを手に取り、まっ白なページを開く。幸い鉛筆が一本、挟んであった。ただ硬めの3Hなので鳩原の手には馴染みがない。描きにくそうだけど、まあなんとかなるだろう。

ちょっと目を閉じ、頭の中に映像を浮かび上がらせる。

鳩原の直観像記憶は、頭の中に無数のフォルダがあるイメージだ。デスクトップ上にファイルが整然と、数限りなく並列している。ひとつひとつのファイルには、膨大な枚数の静止画の連なりが保存されている。〇・一秒ほどを一コマとした画像が、パラパラ動画のように大容量にストックされている形だ。ファイルひとつがそれぞれ、何年何月何日何時の特定の場面に相当する。そこから任意の一枚を、いつでも自在に読み出すことができる仕組みだ。

ページに鉛筆を走らせる。ものの数分でスケッチは完成した。早描きは美大で鍛えられた。

「はい、できました。ここへ来た瞬間の刑事さん達」

鳩原は広げたスケッチブックを二人の刑事のほうへ向ける。彼らの全身像が並んだ絵である。ハンサムな若い刑事は一歩足を踏み出した姿勢で、左手を手前に伸ばしている。口が丸く開いているのは「失礼、鳩原胡桃さんでしょうか」という言葉の最後の「か」を発音し終えた瞬間だ。死神っぽい刑事は、右手を自分の胸元に近づけている。身分証を取り出す直前の動きである。見ようによっては、香典袋を取り出そうとしているふうにも見える。十分ほど前に、彼らに呼びかけられた鳩原がここのベンチから振り返って見た瞬間の姿を、そのまま画用紙上に再現したものだった。

ハンサムな刑事は目を見開き、

「これは大したものですね、そっくりです」

感嘆した声を上げた。死神の刑事も表情こそ変わらぬものの、痩せこけた顎を手で撫《な》でながら、

「なるほどお見事です。本当に記憶の通りに描けるものなのですね」

鳩原は鼻高々な気分だった。元神童にとっては、この程度はお茶の子である。

「もう一枚、描きましょうか」

調子に乗った鳩原は、スケッチブックの新しいページをめくった。興の赴くまま、鉛筆を紙に走らせた。

＊

午後三時頃の中途半端な時間。

今日は六階の大教室が空いていた。

授業のない空き時間に、里見冬悟はそこに入り込んでいた。

誰もいない大教室はがらんとしていて、机と椅子だけがずらりと並んでいる。里見は窓の近くの席に座っていた。窓外には千駄ヶ谷のオフィス街が望める。大小のビル群が建ち並ぶのが見渡せるが、あいにく鈍重な曇り空で、街も鉛色に沈んでいる。

だが、静かだった。

森閑として雑音もなく、砂時計の砂が落ちるような、ひっそりとした静穏な時が流れていた。曇天の街並みを眺めて、里見はその静けさに浸っていた。

しかし、一時のしじまは長くは続かなかった。

入り口の引き戸が開くと、誰かが足音もなく入って来た。

うっそりとした猫背の立ち姿は、乙姫警部のものだった。死神のごとく陰気なその後ろには、二枚目の鈴木刑事を従えている。

乙姫警部は戸口で一礼した。

「失礼、お邪魔でしたでしょうか。里見さんを探していたのですが、空いている教室を回ってやっとお目にかかることができました」

「僕に何か?」

「いえ、少しお話をと思いまして。構いませんか」

「もちろん、どうぞ」

里見が迎え入れると、刑事二人はこちらに歩み寄って来る。乙姫は片手に、大判の茶封筒を抱えていた。封筒は平べったく、何かが入っているようには見えなかった。

向かい合わせの席に落ち着くと、乙姫は茶封筒を机の上にそっと置いた。

そして、喪服じみた黒ずくめの乙姫警部は表情の乏しい陰気な顔つきで、まるで虚無を凝り固めたみたいな感情のない漆黒の瞳を向けてくると、口を開く。

「例によってあれからも色々な人に会って回りました。講師の先生がた、事務の皆さん、守衛さん、そうして話を聞いて回れば、ツキに恵まれるかもしれないと期待して。すると期待以上の成果が上がりました。素晴らしい幸運に恵まれたのです。まさに瓢箪《ひょうたん》から駒、いえ、棚からぼた餅と云ったほうがいいのかもしれませんね」

淡々と、訃報でも伝えるかのごとく陰気な口調で乙姫は云う。しかし語る内容は、彼にしてみれば珍しく具体性のない表現だった。故事成句の羅列は乙姫警部らしくない。これは多分、気分が高揚していることの表れなのだろう、と里見は見当をつけた。感情をまったく見せないこの人物にしては、例外的に気分が読み取れたような気がする。恐らく、他の者だったら見落としてしまっている程度の、かすかな違いでしかないだろう。里見だからこそ、それが判った。

前から不思議に思っていた。

死神は平穏な日々を脅《おびや》かす存在のはずだ。犯行を暴こうとする立場であり、里見とは敵対する側の人間である。心に波風を立てる彼は、本来ならば忌避すべき者のはず。そもそも里見は他者と長く会話をするのも苦手なのだ。

しかしなぜだか、この刑事と向き合うのは不快ではなかった。これまでに何度も、長い時間対話をした。いずれの時も嫌悪感はなかった。それどころか、幾らか楽しんでさえいる自分に気づき、里見は少なからず驚いていた。

それがなぜか、ようやく判った気がする。

似ているのだ。里見自身と乙姫警部は。

心のあり方、というか、人としての核の部分が似通った形をしている。そんなふうに思う。

里見は平穏を好む。乙姫警部は感情を表さない。いずれも自らの中に静寂を求める結果、そうなったのではないかと感じる。

常に無表情でまったく心情を読み取らせない乙姫警部は、恐らく心が波立つのを平生から避けているのだろう。里見と同じように。

二人は相似形の魂を持っている。だからその接触には安心感がある。心の動揺を誘わない。些細《さ さい》な変化にも気づける。

今や里見は、この刑事に親近感にも似た情感を抱いていた。面白い、と思った。ずっと他者を遠ざけてきた自分の内に、こんな感覚があるとは思いもよらなかった。大いに興味深い現象だ。きっとこの刑事ならば、里見が画壇への道を断念した際の心境も理解してくれるに違いない。根拠もなくそう思った。

微笑《ほほえ》みを浮かべ、里見は乙姫の次の言葉を待った。

「そしてツキに恵まれた結果、ひょんなことから事件を解決する糸口に辿り着きました。今からそれをお見せします」

そう云うと乙姫は、机の上の茶封筒に手を伸ばした。そして中から、一枚の紙を引き抜く。

「あまり気持ちのいいものでもないのでご覧いただくのは気が引けるのですが、お許しください。どうしても里見さんに見ていただきたいので。写真です」

大判の写真を、こちらに向けてきた。

里見は目を細める。

砂川の死に顔、そのアップの写真である。

顔の左半分を床に押しつけ、頬の肉が歪んでいる。右目だけを半開きにしているが、その瞳は虚ろだ。上唇が少し捩《ねじ》れ、前歯が一本覗いている。

普通の感覚ならば目を背けたくなるほどの醜悪《しゅうあく》な写真だった。

しかし里見は、平坦な心持ちでそれを見つめていた。

「鑑識係は現場の写真をふんだんに撮ります。もちろん遺体にも何度もカメラを向けます。その中の一枚、顔のアップを選んで借りてきました」

乙姫は淡々と云い、写真を鈴木刑事に手渡した。鈴木刑事は律儀にも、それを掲げてこちらに向け続ける。

乙姫はさらに云う。

「さて、砂川さんのこの死に顔ですが、見た人は誰か、数は限られています。もちろん警察関係者、我々捜査陣は現場で見ています。そしてそれ以外には誰がいるのだろうかと考えてみると、実は誰もいないのですよ。事件発見者の守衛さん、松本さんは倒れた被害者の後ろ姿しか見ていません。発見した時は顔を見ていないから誰だか判らなかった。そう明言しています。

発見者はこの顔を見てはいないのです」

鈴木刑事が掲げた写真を、陰気な視線の動きだけで示した。

「他にはどうでしょうか。例えばこの予備校の実質的な責任者、事務長の五十島さん。彼は責任者という立場上、事件発見直後に呼び出されています。ところが遺体の確認だけは本人の希望で拒否しています。それだけは勘弁してくれとゴネました。免許証があったので我々はそれで身元確認ができましたけれど、結果的に事務長さんも死に顔を見ていません」

と、乙姫は視線をこちらに戻して云う。

「他にはいないかと思い返すと、誰もいないことが判ります。我々とよく仕事をする監察医の先生、この検視官は仕事が大変に細やかで、解剖の終わった遺体はきれいに整えてからご遺族に引き渡すのが常です。切り刻んだ跡は丁寧に縫合《ほうごう》して、顔も歪みを補正して見映えをよくします。ですからご遺族も、遺体の受け渡しに立ち会った葬儀社の人達も、この顔は見ていないのです。警察関係者が捜査資料の鑑識写真を外部の人間に見せる職務規定違反を犯したとも考えられません。鑑識班の資料の保管体制は厳重で、我々捜査官ですら煩雑な手続きを経て許可を得ないと資料を持ち出すことはできませんから。ということは、一人だけなのです。そう、犯人ですね。この死に顔を見る機会があったのは、犯行現場にいた犯人のみだということが判ります」

と、乙姫はもう一度写真を指さすと、次に机の上の茶封筒に手を伸ばした。

「そして、ここにこんなものがあります」

そう云って、封筒からもう一枚、紙を引き出す。

「ご覧ください、これです」

乙姫はその紙をこちらに掲げる。

さすがに里見は、息を呑んだ。

スケッチブックから一枚ちぎってきたのだろう、それは長辺の一辺がぎざぎざになった紙だった。そこには紙一面を大きく使って、砂川の死に顔が描かれていた。鉛筆描きのデッサンで、写真とそっくりの表情が再現されている。

里見は思わず、傍らの自分のスケッチブックに手を伸ばしそうになる。しかしその動作は押し留めた。いや、ここにあるはずがない。以前に描いた死に顔のデッサンはもう処分した。焼却したのだ。ここにはない。

それによく見れば、乙姫の手にしたデッサンはタッチが違っている。闊達《かったつ》で奔放《ほんぽう》な細描きの線は、里見のものとはまったく異なる。明らかに基礎をちゃんと学んだ者の手による素描だが、見知らぬ誰かのタッチだった。

乙姫はこちらの動揺に構わず、そのデッサンを写真と並べて見せた。

「どうです、そっくり同じでしょう。この苦悶の表情、歪んだ顔。片目だけが開いて口も半開き、歯が一本だけちらりと見えています。犯人以外は見たはずのない被害者の死に顔、それをこれほどまでに忠実に再現した人がいるのです。ところがその人は犯人ではないことがはっきりしている。実は、事務員の鳩原さんというかたなのです。ご存じですか、髪を後ろで束ねた細面《ほそおもて》の女性です。この人は直観像記憶を持っているのです。映像記憶とも云われる才能で、一度見たものはそれがたとえ一瞬だとしても、写真のように記憶してしまうそうです。いやはや、人体はなかなか神秘に満ちているものですね」

そう云って乙姫は、死に顔のデッサンを机の上に置いた。鈴木刑事もいい加減くたびれたのか、鑑識写真をそれと並べて置く。

乙姫はさらに言葉を紡《つむ》いでいく。

「鳩原さんは私達二人の歩く姿の絵を描いてくれた後、この死に顔のデッサンも描いてくれました。刑事ならば面白がるだろうと茶目っ気を出してみた、というのがご本人の弁です。一度見たものはそっくりに再現できる能力で、これを描いてくれたのです。では、鳩原さんはどこでこの死に顔を見たのでしょうか。もちろん直接、現場の遺体を見たのではありません。彼女には鉄壁のアリバイがあります。現場に立ち寄る機会は一切ありませんでした。ではいつ見たのか？　里見さんならばもうお判りですね。そう、あなたが描いていたデッサンです。鳩原さんはそれを見てしまったのです。里見さんの肩越しにちらりと見たと云っていました。遠目で、しかもほんの一瞬だけだったそうですが、直観像記憶の鳩原さんにはそれで充分でした。どうですか、里見さん、見られていたのを覚えていますか」

あの時か、と里見は思い返していた。死神と初めて会った日のことだ。事務員の女性が死神を案内して里見を探しに来た。あれは確かに鳩原さんだった。その直前まで里見は死に顔のデッサンに熱中していた。スケッチブックはすぐに隠したつもりだったが、ほんの少し遅かったわけか。里見は呆然とするしかなかった。

「もちろん彼女は、あなたが犯人だなどとは思っていません」

と、乙姫は続ける。

「これを描いた時も、まさか本当の現場の場面だとは思っていなかったようです。『講師の里見先生が、冗談半分で被害者の死に顔を想像して描いていました。あの先生、お顔に似合わずブラックなジョークがお好きなんですね。死に顔を空想で描くなんて』というのが鳩原さんのお言葉です。そして『里見先生のスケッチブックを見せてもらえば、これとそっくりのデッサンが見つかるはずですよ。先生がこれを描いていましたから』とも云っていました。無邪気に何の屈託もなく笑っていましたよ。鳩原さんはあくまでも、里見さんのデッサンは事件を耳にした先生が、戯《たわむ》れに描いてみた空想の死に顔だと信じているようでした。まさか本物とそっくり同じだとは露ほども思ってはいないらしい。ただ単純に、講師の先生がブラックな冗談を絵にしただけだと面白がっていました」

乙姫はそう云って、湿っぽい目をこちらに向けてきた。

「しかし我々としては見過ごせるはずもありません。空想で描いた死に顔が本物とは似ても似つかないものだったのなら、まったく問題になることもないでしょう。しかしこれはそっくり同じでした。犯人しか見ていないはずの死に顔をデッサンした人がいる。しかも本物と寸分違わず、細部まで再現して。これは、その人が現場で本物の死に顔を見たのだと判断するしかありませんね。すなわち、その人物が犯人であると断定できるわけです。何しろ死に顔は、犯人以外に見た人はいないのですから。判りますね、里見さん、これは充分に決め手になるでしょう」

乙姫の言葉に、里見はゆるゆると首を振ると、

「いや、その鳩原さんが実は犯人かもしれないでしょう。デッサンできたのは記憶能力などではなくて、自分で直接見たからですよ」

「それはないのです」

と、乙姫は被せ気味に云ってきた。

「鳩原さんには堅固なアリバイがあるとさっきお伝えしたはずですよ。事件の日の夕方から次の日の朝まで、きっちりと複数人の証人がいます。うちの腕利きが証人には確認済みです。間違いはありません」

「写真を撮ったと考えたらどうでしょう。犯人は死に顔をスマホか何かで撮影した。鳩原さんはそれを見たのです」

里見の言葉を、しかし乙姫はあっさりと否定して、

「何のために殺人現場でそんな写真を撮る必要があるというのですか。しかもそれを鳩原さんに見せて、自分が犯人だと誇示する意味が犯人にあるとは思えません。行動が支離滅裂です。そんな写真を撮る必然性はまったくありませんね」

「確かに写真は不自然です。撤回しましょう。だったら、僕を陥《おとしい》れようとしているのではないですか。見てください、僕のスケッチブックにはそんなデッサンはありません。他で見たも

のを、僕が描いていたと嘘をついたという可能性もあるでしょう」

里見は無駄を承知で再度抵抗してみた。だが予想通りに乙姫は、顔色ひとつ変えずに、

「そんな嘘をついて鳩原さんに何のメリットがありますか。彼女はあなたにアリバイがあるかどうかすら知らないのですよ。もし里見さんにアリバイがあったのなら、嘘をついていることが即座に判明して、陥れるどころか彼女のほうが窮地《きゅうち》に陥ってしまいます。そうなったら我々の同僚がぎゅうぎゅうに締め上げることでしょうね、どうして他人を陥れるようなデタラメを云ったのだ、と。そんな危険を冒してまで、嘘をつく必要が彼女にあるとは思えません。里見さんと鳩原さんは、殺人の罪をなすりつけ合うほど近しい関係でもないでしょう。お二人にまったくといっていいほど接点がないことは、すでに調査済みです。大して知りもしない他人に、殺人の濡れ衣を着せたところで鳩原さんには何のメリットもないはずです。彼女自身が犯人でもないのですから、そんな必要がないのですよ」

「相手は誰でもよかったんじゃないですか。僕でも誰でも構わない。きっと真犯人を庇《かば》うために嘘をついたんでしょう。僕はたまたまスケープゴートに選ばれただけで」

「誰でも構わないのならば、尚のこと嘘がバレない人の名前を挙げるはずですよ。動機がありそうだとかアリバイが成立しないという確証があるとか、そういう人を選んで犯人に仕立て上げようとすることでしょう。よく知らない里見さんのお名前が出てくる必然性がまったくない。万一嘘がバレたとしたら、それこそ一課の強面《こわもて》にぎゅうぎゅうに絞られるのですから。そんな危ない橋を渡って里見さんの名前を出す必要など、まったくないわけです」

そう云うと乙姫は、暗い目つきでじっと見つめてきた。

「里見さん、悪あがきはあなたらしくありませんね。いくら否定しても、このデッサンがある限り言い逃れはできませんよ。この絵が、あなたが犯人であることをはっきりと告発しているのですから」

淡々と告げられて、里見は静かにため息をついた。柄にもなく抵抗を試みたので、少し神経がくたびれた。

「やれやれ、これまでにデッサンは何千何万と描いてきましたけど、たった一枚が命取りになるとは、皮肉なものですね」

苦笑して、里見はゆっくりと首を左右に振った。

「しかし刑事さん、あなたは最初から僕を疑っていませんでしたか。どうもそんな気がしていたんです。一体どうして僕に目をつけたんですか」

「おや、バレていましたか」

「色々な人に話を聞いて回ると云った割に、僕のところに来る頻度が高かったですからね。これで疑われていないと思えるほど、僕も楽天家じゃない」

自嘲《じちょう》気味に里見が云うと、それでも乙姫は表情をまったく動かすことなく、死神めいた顔のままで、

「里見さんに目星をつけたのは些細なことからでした。現場のイーゼルの脚の下に血痕があったのです。死体の背中の近くのイーゼルです。ほんの小さな一滴の血痕で、暗がりならば見落

としてしまいそうなものでしたが、イーゼルの脚はそれを踏んでいました。これは殺害時にイーゼルが倒れていて、その後で立て直した痕跡としか考えられません。立っている脚の下に血痕が入り込むことなどはあり得ませんから。どうやら犯人はイーゼルが倒れている状態がお気に召さなかったらしい。ただ、イーゼルが倒れたままでも何の支障もないと思われるので、本当に何となく立て直したのだな、と私は想像しました。そして里見さんと初めてお目にかかった時、テレピン油の匂いで頭痛がするかもと里見さんは、窓を半分開けましょう、とおっしゃいましたね。それで開いた窓を微調整して、本当にきっちり半分だけ開けていました。その動作に、イーゼルを立て直したのと同種の几帳面さを見ました。あの時から里見さんは、私にとって気になる存在になったのです」

「本当に初対面から疑われていたわけですね。参ったな、それじゃ逃げ切れるはずがない」

里見は薄く笑う。

乙姫との対話は苦ではなかった。人と関わるのが苦手な里見にしては稀なことだった。いや、むしろ楽しいとすら感じる時間だった。やはり、どこか似ている者同士との会話は特別なものなのかもしれない。これで最後かと思うと、少し惜しいとさえ感じた。似合わない抗弁などして少しでも長引かせようとしたのも、その表れなのだろう。

鈴木刑事が黙々と、写真とデッサンを茶封筒にしまっている。残念だが、やはりそろそろ終わりのようだった。

「では、里見さん、参りましょうか」

乙姫はそう云って立ち上がると、丁寧に一礼した。いつものようにその仕草はしめやかで鬱鬱としており、精気に乏しい。表情の感じられないその顔は、やはり死神じみて感じられた。

里見も席を立った。

これから取り調べだの裁判だのと、煩わしい手続きがしばらく続くのだろう。静けさを求める里見には、それは想像するだに面倒だった。しかし収監されてしまえば、存外静かなのかもしれない。

里見はそれを期待することにした。

外界とは切り離された檻の中の生活。隔絶されてしまえば不快な騒音とも無縁だ。一人で静かに過ごせる。せめてスケッチブックだけでも手に入ればそれはそれで悪くはない、と里見は思う。

世界が平穏であれ。

そう願った。

# 解説

千街晶之

死神だ。死神が来た――。

その男に初めて会った者は大抵そう感じる。人を殺したという後ろ暗い事情を隠し持つ者は、特に。

削ぎ取ったように痩せた頬、刃物で切り落としたごときシャープな顎、悪魔を思わせる鉤鼻、尖った大きな耳、虚無の深淵を覗き込んでしまったかのように陰気で表情の感じられない瞳。おまけに、夏でも喪服のようなダークブラックのスーツに黒っぽいネクタイという出で立ち。それが、本書『世界の望む静謐』(二〇二二年十月、東京創元社刊)に登場する警察官、乙姫《おとひめ》警部だ。

本書は、『皇帝と拳銃と』(二〇一七年)に続く、倉知淳の「乙姫警部シリーズ」の二冊目にあたる。このシリーズのエピソードはそれぞれ完全に独立した内容なので、前作と本書のどちらから読んでも問題はない。

乙姫警部シリーズは、まず犯人視点で犯行の経緯を描き、それが探偵役によっていかに暴かれるかを読みどころとする「倒叙ミステリ」である。倒叙ミステリの歴史を詳述すると本稿の指定字数を超過してしまうので簡単に述べるが、定説では世界初の倒叙ミステリはオースティン・フリーマンの『歌う白骨』所収の短篇「オスカー・ブロズキー事件」（一九一〇年）だとされており（ただし、原型的な先例はもっと古くまで遡《さかのぼ》れる）、その後は江戸川乱歩の「心理試験」（一九二五年）、フランシス・アイルズの『殺意』（一九三一年）、F・W・クロフツの『クロイドン発12時30分』（一九三四年）などの傑作が生まれている。

しかし、ミステリ読者にとどまらない、より広い層に倒叙ミステリの醍醐味《だいごみ》を布教したのは映像分野での作例だった。アメリカのドラマ『刑事コロンボ』（パイロット版「殺人処方箋」が放映されたのは一九六八年）が日本のドラマに与えた影響は極めて大きく、中でも一九九四年にフジテレビ系でスタートした『古畑任三郎《ふるはたにんざぶろう》』（第一シーズンのタイトルは『警部補・古畑任三郎』）は、今世紀における倒叙ミステリドラマのブームの礎となった。

そうしたドラマと互いに影響を与え合うかたちで、今世紀には小説においても倒叙ミステリが流行した。東野圭吾《ひがしのけいご》は、ガリレオ（湯川学《ゆかわまなぶ》）シリーズの『容疑者Xの献身』（二〇〇五年）、加賀恭一郎《かがきょういちろう》シリーズの『赤い指』（二〇〇六年）など、変型倒叙と呼ぶべき作品をしばしば発表しているし、大倉崇裕《おおくらたかひろ》の福家《ふくいえ》警部補シリーズ（二〇〇六年〜）は、『刑事コロンボ』を意識した倒叙シリーズとしては最も長い期間書き継がれている。他にも、石持浅海《いしもちあさみ》の碓氷優佳《うすいゆか》シリーズ（二〇〇五年〜。ただし非倒叙作品あり）や『あなたには、殺せません』（二〇二三年）、古野《ふるの》まほろの外田《そとだ》警部シリーズ（二〇一三～二〇一四年）、西尾維新《にしおいしん》の『掟上今日子《おきてがみきょうこ》の挑戦状』（二〇一五年）、深水黎一郎《ふかみれいいちろう》の『倒叙の四季　破られたトリック』（二〇一六年）、誉田龍一《ほんだりゅういち》の『見破り同心　天霧三之助《あまぎりさんのすけ》』（二〇一七年）、長岡弘樹《ながおかひろき》の『教場0　刑事指導官・風間公親《かざまきみちか》』（二〇一七年）、香納諒一《かのうりょういち》の花房京子《はなぶさきょうこ》シリーズ（二〇一八年～）、降田天《ふるたてん》の狩野雷太《かのうらいた》シリーズ（二〇一九年～）、相《あい》沢沙呼《ざわさこ》の『invert　城塚翡翠《じょうづかひすい》倒叙集』（二〇二一年）や『invert II　覗き窓の死角』（二〇二二年）等々、かつてない倒叙ミステリの花盛り状態と言える。

　倉知の乙姫警部シリーズもその流行に連なるものだが、探偵役が警察官である点はコロンボや古畑らの衣鉢を継ぐ正統派ながら、不気味な雰囲気において類例のない主人公となっている。ただ、彼の風貌や挙動の描写が、「冥界の瘴気《しょうき》をたっぷり浴びて毒に冒されたゾンビみたいな精気のない顔」「地獄の獄卒が御詠歌《ごえいか》を合唱する際バスパートを担当しているみたいな陰気な口調」などとエスカレートするあたりは、ほぼギャグの域である。また、「なんでそんなことを知っているのか？」と問い質《ただ》したくなるほど妙な知識を蓄えているのも特色だ。そんな乙姫に鈴木《すずき》刑事という相棒がいるのは、特定の相棒を持たないコロンボよりは古畑に近いが、この鈴木がやたら二枚目なので、乙姫との組み合わせのちぐはぐさが印象に残るかたちとなっている。

　では、収録作を紹介していこう。

「愚者の選択」（初出《ミステリーズ！》vol. 105　二〇二一年二月）

国民的人気ミステリ漫画『探偵少女アガサ』を描いている椙田《すぎた》保彦《やすひこ》の担当編集者・桑島輝貴《くわしまてるき》

は、連載を終わらせると言い出した椙田と言い争いになり、つい殺してしまった。大変なことをしでかしてしまったと悔やんだが、彼には今は捕まるわけにはいかない事情があった……。

この作品を読んで、まず被害者の設定に驚く読者も多いだろう。どう考えても、実在の某漫画家をモデルにしているとしか思えないのだ。被害者の苗字がポピュラーな杉田ではなく木偏に「昌」の椙田だというのも何かを暗示しているかのようだが、たぶん著者に直接尋ねてもすっとぼけられるだろう。だが、思えば倒叙ミステリとは、実在の人物を連想させるキャラクターがしばしば登場しがちなジャンルでもあった（例えば『刑事コロンボ』の「偶像のレクイエム」にはその役を演じているアン・バクスターの実人生をなぞったような経歴の大女優が、「死者のメッセージ」にはアガサ・クリスティを想起させる老ミステリ作家が、『新・刑事コロンボ』の「汚れた超能力」にはユリ・ゲラーっぽい人物がそれぞれ登場するし、『古畑任三郎』の「殺人公開放送」に登場した自称霊能力者や、懐疑的立場から彼の能力を検証しようとする科学者などもモデルが思い浮かぶ。そもそも『古畑任三郎』には、SMAPのメンバーやイチローが本人役で犯人を演じたエピソードすらあった）。その意味では本作も倒叙の伝統を踏襲していると言えなくもない。

それはともかく、普通に考えれば、桑島は椙田を殺す動機が全くないという点で真っ先に容疑者から外されそうな立場である。金の卵を産むガチョウを殺すわけがないからだ。にもかかわらず、乙姫は最初に対面した時から桑島を疑っていたという。本作に限らず、このシリーズでは乙姫は常にかなり早い段階から犯人の目星をつけており、犯人側からすればこれほど恐ろしい相手はいないわけだが、犯人を疑うに足る着目点が何なのかを推理できるかどうか、読者もまた試されているのだ。

「一等星かく輝けり」（初出《紙魚の手帖》vol. 02　二〇二一年十二月）

悪徳芸能プロモーターの九木田憲次《くきたけんじ》に欺《あざむ》かれたことに激怒し、彼を殺害してしまった往年の人気歌手・新堂直也《しんどうなおや》。現場から自分に都合の悪いものは持ち去ったので、もう疑われることはない筈だったが……。

「愚者の選択」に続き、これも衝動的犯行である。だが、そのわりに新堂は犯行後間もなく冷静さを取り戻しており、指紋を拭い去るなどの作業も淡々と行なっている。小心な桑島とは異なってかなり肝が据わったタイプの犯人であり、乙姫のことを不気味に感じつつも、決定的証拠は見つかるわけがないだろうと自信満々である。そんな彼が犯人だと乙姫が絞り込んだ理由には、新堂のみならず読者も一瞬茫然とするほど驚かされる筈だし、そのために被害者の卑小な人物像を関係者の証言を通してたっぷり描いてきたのかと感嘆させられるだろう。また、その絞り込みを裏付けるために行われた作業の手間のかけ方もシリーズ屈指だ。本書の中でも白眉と呼ぶに相応しい傑作である。

「正義のための闘争」（初出《紙魚の手帖》vol. 03　二〇二二年二月）

人気タレント文化人の鷹飼史絵《たかがいふみえ》は、公園で部下の宮内莉奈《みやうちりな》を殺害した。莉奈が、史絵の夫の高広《たかひろ》と不倫関係にあったからだ。自分を裏切った二人に一挙に罰を与える史絵の計画とは？

前二作が衝動的な犯行だったのに対し、ここでようやく計画殺人が登場する。しかも、ひとりを殺害し、その罪をもうひとりに被せるという手の込んだものだ。警察の捜査すらも自分の思う方向へと操ろうとする史絵の冷静沈着ぶりと狡猾さは、自身の行為を正義と確信して疑わないその性格も相俟って強い印象を残す。

この作品で乙姫が犯人を逮捕に持ち込むために弄した手段はかなり強引なものだが（「一等星かく輝けり」とは違う意味で「そこまでやるか」と思わされる）、倒叙ミステリにおいてはしばしば見られる手段でもある。そして、既に述べたようにこのシリーズでは、乙姫がどの事件でもごく早い段階で犯人の目星をつけているけれども、本作の場合は被害者の心理に着目したという点で、現場の物証ばかりに注意しているのではない彼の推察眼の鋭さが窺《うかが》えるようになっており、そこから組み立てられたロジックも納得度が極めて高い。

「世界の望む静謐」（初出《紙魚の手帖》vol. 05　二〇二二年六月）

美大専門予備校の講師・里見冬悟《さとみとうご》は、自分の過去をネタに肉体関係を迫る事務員の砂川仁《すなかわひとし》を校内で殺害した。そのあとに現場の窓ガラスを割り、外部からの侵入者の犯行に見せかけたが……。

計画的犯行のわりにそんなに手の込んだ偽装工作は行なっていないが、余計な小細工を弄して自ら墓穴を掘る犯人も多いので、意外と賢明なやり方と言えそうだ。そんな里見も、ある余計な行動が命取りになってしまうのだが、彼が風変わりな芸術家タイプに描かれているため、その行動に説得力が生まれている。

ところで、倒叙ミステリにおいては、犯人と探偵役のあいだに同情や敬意といった感情が通い合うタイプの作品があり、「共感路線」と呼ばれたりする。『刑事コロンボ』で言えば「別れのワイン」が代表例だ。乙姫警部の場合、殆《ほとん》ど感情を表に出さないタイプであるため、この「共感路線」は描きにくいと思うのだが、稀《まれ》に彼の内面がその発言から窺えることがある。「世界の望む静謐」では犯人の里見が、乙姫に自分と共通した性格を感じ取る。そのため、人と関わるのが苦手なタイプでありながら、乙姫に疑われていることに気づきつつ彼との対話を楽しみさえするのだ。倒叙ミステリの「共感路線」でもかなり珍しい犯人像である。

最後に、このシリーズを統一する趣向について言及しておきたい。前作収録の「運命の銀輪」「皇帝と拳銃と」「恋人たちの汀」「吊られた男と語らぬ女」、そして本書収録の「愚者の選択」「一等星かく輝けり」「正義のための闘争」「世界の望む静謐」……とタイトルを並べてみると、そこに共通する要素があることに気づくだろう。「運命の輪」「皇帝」「恋人」「吊られた男」「愚者」「星」「正義」「世界」……そう、タロットの大アルカナの図柄がタイトルに織り込まれているのである。なお、荒木飛呂彦《あらきひろひこ》の漫画『ジョジョの奇妙な冒険』の第三部「スターダストクルセイダース」では、登場するスタンド使い（精神エネルギーを具現化した能力を使う人間）にそれぞれ大アルカナの図柄が割り当てられているが、そのうち「皇帝」のスタンド使いでガンマンのホル・ホースが「皇帝と拳銃と」というタイトルの元ネタであることは、第二十八回鮎川哲也賞・第十五回ミステリーズ！新人賞の贈呈式の際、著者自身に直接確認したことがある。

大アルカナの残る図柄は十四、そのうち「死神」は乙姫自身だと考えれば、シリーズはあと十三作執筆されると予想していいだろうか。それが的中するかどうかはともかく、「死神」乙姫警部と、大アルカナに準《なぞら》えられた犯人たちとの頭脳戦は当分のあいだ楽しめそうである。

本書は二〇二二年、小社より刊行された作品の文庫版です。

**著者紹介**　1962年静岡県生まれ。日本大学芸術学部卒。93年、『競作　五十円玉二十枚の謎』で若竹賞を受賞しデビュー。2001年、『壺中の天国』で第1回本格ミステリ大賞を受賞。主な著作に『日曜の夜は出たくない』『過ぎ行く風はみどり色』『星降り山荘の殺人』『猫の耳に甘い唄を』などがある。

世界の望む静謐


2025年1月31日　初版

著者　倉《くら》知《ち》淳《じゅん》

発行所　(株)東京創元社
代表者　渋谷健太郎

162-0814 東京都新宿区新小川町1-5
電話　03・3268・8231-営業部
03・3268・8201-代表
URL　https://www.tsogen.co.jp
組版　キャップス
暁印刷・本間製本

乱丁・落丁本は、ご面倒ですが小社までご送付ください。送料小社負担にてお取替えいたします。





ISBN978-4-488-42127-4　C0193

創元推理文庫

**第19回本格ミステリ大賞受賞作**

LE ROUGE ET LE NOIR◆Amon Ibuki

# 刀と傘

## 伊吹亜門

◆

慶応三年、新政府と旧幕府の対立に揺れる幕末の京都で、若き尾張藩士・鹿野師光は一人の男と邂逅する。名は江藤新平——後に初代司法卿となり、近代日本の司法制度の礎を築く人物である。明治の世を前にした動乱の陰で生まれた数々の不可解な謎から論理の糸が手繰り寄せる名もなき人々の悲哀、その果てに何が待つか。第十二回ミステリーズ！新人賞受賞作を含む、連作時代本格推理。
収録作品＝佐賀から来た男，弾正台切腹事件，
監獄舎の殺人，桜，そして、佐賀の乱